밀
레
디
라
이
센

〇군."

3

흔해빠진 직업으로 세계최강 제로

ARIFURETA SHOKUGYOU DE SEKAISAIKYOU ZERO

시라코메 료
shirakome ryo

illust. 타카야Ki
illust. takayaKi

흔해빠진 **직업**으로 **세계최강** 零

ARIFURETA SHOKUGYOU DE SEKAISAIKYOU

#3

시라코메 료 지음

타카야Ki 일러스트

김장준 옮김

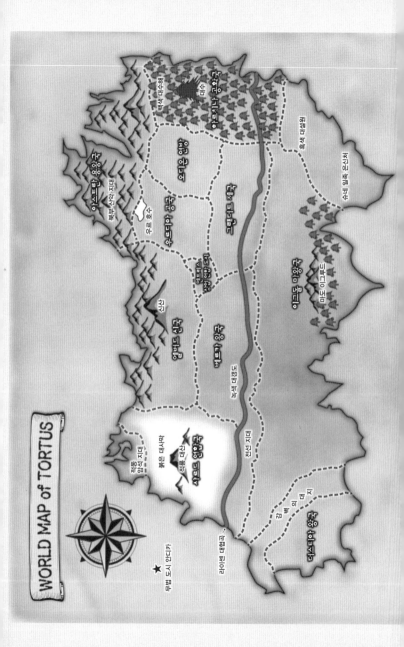

WORLD MAP of TORTUS

CONTENTS

처참하게 변해 버린 은신처.

무너지고, 파이고, 망가지고, 파괴됐다.

소중한 가족은 어디에도 보이지 않고 그저 어마어마한 혈흔만이 그들이 이곳에 있었음을 알려줬다.

새로운 희망을 얻어 돌아왔건만 맞이해주는 것은 절망의 단편.

아아, 어째서 이런 일이……

"언제까지 넋 놓고 있을 거냐찍."

대체 어째서…….

"귀는 장식으로 달고 다니냐찍?"

어째서 절망 속에 있는 희망이…….

"흥. 한 번만 더 말하겠다찍. 잘 들어라찍."

이렇게 오만방자하고…….

"내가 친히 동료가 되어주겠다고 말했다찍."

자랑스러운 낯짝에…….

"바로 네놈들과 같은…… 신대 마법 사용자—."

왜 목도리에 이쑤시개 같은 칼을 차고 팔짱까지 낀…….

"나, 반드르 슈네가 말이다찍."

콩알만 한 생쥐일까…….

찾아 헤매던 신대 마법 사용자.

처음으로 스스로 찾아와준 새로운 동료.

그런데—.

"……쳇. 어이, 거기 안경잡이. 표정이 왜 그따위지? 무슨 불만 있냐찍?"

왠지 그런 생각이 들었다.

이 녀석과는 죽이 안 맞겠다고…….

그곳은 적동색으로 뒤덮인 암석 지대였다.

작은 산맥 같은 바위산이 가로지르고 거대한 암석들이 아무렇게나 굴러다니며 천연 미로 같은 협곡을 이루었다.

장소는 【붉은 대사막】 북쪽.

마력 활성을 억제하는 『정인석』이 나는 곳이지만, 애초에 『정인석』은 수요가 많지 않고 【적룡 대산】에서도 필요한 양을 확보했다.

그래서 덜 깎인 수염처럼 잡초만 드문드문 자란, 아무런 가치도 없는 황무지였다. 오히려 사막을 넘는 위험까지 감수하면서 이곳을 찾아 봤자 득될 것이 없었다.

인생을 비관해 혼자서 조용히 죽고 싶은 사람이나 찾을 곳이지만 지금은 세 사람이 있었다.

한 명은 최근 『안경 본체설』이 마치 진실인 양 퍼지고 있는 청년— 오스카 오르크스.

또 한 명은 최근 『사디스트 시스콤 언니』로 소문이 자자한 해인족 미녀— 메일 메르지네.

그리고 또 한 명은—.

"그럼 달링. 여기도 부탁해두 되겠엉?"

거구의 남자…… 남자(?)였다.

보라색 모히칸 머리에 우락부락한 근육. 그런데 메일만큼이나 노출이 심한 옷(?)을 입고 기괴하게 몸을 꼰 사내였다. 메일의 가슴이 흔들릴 때마다 그의 대흉근도 춤췄다.

"벌써 여러 번 말했지만…… 스노벨, 제발 달링이라고 부르지 마."

"엄멈머! 달링, 수줍음 타는구나!"

극화풍의 개성 가득한 얼굴이 불쑥 접근했다. 증기처럼 배출되는 콧김은 흡사 다운 버스트였다.

그 남자(생물학적으로)는 이 암석 지대에 사는 괴물……이 아니라 조직 『해방자』에서 『은신처 개척 부대』 대장을 맡은 스노벨이었다.

고유 마법 『환상』을 가진 그는 반경 500미터에 달하는 넓은 범위 안에서, 임의의 공간에 자신이 상상한 이미지를 투영하는 능력을 가졌다. 마석을 매개로 쓰면 거기에 담긴 마력이 떨어지지 않는 한 멀리 떨어져도 효과가 지속된다. 겉모습과 마찬가지로 놀라운 능력자였다.

은신처 건설과 동시에 마을 전체에 환영을 씌워 발각되지 않게 위장하는 것이 그의 역할이었다.

원래는 서커스 단원이었고 그 능력으로 무대를 화려하게 연출했지만…… 그 또한 교회에게서 자유로울 수 없었다.

어느 주교의 마음에 들지 않는다는 한마디에 이단자 낙인이 찍히고 말았다. 그 후 그의 인생은 내리막길로 굴러떨어지는 돌멩이 같았다.

도주 끝에 『해방자』에게 보호받을 때까지 살아남은 사람의 수는 손으로 꼽을 정도였다. 지금 개척 부대에 있는 부하 몇 명은 서커스단 시절 동료였다.

참고로 원래는 남성미 넘치는 나이스 가이였다고 한다. 자신들을 보호해준 어떤 해방자에게 영향을 받아 지금처럼 됐다는데…… 구체적으로 무슨 일이 있었는지는 아무도 몰랐다.

그 전직 나이스 가이에게 바위산을 등지고 벽 치기를 당한 오스카가 울먹이는 얼굴로 메일을 봤다. 메일은 싱긋 웃었다.

"어머, 나 빠져줄까?"

메일 누님은 굉장히 즐거워 보였다.

"메일! 너 인마, 정말로 죽고 싶냐!"

울컥한 오스카의 본성이 튀어나왔다.

하지만 사디스트 해적 여제는 그 정도 위협에 눈도 깜빡하지 않았다.

"후훗. 그럼 죽기 싫으니까 나 먼저 돌아갈게."

"죄송합니다. 제가 잘못했습니다. 두고 가지 마세요."

오스카는 순식간에 꺾였다. 마음이…….

절그렁거리며 뻗은 사슬 아티팩트 『연쇄』가 애원하듯 메일의 허리에 감겼다.

메일은 더더욱 흡족하게 웃었다.

'젠장, 데려올 사람을 잘못 골랐어!'

스노벨과 맨투맨이 되는 상황에 위기감을 느껴 따라와 달라고 부탁했지만 전혀 도움이 되지 않았다. 한가한 사람이 메일뿐이었다지만, 남자의 정조를 지키기에는 잘못된 인선이었다.

오스카는 속으로 투덜대면서도 둘만 남는 것보다는 낫다며 마음을 다스리고 가까스로 스노벨의 벽 치기에서 빠져나갔다.

그리고 엉덩이에 느껴지는 끈적하고 뜨거운 시선을 애써 무시한 채 작업에 착수했다. 축소판【라이센 대협곡】같은 곳의 암벽에 살포시 손을 대고 의식을 집중했다.

"─『연성』."

주특기 마법을 사용하자 눈 깜짝할 사이에 구멍이 뚫려 안쪽으로 굴을 만들어 갔다.

곧바로 안으로 들어간 오스카는 소매로 십수 개의 연쇄를 뻗어 굴 여기저기에 꽂았다. 그리고 스노벨에게 눈빛으로 물었다.

오스카를 뒤따라 들어온 스노벨은 그 시선에 고개를 끄덕이고 척척 지시를 내렸다.

"달링. 태양 궤도를 봐서 채광용 구멍은 여기 내고 싶엉. 가능하면 하늘에서도 보이지 않게. 2층으로 가는 계단은 저기. 통풍구 각도에 주의해줘. 그래, 그 각도야. 유사시에 대비해 침실은 저기로 하자. 바로 지하 수로로 대피할 수 있도록 경사로도 잊지 말구."

여전히 몸을 배배 꼬고 있지만 그 표정은 장인처럼 위압적이고도 진지했다.

그럴 수밖에 없었다.

지금 만드는 것은 은신처로 쓸 가옥 중 하나니까. 집 구조는 유사시 주민의 목숨과 직결된다.

어떻게 공격을 버티고 어떻게 도망칠 것인가.

사람의 목숨을 지키는 작업이므로 온 신경을 집중하는 것은 당연했다.

"얘들아, 심심해서 그런데 메일 누나는 먼저 돌아가 봐도 될까?"

목숨을, 지키는, 중요한, 작업이다!

심심하다고 물 칼날로 벽에 낙서를 새겨도 될 리 없었다. 예술성도 뭣도 없는 형용하기 힘든 무언가를 조각해도 될 리 없었다!

신기에 가까운 재생 마법을 사용해 암벽 일부를 연성하기 전으로 되돌려 악마 부조(浮彫)를 파도 될 리 만무하다!

"메일, 사람이 살 곳에 악마상을 만들면 어떡하니?"

"……? 이거 고양이인데? 귀엽지 않아?"

웬일로 스노벨까지 전율했다.

오스카가 연쇄를 날렸다. 연성으로 악마상은 순식간에 원래 벽으로 돌아갔다.

"메일, 따라오게 해서 미안하지만, 잠깐만 가만히 있어 주면 안 될까?"

"메일 누나는 심심함이랑 원수졌어."

"하지만 메일, 돌아가서 할 일 있어?"

"……음, 곧 점심이니까 식사 준비라도 도울까?"

오스카는 안경을 밀어 올리고 물었다.

"메일. 여기에 고기가 있다고 쳐. 어떻게 요리할래?"

"구워."

이 얼마나 호기로운 대답인가.

"……다른 방법은?"

"삶아."

"그, 그거 말고도 있지 않아?"

"……굽거나 삶으면 뭐든 먹을 수 있어."

터프함에도 정도가 있다.

조만간 날것도 먹을 수 있다며 뭐든 생식으로 드실 분위기였다.

대답을 들으면 누구라도 알겠지만 메일 누님은 요리를 못했다.

그리고 남에게 만들어줄 때는 쓸데없이 어려운 요리를 만들려다가 조리장을 악마가 소환될 것 같은 아비규환으로 만든다.

당연히 그 요리를 먹으면 악마 곁으로 초대받는다. 재생 마법이 없었다면 메르지네 해적단은, 특히 부선장 크리스는 진작 저세상으로 갔을 것이다.

참고로 메일 누님은 『정리정돈 안 하는 여자』이기도 했다.

본인 말에 따르면 그것이 최적의 배치라고 하지만 누가 보나 그 방은 쓰레기장일 뿐이었다. 덧붙여 빨래를 하면 높은 확률로 옷을 버려 놓고, 바느질을 하면 악마 숭배자가 입을 법한 무시무시한 의상으로 변모했다.

겉만 보면 수더분하고 포용력 넘치는 아리따운 누님이지

만…… 그 실체는 극도의 사디스트에 매사에 건성인 무법자, 생활력이 절망적으로 없고 무슨 짓만 하면 지옥에서 뭔가를 불러내는 답도 없는 누님이었다.

한마디로—.

"너, 돌아가도 할 일 없잖아."

오스카가 「어차피 밀레디한테 장난치면서 방해나 할 거면 조용히 내 호위나 해줘」라고 돌려 말하자 메일은 볼을 불룩했다.

"요즘 오스카가 날 무시하는 느낌이 들어."

메일은 오스카의 언행이 몹시 못마땅한 모양이었다.

"뭐든 밉보이면 끝이야."

"누가 무법자 아니랄까 봐."

해적이니까. 해적 여제니까.

"그런 고로—『파성벽(波城壁)』."

갑자기 물 돔이 실내를 덮었다. 상황 파악이 되지 않는 오스카와 스노벨은 아무 반응도 못 했다.

"물 방벽은 소리도 제법 차단해주거든."

메일이 싱글벙글 웃으며 말했다. 오스카에게서 전율이, 스노벨에게서 먹잇감을 노리는 짐승의 기운이 흘러나왔다.

"잠깐만, 메일!"

"둘이서 이, 것, 저, 것 잘해 봐♪"

곧바로 돌아선 메일을 물 베일이 감쌌다.

오스카는 그런 그녀에게 반사적으로 팔을 뻗었으나 백 명은 때려죽였을 것 같은 우락부락한 손이 그 팔을 덥석 붙잡았다.

"엄마!"

오스카가 무심코 한심한 비명을 질렀다.

"달링. 우리 같이 힘써 볼까앙?"

집짓기에 힘쓰자. 분명히 그런 뜻일 것이다.

설령 눈에 핏발이 서고 콧김이 다운 버스트에 입맛을 다신다고 해도…….

"자, 여기양! 달링!"

"잠깐, 그쪽은 이미 다 만든 침실—."

잠시 후.

작업 중인 집의 문과 창문으로 번개며 충격파며 섬광이며 폭염이 터져 나왔다. 그리고—.

"이대로 질 순 없어! 콜린, 루스! 형에게 힘을 나눠줘! 우오오오오!"

최종 결전에 나서는 용사 같은 포효가 암석 지대에 메아리쳤다.

그 날.

이단자의 피난처—【해상 도시 안디카】가 바다 아래로 가라앉고 선상 생활을 보내야 했던 주민들이 각자의 길을 결정한 날로부터 이제 곧 한 달이 지나려 하고 있었다.

약 600명.

그것이 조직 『해방자』와 함께하기로 선택한 안디카 주민의 수였다.

태양 같은 소녀, 밀레디의 빛에 매료된 사람.

성광 교회 최고 전력— 백광 기사단. 태고에 봉인된 바다의 왕— 신수 리바이어던. 그것들과 정면으로 맞붙은 신화 같은 전투를 보고 비극과 절망의 칼에 베여 한 번은 마음이 꺾였지만 다시 일어난 사람.

망향의 한을 품고 일어선 사람.

이유는 다 달라도 모든 것을 버리고 망망대해의 외딴 섬으로 도망쳤던 자들이 다시 『저항하는 사람』이 된 것은 분명했다.

그런 이들을 배에 태우고 찾은 곳이 이 【적동 암석 지대】라고 불리는 황무지였다.

원래 이 암석 지대는 『해방자』 내부에서도 종종 새 은신처 후보로 물망에 오르던 곳이었다.

사람이 찾지 않고, 찾아오려면 위험이 따르는 장소.

암석 지대는 복잡하게 얽혔고 바위벽이나 바위산을 직접 깎아 안을 집으로 만들면 천연 위장 능력을 가진 최고의 은신처가 된다.

그런 좋은 조건을 가졌으니 후보지로 거론되는 것은 당연했다.

문제는 거기가 불모지란 점이었다. 억척스러운 잡초를 빼면 생명을 찾아볼 수 없는 곳. 죽은 토지라고 해도 과언이 아닌 장소였다.

일단 암석 지대는 대륙 북서단에 위치하며 은신처 후보지도 해안가에 접해 있어 어업이 특기인 안디카 주민이라면 어느 정도 생활이 가능하겠지만 그것도 한계가 있었다.

은신처의 절대 조건—『자급자족 가능한 환경』이라는 조건을 만족하느냐면 안타깝게도 전혀 아니었다.

그러나 600명이라는 인원을 한 번에 수용할 은신처도 달리 없었다. 규모를 확장해 마을을 은폐할 수 없다면 주객전도였다. 대륙에 도착하자마자 각지의 은신처로 분산시킨다는 방안도 있었으나, 제2의 고향을 잃은 안디카 주민을 찢어 놓기란 감정적으로도 내키지 않았다.

그래서 고민에 고민을 거듭한 밀레디는 언제나 그렇듯 만능 해결사 오 군을 소환했다.

—안경이시여! 그 안경이 장식이 아님을 증명하소서! 나에게 지혜를 내려주소서!

밀레디가 안경 빔을 맞고 잠시 「아무것도 안 보여……」라며 주위를 방황했지만 대가를 치른 보람은 있었다.

사실 답은 이미 나와 있었다.

바로 배 위에서 작물을 키우던 메르지네 해적단이었다.

"흠, 순조롭구먼."

쉰 목소리로 중얼거린 사람은 여든 살을 훨씬 넘은 모습인데 대단히 정정한 노인이었다.

풍성한 백발과 풍성한 흰 수염이 마치 구름을 떼다 붙인 것 같았다.

노인이 유심히 관찰하는 곳은 은신처의 농지였다.

바위와 잡초뿐이었던 바위 계곡에는 비옥한 토양이 넓게 깔려 싱싱한 녹색 식물이 질서 정연하게 고개를 내밀고 있었다.

"벤 할아버지, 어때? 잘 자라?"

말을 건 사람은 방금 오스카를 버린…… 아니, 팔아넘긴 메일이었다.

"뭔가? 꼬마는 버리고 왔나?"

"아니. 팔아넘겼어!"

"……."

켕기는 일은 하나도 없다. 있어도 숨기지 않는다!

그것이 해적 여제 메일 메르지네.

'밀레디 아가씨도 그렇고 메일 아가씨도 그렇고 개성이 너무 강하군.'

오스카를 애도하는 노인— 벤 할아버지.

『해방자』멤버이고 은신처에서 농지 개간, 개선, 관리를 한 몸으로 맡은 농업 전문가였다.

"해저에서 난 흙도 썩 나쁘지 않구먼."

"그렇지? 염해 방지만 제대로 하면 충분히 쓸 만해."

"이 나이에도 배울 게 많군."

암석 지대에 갑자기 등장한 농지는 모두 근처 바다에서 옮긴 해저 토양이었다.

당연히 농지에 염해는 천적이었다. 그런 토양에서 작물이 자랄 리 없었다.

그러나 메르지네 해적단은 선상 생활에서 그것을 가능케 했다.

메일은 바다와 물에 관해서는 타의 추종을 불허하는 재능을 가졌다. 그녀에게는 해저 토양에서 농업에 유해한 성분을 씻어 내는 것도 불가능이 아니었다.

물론 오랜 기간 시행착오를 겪어 완성한 노력의 결과였다.

그것이 이렇게 새로운 마을을 만드는 데 도움이 되고 있었다. 그렇다, 도움이 되고 있었다!

메일 누님은 절대로 『해방자』에 참여했지만 지금까지 딱히 도움이 되지 않은 밥벌레가…… 아니다!

참고로 해저 토양은 오스카의 아티팩트 『보물고』로 한 번에 운반하고 메일이 토양을 개선한 후 모두 벤 할아버지가 이어받았다. 개선 자체도 지금은 벤 할아버지가 혼자서 하므로 처음 한 번 말고 메일은 딱히 아무것도 하지 않았다.

"한 달밖에 안 됐는데 곧 세 번째 수확이네? 벤 할아버지가 아니면 못 할 일이야. 『작농사』 천직이 대단하긴 해."

"입에 발린 소리 말아라."

그보다 이 애는 뭐 하러 왔지…… 아, 할 일이 없는 게군.

벤 할아버지의 표정이 살짝 오묘해졌다.

그 순간, 소란스러운 소리가 들려 왔다.

"밀레디~, 들어줘도 괜찮잖아! 분명히 도움이 된다니까! 응? 응?"

"키, 키아. 아니, 나도 마음은 기쁜데……."

웬일로 밀레디가 쩔쩔매고 있었다. 등 뒤에 찰싹 달라붙은 토끼 귀 소녀를 데리고 암석 은신 가옥에서 나오는 참이었다.

"어머, 즐거워 보이네?"

"……너무 놀리진 말아라."

히죽이 웃으며 바로 그쪽으로 가려는 메일을 보고 벤 할아버지가 못 말린다는 양 말했으나…… 돌아온 것은 척 들어 올린 엄지였다. 말을 들을 생각은 추호도 없어 보였다.

"밀레디, 이거 봐!"

"으, 응."

토끼처럼 기운차게 껑충껑충 뛰어 밀레디에게서 떨어진 『키아』— 여관집 딸 키아라는 바위 뒤로 사라졌다.

그 순간, 기척이 거의 사라지다시피 약해졌다. 그리고 바위에서 바위로 놀랍도록 빠르게 이동하는데도 발소리 하나 나지 않았다.

일반인이라면 이미 키아라를 놓쳤을 것이다.

힘이나 신체 능력이 다른 수인족에 비해 떨어지는 대신 토인족은 숨거나 도망치는 데 특화됐다. 그래서 기척 조작 능력은 모든 종족 중에서도 월등히 우월했다.

키아라는 토인족 어머니와 인간족 아버지 사이에서 난 혼혈이지만 그녀의 특성은 조금도 퇴색되지 않았다.

아니. 안디카라는 무법지대에서, 그것도 거친 인간이 많이 모이는 여관 겸 식당에서 자란 탓인지 어지간한 토인족보다 뛰어날지도 몰랐다. 정말로 훌륭한 은신술이었다.

그러나 그건 어디까지나 일반인 수준에서 봤을 때의 이야기였고—.

"키~아~라!"

"꺄악?!"

밀레디 등 뒤로 돌아가 단숨에 뛰어들려는데 물컹하고 부드러운 감촉이 키아라를 감쌌다. 그리고 등 뒤에서 겨드랑이 사이로 팔을 넣어 붙잡아 버렸다.

"뭐뭐뭐, 뭐야?! 누구야?! 메일 언니?!"

"맞아~, 메일 언니야."

늘어진 목소리로 웃으며 키아라의 머리를 가슴골로 고정한 것은 아니나 다를까 메일이었다.

키아라는 토끼 귀를 곤추세우며 분개했다. 북슬북슬하게 선 토끼털이 얼굴을 덮자 메일 언니는 황홀한 표정이었다.

"아이참, 방해하지 마! 메일 언니!"

"어머, 내가 뭘 방해했니? 뭐 하던 중이었어?"

"으."

정말로 몰라서 묻자 키아라는 말문이 막혔다.

그럴 수밖에. 키아라 딴에는 기척 차단의 우수함을 증명하려던 참이었다.

자기가 밀레디를 따라가도 걸림돌이 되지 않는다고 알리기 위해.

분명히 유용한 종자(從者)가 된다고 알리기 위해.

그런데 허탈하게 발견된 것도 모자라 오히려 뒤에서 붙잡히다니…….

자연스럽게 토끼 귀가 늘어지며 『시무룩 토끼 귀』가 됐다.

"키아…… 괜찮아?"

딱히 놀라는 기색도 없이 밀레디가 걱정스럽게 쳐다봤다.

"밀레디…… 눈치챘었어?"

"……응."

"……그랬구나."

키아라가 아하하, 하고 힘없이 웃자 메일도 깨달은 모양이었다.

이것이 최근 자주 보이는 키아라의 『어필 타임』― 여행용 요리를 대접하거나 선전을 하러 분주하게 뛰어다니거나 밀레디를 시중들려고 하는 행동의 하나였음을…….

"키아라, 아직 포기 안 했어?"

"……그치만……."

키아라의 소원.

창궁색으로 빛나며 세계와 정면으로 싸우는 친구 밀레디에게 매료되고, 동경했고, 빠져들었다.

하지만 심하게 상처 입은 모습도 보고 말았다.

그래서 힘이 되고 싶었다. 여행에 따라가고 싶었다.

그렇지만 분하게도 자신에겐 싸울 힘이 없었다.

적어도 종자가 되어 잔심부름이라도 하고 싶었다.

그리고 무엇보다 키아라는―.

"밀레디랑, 더 같이 있고 싶은걸……."

단순히 밀레디라는 친구를 정말로 좋아했다.

이곳에 오고 한 달이 지났다.

헤어질 시간이 다가오고 있다고 키아라는 어렴풋이 느끼고 있었다.

어디선가 푸쉭 소리가 났다.

"키아……."

밀레디였다. 코로 사랑의 액을 뿜고 있었다. 새빨간 사랑의 체액을…….

"얘가 진지한 장면에서 이러네?"

메일 누님에게서 재생 마법의 빛이 날아들었다. 밀레디의 새빨간 코가 번쩍 빛났다.

'정말로 밀레디도 순진해 빠졌어…….'

남에게는 대가 없는 호의를 무한정으로 베풀면서 막상 호의가 돌아오면 어쩔 줄 모른다. 때로는 이야기를 돌리고, 때로는 유난을 떨어 어물쩍 넘겨 버리고, 그래도 안 될 때는 아예 눈길을 돌려 버리기도 했다.

쑥스럽고 어떻게 대해야 할지 모르기 때문일 것이다.

아직 3개월밖에 함께 있지 않았지만 메일은 동생의 안 좋은 버릇을 잘 알고 있었다.

'세상에는 정면으로 싸움을 걸면서 왜 친구에게는 약할까…….'

숙맥이 따로 없었다.

'숙맥레디 라이센! 허당 귀여워!'

그런 속마음은 넘어가더라도, 마음이 약해져 우유부단하게 구는 것은 좋지 않았다. 결정을 미루는 것도, 이도 저도 아닌 태도도 결국 키아라에게 좋은 결과를 주지 못한다.

'그럼 안 돼. 밀레디.'

포근한 분위기를 거두고 엄하게 타이르는 눈빛으로 동생을 바라봤다.

밀레디가 몸을 움찔 떨었다. 바로 언니의 의도를 깨달은 것이다. 고개를 시무룩하게 떨궜다가 세차게 흔들고는 살며시 씁쓸한 미소를 띠고 심호흡했다.

그리고 흔들림 없는 올곧은 눈으로 친구를 마주 봤다.

"키아, 들어줘. 네가 그렇게 말해주는 건 정말로 기뻐."

분위기가 변한 밀레디를 보고 키아라 또한 진지한 표정을 지었다.

듣고 싶지 않지만 흘려들을 수 없다며 토끼 귀를 쫑긋 세웠다.

"하지만 안디카에서도 봤지? 우리가 누구랑 싸우는지."

"……."

대답은 없었다. 그래도 밀레디가 하고 싶은 말은 전해진 것 같았다.

"싸우는 방법은 하나가 아니야. 『해방자』에 대해서 알려줬으니까 그것도 이해하지?"

―조직 『해방자』.

그곳의 구조는 크게 세 가지로 나뉜다.

첫 번째― 행동 부대.

전투 능력을 가진 인원으로 구성되어 은신처 방어부터 이단 자로 지정된 인물 구조, 새로운 동료 모집 등 전 세계에 흩어져 활동하는 부대다.

두 번째— 알다시피 은신처 대기조.

전투 능력이 없는 사람, 혹은 부상으로 싸울 수 없는 사람, 교회의 이단자 사냥으로 마음에 깊은 상처를 가진 사람, 아이들…… 그런 보호해야 할 사람들이다.

그리고 세 번째— 지원 부대.

은신처에서 피보호자들을 돌보거나 행동 부대의 거점인 『지부』(콜린과 아이들이 있는 라이센 대협곡 은신처도 여기에 속한다)에서 정보 처리나 물자 준비 등 사무 업무를 보거나 스노벨이나 벤 할아버지처럼 은신처와 지부를 만드는 사람들.

그리고 각국의 마을에서 평범하게 살아가지만 실제로는 첩보원으로 활동하며 지부로 정보를 보내는 자들이다.

어떤 사람은 상인. 또 어떤 사람은 모험가. 마을에서 공무를 맡은 사람이 있는가 하면 의사나 청소부, 혹은 단순한 농민도 있다.

그들은 특별히 어디에 침입하지도 않고 일상생활 속에서 얻는 정보를 수집했다.

위험은 감수하지 않는다. 하지만 소문, 마을에서 일어난 사건, 물가 변동으로 인한 물자나 사람의 흐름 등 사소한 사항까지 민감하게 수집한다.

물론 그 정보가 유용한지 아닌지 검증하기 위해 시간이 걸린다는 문제는 있지만…….

넓은 네트워크로 전 세계의 온갖 정보를 안정적으로 공급한다는 점에서 『해방자』를 지탱하는 그들은, 말 그대로 숨은 조력자였다.

그래서 밀레디 일행은 특히 그들을 『지원자』라고 부르며 믿고 기댔다.

"키아는 지원자가 되어서 우리 힘이 되어줘."

"여관에서 일하면서?"

"응. 여관의 사랑받는 종업원으로."

떨어져 있어도 친구라는 사실에 변함은 없다. 그 관계는 절대로 끊기지 않는다.

그렇게 따스하면서도 강하게 눈빛으로 주장하는 밀레디는 주머니에서 작은 상자를 꺼냈다.

"받아, 키아."

키아라는 어리둥절하면서도 엉겁결에 그것을 받았다. 상자와 밀레디를 몇 번 번갈아 본 키아라는 조용히 상자를 열었다.

"뭐, 뭐야, 이거? 엄청 비싸 보이는데……."

안에 든 물건은 지금까지 키아라와 전혀 인연이 없던 아름다운 목걸이였다.

은과 비취로 만들어진 그것은 이슬에 젖은 싱그러운 잎과 가지가 햇빛에 반짝이는 모습을 형상화한 것 같았다.

"이건……."

"응. 오 군에게 부탁해서 만든 아티팩트야. 목에 차 봐."

밀레디의 말에 움직인 사람은 메일이었다.

난생처음 비싼 장식품을 선물 받고 머뭇거리는 키아라 대신 메일이 부드러운 표정으로 목걸이를 걸어줬다.

그 순간 키아라의 토끼 귀와 꼬리가 신기루처럼 사라지고 머리색도 군청색에서 금색으로 변했다. 어느 모로 보나 인간족 소녀의 모습이었다.

목걸이는 키아라가 인간족 마을에서 활동할 수 있도록 도와줄 변장용 아티팩트였다.

"아무리 큰 나무라도 잎과 가지가 없으면 외로우니까."

새도 앉아 쉴 수 없고 비와 강한 햇빛도 막아주지 않는다.

거목에는 거목에 어울리는 잎과 가지가 필요하다.

그래서 그 이름은 『아침 이슬의 잎가지』였다.

잎가지란 동료. 모든 동료와 싱그러운 마음으로 내일을 맞이하고 싶다. 앞으로도 쭉.

그런 밀레디의 마음이 담겨 있었다.

"오 군이 주의했어. 반년이면 마력이 떨어진대. 뭐, 그때가 되면 밀레디 씨가 직접 충전하러 가줄 수도 있고…… 에헤헤."

머쓱하게 웃는 밀레디와 대조적으로 키아라의 눈가에는 눈물이 맺혔다.

"우우…… 이걸 어떻게 안 울어. 밀레디, 치사해."

그런 소리를 하면서 마치 삐친 것 같기도, 기뻐서 참을 수 없는 것 같기도 한 설명하기 힘든 표정으로 밀레디에게 안겼다.

서로에게 몸을 기대고 우애를 나누는 모습은 무척 아름다운 광경—

"죽어라아아아아아! 이 괴물 자시이이이익!"

"누가 교황도 식겁하고 도망칠 괴물이라고오오오오오?!"

아름다운…… 광경 위로 격진과 뇌명이 퍼졌다.

그 직후, 땅이 쿵 울리며 무언가가 추락했다.

번개를 두른 검은 우산을 맞고 쓰러진 스노벨과 끊어질 듯 숨을 몰아쉬는 오 군이었다.

밀레디와 키아라가 우정을 나누는 명장면은 안중에도 없고, 어째선지 성한 곳 없는 오 군이 검은 우산을 하늘 높이 번쩍 들어 승리의 함성을 외쳤다.

"밀레디! 들어줘! 내가 이겼어! 악몽에 맞서 승리했다고!"

오 군은 소중한 것(엉덩이나 인간의 존엄 같은 것)을 지켜냈다는 환희와 안도감에 취해 몸을 떨었다. 서로 끌어안고 당최 영문을 알 수 없다는 표정을 짓는 밀레디와 키아라 대신 메일 누님이 어이없게 말했다.

"원인 제공자인 내가 말할 처지는 아니지만…… 오스카, 너 정말 눈치 없다."

이 은신처 중심에는 다른 암굴 가옥보다 넓은 『집회장』이라는 곳이 있었다.

모든 가옥과 지하수로로 이어진 그곳은 마을의 일을 논의하는 회의소이자 유사시 긴급 피난처로도 사용될 예정이었다.

작은 성당만 한 그곳에서 원망 섞인 목소리가 울렸다.

"메일. 날 팔아넘긴 원한은 안 잊을 거야."

연쇄로 몇 중이나 감긴 스노벨을 끌고 있는 오스카였다.

성당 내부를 개선하는 스노벨의 부하들과 자기 일에 힘쓰는 은신처 주민들이 대장님은 또 저 꼴이라느니, 또 한바탕 난리를 부렸냐며 반은 어이없고 반은 재미있어하는 표정으로 보고 있었다.

스노벨 대장이 오스카를 덮치는 광경은 이미 일상 풍경이 되어 있었다. 다행히 오스카의 방어율은 아직 100퍼센트를 유지 중이었다.

"왜? 사과도 했는데."

윙크하며 혀를 빼꼼 내미는 행동을 사과라고 할 수 있을지 는 논의의 여지가 있겠다.

"메일, 그거 알아? 사과라는 건 머리를 숙인다는 의미야."

"오스카는 그거 아니?"

뭐냐며 경계하는 오스카에게 메일은 특유의 포근한 웃음 을 지어 보이며 선언했다.

"메일 누나는 머리 숙이기를 죽도록 싫어한단다."

"이쯤 되면 성격 파탄인데……."

말만 해도 지친다는 표정으로 두 어깨를 늘어뜨리는 오스 카에게 평소처럼 후속타가 날아들었다.

"오 군, 오 군! 멋진 오빠에게 열렬하게 대시받는 오 군! 지 금 어떤 기분이야? 응? 응? 지금 어떤 기분이야?"

어떻긴, 짜증나지……. 그런 생각을 담아 오스카는 주위를 방방 뛰어다니는 밀레디를 노려봤다.

"오, 오스카 오빠. 그…… 엉덩이는 괜찮아?"

"키아라, 내가 말했지? 나는 악몽과 싸워 승리했다고."

우물쭈물, 쭝긋쭝긋. 키아라는 무법 도시에서 자란 아이답게 털털하고 당찬 언동이 잦지만 실상은 엉큼한 과대망상증 변태 토끼였다.

　오스카 일행이 그녀의 집인 『완다 여관』에 머물 때 외벽으로 밧줄을 타고 내려와 방을 엿보거나 침대 아래 숨어들거나 벽과 같은 색 천으로 은신하는 등 세 사람의 정사를 뇌내 폴더에 영구 보존하려고 분투했을 정도였다.

　물론 세 사람의 정사 자체가 키아라의 망상 속에서만 존재하는 일이지만······.

　"알아! 끝까지 말 안 해도 돼! 나는 다 아니까!"

　"아니, 전혀 모르는 거 같은데?"

　"하지만! 이 말만은 할게!"

　키아라는 껑충 뛰어 앞으로 나왔다.

　토끼 귀를 꼿꼿이 세우고, 친애하는 친구를 위해 오늘도 야시시한 방향으로 상상의 나래를 펼치며―.

　"밀레디도 꼭 상대해줘!"

　"키아?!"

　"아니면 스노벨 언니랑 셋이서 해도 되잖아! 아니지, 그게 더 좋지!"

　그게 더 좋으시단다. 키아라는 코로 망상의 증거를 쾰쾰 분출했다.

　다시 설명하지만 이곳은 암굴 가옥, 성당 같은 넓은 공간이다. 그래서 목소리가 아주 잘 울린다.

여기저기서 「여, 역시 해방자 리더야」, 「아직 젊은데…… 장래가 걱정돼」, 「밀레디! 즐기는 건 좋지만 정도는 지켜라!」, 「야, 귀축 안경! 네가 감히 밀레디 누님을! 부럽잖아!」라며 소란이 일파만파 퍼져나갔다.

친구지만, 정말로 좋은 친구지만…….

성적인 방면으로 오해에 오해를 거듭한 끝에 가속을 붙이고 확산까지 시켜주는 키아라 때문에 밀레디는 눈알을 까뒤집었고 오스카는 머리를 싸맸다.

"어쩜, 키아라도! 어떻게 그런 말을 해!"

"메르 언니!"

"메일!"

구세주의 등장에 밀레디와 오스카가 잠깐 현세로 복귀했다.

"어떻게 메일 언니를 쏙 빼놓을 수 있니!"

그리고 다시 돌아갔다.

"그, 그럼 네 명이……. 으아아…… 밀레디, 너 정말 상상초월─꾸엑?!"

토끼 귀와 꼬리를 고속으로 파닥거리며 대흥분한 변태 키아라가 목덜미를 붙잡히고 짜부라진 개구리 같은 소리를 냈다.

"키아라! 너는 또 폐만 끼치고 다니지!"

"어, 엄마."

한 손을 허리에 대고 이마에 핏줄을 세운 키아라의 어머니─벨라였다. 그 뒤에는 딸의 추태에 남부끄러운 표정을 지은 아버지 마커스도 있었다.

"할 일이 산더미처럼 쌓였어! 빠릿빠릿하게 일해!"

"아앗, 잠깐만, 엄마! 나는 밀레디랑—."

"그 밀레디를 방해하니까 그러지! 하여간 얘는 이상한 데만 관심을 가져! 누굴 닮아서 이 모양인지……. 너 때문에 창피해서 못 살겠어!"

그리고 키아라는 벨라에게 질질 끌려갔다. 마커스가 기어드는 목소리로 「너 닮지 누굴 닮겠어」라고 중얼거리고 밀레디에게 고개 숙인 후 가족을 따라갔다.

그 뒤에 남은 것은 소란과 오해, 메일 누님의 즐거운 웃음소리뿐이었다.

그러던 때였다.

"음? 제법 시끌시끌한데."

『게이트』가 열리고 짐마차를 모는 나이즈가 나타났다. 수레에는 닭들을 가둔 우리가 실렸다.

나이즈는 먼 마을에서 축산용 가축을 구해 돌아오는 참이었다.

"나즈~!"

"나이즈!"

믿음직한 동료가 귀환하자 이 혼돈의 도가니에서 빠져나올 기회라고 생각한 밀레디와 오스카가 뛰어갔다. 하지만 그 전에 나이즈에게 우르르 몰려오는 집단이 있었으니…….

"나이즈 님, 어서 오세요!"

"나이즈 오빠! 왜 이렇게 늦었어!"

"나이즈 씨! 수고하셨어요!"

조그만 레이디들이 일제히 나이즈에게 몰려들어 어깨에 올라타고, 끌어안고, 팔을 붙잡았다.

나이즈 님은 순식간에 꼬마 숙녀들에게 파묻혔다.

물론 이런 장면을 보면 현실 도피를 하던 밀레디도 곧바로 현실로 귀환한다.

"메르 언니!"

"나만 믿으렴."

밀레디가 오스카를 중력 족쇄로 붙잡아 움직임을 봉쇄하고 거기에 맞춰 메일이 검은 안경을 낚아채 착용했다.

오스카가 앗 소리를 냈을 때는 이미…….

─팡!

검은 안경의 기능 중 하나가 발동한 뒤였다.

"잠깐! 왜 사진을 찍었지?!"

"어서 수샤랑 만나고 싶네."

"왜 지금 그 소리가 나오지?!"

""예~이!""

하이 터치를 하는 천재(天災) 밀레디와 사디스트 메일은 안중에도 없는지 조그만 레이디들 사이에 동요가 일었다. 「수샤가 누구예요?!」, 「어디 사는 여자야?!」, 「나이즈 님! 저는 안 되나요?!」라며 웅성웅성…….

안디카가 침몰할 때 온 도시를 전이해 다니며 인명 구조에 가장 눈에 띄게 공헌한 사람은 나이즈였다.

그 때문인지 안디카 주민은 나이즈에게 무척 호의적이었다. 특히 안디카의 레이디들에게……. 폭넓은 연령대의 레이디들이 틈만 나면 어택을 감행하는 실정이었다.

필연적으로 조그만 레이디들이 어른보다 한가하므로 걸핏하면 여아들에게 둘러싸이는 것이었다.

언제 어디서나 보고 있는 기분이 드는 수샤의 그림자에 전전긍긍하며 유일한 아군인 오스카에게 눈빛으로 증거 은멸을 애원했다. 하지만—.

"우럇!"

"뭐야?! 벌써 깨어났어?!"

스노벨이 부활했다. 아름다운 근육으로 연쇄를 찢어 버리고 서비스로 더블 바이셉스.

춤춰라, 상완이두근. 사랑하는 그이를 놓치지 마라, 대흉근. 미스터 레이디의 안광이 형형한 빛을 발한다.

그런 이유로 오스카에게는 여유가 없었다.

점점 혼돈은 퍼져 나갔다. 오늘도 은신처는 활기로 가득했다.

그러나 그것도 이제는 끝내야 할 시간이었다.

"리더! 지부에서 연락이 왔어!"

스노벨의 부하 한 명이 편지를 들고 달려왔다.

"그래…… 시간이 됐어?"

출발할 시간이 됐다.

점심을 먹고 밀레디 일행은 집회장 가장 안쪽에 있는 회의

실에 모였다.

큰 통바위로 만든 원탁에는 안쪽에 밀레디가 앉고 왼쪽으로 오스카, 나이즈, 메일이 나란히 앉아 있었다.

그리고 밀레디의 정면에는 스노벨과 벤 할아버지를 비롯한 『해방자』 간부들이, 오른쪽에는 안디카 주민 대표로 밀레디와 친분이 있는 완다 일가와 각 분야 대표들이 앉았다.

"그럼 시작해 볼까?"

밀레디가 입을 뗐다. 처음으로 본격적인 『해방자』 회의에 참가하는 완다 일가에게 긴장감이 퍼졌다.

무법 도시에서 상회나 수공업자 조합의 간부였던 이들조차 긴장한 내색을 보이는 자리였다. 일개 여관, 그것도 섬 주민 중에서도 하층민인 외곽구 주민에 불과했던 그들에게는 입 안이 바싹 마르는 상황이었다.

밀레디가 그들을 곁눈질하며 빙그레 미소 지은 후 말문을 열었다.

"먼저 편지 내용을 전달하자면, 수용 준비가 끝났다는 소식이었어."

각국에 흩어져 있는 『해방자』 지부나 『지원자』는 요청을 받아 새로운 동료를 위해 다양한 준비를 해준다.

상인이라면 상점을. 기술자라면 공방을······.

그리고 숙박업자라면 빈 건물을 필요한 장소에 마련해준다.

"선발대는 30명이야."

밀레디의 말을 듣고 안디카 주민이자 외곽구 자경단을 감독하던 남자— 지금도 이 은신처의 경비대장을 맡고 있는 킵슨이 눈살을 찌푸렸다.

"……겨우?"

다른 은신처 주민과 이 암석 지대 은신처 주민의 차이점은 그들 대부분이 『피보호자』가 아니라는 점이었다.

그들은 싸우기 위해서, 함께 저항하기 위해서 제2의 고향을 버리고 이곳에 왔다.

"우리는 신중하게 움직여야 해."

"그건 이해한다만……."

"게다가 지원조를 먼저 배치할 필요가 있어. 안 그러면 이 마을 방비가 허술해지니까."

주민 약 600명 중 신전 기사와 싸워 최소한 시간 벌기나 도주가 가능한 사람은 30명 안팎이었다.

비전투원을 줄이지 않으면 유사시 도망치기도 어렵다. 킵슨처럼 귀중한 병력은 아직 이곳에 남아 있어야만 했다.

킵슨이 이해하고 고개를 끄덕이자 밀레디도 마주 고갯짓하고 시선을 스노벨에게로 옮겼다.

"현황을 보고해줘."

"알겠엉, 리더."

스노벨이 고유 마법 『환상』을 발동했다. 원탁 위에 미니어처 같은 암석 지대가 입체적으로 떠올랐다.

"보다시피 가옥 설치는 거의 예정대로 끝났어. 오스카 군덕분에 예정의 절반을 한 번에 소화했지 뭐야."

암석 지대가 확대되며 일부의 색이 변했다. 그곳이 안쪽을 파내서 가옥으로 만든 바위산이었다.

"다른 마을도 슬슬 수용 한계에 도달했엉. 순차적으로 이곳을 나갈 아이들과 교대할 생각이었는데…… 그걸 감안해도 이미 충분한 수가 모였어."

"피난 경로는 준비됐어?"

"물론이야. 지하수로는 문제없이 깔았엉. 각 가옥 지하에 쪽배도 배치했구. 집회장 지하에는 200명은 가뿐히 태울 대형 선박이 세 척. 바다까지 이어진 수로에는 추적 방해용 함정도 무더기로 깔았어."

"마을 위장도 문제없어?"

"두말하면 잔소리지!"

자신만만하게 대흉근을 실룩샐룩 움직이는 스노벨을 보고 밀레디도 웃으며 고개를 끄덕였다.

"응. 완벽해. 단기간에 잘해줬어. 스노 언니, 수고했어. 다른 개척 부대 사람들도."

"칭찬해줘서 영광이양, 리더."

스노벨은 만족스러운 얼굴로 착석했다. 그의 부하들도 밀레디의 말에 자랑스럽게 웃었다.

『저, 저기, 오스카, 나이즈. 밀레디 왜 저래? 꼭 비밀 조직의 능력 있는 카리스마 리더 같잖아! 비현실적이야!』

『나, 나도 이런 밀레디는 몰라. 아니, 이게 밀레디일 리 없어!』

『전혀 깐족대지 않는 밀레디…… 설마, 가짜인가?!』

메일과 오스카, 나이즈가 수군댔다.

그리고 밀레디의 이마에 핏줄이 떠올랐다.

키아라의 반짝이는 존경의 눈빛만이 밀레디의 폭발을 억누르고 있었다.

"베, 벤 할아버지. 농지는 어때?"

"앞으로 한두 달 정도 상황을 보고 싶지만…… 딱히 문제는 없을 거야. 오히려 너무 순조로워서 놀라워. 해저의 흙을 보물고로 한 번에 운송할 수 있다면 지금까지 사용하지 못했던 해안 쪽 은신처 후보지도 재검토할 가치가 있겠어."

"그래? 그건 반가운 소식이야. 최근 교회의 움직임이 활발해져서 은신처 수요가 높아졌어. 위험할 때 당장 이주할 곳도 필요하니까."

밀레디는 잠깐 생각에 빠지더니 말했다.

"해저 토양을 농업용으로 개선하는 방법, 다른 사람도 따라 할 수 있을까?"

"교육이 필요하겠지."

"그럼 이 농지 준비가 끝나면 벤 할아버지의 임무를 일시적으로 변경할게. 본부로 돌아가서 교육에 집중해줄래?"

"노인네를 막 부려먹는군. 뭐, 나도 후계자 문제는 생각하던 참이었고 무엇보다 리더가 부탁하는데 안 할 수야 없지. 나한테 맡겨."

"응, 고마워. 믿고 있을게."

벤 할아버지는 떨떠름한 태도였지만 그 눈에는 전사도 압도

될 기개가 보였다. 그것은 밀레디의 바람에 부응하고 싶다는 자애심을 닮은 감정에서 우러나오는 듯했다.

『어쩌지? 밀레디가 아직도 깐족대지 않아. 정체성을 상실하고 있어!』

『재생 마법이라도 걸어줘야 할까?』

『아니, 역시 가짜설이 유력─.』

"거기 세 사람! 조용히 해!"

기어코 참지 못한 밀레디가 중력 마법을 날렸다.

철퍽, 하고 단단한 석조 원탁에 얼굴을 박는 세 사람. 조용해졌다.

밀레디는 동료의 평가가 창피했는지 볼을 살짝 붉혔으나 애써 리더다운 위엄을 유지했다.

시선을 되돌리자 모두 흐뭇하게 바라보고 있었다.

특히 스노벨과 간부들이 기뻐 보였다.

"다시 말하지만, 참 잘됐엉. 리더."

"뭐, 뭐가?"

글쎄? 뭘까? 라며 그들은 미소 지었다.

말하지 않아도 전해졌다.

밀레디에게『대등한 동료』가 생겼다.

물론『해방자』동료 사이에 지배 관계가 있을 리 없었다. 하지만 그럼에도 밀레디는 특별했다.

타의 추종을 불허하는 신대의 힘을 사용하는 인물이자『동료를 지키는 리더』였다.

아직 열네 살에 불과하거늘……

열 살에 해방자에 들어와 4년간 악착스럽게 달려서 어느새 리더가 되어 있었다.

그로부터 쭉 마음은 대등해도 밀레디는 동료를 지키는 입장이었다.

그러던 그녀가 겨우 발견했다.

등을 맡길 수 있게 됐다.

어깨를 나란히 하며 싸워주고, 함께 지켜야 할 사람을 지켜주고, 때로는 자신을 구해주는 『대등한 동료』를 만났다.

다른 이들은 밀레디를 지탱할 뿐 아무리 간절히 바라도 나란히 설 수 없었으니까.

"리더, 더 깐족대도 괜찮다구."

"저거 봐. 진지한 얼굴로 회의하는 너를 보고 저 꼬마들이 식겁하잖나. 평소대로 짜증나게 나대면 돼."

"밀, 밀레디! 리더 같은 밀레디는 멋지지만, 난 평소처럼 짜증나는 밀레디가 더 좋아!"

옳소, 옳소! 리더, 눈치 볼 필요 없어!

리더는 깐족대야 제맛이지!

더 짜증나게! 밑도 끝도 없이 짜증나게!

깐족레디 라이센!

그런 느낌으로 따스한 눈길과 성원을 받으며 회의실에 「깐족레디 만세」 합창이 일었다.

밀레디는 치마를 양손으로 부여잡은 채 부들부들 떨더니—

"이거 사실상 괴롭힘 아냐?!"

눈물을 머금고 고함쳤다.

회의는 다른 의미로 활기를 띠었고 암석 지대 은신처는 이미 밀레디 일행이 없어도 문제없다는 결론이 나왔다.

그리고 『지원자』로서 마을에 들어갈 선발대로 완다 일가도 선택받은 후 마침내 출발일을 맞이했다.

【엔트리스 상업 연합 도시】

그것이 완다 일가, 안디카 주민 중 1차 『지원자』 파견대가 생활할 신천지의 이름이었다.

북부 대륙 거의 중앙에 위치하며 북쪽의 【엘버드 신국】, 서쪽의 【베르카 왕국】, 남쪽의 【그랜더트 제국】, 동쪽의 【우르디아 공국】에 둘러싸인 거대 도시였다.

『상업 연합』이라는 말대로, 북부 대륙 각국의 경제와 상업을 좌우하는 대표단으로 구성된 합의제 회의로 운영되며 주권은 없었다. 그래서 그곳은 『국가』가 아닌 『도시』였다.

국가가 아니므로 국경도 없어 누구나 마음대로 오갈 수 있었다.

사방이 300킬로미터에 이르는 이 도시는 【수도 에스페라도】를 중심으로 다른 여섯 개의 도시로 구성되었다. 각 도시 사이에도 규모, 특색이 다양한 마을이 점재해 1년을 들여도 모든 마을을 돌아볼 수 없다는 말까지 있을 정도였다.

그리고 가장 큰 특징은 누가 뭐래도 마력 구동 열차일 것이다. 모든 도시가 강철 레일로 이어져 줄줄이 이어진 짐차가 대량의 물자와 사람을 고속으로 운반했다.

그야말로 유통의 중심지이자 상업의 성지라고 할 수 있는 곳이었다.

【수도 에스페라도】.

타국에서는 왕도에서나 볼 수 있는 고층 건물이 난립한 이곳은, 전 세계 사람이 다 모인 것이 아닌가 싶은 착각이 들 정도로 인파와 북적이는 소음으로 가득했다.

메인 스트리트도 아니건만 도로의 폭은 마차 네 대가 나란히 서서 지나갈 만큼 넓었고 가로수와 가로등은 깔끔하게 손질되었다. 그리고 길가에 늘어선 가게는 아름다운 유리와 멋진 장식이 들어간 울타리로 화려함을 겨루고 있었다.

당연히 그 안에서는 의복에 장신구, 병기부터 과자에 이르기까지 세상 모든 상품이 구매자가 오기를 손꼽아 기다리고 있었다.

그런 화려한 도로에서 소녀의 한심한 소리가 울리고 있었다.

"미, 밀레디~. 나 그냥 은신처로 돌아갈래……."

키아라였다.

도시의 위용을 접하자마자 주눅이 잔뜩 든 모양이었다.

교회가 무섭다느니 별세계라느니 나 같은 촌놈이 있을 곳이 아니라느니…… 그녀는 밀레디의 가느다란 팔을 끌어안고 징징댔다.

행여 팔을 놓치면 그 길로 도시라는 괴물의 배 속에서 두 번 다시 살아 나오지 못할 것 같은 분위기였다.

지금은 아티팩트 목걸이로 토끼 귀와 꼬리도 보이지 않지만 보나마나 시들시들하게 처져 있으리라.

"키아, 일단은 은신처니까 이런 곳에서 은신처라고 말하면 안 돼."

지당한 말이었다.

나이즈의 전이로 왔으니까 사막이나 그사이에 있는 마을을 많이 건너뛰었다. 도중에 마을 몇 군데에 머물긴 했으나 그곳도 별로 크지 않은 평범한 마을이었다.

그래서 뜬금없이 이 세계 최대의 상업 도시를 보게 된 것인데…… 이 상태를 보면 그것이 실수였던 것 같다.

"키, 키아라! 정신 똑바로 차려! 엄마는 널 그렇게 한심한 아이로 키운 적 없어!"

"그러는 당신도 떨고 있으면서."

그러는 마커스도 떨고 있었다. 완다 일가족이 모두 오들오들 떨고 있었다.

참고로 서른 명을 전부 전이하기는 힘들어서 이곳에는 완다 일가만 오고 다른 사람들은 도시 밖에서 대기 중이었다.

나이즈는 이 마을에 있는 『해방자』 지부의 좌표를 몰라 직접 전이할 수가 없었다. 그래서 한 번 걸어서 지부에 들러 좌표를 파악하면 남은 인원도 전이로 데리고 올 예정이었다.

아마 예상컨대 데리고 와서 거리로 나온 순간 그들도 오들 오들거리지 싶었다.

"어머나, 재미있어 보이는 곳이네! 응? 저건 뭘까?"

마치 나비를 쫓는 어린아이처럼 메일이 화려한 곳으로 어슬렁어슬렁 걸어갔다.

이곳에 오면서도 옷을 껴입기 싫어하는 메일은 평소처럼 노출이 과한 복장을 입었다.

당연히 메일도 변장용 아티팩트인 『아침 이슬의 잎가지』를 착용해 해인족 특유의 귀는 인간족의 귀로 보이고 있었다.

그 말인즉…… 평범하게 나긋나긋, 사근사근한 헐벗은 미녀로 보인다는 뜻이었다.

"메르 언니까지 왜 이래! 말도 없이 딴 길로 새면 안 돼!"

말하기가 무섭게 메일 누님은 뭇 남자의 시선을 강탈했다.

밀레디가 아이를 타이르는 어머니처럼 말렸지만 정작 메일은 태어나서 처음으로 보는 대도시에 흥분을 감추지 못했다.

주눅 들지 않는 성격은 대단하다고 칭찬할 만하나 지금은 그게 오히려 독이었다. 쫓아가려고 해도 키아라가 붙잡고 놓아주지 않았다.

"미, 밀레디! 날 두고 어딜 가려고?!"

"오 군!"

"알았다, 알았어."

대신 오스카가 메일을 쫓기 위해 나섰고―

"오스카, 두고 가지 마라."

"……."

나이즈에게 어깨를 잡혔다. 잘 보니 오들오들 떨고 계신다.

태어나서 여태껏 변경의 땅인 사막과 안디카라는 섬밖에 모르고 살았거니와 10년 차 경력의 은둔형 외톨이인 나이즈에게 이 대도시는 정신적 피해를 주는 모양이었다.

 "나이즈, 돌아올 거야. 돌아올 테니까 지금은 메일을—."

 "친구를 버리고 갈 생각이냐!"

 "왜 이렇게 절박해?!"

 어지간히 정신적으로 힘들었나 보다.

 그러는 사이에도 사태는 진전되고 있었다.

 "응? 쉽게 돈을 벌 수 있어? 어머나! 미인이라서 특별히 소개해준다니…… 당신, 보는 눈 있네?"

 메일 누님이 척 보기에도 수상한 남자의 권유를 받고 쫄래쫄래 따라가려고 하고 있었다.

 몹시 위험하다.

 상대방이…….

 메일의 눈은 먹잇감을 발견한 해적 여제의 그것이었다. 그녀를 데리고 가면 그들은 재산부터 주머니 속 먼지 한 톨까지 탈탈 털리고 그것도 모자라 조교까지 당할 것이다.

 이렇게 된 이상 키아라를 끌고서라도 메일을 쫓아야 한다고 생각한 직후, 이번에는 마커스와 벨라 부부가 어어 하는 사이에 인파에 쓸려갔다.

 그걸 본 밀레디는—.

 "으아아! 다들 똑바로 밀레디 선생님을 따라와아아아!"

 유치원생 인솔자처럼 소리치며 중력 마법을 발동했다.

신들린 제어로 모든 일행을 자기 앞으로 끌어당겼다. 놀랍게도 중력 방향을 세세하게 변화시켜 인파까지 피하고 있는데 겉보기에는 평범하게 걷는 것처럼 보였다.

"오오. 밀레디, 대단한데?"

오스카가 무심결에 감탄했지만 밀레디의 부루퉁한 볼을 보아하니 기분이 매우 언짢아 보였다.

"오 군! 정신 차려! 왕도 출신이니까 사람들을 잘 돌봐줬어야지!"

"아, 네. 죄송합니다."

어떻게 된 일일까. 평소에는 히죽히죽 웃으며 문제와 말썽을 일으키는 주제에 지금은 대단히 착실한 사람처럼 보인다.

최근 깐족거림이 예전 같지 않아 오스카는 어쩐지 허전하다는 생각이ㅡ.

'헉?! 내가 지금 무슨 생각을?!'

이래서는 마치 밀레디에게 휘둘리는 것을 좋아하는 것 같지 않은가? 오스카는 전율했다. 자신은 결코 그런 특수한 취향의 소유자가 아니다. 아닐 것이다.

"오 군! 밀레디 씨는 메르 언니와 키아를 보고 있을 테니까 다른 사람을 부탁해!"

"아, 알았어."

「설마 밀레디에게 혼날 줄이야…… 내 인생의 오점이다!」라고 생각하는데 어디선가 시선이 느껴졌다. 별생각 없이 그쪽을 돌아보자 웬 부인들이 흐뭇한 눈길로 오스카와 밀레디를 보고 있었다.

"친구들을 안내해주나 봐요."

"후후, 쟤 좀 봐. 저 애, 애인한테 혼나서 뚱해졌어."

"여자 친구가 똑 부러졌네."

주위에서 보면 도시에 사는 젊은 커플이 시골 친구 가족을 초대해 안내하는 광경으로 보이나 보다.

덧붙이자면 밀레디가 똑 부러진 여자 친구고 오스카는 잡혀 사는 한심한 남자 친구 같은 느낌일까?

"인정할 수 없어! 밀레디 주제에!"

"나, 난데없이 뭐야?!"

오스카가 뜬금없이 안경을 번쩍이며 외치는 소리에 밀레디가 흠칫했다.

오스카는 주위 반응을 싹 무시하고 안경을 올려 썼다.

"좋아! 너희는 전부 내가 이끌어주겠어! 단 한 명도 마음대로 행동하게 두지 않아! 미아가 되게 두지 않아!"

그래서—

"밀레디, 마음 푹 놔. 걱정일랑 말고 평소 짜증나는 너로 돌아와. 걸어 다니는 천재지변, 무의미한 발랄함, 남들을 휘두르지 않으면 입에 가시가 돋는 민폐 덩어리인 평소의 너로!"

"오스카, 안경 박살 나고 싶어?"

밀레디의 냉랭한 눈초리에는 아랑곳하지 않고 오스카는 모든 이의 허리에 금속 실을 감고 나를 따르라며 척척 걸어 나갔다.

그러나—.

"오 군, 그쪽 아니야."

뒤따른 것은 부인들의 웃음소리였다.

그로부터 얼마 후.

밀레디 일행은 수도 중심가로 이어지는 메인 스트리트에 와 있었다.

주위 건물이 갈수록 위용을 더해 갔다.

마치 경쟁하듯 고층 건물이 늘어서 5층 이하인 건물이 없을 정도였다.

일반적으로는 목재, 지위가 높은 사람은 석재 건축물을 주로 사용하는 이 시대에 타국 왕도에나 있는 특수 제련 철골을 물 쓰듯 해서 만든 건물들이었다. 15층짜리 건축물은 일반인의 눈에는 마천루가 따로 없었다.

그런데도 불구하고 태양의 궤도를 계산해 길을 깔았는지 거리에는 어두운 인상이 없었다. 오히려 거리 직선상에 언제나 태양이 보이게 해 무척 밝기까지 했다.

시골 사람을 위축시키려고 작정한 게 아닐까 의심스러울 정도로 아름다운 메인 스트리트에서 밀레디는 오른손에 키아라의 손을, 왼손에 메일의 손을 꽉 잡고 일행을 선도하고 있었다.

"밀레디, 정말로 이쪽이 맞아?"

일행은 점점 도시 중심을 향해 가고 있었다.

은신처로 간다고 해서 눈에 띄지 않는 곳으로 몰래 숨어든다고 예상하던 오스카는 당혹스럽게 확인했다.

"뭐야뭐야? 오 군, 불안해? 오 군까지 이 초유능 천재 미소녀 마법사 밀레디한테 기댈 거야? 푸푸풉."

"자칭이 너무 길어."

다른 말은 무시하고 일단 째려봤다.

그래도 완다 일가가 어느 정도 도시 분위기에 익숙해졌고 메일이 얌전해진 덕택에 상태가 돌아왔다— 즉, 깐족대기 시작했다. 오스카는 그 모습에 조금 안심해 강하게는 반응하지 않았다.

유능할 뿐인 밀레디는 너무 다른 사람 같아서 등줄기가 오싹할 지경이었다.

"이상한 생각 하는 거 아니지?"

마주 째려보기. 오스카가 눈을 슥 돌렸다.

"미, 밀레디. 오스카 오빠랑 노닥거리지 말고 어서 목적지로 안내해줘."

키아라가 쭈뼛쭈뼛 말을 건넸다.

자꾸만 주위로 두리번거리는 이유는 중심가로 다가갈수록 행인의 행색이 세련되게 바뀌어 가기 때문이리라.

자신과 도시의 동년배 여자아이들을 비교하고 창피해진 모양이지만…… 사실은 이곳에 오기 전에 어떤 오래된 옷 가게에서 옷을 구입했다.

그래서 지금 키아라도 귀여운 원피스를 입어 제법 촌티를 벗었다. 이 거리에 이질감 없이 녹아든 것은 벨라와 마커스,

그리고 나이즈도 마찬가지였다.

변함이 없는 사람은 평상복을 그대로 신사복으로도 쓸 수 있는 오스카와 완강하게 노출을 줄이려고 하지 않는 메일뿐이었다.

요컨대 전혀 꿀릴 게 없다는 뜻이었다. 분명 그럴 텐데—

"우우, 이런 귀여운 옷은 나한테 안 어울린단 말이야……. 굳이 옆길로 새서 옷까지 살 필요 없었는데……."

"메르 언니, 어떡해? 키아가 너무 귀여워서 코로 뭐가 나올 거 같아."

"벌써 나왔어, 밀레디. 코 대. 언니가 닦아줄게."

한 손으로 치맛자락을 잡아 누르며 다리를 오므리고 우물쭈물하는 키아라를 보고 밀레디는 녹아웃 일보 직전이었다.

밀레디 아이(eye)는 보이지 않는 토끼 귀를 분명히 보고 있었다.

메일 누님이 손수건으로 코를 닦아주는 사이, 밀레디는 정신을 추스르고 헛기침했다.

"여행 복장으로는 갈 수 없는 곳이니까. 게다가 그 가게 자체도 목적이었고."

아무래도 단순히 일행의 복장을 눈에 띄지 않게 맞추기 위해서는 아닌 것 같았다.

오스카가 뭔가 생각났다는 듯 고개를 갸웃거렸다.

"내가 한 번에 계산했는데 나이즈와 메일에게도 구매자 명부에 사인하라고 했었지? 이상하다고 생각했는데…… 혹시 그것도 목적 중 하나였어?"

"응, 맞아~. 이번에는 내가 있으니까 굳이 들를 필요는 없었지만…… 얼굴도 비출 겸 정식 절차를 알려줄까 싶어서."

"……? 그게 무슨 이야기야?"

오스카가 의문을 던지자 나이즈와 메일도 고개를 까딱 기울이며 밀레디를 봤다.

"방금 갔던 가게 주인은 **내 친구야.**"

은어였다. 다시 말해 옷 가게 주인도 『해방자』라는 뜻이었다.

그런 티를 전혀 내지 않았던 가게 주인― 그림 속 귀부인처럼 기품이 흐르는 초로의 여성을 떠올리고 그들은 하나같이 눈을 동그랗게 떴다.

밀레디는 한 방 먹었다는 듯이 실로 화를 돋우는 웃음을 짓고 설명했다.

"그 사람, 멜리사는 『필적 감정』이라는 고유 마법을 가졌어."

원래 이 【수도 에스페라도】의 『해방자』 지부에 새로운 동료가 들어오기 위해서는 소개장이 필요하다.

『해방자』 간부급 인물의 필적은 모두 멜리사 여사가 파악하고 있어서 그 신참이 정말로 동료의 소개를 받고 왔는지 판단한다.

고유 마법 『필적 감정』은 필적의 형태뿐 아니라 상대방이 그것을 쓰던 과거의 모습까지 볼 수 있어 위조는 거의 불가능했다.

오스카와 나이즈, 그리고 메일도 사인을 보여줬으니까 앞으로 세 사람의 소개장도 사용할 수 있다.

일행에게서 탄사가 흘러나오자 밀레디는 우쭐한 표정을 지어 보였다. 멜리사 여사를 그 자리에서 소개하지 않은 이유는 단순히 놀라게 하기 위해서였나 보다.

밀레디는 계획이 성공했다며 싱글벙글 키아라와 벨라, 마커스에게 사준 옷의 목깃을 콕콕 가리켰다.

"그리고 멜리사가 소개장이 진품이라고 판단하면 그 자수가 들어간 옷을 준비해줘."

키아라나 나이즈의 옷깃에 있는 자수가 바로 지부로 들어가는 출입증인 셈이었다.

"어머, 그럼 나랑 오스카는?"

"후훗, 밀레디 씨는 엄청나게 높은 사람이야. 무려 리더라고."

함께 있으면 문제없어. 프리패스야! 그런 오만한 얼굴로 가슴을 폈다.

힐끔힐끔, 주로 오스카에게 시선을 던지고는 「자, 공경하도록. 더 공경하고 추켜세우도록!」이라고 무언으로 호소했다.

오스카는 울컥하여 애꿎은 안경만 올려 썼다. 무시하는 오스카 대신 키아라가 초롱초롱 반짝이는 눈빛을 쐈다.

"우와~, 역시 밀레디는 대단하구나."

"어, 아, 응. 뭐, 그 정도까지는 아니고. 으힛."

역시 직설적인 호의와 칭찬에 약했다.

묘한 시선이 모이자 우리의 리더는 분위기를 돌리려고 목청을 가다듬었다.

"흠흠, 어험. 아무튼! 곧 목적지에 도착해! 사실 이미 보여.

봐, 저기야!"

밀레디는 키아라의 팔을 들어 전방을 척 가리켰다.

그곳에는 아주 화려한 건물이 있었다.

15층. 장엄한 조각이 들어간 외벽. 현관홀은 넓고 호화로우며 아치형 입구에 걸린 간판에는 춤추듯 유려한 금색 글자가 빛나고 있었다.

―호텔 르쉐나.

격조와 품격으로 똘똘 뭉친 대도시의 초일류 호텔이었다.

"난 친정으로 가련다."

진지한 표정으로 그렇게 말한 사람은 벨라 아줌마였다.

"다, 당신도 좀 진정해. 친정이라니? 바닷속으로 들어가게?"

마커스가 농담처럼 따졌지만 그러는 그도 몹시 동요한 모습이었다.

대체 왜 그러나 싶어 당황하는 밀레디에게 키아라가 울먹이며 말했다.

"밀레디…… 기대에 부응해주지 못해서 미안해. 그래도 숙소 수준이 너무 달라……."

"어? 앗, 아니야, 아니야! 여기를 경영하라는 말이 아니야!"

그렇게 알아들었나 보다.

완다 일가는 도시에서 숙박업을 하며 『지원자』로 일해 달라는 이야기가 있었던지라 착각하고 만 것이었다.

"여기에 친구가 있어."

즉, 이 호텔이 【엔트리스 상업 연합 도시】를 총괄하는 『해방자』 지부란 말이었다. 첨언하자면 이들이 배속될 곳은 이 【수도 에스페라도】가 아니라 상업 연합 도시와 타국의 경계에 있는 비교적 소규모 마을이 될 예정이었다.

그렇게 설명받고 나서야 완다 일가는 겨우 땅이 꺼질 듯한 한숨을 내쉬었다. 이 도시로 온 후로 완다 일가의 심장은 철구로 몰매를 맞은 듯한 대미지를 받은 모양이었다.

그런 상황 속에서 쭉 말없이 따라오기만 하던 나이즈가 마침내 말문을 열었다. 조금 긴장한 얼굴이었다.

"밀레디. 이곳에서는 교회처럼 생긴 상업 시설도 있어?"

"그런 짓을 하면 이단으로 찍힐걸?"

그렇게 대답하지만 나이즈가 하고자 하는 말은 이해했다.

호텔 건너편이 도시의 중심지며 넓은 광장이 있었는데…… 그곳에 우뚝 솟아 있었다.

하늘을 찌를 듯한 네 개의 첨탑에 둘러싸인, 거대하고 장엄한—

교회가…….

오스카가 정말로 이쪽이 맞냐고 했던 질문의 의도는 바로 여기에 있었다.

【수도 에스페라도】의 중심을 떡하니 지키고 있었다.

성광 교회 『대륙 중앙 교회』가…….

【엘버드 신국】이 신성시하는 【신산】에는 성광 교회 총본산

이 있지만, 그곳을 제외하면 이곳이 대륙 최대의 교회였다.

그런 곳에서 엎어지면 코 닿을 곳에 있는 『해방자』 은신처······.

그것도 사람이 줄기차게 드나드는 일류 호텔······.

"엿 먹으려고 작정했군."

오스카에게서 무심코 원래 말투가 나오는 것도 당연했다.

그가 바라보는 곳에는 예술품 같은 교회, 그리고 마찬가지로 예술품처럼 아름다운 철 울타리와 문 앞에서 부동자세를 취한 신전 기사도 있었다.

밀레디가 그런 신전 기사를 향해 표면상으로는 참으로 정숙하고 경건한 신자의 얼굴을 하고서—

"여기 보래요~! 여기 있는 미소녀가 불구대천의 원수지롱~. 얼마 전에 댁들 최강 기사단을 밟아 버렸는데 무슨 불만이라도? 푸하하!"

—보란 듯이 놀려 댔다.

바람 마법으로 소리가 새지 않도록 했다지만 완다 일가를 필두로 오스카와 나이즈도 놀라지 않을 수 없었다.

메일만이 「안 들리게 욕하는 밀레디! 너무 멋져! 너무 졸렬해!」라며 칭찬인지 욕인지 모를 말을 건네고 있었다.

"밀레디. 이제 그만하고 가자."

"응? 아, 그래. 호텔 방에서 계속하자. 최상층에서 마음껏 욕하면 그건 그것대로 속이 시원하단 말이지."

"쪼잔하게 노네."

오스카의 감상에 모두 동감이라며 고개를 끄덕이는 가운

데, 교회 최대의 적대자는 교회가 바라보는 곳에서 유유히 조직 지부로 들어갔다.

로비에 들어서자 부채꼴로 펼쳐진 장엄한 계단이 눈에 들어왔다.

그 계단을 오르듯 시선이 위로 올라갔다. 그리고 깨달았다. 천장이 이상하리만치 높다는 것을. 거의 5층까지 천장이 뚫린 복층 구조였다.

그리고 그 높은 천장에는 영롱하고 거대한 샹들리에가 별가루를 뿌려 놓은 듯 빛나고 있었다.

오른쪽에는 척 보기에도 푹신푹신한 소파들이 줄줄이 늘어선 라운지가 있고 그 안쪽 벽에는 마법으로 만들었을 인공 폭포가 청량감을 줬다.

프런트는 좌측에 있었다. 매끄러운 판으로 만든 카운터 안쪽에 와인레드 색 제복을 입은 직원이 정중하고 기품 있게 손님을 받고 있었다.

프런트 쪽으로 가자 젊은 여성 직원이 빙그레 웃으며 맞아 줬다.

"안녕! 천재 미소녀 마법사 밀레디야!"

"네, 천재 미소녀 마법사 밀레디 님. 예약은 확인해 됐습니다. 호텔 르쉐나에 오신 것을 환영합니다."

회색 눈동자와 같은 색의 세미 롱 헤어가 특징인 순하고 사람 좋은 미소를 짓는 여성 직원이었다.

웃음에 작위적인 느낌이 전혀 없었다. 당황하는 느낌도 전혀 없었다.

감탄스러울 만큼 탁월한 접객 기술이었다.

키아라와 벨라 모녀가 이게 일류의 접객이냐며 놀라고 있었다. 『완다 여관』이었다면 「아하하, 너, 재미있는 애구나!」라거나 「희한한 애 다 보겠네. 그래서 뭐 시킬래?」라고 했을 것이다. 마을 여관이라면 그게 아주 당연한 반응이지만…….

"방으로 안내해 드리겠습니다. 이쪽으로 오시죠."

"고마워~."

아마 그녀도 『해방자』겠지만 밀레디와 눈빛을 교환하는 기색도 없었다. 방금 만난 멜리사 여사와 마찬가지로 어떻게 보나 직원과 손님이었다.

다른 일행은 묻고 싶은 말은 많았으나 일단 가만히 두 사람 뒤를 따라갔다.

"이쪽 승강기를 이용해주십시오."

"승강기?"

오스카가 반응했다. 물건 제작의 달인으로서 자기도 모르게 의문을 입 밖으로 꺼내고 만 것이었다. 밀레디가 「후훗. 오군이 반응할 줄 알았지♪」라는 얼굴을 하고 있었다. 아이언 클로를 먹이고 싶다.

"네. 마법구로 수압을 조정해 상하로 이동합니다."

손님에게 십여 층을 계단으로 오르내리라고는 할 수 없다는 설명을 듣고 오스카는 맞는 말이라며 고개를 끄덕였다.

도어맨이 한 그루 나무를 은세공으로 표현한 아름다운 문을 공손히 열어줬다.

와다 일가와 나이즈가 전전긍긍하며 오스카와 밀레디는 설레는 분위기로 그곳에 들어갔다.

"제법 넓네? 총 무게를 생각하면 위층까지 올리는 수압이 상당하겠는데……."

자, 어서 올려 봐! 그 멋진 마법구의 효과를 나에게 보여줘!

……그렇게 말하듯 안경을 빛내는 오스카 앞에서 땡, 하고 맑은 벨 소리가 울리며 문이 닫혔고— 땡 소리와 함께 뒤쪽 벽이 열렸다.

"뭐……라고……?"

"푸풉—! 올라갈 줄 알았어?! 응? 올라갈 줄 알았어?! 승강기 처음 탄다고 기대하던 오 군! 헛다리 짚은 기분이 어때? 어~때~? 푸하하핫!"

배꼽을 잡고 웃는 밀레디의 머리를 양손으로 고정.

눈을 들여다보고~~, 안경 빔!

"끼야아아악~?! 내 눈, 내 눈운! 밀레디 씨의 눈이!"

밀레디가 양손으로 눈을 누르고 오 마이 갓을 외치듯 고개를 뒤로 젖혔다.

"리더…… 어쩜 잠깐 안 보는 사이에 더 짜증나게 변하셨네요."

왠지 여성 직원이 감동하고 있었다.

그러더니 공손하게 다른 일행에게로 머리를 숙였다.

"여러분, 인사가 늦었습니다. 저는 셜리 넬슨입니다."

"저기, 셜리~. 밀레디 씨가 지금 눈이 안 보여……."

"신대 마법 사용자 여러분, 그리고 새로운 동지 여러분. 이렇게 만나 뵙는 날을 손꼽아 기다렸답니다."

"셜리? 밀레디 씨 리더인데. 리더가 곤란한데."

"특히 겨우 리더와 나란히 설 분들이 나타난 점…… 저희 에스페라도 지원자 일동은 정말로 기쁘게 생각합니다."

"밀레디 씨를 그렇게 생각해줬구나. 기뻐. 그렇지만 밀레디 씨는 지금 상냥함을 원해……."

"지배인님께서 안쪽에서 이제나저제나 기다리고 계십니다. 안내해드리겠습니다."

"저, 저기, 셜리? 나 싫어하는 거 아니지? 대놓고 무시하는데 나 싫어서 그러는 거 아니지? 응? 응?"

셜리는 밀레디를 공주님처럼 안아 들더니 얼굴에 웃음을 유지하며 안내를 재개했다.

"딱 봐도 고참이야."

"밀레디를 다루는 법을 잘 아네."

"나도 배우고 싶군."

오스카, 메일, 나이즈가 감탄하며 저마다 한마디씩 했다. 아직 20대 중반으로 보이는 셜리지만 의외로 경력은 오래된 것 같았다.

승강기 반대쪽은 석조 복도가 똑바로 뻗어 있었다.

또각또각 발소리를 내며 걸어가는 셜리에게 오스카가 말을 걸었다.

"길이 잘 정비됐어. 비밀 통로에 이렇게 신경을 쓰다니……일류 호텔의 자존심인가?"

"아니요, 오스카 님. 이곳은 비밀 통로가 아니라 그냥 직원용 통로입니다."

그러니까 번듯하게 만드는 것이 당연하다는 셜리의 말에 일행은 눈이 동그래졌다.

반사적으로 오스카가 반문하려고 했지만 그 전에 셜리가 진로를 슬쩍 바꾸더니…… 사라졌다. 벽 속으로……, 마치 벽을 통과라도 한 것처럼…….

"사, 사라졌어?!"

"아니요, 안 사라졌습니다. 여러분, 이쪽으로 오십시오."

벽에서 얼굴을 빼꼼히 내민 셜리를 보고 겨우 깨달았다.

정면에 서지 않으면 눈치채기 힘든 통로가 옆으로 나 있었다. 주위 돌벽의 입체적인 형태 때문에 조금이라도 옆에서 보면 평범한 벽이 이어진 것처럼만 보였다.

"아니, 비밀 통로 맞네."

"조금 알아보기 힘들어서 그렇지 아주 평범한 직원용 통로입니다."

리더, 그렇죠? 라고 묻듯 셜리가 안아 든 리더를 웃으며 바라보자 밀레디도 마주 웃으며 말했다.

"응, 맞아~. 평범한 직원용 통로야~. 음후후후."

어느새 시력은 회복됐지만 걷기 귀찮아서 그대로 셜리에게 안겨 있었나 보다. 이 얼마나 칠칠찮은 리더인가.

그 후 이상하게 바닥이 미끄러운 구역과 여자 울음소리가 나는 통로, 완전히 주위와 동화된 바위 문을 지나 지하로 이어진 계단을 내려갔다.

그리고 도착한 곳은—.

"와인 셀러?"

깊이와 폭이 5미터는 되는 작은 석조 방이었다. 오스카가 말한 대로 오래된 전용 목제 선반에는 눕힌 와인 병이 벌집처럼 빼곡하게 들어차 있었다.

이렇게 철저하게 위장해 놓았으니까 이 지부의 아지트가 나올 줄만 알았는데……. 오스카의 안경이 맥이 빠진 것처럼 주르륵 미끄러졌다.

"후후후, 재밌는 건 여기부터야."

밀레디가 즐겁게 웃더니 둥실 떠올라 셜리의 팔에서 빠져나왔다.

"여러분, 잠시만 기다려주십시오. 아, 그 부근에는 서지 마시기 바랍니다."

셜리는 그렇게 말하더니 안쪽 벽에 있는 선반으로 가서 옆 선반에서 병을 하나 뽑아 다른 빈자리에 꽂았다. 그리고 안쪽 벽에 닿았을 텐데도 병을 더 힘주어 밀어 넣었다.

일행이 설마 하는 표정이 되는 와중에도 셜리는 계속해서 병을 뽑아 마치 정해진 순서가 있는 것처럼 끼워 넣었다.

그리고 마지막 병을 꽂은 그때, 덜컹하고 소리가 났다.

셜리가 선반의 끝을 잡고 당기자 돌 벽이 앞쪽으로 열렸다.

"유후~! 저거 봐, 셜리! 얼굴들이 가관이구만!"

"좋은 호응을 해주셔서 감사합니다."

밀레디와 셜리가 흥이 올라 하이 터치를 했다.

"공들였네~. 해방자가 맞긴 맞나 봐."

"확실히 비밀 결사라는 느낌이 들어."

메일이 감탄하고 오스카가 맞장구쳤다.

"나, 정말로 비밀 조직에 들어온 거구나……."

"이제야 실감이 나네."

"우리가 도움이 되면 좋으련만……."

완다 일가도 불안해하면서도 설레는 기색으로 비밀 문 안쪽을 응시했다.

그런 그때, 나이즈가 코를 킁킁거리더니 눈살을 살짝 찌푸렸다.

"……약간 냄새가 나는 것 같은데, 지하라서 그런가?"

이 은신처를 욕할 의도는 없다며 조심스럽게 말하는 나이즈에게 셜리와 밀레디는 싱긋 웃으며 말했다.

"당연하지. 왜냐면 여기는 은신처가 아니라—"

"하수 처리장으로 이어진 작업용 통로니까요."

"은신처는 어디 갔어?!"

이토록 공들인 장치로 도착한 곳은 하수 처리장이었다.

웬일로 나이즈가 참지 못하고 따질 정도였다.

그 직후, 나이즈의 의문에 답하듯 바닥에서 덜컹 소리가 났다. 방금 셜리가 서지 말라고 주의했던 곳이었다.

잠시 후, 그 바닥이 코믹하게 벌컥 올라왔다.

"오랜만에 뵙습니다, 밀레디 아가씨."

바닥에서 고개를 쑥 내민 사람은 올백 회색 머리에 콧수염이 아름답게 말려 올라간 노신사였다.

"그리고 여러분, 처음 뵙겠습니다. 저는 이 호텔의 지배인이자 『해방자』 에스페라도 지부의 지부장을 맡은 리건 넬슨입니다. 앞으로 잘 부탁드리겠습니다."

모두가 생각했다. 와인 선반의 복잡한 장치는 뭐였냐고…….

표정으로 의문을 짐작한 셜리가 싱긋 웃으며 답했다.

"교회가 들어와도 변명할 수 있기 때문입니다."

왜 승강기 반대쪽에 통로가 있는가?

—그런 구조입니다.

위장된 샛길과 문은 뭔가?

—그런 예술입니다.

와인 선반의 장치는?!

—그건 장난입니다.

"어렵게 도착한 곳에는 아무런 비밀도 없는 하수 처리장이 나오는 것이지요."

냄새나고 더러운 곳까지 오시느라 고생이 많으십니다.

네? 왜 와인 셀러 뒤쪽에? 불결하다고요? 아뇨, 딱히 정식적인 길은 아닙니다. 이건 어디까지나 건축가의 장난이죠.

"으음."

"으으."

"어머나."

나이즈, 오스카, 메일은 삼인삼색으로 반쯤 어이없고 반쯤 감탄한 기색을 보였다.

참고로 병을 바꾸는 데는 의미가 있었다. 올바른 순서로 넣으면 진짜 은신처로 신호가 간다. 순서를 틀렸다 = 동료가 아니라는 사실을 알리는 경보인 셈이다.

물론 교회 관계자가 들어왔을 때 그 설명을 듣고 순순히 납득할지는 미지수지만…….

셜리와 밀레디가 입꼬리를 귀까지 걸고 입을 맞춰 말했다.

""철저하게 조롱하고.""

엄지를 척 들고—.

""미치도록 고생시키고.""

엄지로 목을 긋는 제스처를 취하고—.

""속으로 웃어젖힌다!""

엄지를 거꾸로 돌려 내린다.

""속았대요~. 교회 꼴좋다~! 예이~!""

하이 터치 하는 밀레디 & 셜리. 완벽한 장단이었다.

그러나 제스처와 말이 따로 놀았다.

이곳으로 유인한 뒤 몽땅 죽이겠다는 의미로밖에 보이지 않았다.

"설마 하수 처리장이란 건……."

"하수는 오물을 흘려보내는 곳이지?"

"오물이라……. 그러고 보니 이 방에 있는 와인은 전부 『레드 와인』이야."

나이즈, 메일, 오스카의 표정이 굳었다. 잘 보니 이 와인 선반에 이상한 얼룩이 많지 않아? 아니, 분명히 레드 와인 얼룩이겠지. 와인 냄새밖에 안 나는걸. 마치 다른 걸 지우려고 레드 와인을 뿌린 것처럼…….

"여러분. 이쪽입니다."

품위 있게 빙긋 웃은 지배인이 지옥의 지배자처럼 보이는 것은 기분 탓일까.

"왜 그래? 다들 이상한 얼굴로. 아, 혹시 겁먹었어? 응? 겁먹은 거야? 푸풉~!"

밀레디가 히죽히죽 웃었다. 멋진 가증스러움에 울먹이며 벌벌 떨던 완다 일가도 이마에 핏줄을 세우고 바닥의 지하 통로를 내려갔다.

메일도 밀레디의 볼을 꼬집으면서 그들을 따라갔다.

"해방자는 원래 다 이런가?"

"역시 밀레디에게는 독특한 사람이 모이는군."

오스카와 나이즈도 서로를 바라보고는 피식 웃으며 뒤따랐다.

그 후 일행이 안내받은 곳은 벽이 모두 책장인 여관 겸 식당처럼 넓은 지하 공간이었다.

붙박이 수납장에는 방대한 서적과 파일이 들어찼고, 바 카운터 같은 곳에는 음료와 식료가 보관되어 있었다.

4인용 테이블이 서른 개 정도 있고 대량의 자료가 산맥처럼 쌓인 그곳에는 남녀노소를 불문한 직원들이 일에 몰두하고 있었다.

방 가장 안쪽에는 칸막이로 나뉜 목제 원탁도 있었다.

밀레디가 방으로 들어온 순간, 직원들은 모두 웃는 얼굴로 일어났다.

"다시 인사드리지요. 여기까지 오시느라 수고 많으셨습니다."

리건이 공손히 밀레디 앞에 무릎 꿇자 셜리와 다른 직원들도 그 뒤에서 함께 무릎을 꿇었다.

그것은 틀림없이 경의를 담아 조직의 보스를 맞이하는 부하들의 모습이었다.

"내가 몇 번을 말해? 이런 거 하지 마!"

평소에도 듣는 말인지 리건은 난감하게 웃고 부하를 일으켜 세웠다.

"우리 리더는 모시고 싶어도 받아주지 않으니 참 난감합니다."

"됐어됐어. 하지 말라면 하지 마! 다들 오랜만이야! 새로운 동료를 데리고 왔어!"

밀레디가 환하게 웃으며 그렇게 말한 순간, 직원들이 일제히 우르르 몰려왔다. 다 함께 밀레디를 에워싸서 저마다 근황을 보고하거나 밀레디에게 이야기를 졸랐다.

"……와아. 이제 보니 밀레디…… 엄청 인기인이네."

"그러게 말이야. 밀레디는 매일 언니 전용인데. 질투나."

반쯤 인파에 짓눌린 밀레디를 보고 키아라는 감탄한 것처럼, 메일은 정말로 조금 질투하는 것처럼, 오스카와 나이즈는 그런 메일에게 어이없어하는 표정을 지었다.

정작 오늘의 주인공들은 안중에도 없는 눈치지만…… 그래도 자기 존재를 어필하지 않는 이유는 밀레디를 둘러싼 사람들의 표정이 정말로 기뻐 보였기 때문이었다.

"죄송합니다. 모두 1년 가까이 저분을 뵙지 못해서 조금 들떴나 봅니다."

리건이 눈썹을 팔자로 뜨고 오스카 쪽으로 다가왔다.

당분간 지부 사람들이 밀레디를 놓아주지 않으리라 생각하고 안쪽 원탁으로 안내해주러 온 모양이었다. 어느새 인원수에 맞춰 홍차까지 준비해 놓았다.

자리에 앉자마자 메일이 고개를 갸웃거리며 물었다.

"조직 리더인데?"

"리더니까요."

그렇게 말하는 리건의 얼굴은 어딘지 모르게 괴롭고 쓸쓸해 보였다.

"저분은, 너무 강하십니다."

강하니까 단독행동을 해야 제 실력을 발휘한다.

어떤 누구도 그녀에게 따라가지 못하니까.

행동 부대의 전투 전문 해방자들조차도…….

"하지만 저분의 몸은 하나지요."

정보 교환만으로 끝나는 일이 태반이었다. 밀레디에게는 수많은 지부를 직접 오갈 시간이 없었다.

메일은 이해했다며 고개를 주억거리면서도 의문을 제기했다.

"자주 못 보는 것치고는 너무 사랑받는 느낌인데?"

"하늘에서 태양처럼 빛난다……. 아시지 않습니까?"

리건의 말에 일행은 자연스럽게 떠올렸다.

대지에 나락을 만들고, 섬을 지탱하고, 넓은 바다를 가르고, 신대 괴물까지 타도했다.

압도적인 힘과 불같은 의지와 선명한 창궁색 빛을 가지고 하늘에서 하계를 내려다보는 밀레디 라이센이라는 특별한 소녀의 모습을…….

같은 신대 마법 사용자인 오스카와 나이즈, 메일조차 마음을 사로잡혔다.

그렇다면 다른 사람은—

"저분이 직접 구해준 사람은 거의 숭배하고 있을 겁니다."

적어도 마음을 빼앗긴 사람이 대부분이었다.

"당신도요?"

오스카의 질문에 리건의 웃음이 짙어졌다.

"저는 저분이 해방자에 들어오기 전부터 있었던 거의 초창기 멤버이지만……."

시선이 돌아갔다. 눈이 핑핑 도는 밀레디를 끌어안다시피 한 셜리에게로—

"버려야 할 때 버리지 못하는 저분이 딸을 구해준 은혜는 절대로 잊지 못합니다."

떠오른다.

셜리와 그녀의 어머니— 리건의 아내가 배속된 지부가 교회에게 함락된 날. 죽기보다 괴로운 『심문』이 기다렸고, 연행된 곳은 교회에서도 손꼽히는 기사단이 지키는 곳이었다.

지원자는 모두 각오하고 있었다.

교회에게 함락되더라도 결코 구조는 바라지 못한다. 싸울 힘 없는 자신들을 구하려고 미래의 희망인 전사들이 목숨을 잃어서는 안 되니까.

사명…… 그렇게 거창한 게 아니다.

그저 동료를 위해서.

—미안해, 늦었어, 미안해.

그렇게 울면서 사과하는 소녀가 있었다. 그녀는 고작 열한 살이었다.

리건 앞에서 셜리를 끌어안고 그녀의 어머니까지는 구하지 못했다며 자기가 더 상처 입은 것처럼 비통한 표정이었다.

그녀는 동료의 제지를 뿌리치고 단신으로 적진에 돌격해 동료를 구해 냈다. 아직 미숙하고 압도적 수적 열세로 다쳤으면서도 그런 건 내색조차 하지 않고…….

—다른 사람도, 다 똑같아.

꺾이지 않고 굽히지 않고 빛나는, 오로지 남을 위해 자신을 희생하며 구원받지 못하는 사람을 구하고자 끊임없이 발버둥 치는 소녀에게 마음을 빼앗겼다.

"그러니까 필연이라고 할 수 있겠죠."

밀레디 라이센이 『해방자』의 리더로 추대된 것은…….

"저분에게…… 저 아이에게, 우리는 무거운 짐을—"

아직 소녀라고 불릴 나이건만……. 리건은 마음이 무거운 눈치였으나ㅡ.

"그랬군요……. 다행이야……."

마치 안도한 듯 중얼거리는 소리가 들리자 어리둥절하게 고개를 들었다.

오스카였다. 그 표정이 아주 부드러웠다.

모든 시선이 오스카에게 모였다. 나이즈가 의아해했다.

"뭐가?"

"응? 아……."

정말로 무심결에 나온 말이었나 보다.

자신에게 주목이 쏠린 사실을 안 오스카는 조금 당황한 모습을 보였다. 하지만 안경을 꾹 올려 쓰더니 한 호흡 후, 눈썹을 팔자로 뜨며 심정을 고백했다.

"아니, 조금 걱정이었거든."

"걱정? 왜지?"

"밀레디는 『라이센』이니까."

【그랜더트 제국】라이센 백작가ㅡ 통칭 『처형인 일족』.

누구를 처형했는가?

뻔했다. 『해방자』처럼 세계에 저항하는 자들이었다.

"게다가 벨은…… 해방자 전대 리더는 라이센에게 죽었어."

"……그랬, 었지."

나이즈의 말문이 막혔다.

완다 일가는 호흡조차 멈췄다. 그들의 시선이 조심스럽게 리건에게 향했다.

메일도 리건에게로 눈을 돌렸다. 그의 진의를, 속마음을 들여다보려는 것처럼…….

하지만 리건은 아주 부드럽고 온화한 눈길로 오스카를 바라보았다.

"밀레디와 벨의 인연은 의심할 여지가 없습니다. 하지만 그것이 모든 동료에게 전해졌는지는 모르지요. 밀레디가 벨을 생각하는 마음도, 벨이 밀레디에게 맡긴 유지(遺志)도."

상식적으로 생각하면 밀레디는 『해방자』에게 내부의 불안 요소였다.

얼마 전까지는 철천지원수 중 한 명이었으니까.

아무리 자기 손으로 라이센 일족을 없애 버렸다고는 하나, 그렇게 쉽게 믿을 수는 없었다.

"해방자 멤버 몇 명과 면식이 있으니까 그들과 밀레디의 관계를 보고 괜찮을 거라고 생각했었지만……."

밀레디가 믿는 것을 오스카도 믿었다.

밀레디가 믿는 동료니까 가족도 맡겼다.

하지만—.

"사실 조금, 의심했었어. 밀레디를 편리한 얼굴마담으로 쓰려는…… 이기적인 사람들도 있지 않을까 하고."

압도적인 힘은 최적의 기수(旗手)다. 그 깃발 아래 사람을 모으지만 속으로는 『해방자』의 전략 병기로 보지 않을까. 증오스러운 적이었던 소녀를 냉담한 눈으로 보고 있지 않을까.

오스카는 그런 근심을 조금이지만 품고 있었다고 고백했다.

"만약 그랬어도 밀레디는 분명히 전부 받아들이겠지."

도량이 넓다는 뜻이 아니었다.

벨타의 일을 가장 후회하고 그 의지를 가장 잘 이어받은 사람은 다른 그 누구도 아닌 그녀였다.

—안 늦었어. 이번에는 안 늦었어.

메일의 귀에 자신을 구하러 뛰어들었던 밀레디의 목소리가 되살아났다.

『이번에는』— 그 말이 무엇을 가리키는지는 명확했다. 동시에 밀레디가 그때의 일을 조금도 잊지 않았다는 사실도 분명했다.

"그래서 다행이라고 생각했어. 정말로 내 생각이 지나쳤던 모양이야."

아직 동료들이 놓아주지 않아 어푸어푸 허우적대는 밀레디를 보고 오스카는 부드럽게 표정을 풀었다.

옆에 있는 키아라가 그 표정을 보고 「와, 와!」라며 말로 표현 못 할 감정을 담아 눈을 빛내고 있었다.

그 심정을 자기 일처럼 느낄 수 있는 메일은 속으로 훈훈해하면서 장난스러운 웃음을 짓고 물었다.

"만약 그 우려가 맞았다면 어쩔 생각이었어?"

"아무 짓도 안 해. 지금까지 했던 대로 우리는 밀레디가 가고 싶은 곳으로 따라가는 거지. 안 그래?"

오스카의 말에 메일을 후후 웃으며 동의했고 나이즈는 미소 짓고 어깨를 으쓱였다.

"그럼 우리가 저분에게 해를 끼친다면 어떻습니까?"

리건이 말과는 달리 따스한 표정을 유지한 채 질문했다.

"그때는, 도망쳐야죠."

오스카에게서 의외로 밍밍한 대답이 돌아오자 리건의 눈이 조금 커졌다.

"밀레디가 당신들을 해칠 리는 없으니까요. 그러니까 밀레디를 끌어안고 도망가야죠."

그렇게 말한 오스카가 나이즈와 메일에게 눈길을 보냈다.

"그래. 도망에는 내가 일가견이 있지. 문제없어."

"그럼 밀레디는 분명 돌아오려고 하겠지? 동료가 무슨 말을 해도 다 받아들일 것 같으니까 꽁꽁 묶어서 감금하는 게 메일 언니의 역할일까?"

"하는 말은 과격하지만, 대충 그렇게 되겠지. 그리고 나는 돌아오는 거야."

리건에게 강한 눈빛을 보내며 오스카는 고했다.

"사람들을 설득하러. 몇 번이든."

"그렇군요."

깊이, 몇 번이나 고개를 주억거린 끝에 리건은 말했다.

"귀축 안경."

"……네?"

"짝퉁 신사. 알맹이는 양아치. 안경 빔 장난 아님. 콜린한테 혼난대요, 푸풉."

"OK. 싸우자는 거지? 소원이라면 들어줄게."

장난 아닌 안경 빔을 직접 받아 보라며 검은 안경에 손을 올렸지만 그것이 발동하기 전에 리건이 말을 덧붙였다.

"가족을 무척 아끼는 상냥한 사람."

"응?"

"노력가에 강하고 믿음직한 사람— 드디어 찾았다."

"으, 그건……."

오스카의 얼굴이 점점 빨갛게 익어 갔다. 리건의 입을 통해 나오는 말이 누구의 말인지, 누구의 본심인지 알았으니까.

리건의 시선이 다음으로 나이즈에게 돌아갔다.

"로리콤."

"놔라, 오스카! 밀레디지! 밀레디가 범인이지! 그놈의 머리를 쪼개 버리겠어!"

"나, 나이즈, 참아!"

아직 얼굴이 빨간 오스카에게 붙잡혀 몸부림치는 나이즈에게 리건은 또 말을 이었다.

"자기희생을 마다하지 않는 책임감 강한 사람."

"윽."

"누구보다 큰 상처를 입고도 누구보다 타인이 상처 입을까 봐 걱정하는— 상냥한 사람."

"으윽."

나이즈의 갈색 피부가 눈에 보일 만큼 붉어졌다. 창피함 때문인지 급히 고개를 돌려 버렸다.

마지막으로 리건의 시선은 메일에게 돌아갔다.

"사디스트 시스콤 해적 여제. 성격을 뜯어고치지 않으면 시집가긴 글렀어! 푸부붑."

"……후후후, 저 애도 참. 그렇게 놀아줬음 하는 거야?"

어디서 꺼냈는지 그 손에는 채찍이……. 웃음이 짙다. 광원상 불가능한데 메일 누님의 눈가가 어둡다.

"벨의 모습을 겹쳐 보고 말았다."

"……."

"심술궂지만 마음이 따스한 사람. 괴팍한 사람인데 나도 모르게 다가가게 되는 마음이 넓은 사람. 언니 같은 사람."

"메, 메일 언니. 여기 손수건. 코피 나와."

"어머, 키아라. 고마워."

웃는 얼굴 그대로 행복의 붉은 액을 줄줄 흘리는 메일에게 모두 뭐라고 말하기 힘든 표정을 짓는 가운데, 리건은 온화하게 말을 이었다.

"오스카 님과 만난 밀레디 님의 기쁨은 단순한 편지로도 충분히 전해질 정도였습니다."

"그건, 그……."

오스카는 쑥스럽게 볼을 긁적였다.

"최근에 도착한 편지도 모두 기쁨으로 가득했습니다. 실은 저희 지부 일동은 세 분께 조금 질투를 느꼈을 정도입니다."

나이즈와 메일도 난감한 것 같기도, 쑥스러운 것 같기도 한 표현하기 힘든 표정이 됐다.

그런 세 사람에게 리건은 깊이 머리를 숙였다.

"마침내, 마침내 저분을 지킬 수 있는 분들이 나타났다. 동료가, 되어주셨다. 이 감사는 도저히 말로 다 하지 못할 겁니다."

"리건 씨……."

"오스카 님. 그냥 리건이라고 불러주십시오. 존대도 필요 없습니다. 저희는 여러분을 지원하기 위해 있습니다."

정말로 안도하고 환희하는 것 같았다.

고개를 든 리건의 눈가에는 희미한 눈물이 맺혀 있었다.

"오스카 님. 제발 언제든 저분 곁에 있어 주십시오."

"당연히 그럴 거야. 설사 지옥 밑바닥이라도."

오스카는 자세를 바로 하고 강한 눈빛과 함께 말을 돌려줬다.

"나이즈 님. 저분을 지켜주십시오."

"내 한목숨은 아깝지 않아."

나이즈도 그것이 당연하다는 얼굴로 힘 있게 고개를 끄덕였다.

"메일 님. 저분이 기댈 수 있는 사람이 되어 주십시오."

"말 안 해도 알아. 언니는 기댈 수 있는 사람이어야지."

메일도 푸근한 얼굴로 고개를 끄덕였지만 그 눈빛만은 강했다.

마지막으로 리건의 시선은 완다 일가, 특히 카아라에게 돌아갔다.

"여러분이 지탱해야 할 사람은 이런 분들입니다."

"앗, 네."

"그리고 이토록 강한 분들이라도 결코 무사할 수 없습니다. 그것이 세상과 싸운다는 겁니다."

"……"

무게 있는 말이었다. 리더인 밀레디보다도 훨씬 오래 싸워 왔던 노신사의 말은 정말로 무겁게 와닿았다.

"각오는 되셨습니까?"

자신이 아내를 잃은 것처럼. 딸의 죽음을 각오한 것처럼. 완다 일가에게도 찾아올 수 있는 미래.

그것을 알면서도 이 길을 걸을 텐가.

리건이 그렇게 묻자 벨라와 마커스는 말문이 막혔고—.

"세상과 싸울 각오는 그 순간이 되어 보지 않으면 난 몰라."

키아라가 답했다.

대도시에 주눅 들어 벌벌 떨던 모습은 온데간데없이 똑 부러진 목소리로…….

"그래도 밀레디는 친구니까. 나는 친구를 위해서라면 뭐가 됐든 싸워."

키아라의 눈이 힐끔 마커스와 벨라에게 향했다.

"나는 이 길을 갈 거야. 아빠랑 엄마는—."

돌아서도 좋다. 오히려 돌아가서 안전한 곳에 있어 줬으면 한다. 불효자식이라 미안하다……. 그런 마음이 전해지는 눈빛이었다.

그것을 본 벨라와 마커스는 살짝 놀라더니 이내 표정을 바꿔 딸을 자랑스럽게 바라보며 말했다.

"멍청아. 그럴 거였으면 처음부터 데볼트 패밀리 아래 있었 겠지."

"바다를 나올 때 충분히 이야기 나눴잖아? 우리 가족은 끝까지 함께 간다."

그렇게 말한 두 사람은 긴장하면서도 당당하게 웃으며 리건을 마주 봤다.

"좋습니다. 잘 부탁드리겠습니다. 키아라, 벨라, 마커스."

세 사람은 함께 고개를 숙였다.

그리고 때마침 직원들의 밀레디 타임이 끝난 모양이었다.

사람에 치여 지쳤는지 밀레디는 또 셜리에게 안겨 돌아왔다.

"우우, 다들 기운이 넘치네."

"리더를 만나서 흥분한 거죠."

그렇게 말하는 셜리의 시선이 리건을 향했다. 리건이 살짝 고개를 까딱했다.

우연히 타이밍이 맞은 것이 아니라 리건이 이야기를 마칠 때까지 밀레디를 묶어 놓았던 모양이었다. 역시 부모자식이었다. 사전에 정해 놓기는 했겠지만 연계가 훌륭했다.

메일이 셜리에게 다가가 밀레디를 가뿐히 들어 올렸다. 그러더니 풍만한 가슴으로 꾸우우우욱 끌어안았다.

"으악? 뭐, 뭐야? 메르 언니, 왜 이래?"

"밀레디는 못 하는 걸 해주는 거야."

"OK, 싸우자는 거지? 밖으로 나와. 땅에 얼룩만 남겨줄게."

이 무의미하게 커다란 비곗덩어리를 치우라는 식으로 얼굴

을 떼고 메일을 노려봤지만 그 직후 머리에 올라오는 감촉이 있었다.

"어? 오, 오 군?"

오스카가 밀레디의 머리를 쓰다듬었다.

그리고 당황한 밀레디에게 이어지는 추가타.

"나, 나즈까지?"

나이즈까지 이상하게 상냥한 표정으로 머리를 쓰다듬기 시작했다.

"뭐, 뭐야? 다 같이 짰어? ……아하~, 알았다. 밀레디 씨를 지부 사람들한테 뺏겨서 외로웠구나? 푸흡. 콜린이랑 수랑 디네한테 다들 밀레디 없이 못 사는 어리광쟁이라고 편지 쓸까~? 음후후후훗."

난감하게도 밀레디는 언제나 그러듯 깐죽거리며 넘어가려고 했지만─.

"괜찮아, 밀레디."

"괜찮아, 밀레디."

"괜찮아, 밀레디."

세 사람이 함께 성인(聖人)처럼 맑은 표정으로 그렇게 대답했다.

"잠깐, 정말로 왜 이래?! 정신 차려! 무섭잖아!"

동료들은 이번에도 괜찮아, 라는 말만 돌려주며 부드럽게 웃을 뿐이었다.

밀레디의 표정은 점점 공포로 굳어 갔다.

그 후.

직원들 때문에 인사가 늦어졌다는 이유로 일행은 공손하고 경의를 듬뿍 담은 사과 인사를 받았다.

밀레디에게 그랬듯이 한쪽 무릎을 꿇고 머리를 숙이는 직원들에게 일행은 어색하게 웃으며 대등한 동료로 대해 달라고 부탁했다.

신대 마법 사용자면서 이렇게 겸손할 수가! 가뜩이나 기대와 경의로 반짝이던 그들의 눈동자가 이제는 항성 같이 빛났다.

사실 그런 태도가 거북했을 뿐이었는데…….

그도 그럴 것이 고아에, 은둔형 외톨이에, 슬럼 출신 해적이었다.

마치 영웅을 보는 듯한 그들의 눈빛이 낯간지러워 얼굴이 화끈 달아오를 것 같았다.

그 와중에도 메일은 금방 익숙해져서 「어머? 왠지 기분이 엄청 좋아졌어」라며 포로로 잡은 해적단을 조교하던 때의 눈빛이 된지라 오스카가 안경 빔을 먹였지만…….

이렇게 『해방자』와 오스카, 나이즈, 메일의 본격적인 첫 만남은 무사히 끝났다.

그리고 나이즈가 나머지 『신인 지원자』를 데리고 오자 바로 그들을 위한 강습회가 열렸다.

앞으로 배속될 마을에서 어떻게 생활할지, 어떻게 활동할지, 동료와는 어떻게 연락하며 유사시 행동 지침이 뭐고 주의

점과 금지 사항은 뭐가 있는지, 『지원자』로서 알아야 할 모든 것을 당분간 호텔 르쉐나에 머무르며 배우게 된다.

한편 밀레디 일행은······.

아직도 모르는 사이 친한 사람들이 모두 딴 사람으로 변한 공포를 맛보고 동료들을 힐끔힐끔 바라보는 밀레디를 중심으로 회의가 열리고 있었다.

리건에게서 『해방자』의 현황 보고와 세계 각국에 흩어진 동료들이 보낸 주의도 높은 보고, 의견 사항, 의뢰 신청, 새롭게 부상한 문제점 등을 들었다.

밀레디는 왠지 기분 나쁘게 얌전한 메일을 의심스럽게 쳐다보기는 했지만······ 역시 조직 리더답게 암석 지대에서 그랬던 것처럼 『능력 있는 카리스마 리더 모드』가 되어 때로는 일행의 의견을 물으며 리건에게 적절한 지시를 전달했다.

"다음은 사소한 문제지만, 부리더에 관해서입니다."

"아, 맞아! 배드! 이 자리에서 소개하려고 연락했었는데······ 이 지부까지 오려면 늦을까?"

배드 버처즈─ 두 사람의 대화로도 알 수 있다시피 『해방자』 부리더이자 벨타 사망 후 밀레디가 리더로 취임하기 전 공백기에 조직을 관리한 인물이다.

말하자면 2대 『해방자』 리더라고 할 수 있겠다. 밀레디를 리더로 추천한 인물도 그였다.

오스카와 나이즈가 서로를 돌아봤다.

"전에 밀레디가 말한 이름이지?"

"『기사 사냥꾼』이라는 별명을 가졌다고 했던?"

여행 도중 밀레디가 동료에 관해 이야기할 때 몇 번 언급된 인물이었다. 밀레디도 그 배드가 맞다고 대답했다.

처음 『해방자』 지부에 온 김에 부리더는 꼭 만나고 싶다는 생각을 담아 오스카와 나이즈도 리건을 봤지만 돌아온 것은 예상 밖의 보고였다.

"버처즈 님은…… 지금 행방불명 상태입니다."

"……어떻게 된 일이야?"

밀레디에게서 표정이 사라졌다. 안 좋은 예감이 가슴을 스쳤다.

"한 달 전 일입니다. 앙그리프 지부에서 마지막으로 확인된 후 종적을 감췄습니다."

앙그리프란 【앙그리프 총장국】을 말했다. 대륙 동부 일대에 펼쳐진 【백색 대수해】에 접한 【오디온 연방】이라는 군사 국가의 수장국이었다. 그곳의 수도에도 『해방자』 지부가 있었다.

"아무 단서도 없어? 신전 기사를 너무 죽여서 이단 지정을 넘어 별명까지 붙어 지명수배 된 사람이야. 교회랑 충돌이 있었다면 소문 정도는 퍼졌을 거야."

"예. 아마도 그렇게 심각한 사태는 아니라고 생각합니다."

그렇게 말한 리건은 의아해하는 밀레디에게 종이 한 장을 내밀었다.

『올해로 마흔다섯인데 일만 하느라 마누라는커녕 애인도 없다. 그런데 그 짜증나는 밀레디 꼬맹이가 날 앞질렀다. 사는 게 괴롭다……. 오 군은 얼어죽을, 빌어먹을 세상. 거기다 뭐? 두 명째? 나즈? 역하렘 차렸냐! 더러워서 못 해 먹겠네! 애초에 그 꼬맹이는 맨날맨날(중략)— 그런 이유로 잠시 요양 여행을 떠나니까 찾지 마.』

"……."

밀레디가 활짝 웃으며 종이를 와락 구겼다.

"앙그리프 지부에서 도착한 메모의 원본입니다. 멜리사 여사도 버처즈 님 필적이 확실하다고 증언했습니다. 고유 마법을 써서 확인하니 피눈물을 흘릴 것 같은 얼굴로 「결혼하고 싶다」고 주절대며 썼다는군요. 다른 지부에도 사본이 배부되었다고 합니다. 이것과 함께……."

그렇게 말하며 리건은 편지 한 장을 더 내밀었다. 모든 시선이 그 편지로 모였다.

『그 바보를 목격한 사람은 신고해다오. 그리고 한 대 패주기 바란다. 불가능하다면 즉시 가까운 지부를 경유해 리더에게 보고하기 바란다. 리더는 그 바보를 패주기 바란다.』

유난히 구타를 요청하는 편지의 주인은 앙그리프 지부의 지부장이었다.

"응. 배드는 일단 넘어가자."

밀레디의 말투만 들어도 상관하기 싫은 기색이 역력했다.

아무래도 『해방자』의 부리더는 열네 살 소녀에게 질투해 삐치는 어른스럽지 못한 사람 같았다.

"네. 설마 죽기야 하겠습니까. 그 사람이 찾지 말라고 한다면 일단 놔둬도 되겠지요. 다음으로 마지막 보고인데, 한 가지 우려 사항이 있습니다."

"우려 사항?"

"네. 말씀드리기 전에 확인하고 싶습니다. 밀레디 아가씨, 팀과 마지막으로 연락한 것이 언제입니까?"

팀 로켓은 평범한 동물을 크게 강화하는 고유 마법 『조수애호』를 가진 『해방자』의 전문 연락원이었다.

언제나 캐스킷 모자를 쓰고 가죽 어깨 가방을 메고, 갈색 머리와 갈색 눈동자를 가진 성실해 보이는 인상 좋은 청년이었다.

원래 신국 변두리 마을 출신의 고아이고 야생동물과 마음을 나눠 협력해 살아가는 것을 벨타가 데리고 왔다.

그것도 약 10년 전 이야기였다. 아직 젊지만 상당한 고참 멤버였다.

그런 팀의 제일가는 파트너— 이소니얼 종이라는 크림색 매 크림은 거의 밀레디 일행 전용 전서조(傳書鳥)로 언제나 라이센 지부에서 편지를 가져다줬다.

"한 달 전이 마지막이었을걸? 마침 암석 지대 은신처에 들어갔을 무렵이야. 크림이 편지를 가져왔지, 아마."

시기상 올 때가 넘었다. 그러나 암석 지대 은신처는 이제 막 완성되어 안전한 정보 전달 루트가 확보되지 않았다. 그래서 늦어도 그다지 신경 쓰지 않았는데—.

"그게 왜?"

"……실은 이번에 왔어야 할 팀의 정기 우편이 오지 않았습니다."

설명에 의하면 2주 정도 전부터 주변 지부에도 팀의 전서조가 도착하지 않았다고 한다.

밀레디 일행은 언제나 사람을 잘 따르며 어깨에 앉는 사랑스러운 크림색 새를 떠올리고 걱정스러운 표정을 지었다.

"이런 일은 처음이야?"

오스카가 묻자 리건은 심각하던 표정을 조금 풀고 대답했다.

"아니요. 몇 번 있었습니다. 그 아이들은 그냥 전서조가 아니라 팀의 가족입니다. 오래 만나지 못하면 외로워하고 정기적으로 팀의 가호를 얻지 않으면 평범한 이소니얼과 다르지 않지요."

그래서 기본적으로 평소 주요 지부에 대기하는 팀의 전서조들도 사이클을 짜서 정기적으로 팀 곁으로 돌아갔다.

그래서 드물게 타이밍이 어긋나면 정기 우편이 늦을 때도 있었다.

"그렇지만 지금은 그도 전달 부대 대장입니다. 최근 몇 년 동안 이런 일이 없었던지라……."

심지어 거의 밀레디 전용이 된 크림까지 보이지 않는다면 리건의 말마따나 분명히 우려스러운 상황이었다.

"음, 그건 확실히 걱정되네."

"팀 본인에게도 수사를 은신처로 데리고 가게 하거나 물자 운반을 부탁하거나 했으니까……."

"어쩌면 무리해서 몸이 안 좋은 건지도 모르겠군……."

일행은 걱정과 동시에 미안함을 느꼈다.

그들은 사막을 넘어 바다까지 진출해 있었다. 그 거리에서 제법 높은 빈도로 연락했었으니까 팀과 크림에게 꽤 큰 부담을 줬는지도 모른다. 정말로 그게 원인이라면 너무 미안했다.

그런 그들의 반응을 보고 리건은 무안하게 웃으며 고개를 저었다.

"그렇게 마음 쓰실 것 없습니다. 여러 신대 마법 사용자를 발견해 팀도 의욕이 넘쳤고 마음이 통하는 그의 동물들도 함께 열심히 일했습니다. 어쩌면 의욕이 너무 앞서 실수를 했을 뿐인지도 모르지요."

일단 조금만 더 연락을 기다려 보자는 결론 아래 회의는 마무리됐다.

리건은 어깨에서 힘을 빼고 밀레디를 바라봤다.

"밀레디 아가씨, 향후 예정은 어떻게 되시는지요?"

"소문 탐색은 일단 쉬려고 해. 이미 대성공이야. 게다가—."

밀레디가 눈썹을 살짝 내리뜨고 오스카를 봤다.

"오래 기다리게 했으니까."

그 시선을 본 오스카는 피식 웃고, 하지만 다정한 표정으로 말했다.

"그건 신경 안 써도 된다고 했잖아."

"……응."

눈을 데굴데굴 굴리는 밀레디를 보고 사실 그녀가 쭉 마음에 두고 있었다는 사실을 알 수 있었다.

딜런과 케티의 치료를 뒤로 미뤄왔던 것을……

"대담한 건지 소심한 건지……"

"뭐, 뭐가? 내가 무리하게 부탁한 탓에—."

"밀레디, 나도 해방자야."

동생은 소중하다. 내 목숨보다도 소중하다.

그렇다고 제2의 고향을 잃은 안디카 주민을 방치해도 되는가. 힘이 되고 싶어 같은 길을 걷기로 결심해준 사람들을 놔두고 갈 수 있는가.

그럴 순 없었다.

밀레디를 따르기로 한 순간부터 그녀의 소중한 사람들도 모두 오스카의 『가족』이 됐으니까.

오스카는 그것을 절대로 무리한 부탁이라고 생각하지 않았다.

"얕보면 곤란해."

오스카 오르크스의 각오와 의지를……

"……에헤헤, 미안."

밀레디는 왠지 쑥스러워하면서 머리를 긁적였다. 쑥스러워할 이유가 어디 있냐며 오스카는 의아해했다.

그러나 리건은 밀레디의 심정을 이해했는지 흐뭇한 표정이었다.

"그럼 밀레디 아가씨, 아이들을 위해서라도 일찍 출발하시는 게 좋겠군요. 본부에서도 리더를 넘기라는 연락이 오긴 했습니다만……"

"응? 무슨 일 있어?"

"아니요. 그냥 「에스페라도 지부만 치사하다」라고 합니다."

"아하하…… 응. 본부도 한 번은 소개하러 가야 하니까 아이들 치료가 끝나면 바로 방문할게."

"그렇게 해주신다면 감사하겠습니다. 특히 총장님……「우리 귀여운 밀레디는 아직 돌아오지 않는고……. 적적하구면」이라며 요즘 기운이 없으시다고 합니다. 입버릇처럼 「이대로 가면 내가 먼저 저세상으로 가겠다」라고 하신다는군요."

"그, 그래? 사루 할아버지는 여전하시네."

참고로 말하자면 원숭이[1]가 아니다. 사루 할아버지는 엄연한 인간이다. 게다가 밀레디를 대신해 『해방자』 전체를 지휘, 정보를 총괄하는 사람이다. 사무 면에서는 실질적 지휘관이었다.

이름은 살루스 가이스트리히.

88세의 나이에도 불구하고 수완이 대단하며 현재 지원 부대의 기반을 구축한 창설 멤버이기도 했다.

밀레디를 친손녀처럼 아껴서 몇 달 얼굴을 못 보면 바로 『저세상으로 가겠다』는 편지를 지부마다 보냈다. 물론 해방자 멤버는 모두 살루스 총장이 가장 오래 살 것 같다고 생각했지만…….

"나즈가 있으니까 그렇게 오래 걸리진 않을 거야."

밀레디가 눈길을 주자 나이즈는 힘차게 고개를 끄덕였다.

"그래, 맡겨줘. 지금은 메일도 있어."

#1 원숭이 「사루」는 일본어로 원숭이라는 의미를 가진다.

유사시에 대비해 여력을 남길 필요가 있지만 메일의 회복 능력이 생긴 지금은 나이즈가 하루에 전이할 수 있는 횟수가 큰 폭으로 늘었다. 말을 달리면 한 달이 걸릴 거리라도 지금은 3일 전후로 갈 수 있었다.

"획기적이군요."

감탄하는 리건에게 오스카가 한 가지 부탁을 했다.

"그렇지만 기왕 물류의 중심지에 왔으니까 난 장비에 만전을 기하고 싶어. 리건, 며칠 체류하면서 물건을 조달할 건데 도와줄 수 있을까?"

서쪽 바다에서 백광 기사단과 사투를 벌일 때 상당히 많은 장비를 소모했다. 그 후로도 바다 위에서 생활하거나 은신처를 만드느라 최소한의 보충밖에 하지 못했다.

가족과 재회할 날을 손꼽아 기다리는 오스카지만 자기 힘의 원천은 시급히 재정비하고 싶었다.

"물론입니다. 무엇이든 말씀만 하십시오. 이미 최상층에 1인 1실로 방을 마련해 두었습니다."

"우후후후, 오 군. 설마 기대했어? 밀레디 씨랑 스위트룸을 쓸 거라 기대했어? 안 됐네요~. 밀레디 씨는 그렇게 가벼운 여자가—"

"리건, 고마워. 바로 안내해줄 수 있을까?"

"알겠습니다. 그럼 이쪽으로 오시지요. 간단한 요깃거리도 준비할까요?"

"고마워. 가벼운 거로 부탁해."

"알겠습니다."

오스카와 리건은 바로 자리에서 일어나 빠르게 출구로 걸어 갔다.

마치 옛날부터 믿어 온 청년 귀족과 집사처럼……

"어, 어라? 왠지 나보다 리더랑 부하 같아……"

"자업자득이지."

"하윽."

비수 같은 말을 가슴에 꽂은 뒤 자리에서 일어나 오스카를 쫓는 나이즈를 보고 밀레디는 가슴을 부여잡으며 고개를 푹 숙였다.

그런 밀레디의 뒤에서 손이 뻗어 나와 볼을 쭉 잡아당겼다.

"밀레디, 우리도 가자. 당연히 밀레디는 메일 언니랑 같은 방 쓸 거지?"

"으악, 메르 언니 있었어?!"

존재감이 사라질 정도로 조용하던 메일의 갑작스러운 활동 재개에 밀레디가 소스라치며 놀랐다.

"모처럼 도시에 왔으니까 이따가 옷 보러 가자. 알았지?"

"……메르 언니는 그 수영복 같은 옷밖에 안 입으면서."

"밀레디 옷을 보러 가는 거야. 이 옷 저 옷 다 입혀 봐야지."

"으으."

메일은 싫은 티를 팍팍 내는 밀레디의 손을 잡고 출구로 끌고 나갔다.

직원들은 마음속으로 기쁨이 스미는 듯 흐뭇한 표정을 하고 그 모습을 바라보았다.

　그로부터 이틀 후.

　첫날 성대한 환영회가 벌어졌고, 이튿날에는 성대한 송별회가 열렸다.

　연회 중에는 해방자들의 아이돌인 밀레디가 평소처럼 밀레디 포즈로 별을 날리며 노래하고 춤춰 큰 성황을 이루었다.

　마지막에는 앞으로 이곳에서 힘쓸 키아라와 떠나갈 밀레디가 술이 들어간 탓도 있어서 대성통곡하며 뜨거운 포옹을 나누었다.

　"밀레디이~! 사랑해애!"

　"키아아아! 나도 사랑해애!"

　"리이~더어~! 우리 관계는 그냥 장난이었나요오!"

　그 현장에 마찬가지로 술에 취한 셜리가 난입했다. 아니, 그 뒤를 이어 여직원이 전부 난입했다. 그것으로도 모자라—.

　"안 됐지만, 밀레디는 메일 언니 거랍니다~."

　공짜 술이라고 밑 빠진 독처럼 퍼마시다가 거의 인사불성이 된 메일 누님이 밀레디를 낚아챘다.

　성난 키아라 & 셜리 및 여직원 연합군과 신대 마법 사용자 메일 누님의 『밀레디 쟁탈전』이 펼쳐지면서 에스페라도 지부는 난장판으로 변했다.

　남자 직원은 남자 직원대로 「야, 솔직히 말해 봐. 실제로는 우리 아이돌을 어쩔 생각이야? 엉? 오 군 양반」이라며 술주

정을 부리며 오스카를 포위하고 있었다.

나이즈에게는 아무도 그런 시비를 걸지 않았는데…… 남자 직원들이 「응? 나이즈 님은 그 왜, 이미 열두 살과 열 살 자매가……」, 「얼마 안 있으면 서른인데 그런 어린애들을…… 어우」라고 수군대면서 가까이 오지 않고 외면하는 것을 보면 그 이유는 쉽게 헤아릴 수 있었다.

그 후로 나이즈는 구석에 틀어박혀 혼자 술잔을 기울였다.

아무튼 이런 상황 속에서 소란스럽고 알찬 이틀을 보낸 밀레디 일행은 마침내 에스페라도 지부를 떠났다.

나이즈의 전이로 수십 킬로미터를 단번에 뛰어넘고 메일의 재생 마법을 받아 또 수십 킬로미터를 뛰어넘길 수차례 반복했다.

나이즈가 진심을 다하면 한 번에 100킬로미터 이동도 가능하다는 것은 모두가 아는 사실이지만 그럴 경우 마력이 고갈된다. 그 순간 습격받을 가능성이 0이 아닌 이상은 여력을 남긴 상태로, 그리고 메일에게도 여유가 있는 범위에서 회복하며 이동해야 안전했다.

결과적으로 거의 힘을 소진하지 않고 수백 킬로미터를 이동해 그날 정오를 조금 넘겼을 무렵에 【엔트리스 상업 연합 도시】의 국경을 넘을 수 있었다.

"여기는 이미 베르카 왕국인가……."

감회에 젖은 듯 오스카가 지평선으로 보이는 베르카의 산들을 바라봤다.

"오 군, 왜 그래? 아직 1년도 안 지났는데 향수병이라도 걸렸어? 아니면 콜린이 그리워서 못 참겠어? 푸푸—."

안경 빔!

"저기에 쉴 만한 강이 있어. 점심 먹을까?"

패턴이 되어 가고 있는 「내 눈, 내 눈!」을 외치는 밀레디를 옆구리에 끼고 오스카가 점심 휴식을 제안했다.

오스카는 강가로 이동해 연성으로 조리대와 테이블 세트를 준비하고 보물고에서 꺼낸 조리 기구와 요리 재료로 점심을 만들기 시작했다.

주부도 울고 갈 솜씨였다.

"언제 봐도 오스카는 살림 솜씨가 대단하네."

"그러게! 메르 언니는 능력치에 살림 솜씨라는 항목 자체가 없는데 말이야!"

안경 빔을 맞을 때마다 회복 시간이 점점 빨라지는 밀레디가 어느새 부활해 그런 소리를 했다.

그리고 메일 누님에게 붙잡혔다.

뒤에서 팔을 고정하고 볼을 쭈욱 늘어뜨렸다.

나이즈가 묵묵히 치즈와 빵을 꺼내 오스카를 도우면서 어이없게 웃으며 말했다.

"메일은 적어도 사람이 실신하지 않을 수준의 요리는 만들 수 있게 돼야 한다고 보는데."

"연약한 인간은 메일 누나의 요리를 먹을 자격이 없단다."

내 요리를 버틸 수 있는 사람만 먹으면 된다.

절대로 흔들리지 않는 해적 여제의 논리.

그러나 동료가 모두 눈살을 찌푸리자 천하의 메일 누님도 눈치가 보이기는 하나 보다.

"마, 맞다, 밀레디. 『해방자』는 지금 규모가 얼마나 돼?"

화제를 돌릴 생각으로 꺼낸 말이었는데 밀레디는 눈살만 더 찌푸렸다.

어이없다를 넘어 경멸로 변하고 있었다. 언니의 위엄이 풍전 등화다.

"리건이랑 회의하면서 『해방자』 현황은 전부 보고 받았었지?"

"메일. 너, 엄청 진지하게 들었잖아?"

"그래. 한마디도 하지 않고 듣더군."

역시 대규모 해적단을 이끈 거물이다. 조직 체제에 관한 이 야기에는 미소를 잃지 않고 이렇게 진지하게 경청하는구나. 일행은 그렇게 생각하며 감탄했었다.

그런데 왜 지금 그것을 묻는단 말인가?

"난 물 속성 마법에는 일가견이 있어."

맥락도 없이 튀어나온 이야기에 모두 이게 무슨 소리인가 하는 표정을 지었다.

메일은 먼 산을 보면서 말을 이었다.

"물과 관련된 마법이라면 못 하는 게 없다고 해도 과언이 아 니야. 예를 들면 눈을 깜빡이지 않고도 안구를 보습한다든가."

"메, 메르 언니, 솔직하게 말해줘. 설마, 회의 때—."

"잤어!"

미소 짓고, 눈 뜨고, 푹.

"왜?! 왜 그 타이밍에?!"

"어려운 이야기 하길래!"

회의가 시작되고 1분 후. 세계정세가 어쩌니 재정이 어쩌니 하는 이야기가 나온 시점에서 메일은 바로 이해하길 포기했다.

그 후로도 계속 잤던 터라 뒤에 이어진 조직 현황 보고도 전혀 듣지 않았다.

"메르 언니, 그렇지만 마지막에는 일어나 있었지?"

"메일 언니는 순식간에 잠들고 대충 분위기를 파악해 적절한 타이밍에 일어나는 게 특기야."

"세상에 그런 쓸데없는 특기가……."

밀레디가 고개만 돌려 뒤를 돌아보고 메일을 형용하기 어려운 생물처럼 바라봤다.

"나이즈, 그거 알아? 저게 안디카의 지배자가 되려고 했던 여자야."

"새삼 들으니 무서운 얘기군."

동료들이 어처구니없어하는 모습을 보고 메일은 입술을 쑥 내밀었다. 그리고 화풀이로 밀레디의 머리를 가슴 사이에 끼워 버렸다.

"어쩔 수 없잖아? 무법자가 사는 외딴 섬, 그것도 슬럼가 출신 해적인걸."

학식이 없어도 이상한 일은 아니다. 한마디로 내 탓이 아니다. 그런 에두른 의사표시였다.

"아니, 크리스나 다른 사람들은 배우려는 의지가 있었어."

"캐티는 스스로 묻고 다니면서 배울 정도였지."

"그래. 나한테도 대륙의 경제나 물가 이야기를 해 달라고 했어. 지식욕이 강한 사람이야."

단원들의 부단한 노력은 어쩌면 선장이 너무 엉성하고 게으른 사람이기 때문이지 않았을까.

"……나는 입바른 소리가 싫더라."

정말로 대책도 없는 사람이다, 라는 눈총이 날아들었다.

오스카가 자체 발열하는 프라이팬—『열혈 프라이팬 선생(작명: 오스카)』에 줄줄이 소시지를 올리고 굽기 시작했다. 지글지글 소리를 배경음 삼아 밀레디가 한숨 쉬고는 못 말리는 언니에게 검지를 척 세우며 알려줬다.

"현재 『해방자』의 총인원은 약 3천 명이야."

"어머, 제법 많네?"

밀레디는 쓴웃음을 지었다.

세계와 싸우기에는 너무나도 부족한 수였다. 『해방자』는 언제나 인력난에 시달렸다.

게다가—.

"그중 은신처에서 보호하는 사람이 대충 30퍼센트니까……."

"정말로 『해방자』로 활동하는 건 2천 명을 조금 넘는다는 뜻이지."

오스카가 『광인』을 생성해 폭발적인 절삭력을 자랑하는 식칼— 『음식은 이미…… 썰려 있다! 마검 식칼(작명: 오스카)』

로 신선한 채소를 고속으로 자르고 보충했다.

밀레디는 그 말에 긍정했다.

"맞아. 그리고 그중에서 『지원자』가 80퍼센트, 행동 부대가 20퍼센트야."

"그럼 막상 교회와 싸울 수 있는 사람은―."

메일이 검지를 입술에 대고 고민하듯 눈동자를 굴리자 나이즈가 대신 답을 제시했다.

"400명 남짓이겠군."

"……나이즈. 굴속에 틀어박혀 살았으면서 계산은 빠르네?"

"이락을 팔아 생계를 유지했었으니까."

한마디로 개인 사업자였다. 나이즈 사장님은 장부 정리가 특기였다.

배신자…… 라는 눈빛으로 나이즈를 흘겨보는 메일 앞에서 밀레디가 집중하라며 그녀의 뺨을 두 손으로 눌러 얼굴을 돌렸다.

"그래도 행동 부대 사람들은 모두 정예야. 최소한 신전 기사 네댓 명은 너끈히 상대해."

"백광 기사단이라면?"

"1대 1로 이길 거야. 대대장 이상이라면 모르겠지만……."

"지금이라면 가능하지 않을까? 내 아티팩트를 제법 보냈으니까. 자, 완성."

그러면서 오스카는 소시지와 치즈, 그리고 채소를 끼운 핫도그와 언제 만들었는지 모를 야채수프까지 나눠줬다.

"어머, 맛있겠다. 오스카는 시집가서 사랑받겠네."

메일은 은근히 오스카의 신경을 긁고는 바로 식사를 시작했다.

"그나저나 오스카는 존재 자체로 정말 흉악해."

"그러게. 우리처럼 강한 개인은 제법 있지만……."

"재료만 있으면 동료까지 강화하고 머리도 잘 돌아가지. 어떻게 보면 교회나 해방자보다 적이 되고 싶지 않아."

"다, 다들 뜬금없이 뭐야? 그렇게 띄워줘도 소시지가 하나 추가될 뿐이야."

하나 더! 라며 모두 접시를 내밀자 오스카는 다시 프라이팬을 들었다.

메일은 피보호자와 지원자 수를 돌이켜보며 수프를 마셨다.

그러다가 밀레디의 머리에 조금 흘렸다……

밀레디를 무릎에 앉히고 식사를 하려면 자세가 많이 불편할 텐데 이 진성 시스콤은 무슨 일이 있어도 동생을 무릎에서 내려놓으려고 하지 않았다.

그래서 수프가 살짝 스며든 밀레디의 머리는 그냥 못 본 셈 쳤다.

"은신처나 지부는 많이 있지?"

반쯤 의식을 다른 곳으로 돌리려고 꺼낸 말이었다.

"정말로 하나도 안 들었구나……."

평소에는 까불대지만 수프를 먹는 모습에도 어딘지 모르게 기품이 느껴지는 밀레디.

그에 비해 차분하고 포용력 있는 누님 같지만 이번에는 핫도그 소스를 흘리는 메일. 메일이 앗 하는 표정을 지었다. 밀레디의 포니테일에 갈색 소스가…….

오스카와 나이즈도 눈치챘다. 두 사람도 앗 하는 표정을 지었다.

"그걸 설명하려면 우선 나라나 도시의 위치 관계를 파악해야 하는데, 메르 언니, 알아?"

"어?! 그, 그건…… 잘 모르겠어. 서쪽 바다의 해류라면 세상에서 제일 잘 안다고 자부하는데."

메일은 조금 당황하다가도 곧바로 차분한 웃음을 머금고 대답했다.

오스카와 나이즈가 서로를 마주 봤다.

메일 누님에게서 무언의 압박이 쏟아졌다. 해적 여제의 안광이 두 사람에게 꽂혔다. 닥치고 식사나 하란다.

"어유, 이걸 두 번 설명해야 해? 그럼 먹으면서 이걸 봐."

아니, 먹으면서 보는 건 안 좋을 텐데……. 오스카와 나이즈의 눈빛은 알아차리지 못한 채 밀레디는 보물고를 발동했다.

오스카의 보물고는 이미 일행 전원에게 하나씩 돌아갔다. 지금은 반지가 아니라 목걸이 형태였다.

허공에 둥실 출현한 것은 양팔을 크게 벌린 크기의 지도였다.

"세계지도야. 봐, 밀레디 씨가 꼼꼼히 알려줄게. 잘 들어야 해, 메르 언니. 이번에도 자면 안 된다?"

"그래그래. 밀레디가 시키는 대로 할게."

왜냐면 지금 그럴 여유가 없거든. 아, 소스가 머리 사이로 스며든다…….

이렇게 된 이상 들키지 않게 마력을 조절하며 재생 마법을—.

"아이참, 메르 언니! 지도를 보래도!"

"큭, 빈틈이 없어."

집중하지 않는 메일 누님에게 밀레디 선생님의 호통이 날아들었다.

메일이 어쩔 수 없이 지도로 눈을 돌리자 밀레디가 만족스럽게 고개를 끄덕이고 설명을 시작했다.

"우선 대륙 북부. 말할 필요도 없겠지만, 인간족 지배권이야."

정확히는 『성광 교회』라고 덧붙이며 지도의 한곳— 대륙 북부 중에서도 중앙 북부 지역을 가리켰다.

"큰 산이 그려져 있지? 여기가 신산. 성광 교회 총본산이야. 그리고 이 신산을 중심으로 서쪽의 샤르드 연합국, 동쪽의 우르디아 공국, 남쪽의 베르카 왕국까지가 엘버드 신국이야."

"『붉은 대사막』과 『적룡 대산』을 끼고 있는 나라와 『녹색 대갱도』가 있는 나라지? 우르디아 공국이란 곳은 처음 들었어."

오스카와 나이즈가 「메일! 네 손을 봐! 소스가!」라고 눈짓했지만 메일 누님은 알아차리지 못했다.

핫도그에서 주르륵 흘러내린 소스가 메일의 새끼손가락 끝에 맺혀 갔다.

"우르디아 공국은 원래 왕국이었어."

북쪽 산악 지대 앞에 있는 거대한 호수— 우르 호수를 낀 비옥한 농업 왕국. 그것이 옛 【우르디아 왕국】이었다.

"100년쯤 전이었을 거야. 그 민족은 우르 호수에 깃든다는 정령을 신앙한다는 이유로……."

"……속국이 됐구나."

뚝, 뚝.

오스카와 나이즈가 소리 없는 비명을 질렀다. 밀레디의 아름다운 금발이 달콤 짭짤한 갈색 소스로 물들어 갔다.

"참고로 『해방자』 본부가 있는 나라이기도 해."

나라라고 부르지만 실질적으로 【엘버드 신국】의 변방 영토 취급이라서 이용하기 편리하기 때문이라고 설명했다.

"그리고 그 우르디아 공국 동쪽에 있는 곳이 오디온 연방이야."

"부리더가 있었다는 곳이었지?"

"맞아. 강력한 군사 국가야. 아홉 개의 소국으로 이루어진 나라인데 중앙집권제라 총장국이 모든 실권을 쥐고 있어. 다른 나라는 『총장국을 지원하는 나라』라는 의미로 『지국(支國)』이라고 불려."

덧붙이자면 5년에 한 번 연방의 나라가 모두 모의 전쟁을 펼치는데 거기서 승리한 곳이 다음 총장국이 된다.

"그런 위험한 나라도 있구나."

무법 도시 근해에서 해적질을 하던 메일이 중얼거렸다.

웬일로 밀레디가 진지한 탓인지 메일도 진지하게 듣고 있었다.

듣고는 있지만…… 그 때문인지 몰라도 잊고 있던 핫도그를 별생각 없이 먹으려고 했다.

"앗, 안 돼!"

"조심해!"

오스카와 나이즈가 자기도 모르게 버럭 경고했다. 하지만, 이미 늦었다.

이번에는 베어 물며 삐져나온 채소가 소스를 듬뿍 묻힌 채로 금색 머리칼에 철퍽…….

"오 군? 나즈? 무슨 소리야?"

말하느냐 마느냐, 그것이 문제였다.

방금 해적 여제한테 눈짓으로 협박받은 참이었다. 무엇보다 『무슨 일도 대충대충 건성으로!』를 체현하는 메일이 일단 진지하게 공부 중이다. 희귀 이벤트다!

그 결과, 두 사람은 입만 우물거리고 말았다.

밀레디는 미심쩍게 여기면서도 메일이 진지하게 들어주는 이 기회를 놓치지 않고자 설명을 계속했다.

"그래서 우르디아 공국과 오디온 연방 남쪽에 위치한 게……."

"밀레디의 고향, 마법 대국 그랜더트 제국이지?"

"맞아! 대륙 북부에서 유일하게 라이센 대협곡을 끼고 대륙 남부까지 영유한 나라야."

이상이 모든 인간족 나라에 관한 설명이었다. 기본적으로 모든 나라, 수도에는 반드시 성광 교회 지부가 존재하며 각국의 정세를 배후에서, 혹은 표면적으로 조종했다.

【우르디아 공국】뿐 아니라 사실 모든 나라가 【엘버드 신국】의 속국이나 다름없었다.

"그랬구나. 새삼스럽게 생각하지만, 적은 강대하네. 그러고 보니 신을 해치우는 건 좋지만, 애초에 신은 어디에 있어?"

밀레디가 왈칵 눈물을 머금고 돌아봤다.

"그것도 안 들었어? 메르지네 호 위에서 둘만 있을 때 말해 줬는데……."

메르 언니, 밀레디한테 그렇게 관심이 없어? 그런 거야? 라며 눈물이 떨어질 것 같은 눈으로 바라보자 메일 누님은 당황했다. 허둥대다가 또 철퍽.

하지만 서로밖에 보지 않는 두 사람은 눈치채지 못했다.

"드, 들었지! 하지만 밀레디랑 벨 이야기가 인상적이라서 신을 날려 버릴 방법? 그 부분은 좀……. 그때까지는 따라올 생각이 없었으니까."

"그래서 잊었다고?"

눈물이 쏙 들어가고 대신 날카로운 원망의 눈빛이 날아왔다.

"……메일 언니는 자잘한 일은 신경 안 쓰는 여자야."

엉뚱한 방향을 봤다. 휘파람을 불며…….

밀레디는 하~~, 하고 커다란 한숨을 쉰 뒤 다시 앞을 보더니 대단히 떨떠름한 분위기로 팔짱을 꼈다.

"내가 총본산에 갔던 이야기는 기억해?"

"응. 벨의 이야기가 진실인지 직접 확인하러 갔다고 했지? 그리고 신의 사도에게 쫓겼다고."

밀레디는 왜 거기만 기억하냐고 생각하면서 『해방자』의 『목적』을 이야기했다.

바로 【신산】 정상에 있는 총본산. 그곳 바위산 위 성당에 진좌된 백색 외기둥을 파괴하는 것.

"그때 나는 봤어. 벨이 한 번 죽었을 그곳에서 사도가 신과 소통하는 걸."

백색 외기둥의 빛. 분명하게 느껴진 강대한 힘. 그리고 의지.

무녀가 신탁을 받는 그곳이 바로 신과 하계를 잇는 장소였다.

"솔직히 말해서 신이 어디에 있는지는 몰라. 하지만 그 기둥이 매개체인 건 확실해. ―신국에 들어가서 총본산을 박살내고 신의 의지가 지상에 닿지 못하게 한다. 그게 나의, 그리고 『해방자』의 목적이야."

물론 싸우기에는 전력이 한참 부족하다. 신의 사도와 싸우고 그 사실을 뼈저리게 깨달았다. 그래서 밀레디는 소문에 기대어 자신과 동등하거나 그 이상의 힘을 가진 동료를 모으러 여행을 떠난 것이었다.

"그걸로 신을 쓰러뜨렸다고 할 수 있어?"

"물론 쓰러뜨렸다고는 못 하지. 어디에 있는지, 어떤 존재인지도 모르는 상대에게 가장 효과적이라고 생각되는 방법이 그거일 뿐."

밀레디는 이히힛, 하고 짜증나게 웃으며 「다만」이라는 말을 붙였다.

"총본산은 성광 교회의 상징이자 신의 집이야. 메르 언니. 자기 상징이자 집이기도 한 곳을 통째로 날려 버리면 인간을 장난감 취급하는 신이 과연 가만히 있을까?"

"어머나, 밀레디! 멋지게 나쁜 얼굴이야!"

적어도 메일이라면 보복을 위해 튀어나올 것이다. 자기 손으로 직접 단죄해주지 않으면 성에 안 찬다.

밀레디는 「그치!」 하고 고개를 끄덕였다. 조직의 중요 목표가 이번에야말로 메일의 저성능 뇌에도 새겨졌다고 생각해 표정이 풀렸다. 그리고 기분이 좋아져 이야기를 이었다.

"하는 김에 세계정세도 설명할게."

"에이, 봐주— 음?!"

메일은 밀레디의 기분도 나아져 한숨 돌리고 다시 잊고 있던 마지막 핫도그 조각을 입에 넣었다.

그리고 마침내 깨달았다. 이야기 도중에도 많은 것이 뚝뚝 떨어지고 있었다는 사실을…….

동생의 머리에는 이미 참상이 벌어져 있었다.

오스카 & 나이즈를 휙 돌아봤다. 두 사람 모두 머리가 깨질 것처럼 아파 보였다.

"우선 동쪽에 있는 『백색 대수해』. 이곳은 수인족 영역이야. 쇄국주의라서 『해방자』도 거의 침투하지 못했어. 제대로 된 국가가 존재한다는 사실만은 알지만…… 메르 언니, 듣고 있어?"

"듣고 있어. 이보다 더 진지할 수 없을 정도로 잘 듣고 있어. 밀레디 선생님은 정말 알기 쉽게 설명하네?"

"그, 그래? 헤헤헤, 그럼 계속할게."

오스카와 나이즈는 생각했다. 그 인간은 절대 안 듣고 있다고. 지금도 재생 마법을 쓰려는 순간 이름을 불러 핑계 대느라 식은땀을 흘리고 있었다고……

메일은 다시 살며~시 신중하게 마력을 조종했다. 밀레디가 뭔가를 깨닫고 고개만 뒤로 돌렸다.

"왜요? 밀레디 선생님?"

켕기는 구석도 요만큼도 없는 싱글싱글, 포근포근한 언니 스마일.

밀레디는 다시 『선생님』이라고 불리자 쑥스러워하며 고개를 앞으로 되돌렸다.

"수해는 언제나 안개에 덮여 있어서 수인의 왕에게 허가받지 않으면 누구든 길을 헤맬 수밖에 없어. 한 번은 교회가 수인 포로를 세뇌해서 안내하게 했다는데……."

그런데도 모두 수해에서 길을 잃었다.

그런 연유로 수해는 대륙 북부에 있으면서도 성광 교회가 손을 대지 못하는 곳이 되었다.

"사실 그 외에도 교회가 손을 못 대는 곳이 있긴 하지만……."

"어디야?"

머리 사이로 들어간 채소 조각은.

머리를 쓰다듬는 척하며 은근슬쩍 머리 속을 탐색했다. 나와! 채소 조각들!

"북쪽으로 펼쳐진 대산맥 지대를 넘어 머나먼 땅에 있는 용인족 나라야. 북으로 북으로 첩첩이 솟은 산맥과 산을 넘을 때마다 강해지는 마물들. 이쪽도 천혜의 요새야. 하늘로 가지 않는 이상 절대로 군사를 움직일 수 없는 곳이지."

더군다나 하늘로 가면 전멸은 불가피했다. 용인족만큼 하늘을 자유자재로 누비는 존재는 이 세상에 없으니까.

"게다가 그 나라도 쇄국주의야. ……아주 이성적이고 지혜로우며 고결한 사람들이니까 힘이 되어주길 바랐는데……."

"응? 밀레디, 너, 용인족 나라에도 간 적 있어? 난 그냥 전설인 줄만 알았는데."

오스카가 얼떨결에 놀라서 물었다.

용으로 변할 수 있다는 환상의 종족이 사는 나라. 그것은 아이가 읽는 그림책에 나올 만한 전설이었다. 물론 보통은 악한 용으로 등장하지만…….

금은보화를 탐하고 미녀를 제물로 요구하며 욕망대로 파괴를 일삼는 흉악한 용은 언제나 영웅에게 쓰러지는 존재였다. 적어도 대륙 사람들이 어린 시절부터 친숙하게 접해 온 이야기에서는 그랬다.

"그건 교회의 여론 조작이야. 실제 그들은 정반대야."

"그, 그랬어……?"

"응. 그렇기 때문에 그들도 세상으로 나오지 않아."

추억이 있는지 밀레디는 무언가를 그리워하는 눈빛이었다. 그러나 머리를 만지는 메일의 손길이 간지러운지 곧 추억 속에서 현실로 돌아와 머리로 손을 뻗으려고 했다.

"안 돼, 밀레디!"

"깜짝이야?! 뭐, 뭐가?!"

생각지도 못한 강한 말과 함께 팔을 덥석 붙잡혀 밀레디가 화들짝 놀랐다.

"밀레디 머리를 정리하는 중이야. 언니한테 맡기고 넌 이야기나 계속해줘. 음…… 그래, 대륙 남쪽에 관해 알려줄래?"

"으, 응. 그건 괜찮은데…… 메르 언니도 참, 얼마나 밀레디씨를 좋아하는 거야~. 디네가 또 질투할라~."

『장리한다』의 의미를 착각한 속 편한 밀레디에게 메일 누님은 강하게, 반론의 여지를 주지 않고 다음 이야기를 재촉했다.

"자, 앞만 보고 이야기해! 어서!"

"아, 알았어."

재생 마법은 역시 쓸 수 없다. 밀레디는 마력 흐름에 민감하다.

이렇게 된 이상 견실하게 맨손과 손수건으로 닦을 수밖에 없다.

"으음, 대륙 남부는 60퍼센트를 마인족이 지배해. 흔히 『마왕』이라고 불리는 자가 다스리는 이그돌 마왕국이야."

이어서 약 10년 전에 일어난 대규모 전쟁을 마지막으로 큰 물리적 충돌은 일어나지 않았다는 것, 작은 분쟁은 자주 있지만 현재 마왕국은 내실을 다지는 중이라 다툼을 피하는 경향이 있다는 것을 설명했다.

"어머, 마인족은 평화주의였어?"

"글쎄, 어떨까? 10년 전 전쟁은 결국 승자 없이 끝났어. 마인족 쪽은 마물 군단이라는 기상천외한 병력을 준비해 왔지만, 그게 전멸했거든. 지금은 또 마물을 조달해 힘을 키우는 게 아니냐는 소문이 돌고 있어."

그 이듬해, 마왕국의 왕권이 교체됐다. 내정에 힘 쏟게 된 것은 이번 마왕의 정책이었다.

"마인족과 인간족은 어느 시대에나 다퉜어. 그래도…… 새로운 마왕이 평화주의라면 좋겠어."

메일의 말에 밀레디는 미소 지으며 동의하고 설명을 계속했다.

"남부 대륙의 동쪽에는【흑색 대설원】, 서쪽에는【감벽의 대지】가 있어."

【흑색 대설원】은 거의 1년 내내 기후가 흐려 그 어두침침한 환경 때문에 붙은 이름이었다. 【감벽의 대지】는 옅은 안개에 뒤덮인 거대 습지대로, 여기저기에 끝 모를 늪이 있는 위험지대이기도 했다. 그리고—.

"감벽의 대지 안쪽에는 흡혈귀의 나라— 더스티아 왕국이 있어."

"……그래? 흡혈귀의 나라가……."

메일의 손이 순간 멈칫했다.

흡혈귀족. 이들 또한 극히 폐쇄적인 종족이었다. 모든 종족 중에서 가장 수가 적다고 하지만 대신 무시무시한 힘을 보유했다. 대륙 북부에서는 용인족과 함께 교회의 여론 조작으로 악의 대명사라는 인식이 강했다.

그리고 메일의 친아버지의 종족이기도 했다. 메일의 붉은 눈동자는 흡혈귀족의 피를 이은 증거 중 하나였다.

얼굴도 모르는 친아버지에게 어떤 감정을 품었을까.

밀레디뿐 아니라 오스카와 나이즈도 메일의 얼굴을 엿봤지만—.

"밀레디, 앞을 봐."

"아, 네."

지금 메일에게는 채소 조각을 찾느라 소스가 더 골고루 발라진 머리를 해결하는 게 중요한 모양이었다.

소스로 더러워진 손수건을 보일 수는 없다! 그리고 「채소 쪼가리들! 너희 대체 어디 숨은 거야! 오스카! 너 너무 잘게 썰었잖아!」라고 속으로 외쳤다.

채소는 잘게 썰수록 식감이 부드러워 맛있건만 그 기술을 물고 늘어지다니. 적반하장도 유분수였다.

메일이 쨰려보자 그 부당한 항의를 깨달은 오스카도 무심코 떨떠름한 눈길로 맞받아쳤다.

"그럼 마지막으로 전선 지대를 설명할까? 서쪽 끝에서 그랜더트 제국 영토까지, 라이센 대협곡을 낀 대륙 남부를 전선 지대라고 불러."

"쉽게 말해 전쟁을 하는 곳이란 말이야?"

"정확히는 전쟁을 하기 위한 곳이라고 해야 하나?"

인간족과 마인족을 나누는 국경은 그 유명한 【라이센 대협곡】이었다.

대체 누가 마력을 분산시키고 흉악한 마물이 들끓는 마굴을, 그것도 적들이 떡하니 바라보는 앞에서 건너겠는가.

특히 마법이 있어야 제 실력을 발휘하는 마인족에게 『전시에 라이센 넘기』는 자살행위나 다름없었다.

그렇다면 인간족 쪽에서 오게 하자. 그때 대규모 마법을 날려주면 된다. 운이 좋으면 그대로 골짜기 아래로 떨어져 시체 처리도 걱정 없다.

"그래서 협곡에서 조금 떨어진 곳에 국경 경비대가 있어. 규모가 어마어마해. 『만마 성곽』이라고 불리는데 측정할 수 없을 만큼 긴 성벽이 이어져 있다니까? 마인족도 참 대단하지."

밀레디가 감탄을 늘어놓자 그 웅장한 광경을 상상하며 오스카와 나이즈도 눈을 빛냈다.

메일도 마침내 끈질기게 도망치던 채소들을 발견해 눈을 빛냈다.

"기본 지식은 대충 이 정도야. 그리고 아까 물었던 은신처와 지부는……."

"잡았다!"

섬세함과는 담을 쌓은 메일 핸드가 채소 조각과 함께 밀레디의 머리카락 몇 가닥을 확 낚아챘다. 밀레디에게서 아얏, 하는 비명이 터졌다.

메일은 마치 보물을 얻은 해적처럼 채소 조각과 금실 몇 가닥을 하늘로 치켜들었다.

오스카와 나이즈가 망했다는 분위기로 하늘을 올려다봤다.

"잠깐, 메르 언니! 난데없이 남의 머리를 왜 뽑— 뭐야, 이 거?! 머리가 끈적거려?! 이상한 단내도 나?!"

마침내 밀레디가 눈치챘다. 자기 머리에서 벌어진 비극을…….

밀레디의 눈꼬리가 슥 치켜 올라갔다.

"밀레디, 진정해. 누구든 실수를 해. 메일 언니는 용서하는 마음이 리더의 자질이라고 생각해."

고개만 꺾어 돌아본 밀레디는 싱긋이 웃고 있었다.

메일의 표정이 딱딱해졌다.

"메르 언니, 이것 하나만 물을게. 내 이야기 제대로 이해했어?"

"······그럼."

"그럼 설명해. 밀레디 선생님이 알려준 내용, 지금 당장 설명해 봐. 자, 어서."

"······."

눈동자만 굴리던 메일은 긴 침묵 후 빙그레 웃으며 답했다.

"수인족은 전부 집돌이. 나라 많은 인간족. 마인족 대단해!"

"─『화천』."

채점 불가. 밀레디 선생님의 평가는 당연히 불합격이었다.

그로부터 재생 마법으로 머리를 깨끗하게 되돌린 밀레디는 메일에게 구시렁구시렁 잔소리를 하면서 은신처와 지부에 관해 설명했다.

역시 평소부터 동생한테 언제나 존경받고 싶다고 말하는 메일답게 이번에는 한 번에 모두 외운 듯했다. 당부하지만 절대로 머리가 거시기한 사람은 아니었다. 단지 성격이 한없이 거시기한 언니일 뿐.

그 후로도 몇 번인가 전이해 곧 해가 저물 무렵, 나이즈가 조금 지친 표정으로 물었다.

"밀레디, 오늘은 이 앞에 있는 마을에서 묵는다고 했지?"

"응. 거기에도 지부가 있거든."

얼굴을 보일 겸 숙박할 곳을 빌릴 계획이었다.

"후~, 육지는 불편하네. 바다라면 가만히 있어도 이동하는데."

"메르 언니, 이미 그 생각부터 글렀어."

"어쩐지 메일이 있으면 밀레디가 점점 정상으로 보여."

"이것 봐, 오 군. 그게 무슨 뜻이야? 밀레디는 언제나 상식적이고 진지한 귀여운 미소녀 마법사라고."

"응, 그런 점이야."

그런 대화를 하는 동안에도 마지막 전이가 발동했다.

밀레디가 나이즈에게 지시한 거리는 완벽하여 일행은 야트막한 언덕 기슭으로 전이했다. 그리고 언덕에 올라 목적지— 【베르카 왕국】 북동 마을 【프란차】를 확인했다.

그들은 마을로 들어가 지부인 밀 상회를 찾았다.

외관이 멋진 3층 건물에는 『르몬트 상회』라는 간판이 걸려 있었다. 뒤편에는 상회보다 면적이 넓어 보이는 큰 창고가 보였다.

"안녕~! 단골 손님 밀레디가 왔어요!"

"리— 레디 님!"

젊은 여성 접수원이 의자를 박차고 일어났다. 본인도 모르게 「리더」라고 부르려다가 가까스로 혀가 꼬였다고 변명할 수 있는 범위에 그쳤다. 하지만 교육을 철저하게 받았을 접수원으로서는 봐주기 어려운 실수였다.

일단 이 가게에서는 거래 이야기가 모두 별실에서 이루어지므로 로비에 외부인이 얼마 없긴 했지만, 그래도 손님 몇 명은 무슨 일인가 싶어 고개를 돌렸다.

자기도 실수를 했다는 것을 아는지 여직원의 눈가가 순간 움찔 떨렸다. 하지만 곧 환한 웃음을 지어 보였다.

"기다리고 있었습니다, 밀 전문 천재 미소녀 미식가 밀레디님. 『밀이 만능의 작물임을 증명하는 모임』은 순조롭게 활동 중인가요?"

그곳에 있는 모든 사람이 대체 그게 뭐냐며 눈을 휘둥그렇게 떴다. 밀레디도 눈을 휘둥그렇게 떴다.

"무, 물론이지! 이번에도 연구용으로 많이 사 갈 거야! 당연히 실험에 쓴 건 나중에 스태프들이 맛있게 먹을 겁니다!"

과연 리더였다. 애드리브로 무리 없이 받아쳤다.

주변 손님이 「뭐? 정말로 그런 직함과 연구회가 존재해……?」라는 경악스러운 눈길을 보냈다. 그러나 응대하는 다른 점원이 뭐라고 귓속말을 하자 아주 불쌍한 사람을 보는 눈길을 보내더니 아무 일도 없었던 것처럼 상회를 나갔다.

아마도 밀레디를 불쌍한 아이로 인식한 것이리라.

"잠깐만 기다려주세요. 바로 회장님을 모셔오겠습니다."

"……오케이."

직원의 분위기가 묘하게 딱딱했다. 방금 실수도 그렇고 뭔가가 이상했다.

그 분위기를 파악하고 밀레디는 별말 없이 직원의 말에 따랐다.

직원이 종종걸음으로 가게 안쪽으로 사라졌다.

"무슨 일이 있었나?"

오스카도 느낀 모양이었다. 아니, 오스카만이 아니었다. 나이즈와 메일도 미심쩍은 표정이었다.

딱히 기다릴 것도 없이 안쪽에서 풍채 좋은 남자가 나왔다.

듬성듬성한 검은 머리를 빗어 넘긴 남성은 늘어진 턱살과 배를 성공한 상인의 증거라도 되는 양 당당하게 흔들고 있다. 이 밀 상회의 회장이자 『해방자 프란차 지부』의 지부장을 맡은 『지원자』— 브래트 르몬트였다.

그는 단골이 가게를 찾았을 때처럼 상인의 미소를 짓고 있었다.

조직 리더가 방문했는데 친근감 담긴 진짜 웃음이 아니라 이상하게 굳은 거짓 웃음을. 평소라면 에스페라도 지부처럼 환영할 텐데…….

"……오랜만이야, 브래트. 바쁜데 불러냈어?"

"이거 오랜만에 뵙는군요, 밀레디 님. 말씀대로 지금 조금 경황이 없습니다."

하지만, 이라며 브래트가 말을 덧붙였다.

"밀레디 님께서 찾아오셔서 정말로 기쁩니다. 편지도 보냈는데 엇갈렸나 보네요. 이리도 일찍 오실 줄은 몰랐습니다. ……행운이군요."

"나한테 볼일이 있었어?"

"예. 반드시, 급하게, 꼭 보여드리고 싶은 것이 있어서요. 『안쪽 창고』로 와주십시오."

밀레디는 그 이상의 문답은 하지 않았다.

브래트의 웃는 얼굴에 가려진 눈동자가 그만큼 진지하기 때문이었다. 그가 급사까지 파견해 밀레디에게 전하고 싶었던 것이 이곳에 있다.

밀레디가 어깨 너머로 오스카 일행을 보자 그들도 겉으로는 아무렇지 않은 척, 그러나 눈빛만은 강하게 하고 고개를 끄덕였다.

"이쪽입니다."

브래트가 바로 안내를 시작했다. 상회 안쪽을 빠져나간 뒤 거대한 창고로 들어가 밀이 든 포대 사이를 비집고 들어갔다.

그렇게 창고 가장 안쪽에 도착했다. 그곳에는 크기가 다양한 포대에 든 밀이 마치 폐기 처분용처럼 난잡하게 널브러져 있었다.

브래트는 그것들을 이리저리로 이동시켰다. 난잡한 위치인 점은 변함이 없는데 브래트의 움직임에는 막힘이 없어 정해진 배치가 있다는 사실을 알 수 있었다.

"아직 인사를 못 드렸군요. 저는 이 지부를 맡은 브래트 르몬트라고 합니다. 오스카 님, 나이즈 님, 그리고 메일 님. 앞으로 잘 부탁드립니다. 여러분께서 밀레디 님의 손을 잡아주셔서 저는 진심으로 기쁩니다."

배치를 바꿔 가면서 본심에서 나왔다고 알 수 있는 말을 건네는 브래트에게 세 사람은 당황하면서도 인사했다.

"마음 같아서는 지부에서 대대적으로 환대하고 싶습니다만…… 그럴 상황이 아니라서 말입니다."

브래트가 그렇게 말한 순간, 바닥이 삐걱거리며 살짝 가라앉았다. 그리고 동시에 조금 떨어진 곳 바닥이 옆으로 미끄러지면서 지하로 가는 길이 열렸다.

아무래도 미세한 무게를 조정해 여는 장치 같았다.

"보고에 따르면 메일 님께서는 회복 계통 신대 마법을 쓰신다고 하시던데……."

브래트는 앞장서며 확인차 눈빛을 보냈다.

"맞아. 살아만 있으면 못 고치는 건 없다고 자부해."

"아, 정말로 다행입니다. 아슬아슬했지만, 늦지 않았군요."

"브래트, 대체 무슨 일이―"

밀레디가 참지 못하고 결국 물었지만 답은 이내 밝혀졌다.

지하 은신처에 직원이 몇 명 있었는데, 모두 침울한 표정이었다. 그들이 밀레디를 보자마자 그 표정에 희색, 아니, 희망의 빛이 번졌다.

"리더!"

"와주셨군요!"

그렇게 말하며 달려온 직원을 브래트가 호통쳐 막았다.

"시간이 없다! 비켜라!"

아차 싶어 허둥지둥 길을 트는 직원들 사이를 지나 은신처의 가장 끝에 있는 방으로 걸음을 재촉했다. 그 도중에 또 한 가지 이상한 점이 보였다. 안쪽 문 근처에 모여 있는 많은 수의 이소니얼 새였다. 그들은 하나같이 문을 응시한 채 미동도 하지 않고 통곡 같은 울음소리만 낼 뿐이었다.

"얼마 전 각 지부에서 날아들었습니다. 편지를 부탁하고 싶어도 그들은 여길 뜨려고 하지 않더군요. ……그럴 만도 하죠."

정기 우편이 끊긴 이유를 알았다. 그들은 이곳에 모여 무언가에 마음이 묶여 움직이지 않았기 때문이었다.

그리고 그들이 그토록 마음을 쓰는 이유라면 하나밖에 없었다.

불길한 예감이 부풀어 오르고 털이 곤두서는 감각 속에서 가장 안쪽 방의 문이 열렸다.

그곳에는—.

"……?! 팀!"

만신창이가 되어 당장에라도 생명의 등불이 꺼질 것 같은 전달 부대 대장— 팀 로켓이 있었다.

밀레디가 기겁을 하며 침상에 누운 팀에게로 달려갔다. 그와 면식이 있는 오스카와 나이즈도 심각한 표정으로 뒤따라 달렸다.

끔찍한 몰골이었다. 온몸에 붕대를 감고 깁스로 몸 곳곳을 고정해 놓았다.

그리고 비극은 팀에게만 미친 것이 아니었다. 그의 베개 옆에는 몸을 기대고 누운, 날개를 잃은 크림도 있었다.

팀과 크림은 정말로 살아 있는 것이 신기할 정도로 부상이 심했다.

침대 맡의 탁자에는 빈 약병이 수두룩하게 굴러다녔다. 꺼져 가는 팀과 크림의 목숨을 이 지부 사람들이 필사적으로 붙잡고 있었다는 것을 알 수 있었다.

"메르 언니!"

"알았어."

비명처럼 자신을 부르는 동생의 목소리에 메일은 즉시 부응했다.

아침놀의 강렬한 빛이 솟구쳤다. 지하 은신처를 순식간에 채워 버리는 모습은 마치 이곳에서 여명이 밝은 것만 같았다. 그것은 그야말로 희망을 상징하는 빛이었다.

"이 아이를 울리면 누구든 용서 안 할 거야. —『절상』."

인정할 수 없다면 확정된 현실마저 거부한다.

회복 따위가 아니다. 죽지만 않았다면 죽음의 구렁텅이에 있어도 잃어버린 것까지 『재생』하는 힘.

신대 마법이 사신의 낫을 튕겨 낸다!

팀의 상처는 물론이거니와 크림의 날개가 시간을 역행하듯 형태를 갖추어 갔다.

"이, 이런 기적이……."

그렇게 말을 흘린 사람은 브래트였다. 그것은 이 지부 모든 직원의 마음을 대변하는 혼잣말이었다. 모든 사람이 눈을 크게 뜨고 넋이 나간 사람처럼 바라봤다.

그런 신성하다고도 할 수 있는 광경도 곧 끝을 맞이했다.

아침놀 빛이 기적의 시간과 함께 흩어졌다.

그리고 이내—.

"으, 윽, 아?"

"팀! 보여?! 나야! 밀레디야!"

"리, 리더?"

"쿠루루?"

붕대 사이로 보이는 팀의 눈동자가 당혹스럽게 흔들렸다. 이어서 크림도 어리둥절한 울음소리를 냈다.

은신처 안을 채웠던 답답한 공기가 단번에 안도로 씻겨 내려갔다.

"맞아, 나야, 팀. 리더야. 봐, 오 군이랑 나즈도 있어. 메르 언니는 처음 보지? 이 사람이 팀과 크림을 구해줬어."

밀레디는 울먹이는 얼굴로 다행이다, 늦지 않았다는 말을 연거푸 되뇌며 메일의 한쪽 손을 힘주어 꽉 잡았다.

"고마워, 고마워! 메르 언니!"

"후후, 천만의 말씀을."

메일은 아이를 달래듯 다른 한 손으로 밀레디의 머리를 쓰다듬었다.

"팀, 그리고 크림, 무사해서 다행이야."

그 모습을 잠시 멍하니 바라보던 팀은 오스카와 나이즈가 말을 건 순간, 드디어 정신이 좀 드는지 숨을 헉 삼키고 눈을 커다랗게 떴다.

"리더, 큰일 났어요! 이러고 있을 때가 아니에요!"

팀이 붕대를 찢고 몸을 일으키자 밀레디가 놀라서 폴짝 뛰었다.

하지만 팀은 눈을 동그랗게 뜬 주위 사람들은 본체만체하고 소리쳤다.

"그 후로 제가 얼마나 잠들어…… 윽, 제길."

"잠깐만 진정해, 팀! 괜찮아! 여기는 안전—"

"안 괜찮아요!"

팀은 밀레디의 말을 끊고 절망과 비탄으로 흐려진 눈으로 그것을 전했다.

"라이센 지부가 공격받았습니다! 지부가— 붕괴했어요!"

은신처에 쩌렁쩌렁하게 메아리치는 말소리.

밀레디의 눈이 커졌고, 오스카와 나이즈의 얼굴에서 핏기가 가셨다. 메일은 눈을 가늘게 떴다.

마음속으로 얼어붙을 듯한 차가운 바람이 불고 지나간 느낌이 들었다.

어두운 동굴에 살의를 감추지도 않은 짐승 한 마리가 있었다.

사람의 키 정도 되는 거대한 늑대였다. 코를 킁킁거리며 무엇을 찾는 듯 바닥과 벽의 냄새를 맡았다.

얼마간을 그러더니 코끝이 반응했다.

"……크르르르."

낮은 울음소리에는 본능적인 기쁨이 어려 있었다.

검붉은 짐승의 눈이 살의와 식욕으로 번뜩이고 똑바로 정면의 벽을 노려봤다.

그리고 자기 후각에서 도망치려는 건방지고 멍청한 사냥감을 물어뜯기 위해 앞발에 힘을 넣었다. 그 순간—.

"단죄의 빛을 내 검에—『광인』!"

피할 겨를도 없었다.

사냥감에 달려들려는, 어찌 보면 가장 무방비한 순간을 노리고 느닷없이 대검이 땅 아래에서 튀어나왔으니까. 심지어 원래 이곳에 있을 리 없는 위력 증가 보조 마법까지 걸린 공격이었다.

큰 늑대는 저항도 하지 못하고 배를 찢겼다. 아니, 마치 천지가 뒤집힌 단두대라도 맞은 양 몸통이 두 쪽으로 나뉘어 허공을 빙글빙글 돌고 있었다.

이별의 눈물을 쏟아내는 몸통은 거의 동시에 철퍽 소리를 내고 땅으로 떨어졌다. 피 웅덩이가 느리게 퍼지며 늑대의 눈알에서 빛이 꺼졌다.

잠깐 정적이 흐른 후 대검이 튀어나온 땅이 들썩이더니 불쑥 팔이 올라왔다.

흡사 묘지에서 언데드가 기어 나오는 광경 같지만 들려오는 목소리에는 생기가 넘쳤다.

"좋았어. 기습은 성공했군."

입에 들어간 흙을 퉤퉤 뱉으면서 땅 아래에서 나온 것은 40대 중반쯤 되는 험상궂은 사내였다.

키도 덩치도 큰 거한이었다. 경험 많은 전사 같은 위풍 속에 어딘지 모르게 익살스러운 분위기가 있어 사람들에게 호감을 살 것 같은 남자였다.

그 사람은 백발 섞인 짧은 흑발에서 흙먼지를 털어내며 벽에 대고 말을 걸었다.

딱히 상상 속 친구가 보이는 슬픈 중년이기 때문은 아니었다.

"야, 너희도 이제 나와도 돼."

벽 일부가 달걀이 깨지듯 금이 가더니 안에서 작은 인간이 기진맥진하여 쓰러지다시피 튀어나왔다.

"……우웩."

"쯧쯧. 야, 루스. 괜찮냐?"

대답이 없다. 네 발로 엎드렸다. 전혀, 털끝만큼도 괜찮아 보이지 않았다.

똑같이 벽 안쪽에서 나온 소녀가 루스의 등을 문지르며 위로했다. 초콜릿 색 피부와 금색 머리, 비취색 눈동자를 가졌고 어리면서도 어른스러운 매력을 품은 소녀— 수샤였다.

"이 라이센 대협곡에서 몇 번이나 마법을 썼으니까 어쩔 수 없어요."

"그건 그렇지."

남자— 조직 『해방자』의 라이센 지부에서 행동 부대 대장을 맡은 마셜 다이아몬드는 수샤의 말에 표정을 펴고 루스를 봤다.

"실제로 대단했죠. 바위 위장도 완벽했어요."

"겨우 열두 살이란 게 믿어지지 않는군. 그에 비해 나는 평범하기만 하고…… 흑."

루스가 나온 벽 옆과 맞은편 벽도 무너지고 두 남자가 감탄하며 나왔다.

20대 중반에 특징다운 특징이 없는 갈색 머리 청년과 긴 팔다리와 꼬리, 그리고 부정적인 발언이 특징인 원인족(猿人族) 남자였다. 전자가 토니 오웬, 후자는 에이브 모건. 마셜의 부하이자 라이센 지부의 멤버이기도 했다.

행동 부대원에게 칭찬받은 루스는 엄지를 척 들어 보였다. 네 발로 엎드리기도 힘든지 아예 얼굴을 바닥에 대고 엉덩이만 치켜든 한심한 꼴로…….

아무튼 왜 이들이 이런 짓을 하고 있느냐면…… 쉽게 말해 지부로 침입한 마물을 제거하는 중이었다.

이곳 『라이센 지부』는 원래 오스카와 만나기 전 밀레디가 활동 거점으로 삼았던 곳이며【베르카 왕국】과【그랜더트 제국】의 국경에 가깝고 【라이센 대협곡】 아래에 위치했다.

마력을 흩어 버리는 죽음의 계곡에서는 스노벨이 이끄는 개척 부대라도 지부를 만들기 어려워 원래는 후보지에도 오르지 않았던 곳이었다. 그러나 밀레디에게는 익숙한 땅이었다. 누가 뭐래도 『라이센』이니까.

적은 마법을 쓸 수 없지만 밀레디만은 쓸 수 있는 환경. 따지고 보면 밀레디의 독무대였기 때문에 밀레디가 직접 나서서 만들었다. 중력 마법으로 암벽을 파내 동굴을 뚫는 무식한 방법으로……

물론 지금은 오스카가 보낸 아티팩트로 범위, 효과 모두 한정적이지만 루스를 필두로 한 다른 동료도 마력을 다룰 수 있게 됐다.

아무튼 그런 장소라서 적은 오지 않으나 라이센의 마물들이 동굴로 들어오는 일은 드물지 않았다.

"마셜 씨. 함께 데려와 주셔서 감사해요."

수샤가 금색 머리카락을 늘어뜨리며 고개 숙였다.

"뭘, 고마울 것까지야. 작전도 나쁘지 않았고 우리야말로 고맙지."

마셜은 씁쓸하게 웃으며 말했다. 마음은 이해한다고 부하들도 같은 표정을 지었다.

사실 방금 작전은 수샤가 제안한 것이었다. 자기 자신을 과감히 미끼로 쓰는 담력에는 그들도 혀를 내둘렀다.

수샤와 루스가 최근 적극적으로 『퇴치』에 함께 데려가 달라고 부탁해 여러 지식을 흡수하는 것은 제법 널리 알려진 사실이지만 두 사람의 성장 속도, 기개, 향상심은 솔직히 어른들도 놀랄 정도였다.

"그럼 다른 마물도 없는 거 같으니까 돌아갈까? 루스, 내 등에 업혀라."

마셜이 루스 앞에서 웅크려 앉았다. 그러나 왠지 루스는 반응이 없었다. 강한 의지가 담긴 눈을 보면 분명히 기절은 하지 않았다.

"……대장. 저거."

"응?"

루스의 눈은 동굴 출구를 보고 있었다. 그 눈길을 좇아 마셜도 그쪽을 돌아봤다.

"저건, 쥐?"

바위 뒤로 언뜻 보이는 흰 털. 작은 그림자는 얼른 몸을 돌려 벽 사이로 숨어들었지만, 분명히 쥐처럼 보였다.

"실수로 여기까지 왔나 보네요. 흔한 일은 아니지만……."

수샤가 고개를 갸웃거렸다.

흉악한 마물이 활개 치는 【라이센 대협곡】에 평범한 동물이 서식하는 것은 자살행위였다. 그래서 이곳에서는 야생동물을 보기 어려웠다.

하지만 전혀 없는 것도 아니었다. 쥐나 박쥐, 도마뱀 따위가 간혹 보이는 편이었다. 계곡을 따라 내려오거나 바위 틈새나 동굴에서 번식하는 동물들이었다.

특히 사람이 생활하는 라이센 지부 동굴은 그들에게도 꽤 편리한 서식처였다.

그래서 뭘 그렇게 신경 쓰냐며 수샤가 의아해하는 것도 당연하다면 당연했다.

"아니…… 아마 내 착각이겠지만……."

루스는 뜸을 들이면서도 뭔가 석연치 않은 투로 말했다.

"저거, 전에도 본 거 같아."

"저거라니? 저 쥐를 말이야?"

"루스는 쥐가 구별돼요?"

토니와 에이브도 희한한 소리를 다 듣는다는 눈으로 루스를 내려다봤다.

"그런 게 아니야. 난 그저……."

"거 답답한 녀석일세. 이상한 점이 있으면 똑바로 말해."

"드, 듣고 웃지 마, 대장. 다른 사람들도."

"걱정 마라. 엉덩이 쭉 내밀고 엎어져서 세상 진지하게 말하는 널 보고도 다들 참고 있잖냐. 누가 웃는다고 그래."

"그건 이미 마음속으로 웃고 있다는 소리잖아?!"

루스는 탐탁지 않아하면서도 헛기침했다. 그 날, 존경하는 형과 헤어진 후로 조금 어른이 된 루스는 정신을 가다듬는 법을 배웠다.

"눈이, 마주친 기분이 들어. 전에도, 지금도."

"……음, 이런 말 하기는 미안하지만……."

우연 아니냐? 그렇게 이어지려던 말을, 마셜은 루스의 진지한 표정을 보고 삼켰다.

"의지가 느껴졌어."

전에 본 것은 마을에 물건을 사러 따라갔을 때였다. 계곡 위에서 아래로 내려오는 비밀 계단으로 진입하기 직전, 루스는 분명히 보았다.

바위 뒤에서 빤히 자신들을 바라보는 쥐 한 마리를……

바로 도망가 버려 그때야 우연이겠거니 그냥 무시해 버렸지만……

"……알았다. 팀처럼 동물과 마음이 통하고 강화까지 하는 고유 마법도 있으니 만약을 위해 보고해 두마."

"대장…… 하지만 정말로 내 착각일지도 몰라."

쓸데없는 걱정을 다 한다며 마셜은 루스의 머리를 거칠게 만졌다.

"네 관찰력은 일류야. 충분히 보고할 가치가 있지."

마셜은 다시 업히라고 등을 내줬다. 루스도 팔을 뻗어 타려고 하는데—

"잠깐만요."

수샤가 한 손을 내밀어 제지했다.

"만약을 위해서예요."

쥐도 쥐지만 기척을 없앤 마물이나 땅속에 숨는 웜 계열 마물이 기습할 위험성도 있었다.

"다른 분들은 싸움에 대비해야 하니까 루스는 제가 옮길게요."

루스가 움찔 떨었다. 눈빛으로 「설마, 아니지?」라고 묻지만 수샤는 주저 없이 최근 배운 신체 강화 마법을 사용했다. 그러고는 팔을 걷어붙이고 작은 주먹을 꽉 쥐었다.

루스는 도망쳤다. 아직 일어설 기력이 없어 애벌레처럼 꿈틀꿈틀 기어서……

"그건 그렇지만……."

마셜과 토니, 에이브가 서로를 돌아봤다.

마음은 하나였다. 같은 남자로서 그 기분을 모르겠는가.

그러나 그들에게 짐이 되고 싶지 않은 수샤의 의욕 넘치는 얼굴을 보자니 말리기도 꺼려졌고……

결국 루스는 붙잡혔다. 그리고 수샤에게 번쩍 들려 공주님처럼 품에 안겼다.

"하, 하지 마아~!"

"떼쓰면 안 돼요, 루스."

"하, 하다못해 등에 업어—."

"마셜 씨. 신체 강화 마법도 제법 숙달했다고 보는데, 어떤가요?"

"아, 응. 나쁘진 않네……."

마셜의 표정이 너무나도 안쓰러웠다. 토니와 에이브의 눈빛은 흡사 팔려 가는 새끼 양을 보는 것 같았다.

그로부터 얼마 후.

"앗~! 루스가 언니한테 안겨 있데요오오~!"

지부 은신처에 도착한 일행을 반겨준 것은 활기찬 폭로의 목소리다.

수샤의 동생 윤파였다. 언니와 같은 비취색 눈동자가 빛나며 금색 양 갈래 머리가 즐겁게 폴짝폴짝 뛰었다.

『악법사』 천직이 판명된 후로 한 시도 떼놓지 않는 바이올린을 케이스에서 꺼내 들고 있는 것을 보면 연주 연습 중이던 모양이었다.

"어? 루 오빠?"

연주를 들어주던 소녀— 콜린이 루스를 보고 눈이 휘둥그레졌다. 루스는 죽은 생선 눈깔이었다.

"어쩜 좋아. 루스, 다쳤니?"

걱정하며 달려온 모린에게 마셜이 머리를 긁적이며 대답했다.

"아니, 괜찮아, 아주머니. 남자의 자존심이 죽었을 뿐이지."

"그게…… 정말로 괜찮은 거예요?"

오랜 세월 고아원에서 많은 아이의 어머니 역할을 해 오던 탓일까. 흘러넘치는 모성 때문에 누구에게나 친근한 아주머니로 취급받는 모린이 난감한 표정을 지었다.

그래도 상처 하나 없어서 일단 안심했다.

모린은 손뼉을 쳐서 콜린과 윤파의 주의를 끌었다.

"콜린, 윤파. 모두 돌아왔으니까 이제 저녁을 먹자꾸나. 사람들을 불러와 주겠니?"

"네! 모린 엄마!"

"응, 알았어!"

윤파가 잽싸게 바이올린을 넣고 케이스를 짊어졌고, 콜린도 손을 번쩍 들어 대답했다. 그리고 기운차게 후다닥 달려 나갔다.

"모린······ 엄마. 뭔가 도울 일은 없나요?"

그렇게 물은 사람은 수샤였다. 손을 쉴 새 없이 꼼지락대고 있었다.

"어머, 고맙구나, 수샤. 그럼 수프를 나눠줄래?"

"앗, 네!"

무슨 일이 있어도 동요하지 않는 인상이 강한 수샤지만, 모린 앞에서는 나이에 걸맞은 얼굴을 보였다.

지금도 모린이 감사하며 머리를 쓰다듬자 표정이 헤 풀어졌다.

일찍 부모를 여의고 술집을 운영하는 지인에게 몸을 의탁한 그녀는 줄곧 일하면서 동생을 지켰다.

억세게 살아야만 했던 수샤에게 모린의 포용력 있는 모성과 때때로 잘못을 고쳐주는 엄한 태도가 아이다운 마음을 되돌려준 것이었다.

아직 『엄마』라고 부르려면 쑥스러움에 말이 잘 나오지는 않았지만······.

이럴 때는 윤파의 거리낌 없는 솔직한 성격이 부러웠다.

시간이 흘러 저녁 식사가 시작됐다.

보초와 경비, 환자 간병인을 제외한 사람이 모두 모인 단란한 식탁은 무척 시끌벅적했다.

"그래서 어땠냐, 루스? 수샤한테 다소곳이 안겨 온 심정이."

"밥이나 먹어."

심술궂게 히죽거리며 루스를 놀리는 사람은 회색 울프 컷 머리를 한 여성이었다. 탱크톱에 로라이즈 팬츠, 발에는 샌들을 신은 단출하기 그지없는 복장이었다.

의자 위에 두 다리를 올리고 한쪽 무릎을 세워 앉아, 식사 예절을 무시하고 고기가 꽂힌 포크로 루스를 가리키는 모습은 무척 거칠고 버릇없다는 인상을 줬다. 그에 반해 복슬복슬한 털로 덮인 늑대 귀와 꼬리를 살랑거리는 모습이 귀여웠다.

그녀의 이름은 슈슈 코르시아. 낭인족(狼人族)과 인간족 혼혈이며 라이센 지부 행동 부대의 2인자였다.

"수샤는 꼬맹이 주제에 젖은 크지. 감촉은 좀 즐겼냐?"

팔꿈치로 쿡쿡 찌르며 속을 긁는 것이 마치 어디 사는 리더 같았다.

"안 닿았어요. 죽어도 안 닿아요."

수샤에게서 싱긋이 웃으며 절대영도의 목소리가 날아들었다.

"수 언니랑 윤파는─."

"아, 그래그래. 『나이즈 님 거』란 거지? 귀에 딱지 앉게 들었어."

대화 내용이 위험했다. 남성 멤버의 표정이 점차 굳어 갔다.

게다가 콜린의 얼굴이 새빨갛다. 누구와도 눈을 마주치지 않고 고개 숙인 채 앞에 있는 채소 공략에만 집중……하는 척했다.

"슈슈. 우물우물…… 콜린이…… 쩝쩝…… 뭘 보고 배우겠어…… 우걱우걱…… 적당히 해. 냠."

어이없어하며 잔소리하는 사람은 미카엘라 아이필드였다. 눈이 보이지 않지만, 고유 마법 『영혼의 눈』으로 공간을 초월한 시각 능력을 가진 그녀는 지금 이 순간에도 지부 주위를 경계하고 있었다.

"먹든지 말하든지 하나만 해. 먹보."

미카엘라 누나는 무척 바빠 보였다. 두 볼이 빵빵했다. 흡사 다람쥐였다. 굶주려 식탐에 미쳐 버린 다람쥐.

"먹보가…… 꿀꺽, 아니에요!"

설득력은 전혀 없었다. 겉모습은 무녀 같은 낙낙한 민족의 상과 함께 신비로운 미녀인데 그 점이 옥의 티였다.

미카엘라의 잔소리에는 관심 없다는 듯 손을 휘휘 저은 슈슈는 또 대충 고기를 베어 물며 루스에게 시비를 걸었다.

진지하고 호승심이 강해 놀리는 재미가 있는 루스를 슈슈는 아주 좋아했다.

아주 좋아하지만…… 한 가지 불만도 있었다.

"아, 또! 슈슈 누나! 누나도 여자면 천박한 소리 좀 그만해! 애초에 나는 그런 거 관심 없다고! 하루라도 빨리 형 같은 연성사가 돼야 하니까!"

"하, 또 그놈의 『형』? 입만 열면 형 타령이지…… 아주 업혀 살아라. 으, 기분 나빠."

"뭐라고? 형을 형이라고 하는데 뭐 잘못됐어?!"

"형은 이렇게 말한다, 형이라면 이렇게 한다, 형한테 도움이 되고 싶다…… 듣다 보면 짜증난다고. 너 세뇌라도 당했냐?"

"형이 그런 짓을 왜 해! 형은 대단한 사람이라서 내가 그냥—"

그렇게 걸핏하면 『형』을 끌고 나오는 루스에게 슈슈는 살짝 짜증이 나는 듯했다. 루스가 그러지 않더라도 슈슈는 원래부터 오스카라는 인간이 마음에 안 들었다.

'쳇, 뭐야. 밀레디도 루스도 그 자식만……'

바로 밀레디 때문이었다.

야한 이야기로 놀리면 좋은 반응을 보여주는 순진한 우리의 리더는 슈슈에게 가장 좋은 놀림감이자 생명의 은인이기도 했다.

교회는 계속적인 수해 조사로 수인족을 세뇌해 이용했는데, 슈슈는 그 첨병 중 하나였다.

가족을 살해당하고 의지를 짓밟히고, 동족인 수해 백성들도 등을 돌렸다.

수해에서는 당연한 조치였을지도 모른다.

하지만 슈슈의 마음이 부서진 것은 확실했다.

그때 눈뜬 슈슈의 고유 마법은 『거절』. 마력을 방출하고 그 마력을 진동시켜 충격파를 낳는 마법이었다.

그것이 발현한 당시에는 주위로 그 어떤 것도 접근시키지 않고 자기 의지로는 멈출 수도 없었다. 그대로 마력이 고갈되어 쇠약해 죽었을지도 모르는 슈슈를 구한 사람이 밀레디였다.

방법은…… 그냥 찍어 눌렀다. 슈슈의 『거절』에도 아랑곳하지 않고 그저 압도적인 힘으로 찍어 눌러 폭주를 멈추고 보호했다.

원래부터 낭인족은 강한 힘에 끌리는 습성이 있다. 슈슈가 밀레디를 따르는 이유는 자연스러운 흐름이었다.

그런데 밀레디에게서 온 편지는 온통 오 군, 오 군…….

"마음에 안 들어."

"뭐, 뭐가? 불만 있어?!"

오스카의 『대단한 점』을 열변하는 루스의 귀에 짜증 가득한 목소리가 들어갔다. 식사 자리에 긴장이 퍼졌다. 그 순간—.

"루스, 슈슈. 식사 중이잖니."

방에 온화한 모린의 목소리가 울렸다. 약한 꾸지람이 섞인 눈빛을 보고 루스는 군말 않고 자세를 고치며 사과했다.

"죄, 죄송합니다."

"나, 난 잘못 없—."

"슈슈?"

"윽, 아, 알았어……."

모린 엄마에게는 왠지 강하게 나갈 수 없었다. 슈슈도 늑대 꼬리를 축 늘어뜨리고 똑바로 고쳐 앉았다.

최근 자주 보이는 광경이었다. 지부 사람들도 어색하게 웃거나 훈훈한 눈빛을 보냈다. 그런 그때—.

"어머? 우물우물, 팀이 돌아왔나 보네요."

미카엘라가 블랙홀처럼 빵을 삼키며 보고했다.

전달 부대 대장이기에 특별히 활동 거점을 두지 않지만, 밀레디 일행과 연락하기 위해 자주 이곳을 찾았다. 그래서 요즘은 동료든 팀 본인이든 『찾아왔다』보다는 『돌아왔다』고 인식하곤 했다.

수샤와 윤파의 표정이 확 밝아졌다. 콜린과 루스도 서로 얼굴을 보며 희색을 띠었다.

미카엘라가 신호를 보내면 그가 올 때까지 15분 정도가 걸린다.

그래서 즐거운 시간을 만끽하기 위해서라도 네 사람은 접시까지 들어 남은 식사를 먹어 치웠다.

그러고 나서 딱 15분이 흘렀을 때—.

"다들 잘 있었어? 좋은 냄새 나네?"

조금 피곤한 기색인 팀이 은신처로 들어왔다. 어깨에는 평소처럼 크림이 앉아 있었다. 크림의 동료인 전서조들이나 팀의 애마인 타르트도 은신처에 있는 전용 공간에서 휴식 중일 것이다.

"팀 형! 크림! 어서 와!"

"팀 오빠. 크림. 어서 오세요."

루스와 콜린의 따뜻한 마중을 받고 팀의 얼굴에 웃음이 번졌다. 크림도 「쿠루루♪」 하며 경쾌하게 울었다.

"어서 오세요, 팀 씨. 수고하셨어요. 그런데, 물건은요?"

"어서 와, 팀 오빠. 선물, 있지?"

웃는 얼굴인데도 묘하게 박력 있는 수샤와 윤파의 마중에 팀의 얼굴에 긴장이 번졌다. 크림까지 겁먹은 듯 울음을 뚝 그쳤다.

그럼 나이즈 님의 편지를 주세요. 자, 어서! 설마 없다고는…… 안 하시겠죠? 라는 무언의 압박 앞에서 팀은 「여, 여기 있습니다」라며 왠지 존댓말을 하면서 가방 안에 든 편지를 내밀었다.

"고마워요, 팀 씨!"

수샤의 웃음이 눈부셨다. 그리고 그 이상으로 무서웠다. 그 낙차 때문에……

팀의 머릿속에「팀, 매번 물어서 미안하지만…… 수샤는 정말로『언제 어디서나 볼 수 있는 고유 마법』을 각성한 게 아니지?」라고, 정말로 만날 때마다 물어보는 나이즈의 진지한 표정이 스쳤다.

'나이즈 씨, 죄송합니다. 저로서는 어쩔 도리가 없어요……'

팀은 수샤와 윤파에게 편지 한 통을 더 건네고 루스와 콜린에게는 오스카의 편지를, 다른 멤버에게는 밀레디의 편지를 나눠주면서 속으로 혼잣말을 흘렸다.

"오오, 이거 봐! 콜린, 엄마! 형도 곧 돌아온대!"

루스의 목소리는 기쁨에 차 있었다.

편지에는 안디카 사람들과 새로운 은신처에 들어갔다는 내용이 적혀 있었다.

은신처 정비를 마친 뒤 1차 지원자를 지부로 보내고 돌아가겠다는 말도 있었다.

얼마 전 편지에서 메일에 관해 전해 둔 터라 밀레디 일행이 귀환하는 날을 손꼽아 기다리고 있었다. 이들에겐 둘도 없는 희소식이었다.

"두 달 안에는 돌아온대……. 흑, 다행이야…… 디 오빠, 케티. 이제 곧 나을 거야……."

콜린은 감격에 겨워 목소리까지 먹먹했다.

그런 콜린을 놀리는 사람은 아무도 없었다.

교회의 『신병 창조 계획』에 희생되어 혼수상태에 빠진 소중한 오빠, 언니— 딜런과 케티. 다른 피해자를 포함해 그들을 누구보다도 헌신적으로 간병해 온 사람은 콜린이었다. 이 자리에 있는 사람은 모두 그 사실을 알고 있었다.

"헤헷, 정말로 구할 방법을 찾았어. 역시 형이야."

"나는 처음부터 믿고 있었어. 오빠는 한다면 하는걸."

"바보야, 누군 안 믿은 줄 알아?"

남매는 눈물을 머금고 웃었다. 은신처 내부가 햇빛 아래 있는 듯한 따뜻함에 감싸였고—.

"……어쩜, 나이즈 님도…… 몹쓸 사람."

단번에 식었다.

평화롭고 부드러운 느낌마저 주는 목소리거늘 어째선지 영혼에 직접 냉기를 주입하는 듯한 착각을 불러일으켰다.

"설마, 나이즈 그 녀석이 또……?"

마셜의 기막힘과 동정이 섞인 말소리가 유난히 크게 울렸다.

미카엘라가 조심조심 물었다.

"수, 수샤, 이번에는 또 무슨 일이죠?"

왠지 이상하게 환한 웃음을 짓는 수샤 대신 함께 편지를 읽던 윤파가 대답했다.

"나이즈 님, 인기 폭발이래. 메일 언니가 엄청 자세하게 알려줬어."

모든 시선이 자매가 가진 **편지 두 통**에 쏠렸다.

이어서 휙 소리가 날 것처럼 팀을 돌아봤다.

팀은 목이 꺾일 기세로 시선을 외면했다. 당당히 메일의 밀고 편지를 건넸다고는 차마 말할 수 없었다.

메일 누님의 즐거운 웃음소리가 은신처에 메아리친 기분이 들었다.

일단 모두의 생각은 이랬다.

새로운 신대 마법 사용자도 역시 정상은 아니다……

산전수전 다 겪은 해방자들이 열두 살 소녀에게 겁먹은 가운데, 수샤가 마침내 침묵을 깼다.

"문제없네요."

나이즈 님에게 모이는 잡것들은 쓸어주겠다는 패왕 같은 뜻은 아닐 것이다. 그 증거로……

"윤파, 이제 곧 만날 수 있겠어요."

"응!"

수샤의 볼은 장밋빛으로 물들었고 열기 어린 눈동자는 보석처럼 빛났다. 그건 사랑에 빠진 소녀의 표정을 넘어서 사랑하는 남편이 돌아오기를 기다리는 아내의 표정이었다.

이건 이거대로 위험하다고, 말은 하지 않아도 모두의 마음이 일치했다.

좌우지간 라이센 지부에는 희망이 생겨났다.

좋아하는 이들과 이제 곧 재회한다.

새로운, 그리고 쭉 찾아 헤매던 동료와 만난다.

이제부터는 분명히 뭐든 잘 풀릴 것이다.

웃음과 활기에 찬 방 안에서 모두가 그렇게 생각했다.

하지만 그런 사람일수록 세상은 적의를 드러낸다.

그것은 갑작스럽게 찾아왔다.

—도망쳐!

불현듯 방 안에 반투명한 청년이 나타났다. 그의 이름은 포레스트. 라이센 대협곡 위 바위산으로 위장한 감시대에서 오늘 밤 경계를 서던 동료였다.

영혼을 육체에서 분리하는 고유 마법을 가진 그가 초조한 표정으로 한 번 더 경고하려고 했지만……

—윽?!

사라졌다.

"미카엘라!"

"—아, 어떻게 이런……!"

비통한 절규가 온화한 분위기를 무자비하게 찢어 버렸다.

"습격이에요! 수, 정체 모두 불명! 모습을 감추는 모종의 방법을 소지! 제임스와 포레스트가…… 당했습니다."

백광 기사단의 기사 여러 명과 싸울 수 있는 동료가 두 명, 허망하게 목숨을 잃었다. 정신을 뒤흔드는 충격에 모든 이가 말을 꺼내지 못하는데 벽력같은 호령이 터졌다.

"전원 전투태세! 비전투원은 환자에게로! 피난 준비를 서둘러!"

뺨을 맞은 것처럼 정신이 번쩍 돌아왔다. 가장 먼저 슈슈가 뛰쳐나갔다. 분노에 귀와 꼬리털을 곤두세우고 송곳니를 드러낸 채로. 그보다 조금 늦게 토니와 에이브, 다른 전투원들도 자리를 박차고 뒤따랐다. 그들의 등을 향해 마셜이 소리쳤다.

"골짜기 아래에서 모습을 감출 수는 없겠지만 주의해라! 냉정하게 행동해! 시간 끌기가 우선이다!"

만에 하나 전투에 지나치게 집중하여 방어선이 뚫리면 후방에 있는 싸울 수 없는 사람들에게 비극이 닥친다. 그런 사태만은 무슨 일이 있어도 막아야 했다.

"대장! 나도 갈게!"

루스가 모린의 만류를 뿌리치고 마셜에게 달려오려고 했다.

"넌 방해만 돼!"

"……!"

들어주지 않았다. 루스 본인의 목숨이 달린 문제였다. 그리고―.

"너한테는 네 역할이 있잖아? 네가 자랑하는 형이 뭐라고 하던?"

"……알았어, 제길."

함께 싸울 수 없다. 또 도움받고 도망친다. 누군가를 버려두고.

가슴이 답답해 터질 것 같았다. 분한 마음에 눈물이 나올 것 같았다.

그래도 루스는 절대로 울지 않았다. 더 이상 물고 늘어지며 시간을 낭비하지도 않았다. 발을 돌려 꽉 잡았다. 소중한 동생― 콜린의 손을…….

"가자. 딜런과 케티한테."

"응!"

형에게 부탁받은 형제자매의 목숨을 지키는 것이 루스의 역할, 그리고 콜린의 역할이었다. 콜린 또한 공포에 몸을 떨면서도 눈동자에 깃든 빛은 강했다.

"루스. 나도 분해요."

"하지만, 지금만이야."

어린 몸이 원망스럽다. 그래도 오늘 살아남으면 분명히 다음에는. 다음이 안 되더라도 그다음에야말로…….

수샤와 윤파가 나란히 뛰며 그런 의지를 전했다.

"그래, 지금만이야."

루스는 달렸다.

뒤에서, 동굴 안쪽에서 격렬한 전투의 소음이 울렸다.

그 소리가 마치 등을 찌르는 것 같다고 생각하면서…….

한편, 동굴 입구 부근에서는—.

"젠장! 이것들, 힘 한번 무식하군!"

토니가 적의 맹공을 죽기 살기로 버티고 있었다.

습격해 온 자는 총 여섯 명. 하나같이 전신을 회색 옷과 복면으로 가려 정체는 알 수 없었다.

다만, 신체 능력이 비정상적으로 강했다.

벽이나 천장까지 발판으로 삼아 3차원적으로 기동하는 모습은 마치 곡예사 같았다. 그런데 그 가벼운 몸놀림에 반해

잽 같은 공격도 마치 전투 망치로 풀스윙을 날린 듯한 파괴력을 가졌다.

그것을 건실하고도 견고한 토니의 검이 필사적으로 막아 냈다. 천직도 고유 마법도 가지지 않은 몸으로 마셜의 가르침을 우직하게 따른 그는 특징은 없어도, 아니, 특징이 없기에 난공불락이 된 방어의 검, 노력의 결정이었다.

그 기술이 벌써 무너지려고 하고 있다!

초인적인 연계로 몰아치는 적의 공격이 토니를 몸까지 날려 버렸다.

"크악?!"

벽에 격돌하며 터지는 비명. 그곳으로 절묘한 타이밍을 노려 천장을 박차고 적이 육박한다.

"어딜!"

그 적을 따라가듯 에이브가 천장을 박차고 뒤를 잡았다. 『곡예사』 천직을 가진 그도 3차원 전투의 달인이었다.

에이브가 단검을 뻗어 막 토니의 숨통을 끊으려던 적의 등을 찔렀다.

그 충격으로 적의 검이 살짝 틀어지며 토니의 안면 바로 옆에 박혔다.

에이브가 물러남과 동시에 토니가 발차기로 적을 밀어냈다.

곧장 일어선 토니와 때마침 착지한 에이브에게 다른 적이 달려든다. 동료가 당했는데도 동요한 기색 따위는 조금도 느껴지지 않았다. 그 순간이었다.

"짜증나게 하네."

쿵! 땅이 흔들리는 충격이 퍼졌다. 슈슈의 고유 마법 『거절』이었다. 방출된 회색 마력 충격파가 동굴 안에 격진을 퍼뜨렸다.

이번에는 적들도 버티지 못하고 방사형으로 날아가 벽이며 천장에 충돌했다.

떨어진 곳에 있던 토니와 에이브는 몰라도 다른 행동 부대 멤버는 함께 휘말려 땅을 나뒹굴었다.

하지만 마셜을 제외하면 라이센 지부의 톱3인 슈슈, 토니, 에이브도 애먹는 상대였다. 그들보다 실력이 떨어지는 이들은 죽기 직전에 구출된 셈이라 쿨럭대면서도 덕분에 살았다고 소리쳤다.

하지만 슈슈에게서 대답은 없었다. 그럴 상황이 아니었다.

적이 아무런 타격도 입지 않은 것처럼 곧바로 일어섰기 때문이었다.

"헉, 헉. 어떻게 돼먹은 것들이야. 기분 나쁘게!"

슈슈는 짜증이 난 눈치였다. 성격이 거칠고 걸핏하면 싸움을 일으키는 그녀지만 동료를 생각하는 마음은 남들보다도 강했다. 죽은 두 사람을 떠올리면 아무 생각 없이 분노에 몸을 맡기고 죄다 찢어 죽이고 싶은 심정이었다.

그러나 그러고 싶어도 적은 화가 날 정도로 강했다.

라이센 지부의 톱3에 전투원이 다섯 명. 수 싸움에선 이기고 있다. 실력도 백광 기사단과 맞붙을 수 있는 수준이다. 그런데 밀리고 있었다.

시간 끌기를 우선해라? 웃기는 소리, 시간 끌기도 벅차다!

욕지거리를 뱉을 시간도 없이 슈슈에게 기계적인 살의가 도래했다.

땅이 울릴 정도의 돌진. 팔 보호대를 장비한 거구의 적이 무시무시한 속도로 뛰어들었다. 슈슈는 순간적으로 팔을 교차해 방어하려 했다.

슈슈의 팔다리는 가늘다. 그러나 낭인족의 피를 이은 자다. 그 완력은 인간족, 마인족과는 비교를 불허한다. 그런데도 불구하고……

"젠, 장!"

튕겨 날아갔다. 방어하고도 충격이 전해졌다. 우득 작게 울린 소리는 좌우 중 한쪽 팔이 낸 비명이었다.

포격 같은 소리를 내며 슈슈가 암벽에 격돌했다. 거미줄처럼 금이 가면서 몸이 반쯤 박혔다.

"큭!"

그와 동시에 동료의 비명이 들렸다. 돌아보자 토니가 옆구리를 붙잡고 검을 휘두르고 있었다.

토니는 칼에 찔리면서도 즉시 카운터를 날려 적의 배를 갈랐다.

그러나 적은 역시 통증을 느끼지 않는 것처럼 배에서 피를 뿜는 와중에도 토니를 공격했다. 토니는 간신히 몸을 비틀었지만 어깨에 칼이 꽂히고 말았다.

균형이 무너진 토니를 구하고자 에이브가 적의 칼날에 스쳐

피를 튀기면서도 달려들었다.

"이 녀석들, 말도 안 되는 회복력이야. 수인이 아닌가?!"

에이브는 공중 돌려차기로 적을 날려 버리고 토니 옆에 착지하며 외쳤다.

토니를 찌른 것은 방금 에이브가 등에 치명상을 선물한 그 자였다. 지금도 배를 갈랐을 텐데 이미 피가 멎었다.

슈슈도 소리쳤다.

"전부 회복 고유 마법을 가진 수인? 농담도 정도가 있지."

신체 능력은 수인. 하지만 수인족은 마법을 못 쓴다. 예외는 고유 마법뿐. 그렇다면 지금 그들과 싸우는 여섯 명은 모두 같은 고유 마법을 가진 수인족?

말도 안 된다. 정말로 농담에도 정도가 있다.

그러나 그 끔찍한 농담은 아직 시작에 불과했다.

"엉?"

슈슈가 벽을 부수며 다시 자세를 잡음과 동시에 의아해했다.

슬금슬금 다가오던 회색 옷들이 갑자기 멈춘 것이었다.

"또 적이야?"

통로 저편에 검은 실루엣이 있었다. 어둠에 녹아드는 검은 옷이었다. 건틀릿을 장비한 두 팔을 축 늘어뜨리고 고개도 숙여 마치 조종하는 사람이 없는 마리오네트 같았다. 그런데다가 다른 회색 옷과 달리 복면의 입 부분이 뚫려 마치 짐승의 아가리처럼 되어 있었다.

하나부터 열까지 불길한 느낌만 줬다. 슈슈의 본능이 시끄럽게 경종을 울렸다. 몸에 흐르는 짐승의 피가 전력을 다해 싸우지 말고 도망치라고 외쳤다.

"하! 좋다 이거야!"

뺨을 타고 흐르는 땀을 손등으로 거칠게 닦았다.

자신을 지키려는 본능에 마음속으로 닥치라고 소리쳤다. 뒤에 있는 동료를 두고 도망치면 몸이 살아도 마음이 죽는다. 그래서는 아무 의미도 없다.

"야, 토니. 싸울 수 있겠냐?"

"문제없어. 오스카 씨가 준 앰플 덕분에."

토니는 대담하게 웃으며 옷에서 꺼낸 주사기 같은 물건을 다친 옆구리와 어깨에 찔렀다. 환부에 직접 약을 침투시키는 도구로, 복용하는 것보다 훨씬 빠르고 강한 효과를 얻을 수 있었다. 오스카가 발명해 각 지부로 보내준 물건 중 하나였다.

"너희도 싸울 수 있지?"

만신창이라도 동료들에게 돌아오는 목소리에는 모두 힘이 실려 있었다.

방심하지 않고 새롭게 나타난 두 적을 노려보면서 슈슈는 터질 듯한 기합을 담아 말했다.

"마셜 아저씨가 있으면 저쪽은 문제없어. 너희는 걱정 말고 여기서 죽어!"

죽을 각오를 다지고 아이들과 환자가 도망칠 시간을 번다.

각오가 담긴 호령에 돌아온 것은 역시나 두려움을 모르는 용맹한 함성뿐이었다.

그 직후.

—한계 돌파.

들릴 듯 말 듯한 말소리가……

"어?"

용맹함과 상반되는 당혹감이 슈슈에게서 흘러나왔다.

코앞에 적이 있다. 배에 이질감을 느낀다.

—이런, 배에 구멍 났잖아.

스스로도 놀랄 정도로 차가운 목소리가 마음속에 울리고, 뒤이어 목에 통증이 퍼졌다.

"슈슈!"

"이 자식, 당장 떨어져!"

시야 한쪽에서 에이브가 나이프를 투척하는 것이 보였다.

그러나 적은 그것을 대수롭지 않게 공중에서 쳐냈다.

"내가, 우습냐!"

『거절』이 발동했다. 회색 마력이 충격이 되어 휘몰아치자 적이 믿어지지 않는 속도로 멀어졌다.

슈슈는 배와 목을 붙잡고 휘청거렸다.

"뭐 하는, 짓이야……?"

검은 옷의 습격자는 충격파 따위 아무 의미도 없다는 양 조용히 서 있었다.

그 입가가 새빨갛게 물들어 있었다. 슈슈의 목에서 난 피로…….

"이 자식, 설마…….”

슈슈가 그 정체를 입에 담기 전에 적의 위압감이 팽창했다. 라이센의 특성 때문에 눈에 보이는 형태로는 조용한 상태였다.

그러나 이곳이 협곡 밖이었다면 분명히 보였을 것이다.

나선을 그리며 하늘로 치솟는 장엄하기까지 한 마력 분출이……

적이 시야에서 사라졌다. 슈슈의 동체 시력으로도 지각할 수 없다!

"커헉!"

충격을 느낄 여유도 없었다. 끊어질 뻔한 의식을 붙잡는 것이 고작이었다.

단지 벽인지 바닥인지 천장인지, 어딘가에 격돌해 몸에서 힘이 빠졌다는 사실만 알았다.

흙이 입안에 들어왔지만 몸은 움직이지 않았다.

'빌어먹을……'

흐릿해진 시야 속에서 동료가 차례차례 피를 뿜으며 장난감처럼 날아가는 광경이 보였다.

토니의 건실한 검이 가까스로 공격을 몇 번 막아 내지만……

건틀릿을 장비한 강철 주먹이 검을 부수고 후속타로 손날이 사선을 그었다.

그러는가 싶더니 안개처럼 사라졌다. 그 순간, 에이브의 한쪽 팔이 허공을 날았다.

'움직여, 움직이라고!'

슈슈는 땅을 벅벅 긁고 안간힘을 썼지만 몸은 주인의 명령을 들어주지 않았다.

토니가 쓰러진다. 검에 찔린 에이브가 벽에 고정되어 힘이 빠졌다.

'도망쳐, 제발 도망쳐! 밀레디에게!'

정신이 어둠 속으로 가라앉는다. 가능한 일은 슈슈가 가장 싫어하는 기도뿐.

저벅. 사신이 옆에 서는 소리가 유난히 또렷하게 들렸다.

빛이 사라지듯 어둠이 시야를 뒤덮고…….

'……저, 건.'

마지막 순간, 본 것 같았다.

작고 하얀 그림자를…….

슈슈 일행이 기이한 검은 옷의 습격자와 만나기 조금 전.

"미카엘라. 어때?"

"네, 선전하고 있어요. 하지만…… 적이 이상해요."

"교회의 새로운 병력인가?"

이대로 가면 슈슈 쪽 사람들이 위험하다는 의미가 내포된 미카엘라의 말에 마셜의 표정이 험악해졌다.

시선 끝에는 서둘러 긴급 탈출로로 이동하는 지부 비전투원이 있었다. 다른 지부와 달리 혼수상태인 환자가 많아 그만큼 시간이 걸릴 수밖에 없었다.

그러나 최강의 호위병인 마셜을 떼어놓기는 주저됐다.

"아무튼 서둘러야 해. 팀, 부탁한다."

"예."

긴급 탈출로 끝에 있는 방에 도착하면 지상까지 올라가는 건 순식간이었다.

고정 와이어만 절단하면 도르래의 원리로 방이 지상까지 올라가는 장치였다. 그리고 그 방은 팀의 애마와 전서조들이 쉬는 곳이기도 했다.

다른 말도 있고 마차도 있으므로 자력으로 움직일 수 없는 사람들을 옮기기도 용이했다. 타르트와 함께 팀에게 강화된 말들은 마물 수준의 속도로 이곳에서 탈출시켜 줄 것이다.

"……선생님. 지상은 안전할까요?"

혼수상태인 아이 한 명을 업은 수샤가 미카엘라에게 물었다. 그 표정이 깊은 우려로 점철되어 있었다.

"적어도 지금은요. 하지만 그들은 모습을 감출 수 있어요. 안심해선 안 되겠죠."

"빛 속성 상급 마법 『곡광』일까요?"

"아니면 아티팩트일 가능성도 있어요. 수단이 무엇이건 보통 적이 아니란 건 확실해요."

아티팩트라도 위협적이란 사실에는 변함이 없었다. 그러나 만약 그게 아니라면 적들은 마력을 분산하는 라이센에서 마법을 유지한다는 뜻이었다.

단시간이라도 어마어마한 마력의 보유자, 그리고 사용자였다.

그런데도 지금 슈슈 쪽과 싸우는 자들의 높은 신체 능력은 대체…….

어떻게 마법전도 육탄전도 달인급일 수 있단 말인가.

냉정해지려고 해도 미카엘라의 목소리는 두려움에 떨렸다.

딜런을 업은 루스가 이를 갈 듯 중얼거렸다.

"왜 여기가······."

"루스. 지금은 탈출해서 아군과 합류할 생각만 해."

마셜이 나무라자 루스는 약하게 고개를 끄덕했다. 케티를 업은 모린과 옆에 있는 콜린을 보면 두 사람 모두 새파랗게 질렸는데도 강한 눈빛을 보여줬다.

다른 비전투원들도 저마다 환자를 업거나 들고 사력을 다해 달렸다.

그리고 10초도 지나지 않아 긴급 탈출용 방에 도착했다.

아니, 하기 직전이었다.

"마셜 씨!"

미카엘라가 그것을 눈치챈 것은 우연이었다. 라이센의 특성은 적들에게도 분명히 영향을 주고 있었다. 막대한 마력 소비로 제어가 흐트러져 『흔들림』이 생기고 만 것이었다.

"여기까지 기어들었나!"

미카엘라의 경고를 듣고 최후미를 지키던 마셜이 즉시 반응했다.

등에 진 대검을 뽑아 방패처럼 들자, 그 찰나 고막을 때리는 충격음이 울려 퍼졌다.

"우오오오?!"

상상을 초월한 충격에 100킬로그램을 우습게 넘는 마셜의 육체가 긴 발자국을 끌며 밀렸다.

대검 건너편이 일렁였다. 마법이 풀리고 색이 번지듯 짐승입 복면을 쓴 검은 적들이 나타났다. 소매로 튀어나온 단검, 흔히 말하는 암살검이 대검과 불똥을 튀겼다.

"으아아아아아!"

우렁찬 기합이 터지고 마셜의 육체가 부풀어 올랐다. 인간족이라고 믿기 힘든, 노력의 결정이라고 할 수 있는 근력이 초중량 대검을 위로 후려쳐 올렸다.

역시 그 압력에는 버티지 못했는지 검은 옷의 몸이 공중에 떠 후방으로 날아갔다.

"가! 어서!"

대검을 고쳐 잡은 마셜이 버럭 고함쳤다.

그 거구를 이용해 말 그대로 육탄 방어로 동료를 도망가게 할 생각이었다.

"모두 움직여!"

팀이 사람들을 재촉했다. 그러나…….

─한계 돌파.

낮게, 소리조차 제대로 나지 않는 웅얼거림이…….

"크윽─『금강』!"

온몸이 소름으로 뒤덮이는 위기감에 떠밀려 마셜은 반사적으로 자신의 고유 마법을 발동했다. 오스카의 아티팩트가 있어도 간과할 수 없는 마력 소비지만, 그래도 그렇게라도 하지 않으면 죽는다고 본능이 말하고 있었다.

그 본능은 옳았다.

"쿨럭?!"

마셜의 거구가 나뭇잎처럼 날아갔다. 미카엘라와 팀을 말려들게 해서 땅을 굴렀다. 그 충격에 근처 사람들이 넘어지고 여성들에게서 비명이 퍼졌다. 동시에—.

"아아, 아아아!"

미카엘라에게서 종류가 다른 비명도 나왔다.

돌아보자 검은 옷이 미카엘라의 목을 물고 있었다. 벗어나려고 몸부림치지만 붙잡히자마자 다리를 부러뜨렸는지 제대로 저항하지도 못했다.

"미카엘라아아!"

갈빗대를 불로 지지는 듯한 고통을 기합으로 삼켜 버린 마셜이 대검을 휘둘렀다. 미카엘라까지 죽이지 않을까 착각할 정도의 기세로 검은 옷의 정수리를 내리찍었다.

검은 옷은 미카엘라의 배를 차서 반동으로 회피하고, 미카엘라는 벽에 격돌해 내장을 다쳤는지 피를 토했다.

"선생님!"

수샤가 달려왔다. 회복약을 꺼내서 정신을 잃은 미카엘라의 입에 대지만…… 마시게 하기에는 늦었다.

거대한 폭포처럼 쏟아지는 압박감. 숨이 턱 막히고 피부가 저렸다. 저항하지 못하고 수샤의 몸이 얼어붙는다.

"엎드려어어어어어!"

마셜의 초조함으로 채워진 경고와 동시에 어두운 동굴 안이 강렬한 빛으로 뒤덮였다.

그리고, 귀를 찢는 우렛소리가 울렸다.

수샤는 감각을 상실했다. 그저 막연히 자기 몸이 날아가고 정신이 아득해지는 것만 알았다. 새하얗게 물든 정신은 그 후 어깨로 느껴진 충격과 격통에 이끌려 현실로 돌아왔다.

"으, 아······."

몸이 움직이지 않았다. 어깨뿐 아니라 온몸이 고통스러웠다.

심한 이명이 이어지고 그 사이사이로 무수한 고통의 신음이 들렸다.

움직여야 한다. 멈춰 있으면 안 된다.

팔을 움직여! 눈을 떠!

자신에게 강하게 명령하자 겨우 시야가 풍경을 비췄다.

상황은 비참했다.

사람들이 모조리 땅에 쓰러져 있었다. 경중의 차이는 있으나 일어날 수 있는 사람은 단 한 명도 없었다. 고통에 신음하거나 의식을 잃고 꿈쩍도 하지 않았다.

비교적 무사한 사람은 벽 쪽으로 날아간 팀과 윤파, 콜린, 그리고 딜런과 케티였다.

딜런과 윤파는 루스가 연성으로 작은 벽을 만들고 자기 몸까지 던져 방패가 되어 주었고, 케티와 콜린은 모린이 감싼 덕분이었다.

대신 루스와 모린이 그 피해를 고스란히 떠안았다. 다리와 등이 불에 타 짓물렀다.

번개 속성 상급…… 아니, 라이센에서 이 위력을 냈다. 위력 감퇴를 고려하면 아마 최상급 공격 마법이었다.

직격했다면 이중에서 과연 몇 명이나 살아남았을까.

그 최악의 미래를 막아준 것은—.

"마셜 씨!"

고유 마법 『금강』으로 방어에 치중하면 『불락(不落)의 방패』라는 별명을 가진 마셜 다이아몬드였다.

꿋꿋이 버티고 선 채 몸으로 흰 연기를 뿜고 있었다. 그가 모든 사람의 방패가 되어 마법 대부분을 몸으로 막아준 것이다. 당연히 그 대가는 가볍지 않았다.

"아, 윽……."

무릎을 꿇었다. 대검을 짚어 쓰러지지는 않았지만 전신 화상과 충격으로 인한 피해는 심각했다.

"이, 자식, 정체가 뭐냐?"

쉰 목소리로 물었다. 몸이 움직일 때까지 어떻게 해서든 시간을 벌어야 했다.

그러나 검은 옷의 습격자는 마셜에게 눈길조차 주지 않았다.

복면 때문에 알기 어렵지만 그 시선이 향한 곳은…….

'뭐지? 누굴 보는 거지?'

적에게서 시선을 떼는 멍청한 짓은 할 수 없었다. 그러나 검은 옷이 누군가를 찾고 있는 것은 분명했다.

'단순한 습격이 아니야. 누굴 잡으러 왔나?'

화가 난다. 속이 끓는다.

몰살이 목적이 아니라면 방금 공격은 마셜이 막을 줄 알고 썼다는 뜻이었다. 죽이지도 살리지도 않는 힘 조절에 이용당한 셈이었다.

확인이 끝난 것일까? 검은 옷이 마셜 앞에 섰다.

암살검을 장착한 팔이 시위에 메긴 화살처럼 뒤로 빠졌다.

"나는…… 필요 없나 보지? 이봐…… 저승길…… 선물로, 목적…… 정도는, 들려주시지?"

몸은 아직 움직이지 않았다.

상대방은 반응하지 않았다.

다 끝났다…….

그렇게 생각한 순간—

"연, 성!!"

"……?!"

뒤에서 어리지만 폭발할 듯한 의지가 느껴지는 목소리가 들려 마셜은 숨을 삼켰다.

그 직후, 조금 전 뇌광도 저리 가라 할 녹색 섬광이 공간을 유린했다.

등을 돌리고 있던 마셜은 무사해도 정면으로 그 섬광을 본 검은 옷은 반사적으로 눈을 가리며 훌쩍 물러났다.

그것이 루스가 언제나 들고 다니는 『녹광석 섬광 구슬』임을 깨달은 마셜은 입가에 웃음을 띠었다.

'방해만 된다고? 사과해야겠군.'

그렇게 생각한 것도 찰나에 불과했다.

"모든 전사들에게 빛을. 죽음을 불사하는 마음에 축복을—
『용주가(勇奏歌)』!"

마셜의 몸에 활력이 샘솟았다.

지원 계통 마법을 통한 『신체 활성』이었다. 동시에 전장에
어울리지 않는 음악까지 들리기 시작했다.

『악법사』— 음악의 재능뿐 아니라 지원계 마법에 천부적 재
능을 가진 천직. 지원 마법이 선율과 함께 닿으면 그 효과가
비약적으로 상승한다.

그것이 바로 윤파의 힘이었다. 조그만 몸으로 자기 상처도 돌
보지 않고 필사적으로 바이올린을 켜서 마셜을 돕고 있었다.

"나 참. 꼬맹이들이 훨씬 똑 부러졌군."

사선을 긋는 대검의 궤적.

목숨을 끊으려고 달려드는 검은 옷에게 오히려 마셜의 역
공이 작렬했다.

대검의 위력에 적은 피를 뿜으며 나가떨어졌다.

마셜은 이대로 끝장을 내겠다고 생각했지만—.

"어떻게 된 거야……."

검은 옷의 상처가 살이 꿈틀대며 막히는 광경을 보고 무심
코 걸음을 멈추고 말았다.

윤파의 재능은 지원이지 회복이 아니었다.

마셜은 여전히 만신창이인데 상대방은 회복되어 갔다.

그것도 모자라 멀리서 강대한 위압감이 느껴졌다.

이 기이하고 위험하기 짝이 없는 검은 옷이 혼자가 아니라

는 증거였다.

마셜의 마음속에 절망이 번져 나갔다.

"팀."

"윽, 네?"

마셜이 부른 사람은 가장 부상이 심한 미카엘라에게 회복약을 먹이던 팀이었다.

자기 상처에 고통을 호소하면서도 그는 마셜을 돌아봤다.

"혼자 가라."

"……농담이시죠?"

"이 상황에서?"

농담을 할 리가 없다. 전해야만 한다. 여기서 무슨 일이 일어났는지.

그것이 가능한 사람은 팀뿐이었다. 팀이 혼자 도망쳤을 때만 그럴 가능성이 생긴다.

팀이 뭐라고 말하려고 입을 벌렸다.

그렇지만 그 전에 검은 옷의 상처가 아물었다. 놈이 모습이 흐릿해지는 속도로 돌진해 온다.

마셜의 경험이 거의 반사적으로 몸을 옆으로 뛰게 했다.

회피하기 위해서가 아니었다. 자기 뒤로 적을 보내지 않기 위해서!

아나나 다를까 검은 옷의 옆구리에 태클이 들어갔다. 그대로 대검을 버리고 양팔을 붙잡아 마운트 자세를 잡았다. 그 순간 강렬한 뇌격이 몸을 타고 흘러 마셜이 입으로 피를 토했다.

그러나 귀기 어린 마셜의 구속은 조금도 약해지지 않았다. 모든 힘을 쥐어짤 요량으로 『금강』을 발동했다.

생명이 새어 나가는 착각이 들 정도로 마력이 소비되는 와중에도 검은 옷이 퍼붓는 마법들을 하염없이 버텼다.

버티면서, 한 번 더 외쳤다.

"가! 가서 전해! 밀레디에게! 리더에게 전해!"

"으, 크윽."

"마음 약해지지 마, 팀 로켓! 그게 네 역할이잖아!"

팀이 일어났다.

견디기 힘든 고통에 시달리는 눈빛이 루스와 윤파를 바라보았다.

"부탁할게, 팀 형!"

"어서 나이즈 님을 데려와 줘!"

아직 열 살, 열한 살인 소년소녀인데 두 사람의 얼굴에는 절망 따위 조금도 보이지 않았다. 대신 거기에 있는 것은…….

─마지막까지 발버둥치겠다.

그런 고결한 기개.

어깨에 탄 크림이 두 사람에게 대답하듯 높이 울었다.

"미안."

떨리는 목소리를 주체할 수 없었다. 마음 깊은 곳을 칼로 도려내는 것 같았다.

팀은 달렸다. 이를 악물고, 절대로 뒤돌아보지 않고…….

자기 역할을 수행하기 위해 전력으로…….

그것을 지켜본 루스는 땅을 기며 콜린에게 팔을 뻗었다. 자신은 마음대로 설 수도 없다. 그래도 기절한 동생은 크게 다치지 않았을 것이다. 정신만 차리면 어쩌면⋯⋯.

윤파는 마력이 한계에 달해 얼굴이 새파랗게 질렸는데도 마셜을 지원하고자 집중을 풀지 않았다.

수샤도 어깨의 격통과 흐르는 피를 무시하고 필사적으로 미카엘라에게 기어갔다.

다른 사람들도 움직일 수 있게 된 자는 동료를 지키기 위해 움직였다.

누구 하나 마지막까지 포기하려고 하지 않았다.

그러나 이미 남은 시간은 거의 없었다.

"크악!"

마셜이 튕겨 날아갔다.

그곳에는 또 다른 검은 옷이 서 있었다. 손날을 휘두른 모습으로⋯⋯.

마셜의 상체가 어깨부터 배까지 찢겨졌다. 『금강』으로 즉사는 면했으나 틀림없이 중상이었다.

'아직 안 돼, 움직여!'

자신을 채찍질했다. 지금 이 순간 생명을 모조리 불태울 각오로 힘을 모았다.

상처 부위로 피를 뿜으면서도 일어나 지켜야 할 자들 앞에 선 마셜의 모습은 과연 『불락의 방패』라 불릴만 했다.

하지만 여력이 얼마 없는 것도 사실이었다. 더구나 계속해서 회색 옷들도 모이고 있었다.

그것은 즉 슈슈 쪽 멤버가 돌파당했다는 증거.

체크메이트였다.

그렇지만 어떻게 된 일일까?

"뭐, 야?"

마셜이 의아하게 중얼거렸다. 검은 옷에게도 그다지 여유가 없어 보였기 때문이었다.

그들의 시선은 확실하게 루스, 콜린, 수샤, 윤파에게 향해 있었다. 그러더니 다른 이들의 숨통을 끊을 시간도 아깝다는 양 빠른 걸음으로 아이들에게 다가갔다.

'역시 생포할 생각인가?!'

마셜은 검은 옷들의 앞으로 몸을 비집어 넣다시피 막아섰다.

서 있는 게 고작이었다. 아무 의미 없는 발버둥이었다.

"쿨럭."

그러므로 속수무책으로 가슴을 뚫리는 것도 필연이었다.

심장을 노리고 날아든 손을 간신히 피한 것만 해도 경이적인 반응이었다.

그래도 치명상이었다. 나가떨어져 벽에 부딪치면 이제는 정말 손가락 하나 까딱하지 못한다.

무의미하다는 것을 알면서도 적을 노려봤다.

시야 한쪽에는 콜린과 모린 앞에서 똑같이 검은 옷들을 노려보는 루스가 보였다. 지켜주지 못했다는 사실과 루스의 기백에 자조와 감탄의 웃음이 떠올랐다.

그리고 아이들이 적의 손아귀에 넘어가려는 그때.

—아우우우우우우우!

출현한 것은 은백색 늑대 무리였다. 검붉은 눈동자가 마물이란 사실을 알려줬다.

그러나 아무래도 그냥 마물이 아닌 것 같았다.

은백색 늑대들은 마셜과 아이들에게는 눈길도 주지 않고 습격자들만 노리고 달려들었다.

역시 검은 옷들에게는 상대가 되지 않았지만 그래도 무시할 수 없는 수였다.

심지어 그 늑대 무리 뒤에서는 계속해서 다양한 마물 무리가 쏟아져 들어왔다. 그 형세는 마물의 탁류, 혹은 홍수 같았다.

검은 옷들에게 피해는 없었으나 죽은 마물이 고기 방패가 되어 돌파당하고 말았다.

그들의 후방에 있는 마셜 쪽으로…….

'뭐야? 무슨 일이…….'

흐릿한 시야 속에서 팔이 네 개 달린 고릴라 마물이 루스, 콜린, 딜런, 케티를 들어 올리는 것이 보였다.

동시에 등에 촉수 네 개가 자란 흑표 마물이 모린과 수샤, 윤파를 낚아채는 것도 보였다.

그들뿐만이 아니었다. 은백색 늑대들이 목숨을 소비해 검은 옷들을 막는 동안 돌파해 온 마물들이 차례차례 해방자 멤버를 들어 한 눈도 팔지 않고 곧장 안쪽으로 달려가 버렸다.

마물들의 눈이 아주 인상적이었다. 몸을 던지겠다는 명확한 의지가 깃든 눈. 은백색 늑대들이 보인 것은 틀림없이 각오였다. 돌파한 마물들의 눈 또한 의지를 이어받은 자의 결연함을 품었다.

마셜은 꺼져 가는 정신 한쪽에서 자신의 몸이 붕 뜨는 감각을 느끼며 그런 눈빛을 가진 마물들에게 마음속으로 빌었다.

'마물이든 뭐든 상관없어……. 아이들을, 구해 다오…….'

그리고 의식은 어둠 속으로 떨어졌다.

뼈가 우드득 소리를 냈다.

"……오 군. 피 나."

오스카가 쥔 주먹에서 떨어진 피가 동굴 바닥을 적시고 있었다.

"밀레디, 너도야."

메일이 밀레디의 일자로 꾹 다물어진 입술에 살며시 검지를 댔다. 약한 아침놀 색 빛이 밀레디가 깨물어 찢어진 입술을 치유했다.

오스카의 손바닥도 고쳐주며 메일은 나이즈를 봤다.

나이즈도 피는 흘리지 않았지만 팔짱을 낀 팔에는 무언가를 졸라 죽이려는 듯 힘이 들어갔다.

한편, 다른 동행자 한 명만은 전혀 다른 표정을 보이고 있었다.

"팀? 괜찮아?"

"네? 아, 네. 괜찮습니다. 그냥 제가 떠난 후에 이런 일이……

그 마물 무리는 대체 뭐죠?"

"그걸 확인하기 위해서라도 너희 정신 똑바로 차려."

메일의 꾸지람에 세 사람은 서로를 한 번 돌아보고 크게 심호흡했다.

프란차 지부에서 팀의 절규를 들은 후 밀레디 일행은 급히 라이센 지부로 날아왔다.

우선 눈에 들어온 것은 대협곡 일부가 산사태라도 난 것처럼 무너진 광경이었다. 팀이 말한 대로 라이센 지부는 얼핏 봐도 처참한 양상이었다.

조금 떨어진 곳에 있는 골짜기 위 감시 초소에는 아직 제임스와 포레스트의 시체가 있어서 메일이 신체를 재생한 후 짧게나마 묵념을 올렸다.

죽어 가면서도 자신의 죽음을 한탄하기보다 동료에게 위기를 알린 그들에게 밀레디는 그저 「수고했어. 정말로 잘해줬어」라며 감사의 말을 바쳤다.

울지는 않았지만 그 옆얼굴은 차마 보고 있기 힘들 정도로 침통했다.

그 후 동행해 온 프란차 지부 멤버에게 두 사람의 시체를 지부로 옮기도록 지시하고 밀레디 일행은 골짜기 아래로 내려갔다.

그리고 아티팩트로 보조받는 메일의 재생 마법으로 지부를 복원, 저장한 마력 회복약을 물처럼 쓰며 과거시 마법으로 무슨 일이 있었는지 확인하는 참이었다.

"계속한다?"

"응. 메르 언니. 부탁해."

각오를 다지고 과거시 마법을 부탁했다.

하지만 마지막 순간 예상 밖의 사태가 있을지도 모른다. 어쩌면 희망이 남아 있을지도 모른다.

크게 다친 동료와 가족을 보고 이성을 잃을 뻔한 일행은 그 한 줄기 빛에 냉정함을 되찾았다.

영상이 다시 흘러갔다.

은백색 늑대들을 유린한 검은 옷들이 일제히 아이들을 쫓기 시작했다.

하지만 그때마다 후미를 맡은 마물들의 목숨을 건 방해로 겨우 추적을 막아 냈다.

번 시간은 얼마 되지 않았다. 그래도 천금 같은 시간이었다. 생존자들은 안쪽 방에 도착했다.

마물 한 마리가 처음부터 알고 있었던 것처럼 숨겨진 와이어를 절단하자 충격이 쿵 울리며 방이 급속도로 상승했다.

"지부의 존재뿐 아니라 탈출 방법까지 알고 있어."

"의지가 느껴지는 눈도 그렇고…… 정말로 이 마물들은 뭐지?"

종족도 다른데 행동은 체계가 잡혔고 명확한 의지와 각오까지 느껴졌다.

무엇보다 지부의 정보를 잘 알았다.

재생한 수직굴을 밀레디의 중력 마법으로 올라갔다. 나이즈가 물었다.

"밀레디. 동료 중에 이런 일이 가능한 사람은 없지?"

"있었으면 진작 말했겠지."

맞는 말이었다. 머지않아 골짜기 위까지 올라오자 더욱 놀라운 광경이 펼쳐졌다.

"뭐야? 비룡 무리?"

오스카의 경악 섞인 말대로 그곳에는 비룡 무리가 비치고 있었다.

단순한 비룡이 아니었다. 기승용 안장이 있고 기수가 있으며 큰 곤돌라까지 있었다. 그 곤돌라에도 사람이 타고 있었는데 모두 흰 옷에 복면까지 착용해 몸을 감추었다.

마물들이 곤돌라에 타자마자 흰 옷들이 중상자 치료를 시작하는 광경이 비쳤다.

놀랍게도 다른 드래곤에는 슈슈와 토니, 에이브도 있었다. 모두 중상이지만 미약하게 가슴이 오르내리는 것을 보면 생명은 부지한 모양이었다.

그 후 비룡이 떠나려고 하는데—.

"잠깐만! 날 내려줘!"

소리친 사람은 루스였다. 격통에 인상을 찌푸리면서 곤돌라 밖으로 기어나가려고 했다. 도망치기 위해서라고 생각했는지 흰 옷들은 무시하고 출발하려고 했지만 이어진 말에 우뚝 멈췄다.

"지부를 자폭시킬 거야! 도와줘!"

모든 지부에는 혹시 모를 사태를 대비한 자폭 장치가 있었다.

루스는 그것을 잊지 않았던 것이다.

흰 옷들은 서로를 돌아보았다. 그리고 잠시 후 고개를 끄덕이고 한 사람이 루스를 업었다.

루스는 힘겨운 표정으로 긴급 탈출용 방 이곳저곳을 가리켰다.

어른들이 한 명도 움직이지 못하는 상황에서 불타는 눈동자로 자신이 할 수 있는 일을 하고자 하는 루스를 보고 오스카는 말로 다 할 수 없는 감동에 이를 악물었다.

"……제법이네, 루스 군."

"어머나, 남자다워라."

"훗, 역시 오스카의 동생이군."

"그래……."

오스카는 안경을 올려 쓰며 얼굴을 가렸다.

팀이 미소 짓고 말했다.

"……루스는 입만 열면 형처럼 되겠다고 했었죠. 누나처럼 붙어 있던 슈슈가 기분 상할 정도로요."

말을 나누는 동안도 루스의 지시로 자폭 장치가 작동했다.

서둘러 곤돌라로 돌아온 루스와 흰 옷의 인물들은 다시 비룡을 몰고 출발했다.

남쪽 하늘이었다.

그 직후, 굉음과 함께 【라이센 대협곡】 일부가 붕괴했다.

"……그랬구나. ……다들, 탈출했어……. 다행이야, 다행이야."

팀이 피를 토할 듯한 음성으로 털썩 무릎을 꺾었다.

전투원들의 부상을 생각하면 전혀 낙관할 수 없지만 적어도 희망은 생겼다.

밀레디 일행도 안도한 나머지 그 자리에 주저앉을 뻔했으나 어깨에서 힘을 빼는 데 그쳤다.

과거시 영상이 다음 국면으로 넘어갔다.

나이즈가 자기도 모르게 중얼거렸다.

"저건, 정말로 믿기지 않는군."

팀에게 대체 누가 습격했는지 간단한 설명은 들었다.

검은 옷의 적이었다. 그렇다, 긴급 탈출용 방이었던 곳에서 분화하듯 튀어 올라 지상으로 나온 것은 붕괴하는 동굴에서 탈출한 검은 옷들이었다.

"나는 혼자 긴급 탈출 장치로 지상으로 올라왔어요. 타르트를 타고 프란차 지부로 갔었죠."

당연히 크림과 전서조들도 함께였다.

말을 달리고 얼마 안 있어 지부가 붕괴하는 굉음이 들렸다.

숨 쉬는 법도 잊을 정도의 절망과 비탄이 몰려왔지만 그래도 팀은 사명을 다하고자 무작정 달렸다. 지부의 위기를 전하는 긴급 알림을 전서조들의 포셰트에 넣어 가호를 부여해 날렸다.

전서조들은 사방으로 날아가 이미 하늘의 점으로 보일 만큼 멀어졌지만…… 늦었다. 후방에서 날아든 뇌격이 믿어지지 않는 정밀도로 전서조들을 추락시켰다.

그리고 밀레디에게 보낼 조금 더 상세한 편지를 가진 크림도 날아오른 순간 저격당했다.

놀랍게도 마물급 속도로 달리는 타르트에게 검은 옷 중 하나가 맨다리로 따라붙어 있었다.

"죽이지 않은 이유는…… 그래…… 동료들이 어디로 갔는지 캐묻기 위해서였어."

"쿠루루……."

팀이 주저앉은 채로 이제야 이해가 된다며 중얼거렸다.

어깨에 탄 크림은 그런 팀을 위로하듯 부리로 쪼았다.

"팀."

"리더……."

소중한 가족을 잃은 팀에게 밀레디는 무릎을 꿇어 눈높이를 맞췄다.

그리고 슬픔에 젖은 옅은 미소와 함께 말을 꺼냈다.

"살아 있어 줘서 고마워."

"우…… 네…… 네, 리더."

팀의 오열이 바람 속에 녹아들었다. 밀레디 일행도 마지막까지 싸웠던 타르트와 전서조들을 생각하며 묵념했다. 가슴 먹먹함과 슬픔이 바람이 되어 몸을 휘감는 듯했다.

잠시 후 눈물을 훔친 팀이 강한 눈빛과 함께 일어났다.

"죄송합니다. 이제 괜찮아요. 그보다 마음에 걸리는 게 있어요."

"걸리는 거?"

"네. 왜 저를 놔뒀는가."

생각해 보면 분명히 부자연스러웠다.

"놈은 빈사 상태인 저를 한 번 붙잡았어요. 뭐라고 말을 하려고 했었던 것 같아요. 아마 동료들이 어디로 갔는지 물으려고 했겠죠."

하지만 그러지 않았다.

사실 처음 빈사 상태인 팀을 발견한 것은 프란츠 지부의 동료가 아니었다. 우연히 지나가던 대상(隊商)이 그를 발견해 근처 마을 의사에게 옮긴 것이었다.

자기가 죽어 가는데도 똑같이 죽어 가는 날개 없는 새를 절대로 놓지 않는 청년이 실려 왔다— 그 정보를 들은 프란츠 지부 직원이 상황을 보러 갔고 팀을 발견해 보호했다.

"호위 모험가가 있다고는 해도 대상을 상대로 놈이 도망칠 이유는 없습니다. 그래도 놈은 물러났죠. 그 직전에 놈이 허공을 바라봤던 것 같아요."

그것은 마치 누군가의 목소리에 귀를 기울이는 것 같았다고 한다.

"그 후에 놈은 저를 던져 버리고 떠났어요. 상당히 서두르는 것처럼 보였죠."

"원격으로 지시를 받았나?"

"그리고 남의 눈에 띄고 싶지 않았나 봐?"

"전신을 다 가린 것도 그 때문이겠군."

생각에 빠진 밀레디, 메일, 나이즈에게 오스카가 제안했다.

"한 번 더 지부 안으로 돌아가자."

과거시로 봤던 광경을 더욱 자세하게 분석하기 위해서였다.

"그러자. 메르 언니."

"그래, 알았—."

그렇게 말한 순간, 메일이 살짝 휘청거렸다.

"메르 언니?!"

"어머, 마력이 조금 부족했나 보네?"

말투는 태연하지만 붕괴한 지부를 재생한 후 거의 2주 전 과거를 장시간 재생했다. 마력 회복약을 복용해도 풀리지 않는 근본적인 피로가 쌓였는지도 모른다.

오스카가 이제야 그 사실을 깨닫고 무리를 시켰다며 미안한 표정을 지었다.

"잠깐 쉬자."

"괜찮아. 메일 누나는 이런 청순한 미녀라도 튼튼하거든."

그걸 자기 입으로 말하냐고 모두가 생각한 직후 마치 밀레디에게 보여주듯 메일은 가슴골에서 마력 회복약이 든 작은 병을 꺼냈다.

꺼내는 순간 바다의 은혜가 담뿍 담긴 메일의 가슴이 출렁였다.

오스카, 나이즈, 팀이 일제히 눈을 돌렸다.

밀레디의 눈이 살벌해졌다.

"메르 언니, 그걸 왜 그런 곳에 넣어 다녀? 보물고 있잖아?"

"밀레디 놀리려고."

밀레디가 폭발했다.

우울한 분위기도 메일의 부담을 잊고 있던 미안함도 순식간에 날아갔다.

만약 이런 분위기가 될 줄 알고 한시라도 빨리 단서를 찾고 싶다는 밀레디의 바람을 들어주기 위한 준비였다면…….

"대단하다고 해야겠지."

"정말 믿음직하군."

평소 무능함이 다 거짓말 같았다. 오스카와 나이즈는 피식 웃을 수밖에 없었다.

이런 분위기 속에서 지부 내부로 돌아가 조사를 재개한 지 얼마 후.

"……슈슈와 미카엘라 때 설마 했는데……."

밀레디가 생각에 빠져 중얼거리는 소리가 동굴에 울렸다. 눈치를 살피는 느낌이 역력했다.

사람들이 탈출한 후 검은 옷들이 어떻게 붕괴하는 지부에서 탈출했는가. 그것을 확인하고 나온 말이었다.

영상에는 검은 옷이 동료나 부하일 회색 옷들에게 달려들어 목을 무는 광경이 비쳤다.

그러자 검은 옷들은 폭발적인 힘을 발휘해 라이센에 있으면서도 공격, 방어 마법을 아무렇지 않게 사용하며 활로를 열었다.

"흡혈귀족이구나? 정말로 피를 빨면 힘이 강해지네."

메일은 딱히 심각하게 생각하는 기색 없이 감상을 말했다. 친아버지가 흡혈귀라고 일일이 눈치 보지 말라는 것을 태도로 말해주고 있었다.

밀레디는 어색하게 웃으며 살짝 고갯짓하고 이런 분석에서는 특히 도움이 되는 오스카를 돌아봤다.

"오 군은 어떻게 봐?"

"……정리해 볼게."

확정된 사항은 다섯 가지.

그들은 꽤 오래전부터 라이센 지부의 존재를 알고 조사했었다.

조사한 세력은 둘.

한쪽은 흡혈귀족의 특성을 가졌다.

다른 한쪽은 마물을 조종한다.

그리고 검은 옷들은 루스를 포함한 아이들을 붙잡으려고 했다.

그렇게 서론을 늘어놓고 오스카는 의문을 제기했다.

"그렇지만 흡혈귀족이 왜 우리를 노리냐는 의문이 남아. 게다가 그들의 신체 능력…… 나는 실제로 흡혈귀족을 본 적은 없지만……."

오스카가 자기 지식을 재확인하려고 밀레디를 보았다. 그녀는 긍정했다.

"응. 흡혈귀족은 마인족처럼 마법에 탁월한 재능을 가지지만, 신체 능력은 인간과 크게 다르지 않을 거야. 흡혈 행위로 스펙이 상승한다는 이야기는 들었지만……."

"흡혈하기 전부터 행동 부대가 밀렸는데?"

덧붙이자면 흡혈한다고 해도 라이센에서 마법을 난사할 정도는 아닐 것이다. 마치 마인족과 흡혈귀족의 마법 재능을 더하고 수인족의 신체 능력까지 갖춘 것만 같았다. 말 그대로 초인 병사였다.

"그 회복력도 신경 쓰이더군. 흡혈귀족은 원래 다 가진 능력인가?"

나이즈의 의문에 오스카는 고민했다.

"흡혈 행위로 회복한다는 건 책에서 본 적이 있어. 하지만 회색 옷들은……."

"피를 빨지 않았었지……."

"종족이 다른가? 하지만 그들도 회복력이 대단하던걸?"

게다가, 라며 오스카가 심란한 표정으로 말꼬리를 이었다.

"『한계 돌파』라고 했지."

"……응. 그게 신경 쓰여. 역시 교회가 보낸 자객인가?"

거기서 연상된 것은 밀레디와 호각으로 싸우던 백광 기사단 단장 라우스 번이었다. 혼백에 간섭하는 신대 마법을 가진 그는 자신의 한계를 뛰어넘는 기술을 보유했었다.

그러나 밀레디의 그 예상에 오스카는 고개를 가로저었다.

"내 생각에는 아니야."

"응? 왜?"

"물론 단언할 수는 없지만…… 교회라면 더 좋은 병력이 있잖아?"

교회의 암살 집단, 혹은 실험 부대를 시범 운용했을 가능성도 있었다. 하지만 만약 아이들을 확보하려고 한 이유가 오스카의 상상대로라면 확실성을 기하고자 교회는 더 최적의 선택을 할 것이다.

"아, 사도……"

『신의 사도』에르스트.

이미 사투를 벌인 그들을 상대로 정체를 숨기거나 힘을 아낄 이유는 없었다.

"흰 옷들은 남쪽으로 날아갔어. 흡혈귀족은 극도로 폐쇄적인 종족이야. 그리고 회색 옷들은 다른 종족일 가능성이 커. 종합적으로 생각하면 아마 습격자는—"

오스카가 안경을 슥 올리며 결론을 말하고자 한 그때—

"마인족이다찍."

""""""?!""""""

갑작스럽게 들린 목소리에 일행은 경악하면서도 순식간에 임전 태세를 취했다.

목소리가 난 방향— 동굴의 출구 방면을 노려봤지만 아무도 없었다.

"어딜 보는 거냐찍."

응? 소리가 아래쪽에서? 일행은 완벽히 통일된 동작으로 쭈뼛쭈뼛 눈길을 떨어뜨렸다.

쥐가 있었다.

똑바로 서서 팔짱을 낀 쥐였다. 목도리를 두르고 이쑤시개 같은 칼까지 차셨다.

"뭐야, 이 판타지 생물은?"

밀레디가 저도 모르게 말하자 다른 일행은 다 같이 그러게, 라며 고개를 끄덕였다.

일행은 넋이 나간 사람처럼 어쩐지 분위기가 오만한 쥐를 응시했다.

상황을 파악하지 못하는 그들을 무시하고 생쥐님은 말을 계속하셨다.

"내 이름은 반드르 슈네다찍. 기뻐해라찍. 신대 마법 사용자인 바로 내가 네놈들의 동료가 되어주겠다찍."

내용은 전혀 머리에 들어오지 않았다.

그도 그럴 게 쥐다.

판타지스럽고 괴상한 쥐다.

웃기지 않은가.

거기다가 억지로 갖다 붙인 듯한 「찍」이 신경 쓰인다.

쥐는 계속 뭐라고 떠들다가 사람들이 이야기를 제대로 듣지 않는다고 깨달은 모양이었다. 쥐가 무슨 재주인지 눈을 찌푸리고 불만을 표했다.

"언제까지 넋 놓고 있을 거냐찍. 귀는 장식으로 달고 다니냐찍?"

드디어 밀레디 일행도 서로를 돌아봤다. 그것을 보고 이제 이야기를 듣는다며 한숨 쉰 생쥐님이 말을 이었다.

"흥. 한 번만 더 말하겠다찍. 잘 들어라찍. 내가 친히 동료가 되어주겠다고 말했다찍. 바로 네놈들과 같은…… 신대 마법 사용자인 나, 반드르 슈네가 말이다찍."

하고 싶은 말은 이해했다.

인지는 했다.

어처구니없지만 이 쥐가 밀레디 일행이 찾던 새로운 신대 마법 사용자 같았다.

그러나 충격이 강한 것도 사실인지라 뭐라고 반응하지 못했다.

"……쳇. 어이, 거기 안경잡이. 표정이 왜 그따위지? 무슨 불만 있냐찍?"

"억지로 갖다 붙인 것 같은 어미가 신경 쓰여."

그걸 말해?! 라며 밀레디가 깜짝 놀라 돌아봤다.

"음? 이건…… 어쩔 수 없다찍. 원래 버츄럼의 『의태』는 의태 대상의 특성과 닮는다찍."

본인도 이건 좀 아니라고 생각했었는지, 반드르가 고개를 팽 돌리고 그렇게 변명했다. 아무래도 불가항력인가 보다.

"버츄럼?"

오스카가 고개를 갸웃거리며 물었다.

"버츄럼이 아니다. 버츄럼이다."

"……? 그러니까 버츄럼이라고."

"아니야! 버, 츄, 럼, 이다!"

"……??"

"큭, 이 자식 반항하는 거냐? 안경 깨 버린다?"

"아니, 왜?!"

오스카와 반드르가 말을 주거니 받거니 할 때마다 나머지 일행은 쌍방을 번갈아 봤다. 내가 지금 뭘 보고 있는 거지, 하는 눈빛으로……

점점 반드르와 오스카의 분위기가 험악해졌으나 반드르는 자신이 불리하다고 생각했는지 혀를 찼다.

"쯧. 소모를 제어하려면 이 모습이 최적이지만찍…… 이대로 가면 설명에 시간이 걸린다찍."

그렇게 구시렁거린 순간, 쥐의 모습이 녹아내렸다.

"스, 슬라임?!"

오스카가 경악해 소리치는 사이에도 놀라운 일은 이어졌다. 벽과 바닥 사이에서 푸른빛이 도는 반투명 점체 생물— 일반적으로 슬라임이라고 불리는 마물이 솟아나서 반드르라고 자신을 소개한 슬라임에게 집합했다.

금방 사람 키만 한 부피로 커진 슬라임은 곧 형상을 세세하게 바꿔 나갔다. 그리고 나타난 것은—

"흠. 역시 일솜씨가 뛰어나군, 버틀럼."

자신에게 찬사를 보내는, 마인족처럼 보이는 청년이었다.

가무잡잡한 피부에 약간 뾰족한 귀, 그리고 붉은 눈. 그것들은 마인족에게서 보이는 특징이었다. 다만, 청년의 경우 마인족 특유의 불타는 듯한 붉은 머리가 아닌 시원한 하늘색 머리만이 그 특징에서 벗어나 있었다.

나이는 스무 살 전후. 키는 180센티미터를 조금 넘는 정도.

7대 3으로 나눈 머리에 오른쪽은 앞머리를 내려 눈을 가렸고 왼쪽은 어깨 높이까지 땋았다. 날카로운 눈매에 퉁명스러운 얼굴로 인해 까칠하고 신경질적으로 보이는 청년. 그것이 그에 대한 첫인상이었다.

그리고 흰 민소매 목티에 펑퍼짐한 흰 바지와 부츠, 마찬가지로 흰 목도리를 했다. 꽃과 덩굴 자수가 예술적이었다.

온통 흰색으로 도배한 그 의상은 밀레디 일행에게도 눈에 익었다.

"저, 저기. 혹시 네가 사람들을 구해줬어?"

밀레디가 희망으로 눈을 빛내며 물었다.

"그렇다. 라이센의 공주."

특이한 호칭이었다. 그가 밀레디에게 가진 이미지는 『해방자』 리더보다는 라이센 백작가의 차기 당주라는 인상을 받았다.

반드르의 정체를 더더욱 알 수 없어 일행은 다시 서로 눈빛만 교환했다.

"그럼 다시 소개해주마. 내 이름은 반드르 슈네다."

그리고 반드르는 여전히 미간에 주름을 잡은 퉁명스러운 얼굴로 어이없는 소리를 꺼냈다.

"너희 동료는 내 일족이 맡고 있다. 풀어주길 원한다면 진짜 나를 도와라."

모두 당황하는 가운데, 오스카는 혼자 생각했다.

역시 이 녀석과는 죽이 안 맞겠다고……

그 후 【라이센 대협곡】을 나온 일행은 현재 하늘 위에 있었다.

일단 지부 동료들과 만나게 해 달라고 부탁했지만 반드르는 그것을 묵살했다.

"일족의 치유사와 종마의 고유 마법으로 모두 목숨은 건졌다. 시간을 헛되이 쓰고 싶지 않다면 군말 말고 따라와라."

그렇게 말한 반드르는 슬라임의 분체를 더 불러들여 비룡으로 의태시키고 다짜고짜 일행을 하늘로 데리고 갔다.

다만 팀은 사건 경위를 『해방자』 동료에게 전하기 위해 프란차 지부로 돌려보냈다.

"그래서 지금 너는 종마인 버츄럼의 힘을 빌려서—"

"버틀럼이다."

굳이 밀레디의 말허리를 잘랐다. 아주 중요한 부분인가 보다.

참고로 버틀럼이란 집사(버틀러)와 슬라임을 합친 반드르만의 조어였다.

밀레디 일행이 대충 예상한 대로 반드르의 신대 마법은 마물을 조종하거나 만들어 내고 진화시키는— 변성 마법이라는 무서운 힘이었다.

라이센 지부를 구하러 온 마물도 반드르의 종마였다.

그중에서도 버틀럼은 반드르가 어릴 적에 따르게 한 첫 마물이며 진화 끝에 다른 슬라임과 일선을 긋는 힘을 얻었다.

일반적으로 슬라임은 『의태』라는 고유 마법을 가졌는데, 보통은 보호색을 가지거나 대상의 모습을 모방하는 정도였다.

그러나 버틀럼의 경우 의태 대상의 기능이나 능력까지 복사했다. 사람으로 의태하면 대화도 가능하고 높은 지능을 가졌기에 연기도 가능했다.

물론 대상의 능력이 높을수록 의태는 힘들어지며 특수한 고유 마법이나 신대 마법까지 복사할 수는 없었다.

하지만 그럼에도 파격적인 능력이었다. 그 높은 범용성은 집사라고 불려도 납득할 수준이었다.

다만 단점도 있었다. 의태 능력이 너무 우수한 폐해인지 모르겠으나 상대방의 이상한 부분까지 이어받아 버렸다. 예컨대 쥐로 의태했을 때의 『찍』이었다.

그러니까 버츄럼[#2]이 아니다.

명예로운 반드르 슈네의 집사 슬라임— 버틀럼이다!

설령 밀레디가 버츄럼이란 어감이 마음에 들어 자꾸 그렇게 불러도 버틀러 슬라임— 버틀럼인 것이다!

"버츄럼을 주인인 반으로 의태시켜서 감각도 공유하고 몸의 주도권을 맡겨 원격 조종도 한다는 말이지?"

"버틀럼이다. 그리고 함부로 이름을 줄여 부르지 마라."

"그래서 진짜 반은 마왕성 지하에 잡혀 있다고? 그곳에는 다른 사람도 많이 갇혀 있으니까…… 함께 구해 달라는 거구나."

"무시하지 마라. 줄이지 말라고 했다."

"일족 사람들— 슈네 족 사람들은? 반이 족장이지? 구하러 안 와?"

"생각이 짧군. 일족은 내 강점이자 최대의 약점이다. 붙잡힌 내가 녀석들 상대로 지금도 어렵게나마 내 의견을 펼치고

#2 버츄럼 일본어로 쥐의 울음소리는 「츄」라고 한다.

이렇게 허를 찔러 버틀럼을 조종하는 것도 일족이 놈들에게 넘어가지 않았기 때문이다. 구조하러 왔다가 붙잡히면…… 그때는 정말로 끝장이지. 그리고 한 번 더 줄여 부르면 떨어뜨릴 줄 알아라."

반드르는 버틀럼 비룡의 선두에서 다리를 꼬고 앉아 등을 보인 채 설명 & 정정했다.

진짜 반드르는 현재 마왕성 지하 감옥에 수감되어 있다고 했다.

그곳에는 반드르 말고도 다양한 종족, 다양한 특성과 고유 마법을 가진 자들이 많이 잡혀 있었다. 그럼 그들이 포로나 범죄자인가 하면 그것도 아니었다.

인체 실험용 재료.

그것이 반드르를 포함한 사람들이 잡혀 있는 이유였다.

마왕성에서는 교회에 대항하는 부대를 만들고자 여러 종족의 특성을 융합하는 끔찍한 실험이 자행되고 있었다.

그 성과 중 하나가 그 검은 옷이 이끄는 부대였다.

밀레디 일행이 느낀 의문— 흡혈귀족이 너무 강하다는 점도 타인의 피를 빨아 자기 힘으로 변환하는 흡혈귀의 특성을 바탕으로 마인족과 수인족의 특성을 집어넣어 융합한 결과였다.

말할 것도 없이 원래는 불가능한 일이었다. 교배로 혼혈이 태어난다는 의미가 아니라 말 그대로 인체와 타인의 특성을 융합한다니, 가당치도 않다.

그 검은 옷들이 태어날 때까지 얼마나 많은 시체를 쌓았는

가. 그것을 설명하는 반드르의 음성이 소름 끼칠 만큼 평탄한 것을 보아 그 실험장이 지옥이었음은 상상하기 어렵지 않았다.

일단 반드르가 붙잡힌 후에는 변성 마법의 유용성을 방패로 실험을 완화해 사망자가 나오는 사태는 막았다지만…… 한시바삐 구조하라는 반드르의 심정도 이해할 수 있었다.

"반, 괜찮아?"

"뭐가?"

밀레디가 걱정스레 묻자 반드르는 목도리를 코끝까지 올리고 담담하게 반문했다.

인상대로 자기 약점을 보이기 싫어하는 성격 같았다.

"마왕은 지금 서쪽 지역으로 시찰을 떠난 상태다. 지금이 기회야."

얼버무리듯 이야기를 되돌린 반드르는 검은 옷들도 마왕에게 수행 중이라고 했다.

"……그들은 괜찮나?"

나이즈가 복잡한 표정으로 물었다. 검은 옷들은 동료를 죽기 직전까지 몰아간 적이었다. 그러나 실험의 피해자이기도 했다. 그들 또한 반드르가 구하고 싶은 사람이 아니냐는 질문이었다.

"……지금은 힘없는 이들을 먼저 구조해야 한다. 후환이 없어지면 내가……."

그들을 해방하러 간다. 혼자서라도.

말은 하지 않아도 마음은 전해졌다. 피해자에게 가해자를 도우라고는 차마 말할 수 없어서겠지. 밀레디가 입을 열려고 했으나 반드르는 더 듣지 않겠다는 분위기로 자신의 말을 이었다.

"게다가 녀석들은 마왕의 아티팩트에 자아가 속박됐어. 그걸 해결하지 않는 한 뒤통수에 칼을 맞을 뿐이지. 쉬운 일이 아니야……."

"마왕을 상당히 경계하는데 그렇게 강해?"

밀레디의 질문에 반드르는 불쾌하게 인상을 찌푸리고 긍정했다.

"교회에 적대하는 최대 세력의 왕이다. 당연하지 않나?"

범상치 않은 마력, 초월적 마법 기량. 거기에 더해 현 마왕은 희대의 아티팩트 사용자였다. 물론 가진 아티팩트는 모두 국보급이었다. 그러나 그 이상으로—

"……놈은, 끝이 보이지 않아."

마치 깊은 어둠에 먹히지 않으려고 필사적으로 저항하는, 그런 목소리였다.

바람이 묘하게 차가워진 느낌이 들었다. 분위기를 바꾸기 위해서일까. 반드르는 「아무튼!」이라며 더욱 거만한 태도로 설명을 계속했다.

"선의로 너희 동료를 구한 게 아니다. 구해준 대가는 구해서 갚아라. 성공하면 너희는 동료와 재회하고 막강한 전사, 바로 나를 얻게 된다. 나쁘지 않은 거래 아닌가?"

나쁘지 않은 수준이 아니라 파격적인 거래였다. 상식적으로 생각한다면…….

밀레디 일행은 서로를 돌아봤다.

의아한 부분이 제법 있었다. 아니, 꽤 많았다. 밀레디의 투명한 눈동자를 보면 결론이야 뻔했지만 가능한 한 해소해 두고 싶었다.

이럴 때 질문은 보통 오스카의 역할이었으나…… 왠지 묘하게 불쾌하고 마뜩치 않은 눈치였다. 평소보다 안경을 올려 쓰는 빈도가 높았다. 가족들과 바로 만날 수 없는 불만 때문이라기보다 반드르라는 청년 자체가 탐탁지 않은 눈치였다.

별안간 운해가 끊겼다.

쭉 구름 위를 날았는데 이야기하는 동안 꽤 먼 거리를 이동한 것 같았다. 구름이 걷힌 저 아래로 작은 마을이 드문드문 보였다.

본격적으로 마인족 지배령인 【이그돌 마왕국】 영토에 들어선 모양이었다.

그것을 확인하고, 오스카도 신경 쓰면서 나이즈가 대신 질문을 던졌다.

"아이들을 노린 이유를 아나?"

"지부 위치가 발각된 이유도 궁금해. 루스랑 눈이 맞았다는 쥐는 반, 너지?"

메일도 연달아 질문했다.

"큭, 너까지 반이라고? 건방지게 나와 맞먹으려고 드는군……."

반드르는 질색하며 목도리를 올리고 헛기침했다.

"마왕은 원래 예전부터 『라이센의 공주』를 쫓고 있었다."

"응? 마왕이 밀레디 씨 스토커라고?! 어떡해, 무서워! 밀레디 씨의 인기가 무서워! 미안해! 종족을 불문하고 사람을 매료해 버리는 공전절후의 미소녀라서!"

"……확실히 어릴 적 공주에게는 인간을 초월한 어떤 신비한 분위기가 있었지. 나도 멀리 보기 마법으로 한 번 본 적이 있었는데…… 아름다운 소녀라고 생각했다."

반드르는 어린 시절 밀레디를 본 적이 있다고 고백했다.

메일이 「어머나!」라며 눈을 초롱초롱 빛냈고, 오스카와 나이즈는 「이 녀석, 제정신인가?」라며 기이하게 쳐다보는 가운데 호의적인 스트레이트 펀치에는 물에 젖은 종이만큼 약한 밀레디가 살짝 쑥스러워하면서 과장되게 깝죽댔다.

"으힛, 으히힛, 내, 내가 좀 그런 편이지! 반이 보는 눈이 있네! 그래, 밀레디 씨는 초월적인 초천재 미소녀 마법사니까! 오군, 나즈, 메르 언니! 들었지, 들었지? 공, 주! 공주래! 전 세계에 통하는 귀여운 공주님이야! 자, 그럼 리피트 애프터 미~, 고, 옹, 주!"

그런 밀레디를 어깨 너머로 돌아보고 딱하다는 표정을 지은 반드르가 한마디 했다.

"세월이란…… 잔인하군."

"야 인마, 그게 무슨 뜻이야? 엉?"

쑥스러워하는 귀여운 얼굴에서 마피아도 꽁무니를 뺄 것 같은 흉악한 상판이 되셨다.

오스카와 나이즈가 이해한다며 편안한 표정을 지었다.

격분 밀레디 아이가 날아들었다. 두 사람은 고속으로 눈을 피했다.

"그, 그래서 아이들을 노린 이유는?"

"대충 예상되지 않나? 너희를 꾀어낼 인질이다."

간단명료한 대답을 듣고 역시나 싶은 생각과 함께 미안함이 몰려왔다.

원래 마왕국에게 라이센 백작가는 눈엣가시였다. 인간족 중 유일하게 대륙 남부로 돌출한 나라 안에서도 최전선에 영지를 가진 일족이었으니까.

대륙 남부 진출과 영토 획득이라는 위업을 달성한 자는 초대 라이센이었지만 그 자손도 예외 없이 마인족에 필적하는, 아니, 그 이상 가는 마법적 재능을 가지고 태어났다.

인간족 중 최상위 마법 엘리트 일족이며 마인족도 그들에게 함부로 손댈 수 없었다.

그런 라이센이 단 하룻밤 사이에 사라졌다.

도무지 믿기 어려웠다.

마인족이 무관심할 리 없었다. 오히려 관심이 너무 강해 억측이 난무할 정도였다.

그 억측이란 이 또한 라이센의 계략이 아니냐는 것.

"누가 뭐래도 라이센이니까."

찔러도 피 한 방울 안 나올 냉혈아. 그건 기계다. 목숨을 거두기 위해 태어난 세상의 시스템이다. 마인족에게도 그렇게 두려움을 살 정도였다.

그런 라이센이 이리도 허망하게 멸망하다니? 심지어 공주의 죽음이 확인되지 않았잖은가.

초대의 힘을 이었다는 그 신동이!

"그렇군. 계략이라고 의심할 만해."

오스카가 납득하고 나이즈와 메일도 씁쓸히 웃으며 고개를 끄덕였다.

그런 연유로 마왕국은 『라이센의 공주』를 끈질기게 수색했고 최근 겨우 그 종적을 파악했다.

―【녹색 대갱도】의 나라 출현과 사교 행방불명 사건.

―【붉은 대사막】의 거대 크레이터 출현과 사교 살해 사건.

―【서쪽 바다】의 안디카 침몰과 백광 기사단 출동.

그 조사 과정에서 판명된 『해방자』라는 존재와 『라이센의 공주』가 가진 목적― 같은 신대 마법 사용자를 조직으로 회유하는 것.

"인간족 측에 교회에 대항하는 지하 조직이 있다는 확신이 있었다. 그렇지만 상대는 교회. 마인족 측에서도 크게 중시하지는 않았지만……."

저항하지 못할 것이 뻔하기 때문이었다.

하지만 『라이센의 공주』가 보스라면 이야기가 완전히 달라진다. 덤으로 신대 마법 사용자가 이미 세 명이나 동료로 합류했다면…… 도저히 간과할 수 없었다.

그러나 싸우려면 막대한 피해를 감수해야 한다. 교회와 적대한다는 점에서는 이해가 일치하지만, 인간족 우월주의를 인정하지 않는 조직이 마인족 우월주의를 인정할 리 만무했다.

그렇다면 본보기로 습격을, 억지력으로 인질을…… 그렇게 생각한 것이다.

"꽤 애먹었나 보지만, 마왕의 첩보 부대는 우수해."

연락하는 빈도가 너무 잦았다며 반드르는 어깨를 으쓱였다.

얼마나 많은 곳을 경유하고 아무리 위장을 잘 해도 행위가 반복되면 반드시 흔적이 남고, 축적된 데이터는 결국 정답을 도출한다.

"……하하. 벌인가? 오 군을 만난 후부터 긴장이 풀려 버렸나 봐."

밀레디가 힘없이 웃었다. 눈동자에 그림자가 보였다. 하늘을 담은 창궁색 눈동자에 먹구름이 낀 것 같았다.

그런 밀레디를 메일이 뒤에서 끌어안았다. 차게 식은 마음을 솜깃으로 감싸듯 포근히, 부드럽게…….

"밀레디. 완벽한 사람은 없고 그렇게 될 필요도 없어."

"메르 언니……."

"지부 사람들이 밀레디를 만나고 얼마나 기뻐하는지 봤지? 너한테 받은 편지도 그래. 그게 사람들의 마음을 지탱해 줘."

동료가 늘었다. 여행을 하며 이런 일이 있었다.

다들 어떻게 지내는가. 다음에 만나면 이런 일을 하고 싶다.

그런 리더와의 소통을 가급적 줄인다?

아무리 중대한 사명이 있다 한들 아무도 인정하지 않을 것이다. 『해방자』는 그렇게 비인간적이지도 기계적이지도 않은 조직이었다.

"이번 사건은 모두 각오하던 일이고 언젠가 일어났을 일이야. 그래도 평소 행실이 좋아서 그런가? 아직 잃지 않았어."

잃지 않았다면 메일 메르지네는 모든 것을 되돌려준다.

그러니까—.

"어깨 펴, 밀레디. 거기 남자 두 명도."

메일 누님에게 혼난 밀레디, 오스카, 나이즈는 자기도 모르게 숙였던 고개를 들었다. 서로를 보더니 머쓱한 웃음이 번졌다.

"메르 언니에게 혼났어. 굴욕이야."

"평소 인간 말종의 대명사인 메일이 완벽할 필요가 없다고 하니까 설득력이 있네."

"하지만 평소 행실이 좋다는 점은 동의하기 어렵군."

"너희, 의외로 팔팔하구나?"

힘들게 해줄까? 싱긋이 웃는 메일에게서 모두 사이좋게 눈길을 피했다.

한숨을 푹 쉰 메일은 뒤로 눈을 흘기는 반드르에게 이야기를 마저 들었다.

"그래서 정체가 뭐야? 그런 사정까지 아는 자칭 포로는."

"……말했을 텐데. 신대 마법을 쓸 수 있는 변경 부족의 족장이라고."

"습격을 미리 알고, 라이센 지부를 찾고, 일족에게 연락해 대 교회 실험 부대를 따돌려 놓고 아직 그 소리야?"

"나의 버틀럼은 유능하니까."

"변경 부족이면서 어린 『라이센의 공주』는 어떻게 봤어?"

더구나 마왕의 행동 방침까지 알고 있었다.

"……나의 버틀럼은 유능하니까."

"지금 잠깐 망설였지? 어머, 왜 그래? 또 앞만 보네. 눈을 마주치려고 하지 않는구나? 반, 우리 얼굴 보고 이야기할까?"

메일 누님의 눈이 해적 여제의 눈으로 변했다.

사로잡은 사냥감이 순종적으로 조교될 때까지 놓아주지 않는 사디스트 해적 여제의 눈으로!

혀로 입술을 핥은 순간 보고 있지도 않은 반드르의 등에 오한이 퍼졌다.

밀레디를 옆에 두고 네 발로 엎드려 반드르에게 다가가는 모습은 암표범이 따로 없었다. 허리의 굴곡이 아름답다…….

"메르 언니는 잠깐 빠져 있어. 청소년 관람 불가가 될 거 같으니까."

"밀레디가 좋아하는?"

"안 좋아하거든!"

그런 거치고는 과잉 반응인데……라고 말할 만큼 오스카와 나이즈도 어리석지는 않았다. 그저 눈빛을 교환하고 고개만 끄덕일 뿐이었다.

밀레디는 그런 남자 두 명에게 날카로운 밀레디 아이를 날리고 반드르 앞으로 갔다. 비행 속도에 맞춰 뒤로 떨어지며 앞만 보는 반드르와 눈을 맞췄다.

"반, 도와줄게. 너와 붙잡힌 다른 사람들을 구하러 갈게."

어쩐지 지금까지와는 느낌이 달랐다. 깊은 숲의 고요한 샘을 떠올리게 하는 그런 목소리였다.

"해방자니까."

부조리한 현실에 사로잡힌 사람을 해방하는데 주저할 리가 없었다.

창궁색 눈동자는 보석처럼 투명했다. 그곳에 거짓은 조금도 보이지 않았다.

"하지만 그 전에 이것만 확인할게."

"뭐냐?"

밀레디의 눈동자에 왠지 몹시 거북함을 느낀 반드르는 더욱 뚱하고 불쾌한 표정으로 물었다.

"우리의, 해방자의 동료가 되어준다고 했지?"

"그래. 이 일이 끝나면—."

반드르는 말을 멈췄다. 아니, 멈춰야 했다.

어떤 가벼운 대답도 허락하지 않는, 진위를 묻는 밀레디의 눈빛 때문에…….

그것은 반드르의 마음을 단숨에 집어삼켰다.

말로 하지 않아도 알았다. 그녀가 무엇을 묻는지.

—정말로 지부 동료는 무사한가.

—정말로 메일의 힘이 필요하지 않은가.

교회와 싸울 각오는 됐느냐고 묻는다면 즉시 답할 자신이 있었는데…….

분명히 그것을 물으리라 생각했었는데…….

—정말로 구해야 할 생명을 저버리지 않았는가.

설마 그렇게 물을 줄은 몰랐다.

아, 그렇군. 이 순간 반드르는 『해방자』를, 그 조직을 이끄는 소녀의 본질을 이해했다.

『해방자』, 밀레디의 동료가 된다는 것은 바로 그런 의미란 것을…….

"……나는……."

대답하려다가 자기도 부끄러울 정도로 입만 뻐끔거리고 말았다.

퍼뜩 목도리를 올려 입가를 숨겼지만 그렇게 행동한 것 자체가 또 창피했다.

반드르의 마음에 갈등이 탁류처럼 밀려왔다.

본심을 털어놓을까…… 아니, 안 된다. 보험은 필요하다.

마왕성에 침입해 피험자를 구출한다는 것은 세계를 이분하는 세력 중 하나와 전면 전쟁을 벌이는 행위다. 가뜩이나 교회라는 거대 세력과 싸우는 그들이 마인족까지 적으로 돌릴지 확신할 수 없다. 중요한 순간 내빼지 말란 법도 없다.

그러니까 설령 악당이라고 비난해도, 마왕이랑 다를 게 없다고 욕먹어도 나는…….

"우습게 보지 마."

반드르는 퍼뜩 고개를 들었다. 조용히 상황을 지켜보던 오스카가 한 말이었다.

안경을 올리고 표정을 숨겼지만 언짢은 분위기까지는 숨기지 못했다.

"너는 생명의 은인이야."

"……."

"거기에 무든 의도가 있건 너는 내 동료를, 가족을 구했어."

"그래서, 그게 어쨌다고……?"

"네가 바란다면 목숨을 걸라고 해도 망설이지 않는다는 소리야."

할 말을 잃었다. 속내를 완전히 파악하고 하는 말이었다.

그리고 그의 소중한 사람들을 인질처럼 잡고 있는데 반드르를 위해 목숨을 걸고 싸우겠다고 한다.

"어렵게 생각하지 마. 은혜에 보답하는 건 당연한 일이니까."

나이즈까지 진지한 표정으로 그렇게 말했다.

"포기해. 이 아이들은 세상에서 제일 미련한 애들이니까."

이제는 반드르의 의지조차 관계없었다.

이야기를 들어 버린 이상 못 들은 체할 수 없는 것이 해방자였다.

하지만 그렇다고 반드르에게는 그것을 곧이곧대로 믿을 여유도 없거니와 그렇게 평탄한 인생을 살지도 않았다.

"어처구니없군. 나는 마인족이다. 심지어 적대하는 건 세계의 절반을 지배하는 국가지. 타산도 보험도 없이 뭘 믿으란 말이냐?"

작게 소리가 새고 말았다.

―세상에서 가장 믿었던 것조차 변해 버리는데.

그렇게 말하고 미간에 깊은 주름을 잡아 밀레디를 노려보다시피 쳐다봤다.

밀레디는 불현듯 웃으며 말을 받았다.

"세계의 절반? 국가? 마인족이라서? 반은 『해방자』를 오해하고 있어."

"오해?"

교회에 불만을 가진 레지스탕스. 그것 말고 또 뭐가 있느냐며 의아해하는 반드르에게 밀레디는 위풍당당한 자세로 씩 웃었다.

그러더니 검지를 똑바로 하늘로 치켜들었다.

"우리가 싸우는 건 교회지만 교회가 아니야. 그보다 더 멀리 있는 존재지."

멀리…… 하늘. 아니, 그곳보다 훨씬 높은 곳에서 인간을 내려다보는 존재.

"농담이겠지?"

반드르는 믿지 못하겠다는 눈으로 밀레디를 봤다.

눈을 크게 뜬 반드르에게 밀레디는 당당하게 숨길 것 없는 하늘 위에서 선언했다.

"신이야말로 우리 『해방자』의 적! 나라니 마왕이니, 이제 와서 무서워할 이유가 없어!"

우연인가 필연인가. 목적지로 향하는 진로에서 밀레디의 등 뒤로 태양이 겹쳤다.

마치 햇빛을 등에 업은 것처럼 아니, 그녀가 바로 태양의 화신이라도 되는 것처럼 후광을 등지고 자신의 의지를 소리 높여 외쳤다.

"자유로운 의사를 가지고 살 수 있는 세계, 누구와도 손을 맞잡을 수 있는 세계를 만든다! 그게 바로 『해방자』야!"

"손을, 맞잡고 싶은 사람과……."

그 말이 묘하게 가슴을 파고들어 얼어붙은 마음을 녹이는 것 같았다.

"반은, 계속 괴로워 보여."

"뭐?"

"하기만 해도 괴로운 말. 하고 싶어도 못 하는 말. 괴로워서 하지 못하는 말…… 많이 있지?"

"……아는 척 떠들지 마."

또다. 그 눈빛은 뭐냐.

왜 이리도 자연스럽게 압도되는가.

왜 이리도 마음을 들여다보는 기분이 드는가.

그만두라고 생각하지만 말은 나오지 않았다. 그동안에도 밀레디의 말은 이어졌다.

"예를 들면 우리 동료를 구해준 반의 종마들. 사실은 아주 소중한 아이들이었지?"

"그럴 리가. 어디에나 있는 마물을 대충—"

"눈을 보면 알아. 강한 눈을 가진 아이들이었어. 구하기 위해서, 반의 마음에 부응하기 위해서 그 아이들은 틀림없이 자기 의지로 목숨을 걸었어. 그렇지?"

과거시 영상을 보면 일목요연했다. 적어도 밀레디에게는…….

"그런 눈을 한 아이들이 단순한 마물일 리 없어."

"만약 그렇다고 해도, 그게 뭐 어쨌다고?"

목적을 위해 은혜를 베풀고 만약을 위해 인질을 잡는다.

그런 타산뿐이라면 소중한 『동료』였을 종마를 그런 식으로 희생시키지 않았을 것이다. 마셜이 검은 옷들과 싸우는 사이 아이들만 납치하면 그만이었다. 아이를 구하기도 벅찼다고 하면 일행이 그것을 부정할 근거 따위 어디에도 없으니까.

그런데도 모두를 구하려고 한 것은 틀림없이 못 본 체할 수 없었기 때문이리라.

그러니까—.

"반. 나는 널 믿을 수 있는 사람이라고 생각해."

그러냐고 고개만 끄덕이면 될 상황에 왠지 반드르는 부정의 말을 뱉고 말았다.

"……그게 다가 아니야."

구하고 싶다는 마음이 다가 아니다. 더 염치없고 분노를 살 이유가—.

"**그것도** 포함해서."

"너…… 대체 얼마나……."

들여다본 거냐. 어렴풋한 두려움마저 느끼고 몸을 빼는 반드르에게 밀레디는 씩 웃으며 말했다.

"후훗, 밀레디 아이는 뭐든지 꿰뚫어 본다네."

할 말을 잃은 반드르에게 밀레디는 금세 부드러운 표정을 지었다.

"반. 동료가 되어준다는 말은 정말로 기뻐. 정말로 기쁘니까…… 그러니까 말해줘."

그렇게 말하고 눈동자 안에 약간의 우려와 조용한 각오를 비추며 물었다.

"네가 동료가 되어준 후, 너에게 슬픔이 없다고 믿어도 될까?"

그 말이 반드르의 마음속에 울렸다. 자신의 냉철한 부분이 외쳤다. 대충 맞춰주라고. 확실한 구조를 위해서. 수많은 동포를 위해서…….

그래야 마땅했다. 이제 막 만난 생판 남이다. 이들을 통제할 수단을 잃을 수는 없다. 생명선도 없이 격류를 건너려는 인간은 머저리다. 다 알고 있다.

그러나 정신을 차리자 입은 저절로 움직이고 있었다.

"……마도 근처에 만약을 위해서 의태의 원본인 비룡을 대기시켜 뒀다. 그걸 타고 메일 메르지네는 일족의 은신처로 가라."

"반……."

"너희 동료가 목숨을 건진 건 사실이다. 하지만 오래 버티지 못할 자들도 많다. 구출 작전이 끝나길 기다리면 늦을 가능성이 있지."

밀레디의 말과 다른 이들의 시선을 외면하듯 반드르는 고개를 숙이고 빠르게 말했다.

"최대한의 양보다. 무슨 일이 있어도 마왕이 돌아오기 전에 작전을 끝내야 해. 이래도 만족하지 못하고 모두 은신처로 데리고 가라고 한다면 나한테도 생각이—."

"고마워, 반."

편안한 목소리였다. 감싸는 듯, 혹은 받아들이는 듯 마음에 직접 닿는 목소리였다. 무심결에 고개를 들어 꽃처럼 활짝 핀 웃음을 보았다.

바람을 타고 돌아가는 밀레디를 반드르는 무의식중에 눈으로 좇았다.

밀레디는 그런 반드르 뒤로 사뿐히 내려와 빙글 돌았다. 그리고 반드르를 향해 서서 천천히 손을 내밀었다.

감사의 악수이자 협력의 증명일 것이다.

반드르는 어디 사는 누구의 버릇처럼 목도리를 코까지 올리고 심드렁하게 손을 내밀었다.

그런데 그때, 느닷없는 돌풍이 불었다.

"와팟?!"

좋은 분위기를 망치고 괴상한 비명을 지른 사람은 밀레디였다. 그 얼굴에는 바람에 날린 목도리가 달라붙어 있었다. 숨을 못 쉬고 버둥대는 밀레디에게 추가타가 들어간다. 버틀럼 비룡이 돌풍을 피하려고 몸을 크게 흔들었다.

다른 일행은 퍼뜩 버틀럼 비룡의 등을 붙잡아 무사했지만……밀레디는 당황하여 요란하게 넘겨졌다.

"우와아아아아악?!"

예술적인 뒤 구르기로 데굴데굴 굴러 도착한 곳에는—.

"잠깐, 스토— 푸흡?!"

허둥대는 오스카가 있었다. 충돌해 같이 굴러오는 둘을 메일 누님은 홱 피해 버렸다. 그대로 굴러떨어지려는 찰나…… 나이즈가 게이트로 구조했다. 버틀럼 비룡 등 위로 다른 게이트를 열자 두 사람이 굴러떨어졌다.

"아야야, 오 군, 미안. 괜찮— 꺄아!"

다리를 W자로 해서 주저앉은 밀레디가 상반신을 일으키고 곧 귀여운 비명을 질렀다.

"우웁."

"오, 오 군?! 그런 데서 뭐 하는 거야! 변태!"

"우웁!"

그런 데는 밀레디의 엉덩이 아래였다.

다시 말해 밀레디는 오 군 얼굴 위에 퍼질러 앉아 있었다.

밀레디는 오스카의 숨결을 느끼고 반사적으로 몸을 움츠렸지만 그게 또 오스카를 질식의 위험으로 몰아넣었다.

밀레디의 얼굴이 수치심에 폭발 직전이었다.

그리고 중력 마법도 폭주 직전이었다.

"애들아? 청소년 관람 불가가 될 거 같으니까 자제해야지?"

창피한 나머지 몸이 굳은 밀레디를 믿음직한(?) 메일 언니가 홱 들어 올렸다. 그대로 안아주자 밀레디는 모성의 결정체에 얼굴을 파묻고 울었다.

"우에에에엥, 메르 언니! 오 군이 나한테 이상한 짓 했어!"

"난 억울해."

벌떡 일어난 오스카가 안경을 고쳐 쓰면서 항의했다.

"오스카. 이럴 때는 져줄 줄도 알아야 해."

설령 사고라도, 불합리해도 남자와 여자였다. 이럴 경우 잘못은 남자에게 있다고 나이즈가 득도한 승려 같은 표정으로 알려주자 오스카는 한 번 더 억울하다고 꿍얼대며 안경을 올렸다.

"미, 밀레디. 저기, 미안해……."

눈치를 보며 사과했지만 정작 대답은 엉뚱한 방향에서 돌아왔다.

"안경잡이, 네놈…… 내 버틀럼 위에서 무슨 만행이냐? 이 변태 자식이."

반드르였다. 안경잡이 오스카에게 엄청나게 경멸스러운 눈길을 보내고 있었다.

오스카의 관자놀이에 핏줄이 불룩 튀어나왔다.

"누가 봐도 사고잖아? 원인을 따지고 보면 네 그 무의미한 목도리 때문이지."

"내 목도리에 무슨 불만 있냐? 엉? 이 쓸모없는 안경이."

"내 안경에 무슨 불만 있어? 어엉? 이 쓸모없는 목도리가."

이번에는 반드르의 이마에 핏줄이 불룩 솟았다. 오스카가 안경을 비난하면 발끈하는 것처럼 반드르는 목도리를 욕하면 발끈했다.

"쳇. 목도리의 우수함을 모르다니. 이래서 짝퉁 인텔리는 안 돼. 내가 모를 줄 알았나? 그 안경, 도수가 없지? 안경을 쓰면 지적으로 보이는 줄 아나? 안이한 놈."

"내가 짝퉁 인텔리? 그쪽도 태도가 참 거만한데, 그거 알아? 자존감이 낮은 인간일수록 허세를 부린다고 해. 아까부터 종종 목도리로 얼굴을 감추는 것도 그게 원인이지?"

"이 예술을 이해하지 못하는 우매함에 불쌍할 지경이군. 하긴, 본성이 양아치라는데 뭘 바라겠어."

"예술? 그 목도리가?"

"이 자수가 보이지 않나? 3개월이나 들인 대작이다."

"네가 짰어?!"

지금은 버틀럼이 의태해 만든 물건이지만 실물은 직접 짠 모양이었다. 자수로 들어간 꽃의 유래, 꽃말, 때로는 얽히고 때로는 올곧게 뻗은 넝쿨은 인생의 희비를 나타낸다느니 뭐라느니 예술을 논하는 반드르의 의기양양한 얼굴을 보면 말이다.

"알았나? 네놈의 안경과는 다르다. 네놈의 안경과는."

"하! 내 안경도 단순한 안경이 아니야. 애초에 민소매에 목도리를 왜 차? 더운 거야, 추운 거야? 쓸모없는 목도리와 내 안경을 똑같이 취급하지 말아줘."

"목도리는 멋있다는 걸 모르나? 패션 안경에 센스 따위 쥐뿔도 없어!"

"안경은 멋있다는 걸 몰라?! 목도리에 센스 따위 쥐뿔도 없어!"

"아앙?"

"어엉?"

서로 죽일 듯이 쳐다보는 두 사람. 갑자기 시작된 비난과 폭언에 나머지 일행은 동그란 눈으로 둘을 번갈아 봤다.

"쳇. 됐다. 변태에게는 말해 봤자 소용없지."

"그건 사고라고 했잖아. 귀는 장식으로 달렸어?"

"흥, 말은 그렇게 하면서 내심 기뻐하는 건 아니고?"

뭐? 그런 거야, 오 군? 밀레디가 볼을 새빨갛게 물들이고 돌아보자 오스카는 안경을 올려 썼다.

"농담도 가려서 하시지. 질식해 죽거나 혼란에 빠져 맞아 죽거나 적반하장으로 처형당해 죽거나, 생명의 위험 말고는 아무것도 못 느꼈어."

그, 그건 그거대로 조금……. 밀레디는 살짝 고민했지만 그동안에도 설전은 이어졌다.

"애초에 수치심이 한번 가라앉아 봐. 이걸 빌미로 몇 개월은 히죽대며 기분이 어땠냐고 물어 댄다고. 있는 말 없는 말 지어내면서! 짜증밖에 안 나!"

어, 어라? 오 군?

"무슨…… 그런 상종하기 싫은 인간이 실존한다고?"

반?!

"있지. 그게 밀레디 라이센이라는 애야. 그러니까 흥분할 리가 없지. 증명 종료."

"크윽…… 반박할 수가 없군. 짝퉁 인텔리 주제에."

"저기, 메르 언니. 저것들 중력 마법으로 터뜨려도 될까?"

"참아. 지금 하늘 위에 있잖니? 땅에는 마인들도 많고."

밀레디와 메일이 그런 대화를 하는 사이에도 오스카와 반의 언쟁은 끊이지 않았다.

　오스카는 웃는 얼굴에 핏줄을 세우고, 반드르는 불쾌한 얼굴에 핏줄을 세우고 끊임없는 언어의 주먹을 주고받았다. 보다 못한 나이즈가 중재에 나섰지만 두 사람은 그것도 모르고 오히려 자기들만의 세계에 빠져 더욱 격앙했다.

　(저, 저기 나즈, 메르 언니. 저 두 명, 왜 저러는 거야? 왜 저렇게 사이가 안 좋아? 오늘 처음 본 사이인데.)

　(반은 원래 성격이 건방져 보이니까 이상하지 않지만, 오스카는 이상하네. 게다가 반은 일단 생명의 은인인데 말이야.)

　밀레디와 메일은 소곤소곤 이야기했으나 나이즈는 잠시 침묵한 뒤 목소리를 죽여 자기 추측을 밝혔다.

　(……동족 혐오가 아닐까?)

　((동족 혐오?))

　고개를 갸웃거리는 밀레디와 메일에게 나이즈는 말을 골라 설명했다.

　(아직 잘 모르겠지만, 반드르는 족장에 어울리는 위엄과 이성을 겸비했다는 자부심이 보여. 하지만 사실은 의외로 괴팍한 면이 있는 것 같군.)

　(흐음, 그래서 저렇게…… 응? 그거…….)

　(오스카 같네?)

　(그래. 오스카도 표면상 지적인 신사처럼 행동하려고 하지. 거기에 걸맞은 품위와 지성을 겸비했다는 자부심도 있을 거야. 하지만 사실은 의외로 거칠어.)

빈민가 출신 고아인 까닭이었다. 한마디로—.

(동족 혐오는 지나칠지 모르지만…… 두 사람 모두 객관적으로 자기를 보는 것 같아 내심 불편한 게 아닐까?)

오스카 & 반드르를 힐끔 돌아봤다.

"그 기분 나쁜 억지웃음 그만 지어. 역겨우니까."

"그거 미안하게 됐네. 너처럼 정떨어지는 얼굴로 살아갈 환경이 아니었거든."

듣고 보니 알겠다.

둘 다 이성적인 척하지만 상대방을 보면 스스로 인정하고 싶지 않은 거친 부분을 본능적으로 느끼고 화가 나는 듯했다.

(어, 어쩌지, 메르 언니. 새로 만난 신대 마법 사용자가 이렇게 궁합이 안 좋을 줄은 몰랐어…….)

(뭐, 될 대로 되겠지. 남자들 싸움은 신경 쓸 필요 없어~.)

(그, 그렇게 칼같이 무시하는 것도 조금…….)

수군대는 여자들 옆에서 나이즈는 나직한 한숨을 뱉었다.

왠지 자신의 정신적 부담이 늘어날 것 같다고 느끼며…….

그로부터 최고 속도로 나는 버틀럼 비룡과 나이즈의 전이 이동을 반복해 하루 하고도 한나절이 지났다.

야영도 빠르게 철수한 덕분에 말로 한 달은 걸릴 거리를 최단 기록으로 돌파해 목적지에 도착했다. 마왕국 수도— 마도 이그돌의 뒤편 산기슭에 펼쳐진 숲이었다.

버틀럼이 비룡 형태를 풀고 반드르 옆에서 슬라임 같은 외형으로 변했다.

"여기서부터 산으로 가자. 산기슭을 조금 오르면 나오는 동굴에 내 비룡이 있다."

그렇게 말하고 안내를 시작한 반드르를 따라 일행은 숲을 걸었다.

숲 속은 고요했고 공기는 특이한 냄새를 품었다. 불쾌하지는 않지만 익숙하지 않은 남쪽 숲의 냄새에 몸이 저절로 반응했다.

인기척도 없고 거의 산책하는 기분으로 산으로 이어진 길을 한 시간 정도 따라갔다.

"헉, 헉, 제법 머네."

"……? 벌써 지쳤어?"

반드르가 밀레디를 한심하고 어이없게 돌아봤다. 제대로 된 길도 없고 두꺼운 나무에서 뻗은 뿌리가 뒤엉켜 기복도 심했다. 그래도 이런 단시간에 지치는 사람이 있다면 귀족가의 딸 정도일 것이다.

"아냐, 그럴 리가! 밀레디 씨는 여행하는 여자야!"

그런 말 하면 섭섭하다는 표정으로 밀레디가 말했지만―.

"……밀레디, 안색이 조금 안 좋은데? 이상하게 땀도 많이 흘리고."

오스카가 미간을 모으며 지적했다.

"어? 그래? 기분 탓 아니야?"

나이즈가 의아하게 눈을 찌푸렸다.

"사막을 넘을 체력이 있어. 이 정도로 지칠 리가 없을 텐데……."

"맞아. 오 군도 호들갑은!"

"일단 시도는 해 볼까?"

메일의 재생 마법이 밀레디에게 쏟아졌다. 안색은 돌아왔고 호흡도 차분해졌다.

"고마워, 메르 언니. 이제 아무렇지도 않아. 역시 오 군이 착각한 거라니까."

"그럼 다행이지만."

"후후, 오스카도 밀레디를 너무 과보호해."

오스카는 시끄럽다고 말하고 싶은 눈치로 안경을 올려 쓰며 창피한 듯 앞으로 나갔다. 반드르가 길도 모르면서 앞장서지 말라고 투덜대자 더 창피해하면서도 즉각 받아쳤다.

두 사람이 자연스럽게 티격태격하는 소리를 배경음 삼아 일행은 앞으로 걸었다.

그리고 얼마 안 가 산 초입에 도착했다. 나무가 무성하고 녹음이 우거진 산속으로 풀을 해치며 들어갔다.

"이, 이 근처에 반의 진짜 비룡이 있어?"

완만한 언덕을 오르면서 다시 숨이 거칠어진 밀레디가 물었다.

"그래. 조금 걸으면 동굴이 나온다."

메일이 궁금해하며 거듭 물었다.

"조금 걷는다…… 얼마나 걸어야 해?"

"조금이라고 하면 조금이지."

반드르는 버릇처럼 혀를 차고 질문에 대답했다.

"메일 누나는 바다 여자야. 산타기는 싫어. 나이즈가 전이로 편하게 보내주면 안 돼?"

이상하게 발걸음이 무거운 밀레디를 생각해서 한 말일까? 물론 단순한 본심일 가능성도 농후하지만……

반드르의 시선이 밀레디를 향했다. 이런 게 동료라도 괜찮냐는 의도임을 알 수 있었다.

"괘, 괜찮아. 문제 많은 언니지만…… 아마도."

일단 옹호하지만…… 목소리는 작았다. 눈길도 살짝 피했다. 평소 성격을 생각하면 자신 있게 단언하기 힘든가 보다.

나이즈가 난감한 얼굴로 메일에게 대답했다.

"어차피 차폐물이 많고 가 본 적 없는 곳으로 전이하면 위험해."

"그보다 이제 곧 적의 경계망 안이다. 여기서부터는 마법을 쓰면 안 돼."

반드르가 당부하자 오스카가 고개를 갸웃거렸다.

"무슨 뜻이야?"

"쳇."

"내 얼굴을 보고 혀를 차지 말아줬으면 하는데."

목도리 찢어 버린다. 핏줄을 세우고 웃는 오스카와 또 혀를 차는 반드르. 정말로 죽이 안 맞았다.

"알았으니까 두 사람 다 싸우지 마! 어휴. 그래서 반, 마법을 쓰지 말라는 게 무슨 말이야?"

두 사람 사이에 비집고 들어간 밀레디가 이야기를 되돌렸다.

반드르는 기본 표정인 심드렁한 얼굴을 더욱 심드렁하게 찌푸리며 설명을 시작했다.

　"마도 방위망은 우수해. 적을 격퇴할 병력뿐 아니라 침입자를 감지하는 방법도."

　반드르의 설명에 따르면 마도를 중심으로 주위 수 킬로미터 내에는 마력을 감지하는 결계가 펼쳐져 있다고 한다.

　마력의 질은 지문처럼 사람마다 조금씩 다르다. 마력광의 색이 모두 다른 것처럼 눈으로는 알 수 없는 차이라도 정밀하게 분석하면 반드시 차이가 드러난다.

　마도에서는 주민이든 출입자든 관계자는 모두 전문 부서에 자신의 마력을 등록해야 하며 결계 안에서 미등록 마력이 감지될 시 즉시 병사가 출동한다.

　물론 신체 강화처럼 몸 밖으로 마력이 새지 않는 타입이라면 문제가 없다.

　마도의 뒤를 지키는 천혜의 요새인 이 산도 조금 오르면 그 결계의 영향권에 들어간다.

　"그런 이유로 가능한 한 마력은 쓰지 마라."

　일행은 메일을 태울 비룡만 찾으러 왔을 뿐이니까 그다지 개의치 않았지만 다음으로 이어진 발언에 표정이 굳었다.

　"거기 여자를—."

　"메일 누나야."

　"……메일을—."

　"메일 누나야."

"누나는 빼도 되잖아!"

또 괴롭힌다며 메일의 치맛자락을 당겨 말린 밀레디가 반드르에게 계속 말하라고 눈짓했다.

"어험. 비룡으로 메일을 은신처로 보내고 우리는 그대로 산 중턱으로 갈 거다."

"뭐? 반, 그건 설마……."

"그래. 그 길로 구출 작전을 실행할 거다."

"마법은 쓰면 안 된다고 했지?"

"그래."

"저기, 마도의 배후를 지키는 천혜의 요새라면 경비병도 있을 거 같은데……."

"당연하지. 마법과 산에 정통한 정예 수비 부대가 산 정상 요새를 지키고 있다. 완전히 무작위 경로로 산속을 순찰하기도 하지."

"미, 밀레디 씨는 여기서 양동 작전을 펼치고 반과 나즈가 구출하러 가면 되겠다고 생각했는데……."

신대 마법 사용자의 협력을 구했다면 압도적인 힘을 기대한다고 생각하는 것이 당연했다. 하지만 반드르는 밀레디가 내놓은 의견을 딱 잘라 거절했다.

"절대로 안 돼."

실험은 마왕성에 있는 극비 사항이기 때문에 비상사태에 즉각 대응한다. 피험자들이 반드르가 모르는 곳으로 이송된다면 그나마 낫다. 경우에 따라서는 반드르가 실험에 협력하는 대가로 막고 있던 불필요한 피험자를 처분할 위험이 있다. 그러므로 힘을 써도 되는 것은 탈출할 때뿐이다.

"라이센의 공주가 전이 사용자를 동료로 만든 건 행운이었어. 처음에는 해방자가 피험자를 구출하는 동안 나와 공주로 사병을 막을 예정이었으니까."

그럴 경우 본국의 정예병 수천수만을 상대로 사투를 벌였을 것이다. 나이즈 덕분에 탈출 시간을 대폭 단축할 수 있으므로 분명히 행운이었다.

그러나 피험자 중에는 자력으로 움직일 수 없는 사람도 많았다. 어느 정도 시간이 걸릴 수밖에 없었다. 그래서 메일이 있었으면 했지만…… 그 공백은 남은 일행이 열심히 메워야 했다.

그렇게 설명한 반드르에게 밀레디는 최후의 발악으로 대안을 제시했다.

"그, 그러면 마법도 못 쓰는데 굳이 수비병이 돌아다니는 산으로 갈 게 아니라 도시로 침입하는 게 좋지 않아……? 상인으로 변장하거나 해서……."

"못 한다. 시간도 없어. 뭐가 됐든 강행 돌파 말고는 방법이 없다."

즉, 산에 익숙하지 않고 신대 마법이 강점인 마법사들에게 마법을 쓰지 않고 산악 경비, 전투의 전문가인 병사들을 따돌리거나 쓰러뜨리며 침입하는 방법이 최선책이라는 말이었다.

"어쨌든 마왕이 돌아오기 전에 성공해야 하는 시간 싸움이야. 수비병과 맞닥뜨리면 소란이 일어나기 전에 해치워. 마법

없이."

말은 쉽지……. 밀레디 일행의 표정이 굳었다.

특히 밀레디의 표정이 심각했다. 안절부절 눈을 굴리며 어쩔 줄 몰랐다. 그 모습은 마치 도마에 오르기 직전인 생선 같았다.

반드르는 상관하지 않고 계속 말했다.

"안심해라. 산을 넘을 필요는 없고 성으로 침입하기도 어렵지 않다. 비밀 통로가 있어."

정신을 가다듬은 오스카가 안경을 올려 쓰고 물었다.

"비밀 통로? 그건 흔히 말하는 왕족의 비상 탈출로 아니야?"

"……버틀럼은 유능하니까."

"너, 『버틀럼은 유능하다』라고 말하면 전부 해결된다고 생각하는 거 아니지?"

반드르는 목도리를 올려 표정을 감췄다.

그렇게 생각했나 보다.

"도착했군. 저기다."

안경 너머의 못마땅한 눈길에서 도망치려는 것처럼 반드르는 걸음을 재촉했다.

나무 사이를 빠져나가 잡초가 우거진 경사면을 우회하며 나아갔다.

그러자 낙석과 토사가 자연스럽게 만들어 낸 동굴이 보였다. 입구는 반쯤 파묻혀 사람이 기어서 겨우 들어갈 수 있는 넓이밖에 되지 않았다.

도저히 비룡이 들어갈 크기는 아니라고 보는데…… 그 전에 예상 밖의 사태가 일어났다.

"……반드르. 비룡 말고도 뭔가 대기시켜 놨나?"

물은 사람은 나이즈였다. 공간 파악 능력이 탁월한 나이즈는 누구보다 먼저 동굴 안에 있는 비룡 외의 여러 기척을 탐지했다.

"아니, 없을 텐데. 하지만 여기에 들어갔다는 뜻은……."

특별히 초조해하는 기색은 없지만 머리가 아픈 것처럼 미간에 주름을 잡는 모습을 보면 그에게 위험하지 않은 사건이 일어난 듯했다.

"버틀럼, 시작해도 좋다."

버틀럼이 질척거리는 슬라임 손을 가슴에 대고 인사했다. 그러자 동굴 입구가 젤리처럼 녹고 색도 순식간에 푸른빛 반투명 점체로 변했다.

"버틀럼은 몸에서 떨어진 분체도 의태할 수 있어?"

오스카가 일단 검은 우산에 손을 대며 경악 섞인 질문을 던졌다.

"생물은 불가능하다. 하지만 주위 환경에 동화해 대기할 뿐이라면 문제없지."

밀레디 일행이 놀라는 것이 기뻤나 보다.

반드르는 훗, 하고 자랑스럽게 웃더니 버틀럼 자랑을 더 늘어놓았다.

"그게 다가 아니야. 할 수 있는 요리가 100가지를 넘고 실력은 궁정 요리사에 필적하지. 청소, 세탁을 시키면 새것처럼 깨끗해지고 사람이 하는 것보다 열 배는 빠르게 끝내. 첩보가 특기인 건 말할 필요도 없거니와 위험할 때는 주인을 지키는 검도 방패도 돼. 점체가 남아 있다면 불사신에 가깝고 휴식과 수면 없이 활동 가능할 뿐더러 무엇보다—."

"무, 무엇보다? 무엇보다 뭐야? 반!"

밀레디가 침을 꿀꺽 삼켰다. 아주 좋은 반응이었다.

반드르는 있는 대로 뜸을 들이고는 더없이 자랑스러운 얼굴로 말했다.

"홍차를 최고로 잘 끓인다."

"뭐⋯⋯라고⋯⋯. 허점이 없어!"

밀레디의 맞장구에 반드르는 날아갈 듯한 기분으로 마무리 지었다.

"알았나? 나의 버틀럼은 유능하다!"

질척한 손으로 또 인사했다. 우아한 버틀럼이 마치 황송합니다, 라고 말하는 것 같았다.

인정할 수밖에 없다.

"""유능해⋯⋯."""

"정말이네. 메일 누나도 이런 집사를 가지고 싶어~."

메일에게 버틀럼 집사가 붙으면 메일 폐인화가 걷잡을 수 없이 가속될 것 같으므로 전력으로 저지하고자 남은 일행은 마음을 하나로 모았다.

그런 그때, 동굴 안에서 조심조심 사람이 나왔다.

"반 님……."

"마가레타, 역시 너였나."

밀레디 일행이 앗 소리를 냈다.

마치 긴장하면서 기다렸는데 막상 기다리던 사람이 와서 콩트 같은 대화를 나누기 시작해 어떤 태도를 보여야 할지 모르 겠다…… 그런 얼굴을 한 흰 옷의 인물이었다.

바로 라이센 지부를 구해준 사람들이었다. 지금은 복면을 벗어 맨얼굴을 내놓고 있었다.

선두로 나온 사람은 검정 브릿지가 들어간 붉은 장발에, 갈 색 피부와 뾰족한 귀를 가진 여성이었다. 날렵한 몸에 눈초리 가 날카로운 여전사 같은 분위기였다.

그 뒤에서도 똑같이 흰 옷을 입은 남녀가 다섯 명 정도 나 타났다. 언뜻 보면 모두 마인족처럼 보이지만 수인의 특징이 있거나 머리색이 다른 색과 섞이는 등 특징이 있었다.

아마도 그들이 슈네 일족, 반드르의 가족이지 싶었다.

밀레디가 인사하기 위해 입을 열려고 했으나…… 그 전에 고함이 울렸다.

"당장 마을로 돌아가! 족장의 명령이다!"

"하, 하지만, 포로가 된 반 님을 앞에 두고, 괴로워하는 동 포를 앞에 두고! 그냥 가만히 보고 있을 수는……!"

"그래서 해방자를 구하지 않았나! 너희가 붙잡히면…… 나 는……."

"반 님. 저희는 각오가 되었습니다. 마을에는 전사를 충분히 남겨 뒀습니다! 염려하실 필요 없습니다! 여기 있는 저희만이라도 부디 데려가 주십시오!"

마가레타가 한쪽 무릎을 꿇고 간청했다. 그것은 족장보다는 신하가 왕에게 올리는 예 같았다. 다른 이들도 한쪽 무릎을 꿇고 함께 애원했다.

그러나 반드르의 대답은 역시 바뀌지 않았다.

"……안 된다. 나는 너희만은 잃을 수 없다……."

"반 님!"

"명령이다. 메일 메르지네를 마을까지 안내해라! 지금부터 네 임무는 해방자들을 반드시 구하는 거다. 이는 후환을 남기지 않기 위한 중요한 임무다. 가라!"

"……반 님……."

흰 옷들은 계속 애원하듯 반드르를 올려다보지만 그 완강한 표정 앞에 고개를 숙였다.

그리고 밀레디 일행에게 시선을 주고 아마 라이센 지부 멤버의 용태를 떠올렸는지 눈썹을 팔자로 뜨며 깊이 머리를 숙였다.

그곳에는 분명히 한마디로는 표현할 수 없는 감정들이 뒤범벅되었을 것이다.

그들은 밀레디 일행에게 말을 걸지도 않고 이를 악물며 동굴 안으로 달려갔다. 자신들의 비룡을 데리러 간 것 같았다.

뭐라고 말하기 힘든 분위기가 흐르는 가운데…….

—크르?

스스로 나온 비룡 한 마리가 낸 울음소리에 일행은 정신이 번쩍 들었다.

"미안하구나, 우루루크. 오래 기다렸지?"

안쪽에서 느릿하게 나온 것은 버틀럼이 의태했던 것과 같은 비룡이었다.

다만 버틀럼 비룡보다 눈이 동글동글하고 순해 보였다.

"저기 봐. 저 여자를 마을로 데리고 가. 그래. 나는 나중에 갈 거다. 우선은 저 여자부터야."

반드르는 이마를 맞대고 다정한 목소리로 대화했다.

기본 표정이라고 생각한 심드렁한 얼굴이 온데간데없이 사라졌다.

눈을 감고 비룡에게 몸을 기댄 모습은 오히려 편안하게까지 보였다.

이 우루루크도 버틀럼이나 라이센 지부를 구해준 종마와 마찬가지로 반드르의 소중한 동료일 것이다.

곧 눈을 뜨고 우루루크에게서 떨어진 반드르는 메일을 돌아봤다.

"우루루크는 성격이 온순해. 일족도 안내해줄 테니 얌전히 있으면 조종할 필요도 없다."

고개를 끄덕인 메일은 비룡을 데리고 나온 흰 옷들을 잠깐 쳐다본 뒤 동료들에게 시선을 돌렸다.

"그럼 밀레디, 오스카, 나이즈. 먼저 사람들이랑 만나고 올게."

"응. 메르 언니, 사람들을 부탁해."

"이쪽 사정도 설명해줘."

"금방 합류하마."

"그래. 너희도 조심하고."

메일은 밀레디를 꽉 안고 머리를 쓰다듬은 후 오스카와 나이즈도 함께 끌어안아 등을 토닥였다.

볼륨 넘치는 가슴이 얼굴을 짓눌러 두 사람 모두 조금 빨개졌지만 등을 두드리는 손길이 밀레디를 잘 부탁한다는 신뢰의 증거임을 이해하고 곧 강한 눈빛을 돌려줬다.

마지막으로 메일은 반드르에게 손을 뻗었다.

"됐어, 나는 필요—"

붙잡혔다. 메일 누님의 허그는 표적을 놓치지 않는다.

"걱정하지 말고 밀레디를 따라가."

항의하려는 순간, 안심하라며 귓가에 속삭인 부드러운 소리에 반드르는 그만 힘이 빠지고 말았다.

마가레타와 흰 옷들이 뭐라고 표현하기 힘든 눈으로 족장을 보고 있다! 메일이 떨어진 후 반드르는 아뿔싸 하며 자기 뺨을 짝 때렸다.

밀레디가 히죽대고 있었다.

"메르 언니 가슴, 부드럽지? 응? 반? 힘이 쭉 빠져? 반도 엉큼해♪ 푸힛—"

"버틀럼."

질척! 버틀럼 촉수의 플리커 잽이 밀레디의 뺨에 작렬한다!

밀레디 녹다운.

그런 혼란스러운 자리를 뒤로하고 메일이 얼른 우루루크에게 올라타자 흰 옷들이 앞장서서 날아올랐다. 우루루크도 그 뒤 조용히 날아올라 떠났다.

기슭까지 나무 바로 위로 저공비행을 하는 그들은 순식간에 보이지 않게 됐다.

잠시 그것을 바라본 후—.

"만약을 위해 어서 여기를 뜨자."

반드르의 지시에 따라 일행은 그곳을 떠났다.

산속으로, 산속으로, 풀과 나무를 헤치며 안으로 들어갔다.

"밀레디?"

"괜찮아. 이제 알았는데 밀레디 씨도 바다 여자였나 봐."

"그런 문제가 아니라고 보는데."

자꾸만 뒤로 처지는 밀레디에게 오스카와 나이즈는 걱정스러운 표정을 보였지만, 밀레디는 컨디션이 조금 안 좋을 뿐 문제는 없다며 웃는 얼굴로 걸음을 재촉했다.

그렇게 잠시 산을 타자 오스카가 뭔가에 반응해 일행을 세웠다.

검은 안경의 렌즈가 희미하게 빛났다.

"열원 감지. 2시 방향에 넷. 진로와 겹쳐. 덩치가 작은 걸 보면 마물이야."

"어이, 마법은—."

"마력은 전혀 방출되지 않아."

"쳇. 뭐 하는 안경이냐."

단순한 패션 안경이라고 생각하던 반드르는 오스카를 기묘하게 노려보면서 곁에 있는 버틀럼에게 손을 뻗었다.

그러자 버틀럼 내부가 꿈틀대더니 샴쉬르 같은 검이 만들어졌다. 날에는 장미꽃과 덩굴이 얽힌 문양이 있고 나선을 그리는 손잡이에도 멋진 세공이 들어갔다. 가드 부분은 이미 예술의 영역에 달했다.

몸 일부를 의태해 무기를 만든 것이었다. 원본이 된 무기는 역시 반드르가 디자인한 듯했다. 그리고 체내에서 이루어져 마력은 방출되지 않았다.

반드르는 뿅 하고 튀어나온 그것을 낚아채서 나이즈에게 건넸다.

"화, 화려하군……."

심플한 쪽을 선호하는 나이즈가 얼떨결에 감상을 중얼거렸다.

"예술적이라고 말해라."

반드르는 그렇게만 답하고 자기 무기도 준비해 몸을 숙여 이동을 개시했다.

그리고 근처 두꺼운 나무 기둥에 몸을 붙인 채 검지를 입에 대서 밀레디 일행에게 조용히 하라고 신호했다.

머지않아 부스럭 소리가 나며 옅은 녹색 피부에 추악한 얼굴을 가진 괴물 네 마리가 나타났다.

소위 고블린이라고 불리는 마물이었다.

각자 손에는 단검과 곤봉, 녹슨 나이프, 부러져 단창이 된 창을 들었다.

반드르가 몸을 숨기고 나무 왼쪽으로 가는 그들의 오른쪽으로 돌아갔고…… 등을 본 순간 빠르게 접근했다.

은색 빛줄기만을 남기는 놀라운 검격이 일격에 머리 하나를 날리고 칼을 되돌리며 다른 놈의 목을 갈랐다. 몸을 회전하면서 한 손으로 빼앗은 나이프를 던져 가장 멀리 있던 고블린의 목에 꽂고 첫 번째 고블린이 떨어뜨린 단창을 발로 차서 마지막 고블린의 목을 뚫었다.

털썩털썩 풀이 가벼운 소리를 연주했다. 한 박자 늦게 고블린들이 쓰러진 소리였다.

공격 개시부터 종료까지 불과 2초 안에 벌어진 학살극이었다.

"깜빡했지만, 이 산에는 마물도 많다. 침입자 대책으로 일부러 방치하는 거지."

반드르는 아무 일도 없었던 것처럼 돌아와 담담하게 말했다.

밀레디 일행은 생각했다.

"'엄청 세잖아.'"

반드르의 몸놀림은 틀림없는 무인, 아니, 달인이었다.

"반은 혹시 변성 마법뿐 아니라 전투 계열 천직도 가졌어?"

밀레디의 질문에 반드르는 그렇다며 고개를 끄덕이고 답했다.

"내 천직은, 예술가다."

"거짓말하지 마."

오스카가 매섭게 태클을 넣었다.

안경 너머로 보이는 싸늘한 눈매가 그게 전투랑 무슨 상관이냐고 묻고 있었다.

"뭐가 거짓말이란 거냐. 봐라, 이 목도리의 자수를."

"아, 응. 그건 분명히 대단하지만……."

방금 만들었던 검도 의례용 검인가 싶을 정도로 장식이 과했고 칼날까지 장미 장식이 들어가 하나의 예술 작품 같았다.

"내 착각인가? 예술가가 언제부터 전투직이 됐지?"

나이즈가 관자놀이를 꾹꾹 누르며 말하자 반드르는 진심으로 의아해했다.

"무예도 예술이 아닌가?"

"응. 아니야."

또 오스카의 매서운 태클.

아무래도 반드르는 예술인 기질이 있나 보다.

예술의 예란 재주. 그리고 무예는 무술의 재주. 따라서 예술적 재능은 무예의 재능이기도 하다는 논리였다.

과대 해석에도 정도가 있다고 모두 생각했지만—.

"음? 위쪽에 뭐가 있군."

나무 위를 이동하는 원숭이 마물 집단이 출현하자마자 반드르가 버틀럼에게 팔을 뻗었다.

유능한 집사 슬라임은 순간적으로 체내를 부분 의태해 활과 화살을 만들어 뽕 뽑아 냈다. 그것을 보지도 않고 받아든 반드르가 눈으로 좇기 힘든 속도로 화살을 쐈다. 그것도 한 번에 세 발, 그것을 3연속으로. 그리고 당연하게 모두 명중했다.

버틀럼이 또다시 변화해 이번에는 사슬낫을 꺼냈다.

변화무쌍하게 날아다니는 낫이 정확하게 원숭이 마물들을

도륙했다.

"피 냄새를 맡았나. 너희는 왜 멍청히 섰지? 어서 가자."

"""앗, 네."""

그 후에도 마물을 만나면 검에 창에 활에 나이프에 전투 망치에 대낫에 차크람까지, 무기란 무기는 다 꺼내며 마법 없이 적들을 쓸어 버렸다.

심지어 도중에 맞닥뜨린 강인한 병사는 맨손 격투로 제압해 버렸다.

그 위용은 온갖 무술에 정통한 투신과 같았다.

불과 스무 살 남짓한 나이로 그는 이미 무예의 경지에 도달해 있었다.

"쳇. 역시 원격 조종으로는 몸이 둔하군. 실력의 3분의 1밖에 못 내겠어."

반드르는 몹시 갑갑해 보였다.

잊을 뻔했지만 이것도 의태한 버틀럼을 원격으로 조종하는 것이므로 본실력이 아니었다.

손가락 하나로 인체가 말도 안 되는 공중 횡회전을 하거나, 손바닥으로 치기만 해도 상대가 기절하고, 갑옷 위로 충격을 줘서 피를 토하게 하며, 경적을 울릴 시간도 주지 않고 강맹한 병사들을 해치우고 있는데도…….

도중부터 제압에 참가한 오스카와 나이즈는 어이가 없어 허탈하게 웃었다. 이제 곧 도착한다는 비밀 통로로 숨어 가며 나이즈가 감탄스럽게 말했다.

"실력이 굉장하군."

"아첨은 됐다. ……네놈도 제법 하는 모양이다만…… 공백이 있었나?"

달인은 역시 알아보나 보다. 나이즈도 원래는 검을 사용하는 사막의 전사였다. 몸놀림은 정교하며 검술은 일품이었다.

"그래. 공간 마법 제어가 어려워서 일부러 검을 봉인하고 이쪽에 주력하고 있지."

"마지막에 믿을 건 결국 내 몸뚱어리야."

그 말에 오스카는 작은 웃음소리를 흘렸다.

"마인족 입에서 그런 말이 나올 줄은 몰랐어."

"흥. 안경— 아니, 오스카, 네놈도 생긴 것과 달리 실력이 있군. 솔직히 아티팩트만 믿고 싸우는 나약한 놈이라고 생각했었다."

"칭찬도 해주네? 영광이야. 하지만 마음에 푹푹 꽂히기도 해."

원래 오스카는 전사가 아니라 생산자였다. 보통은 후방에서 전사들을 지원해야 했다.

지금도 마력을 방출할 수 없어 검은 우산의 신체 강화와 검은 안경의 지각 확대 능력, 그리고 금속 실을 이용한 물리 공격만으로 싸우느라 상당히 애를 먹고 있었다.

그래도 그 몸놀림은 마인족 정예병에게 전혀 뒤지지 않았다.

함께 싸운 덕분일까. 아니면 자신의 육체를 소홀히 하지 않고 단련해 온 공감 때문일까.

어쩐지 남자 세 명의 사이가 가까워진 느낌이 들었다.

그런 가운데—.

"그나저나."

"……!"

반드르가 목소리를 낮게 깔자 한 사람이 움찔 떨었다.

최대한 존재감을 없애고 있던 소녀— 밀레디였다.

반드르는 지금도 필사적으로 눈을 깔고 숨죽인 채 뒤를 따라오는 밀레디를 힐끗 보고는 그 말을 꺼내고야 말았다.

"라이센의 공주. 너는 마법이 없으면 아무것도 못 하나……."

"하윽?!"

밀레디는 가슴을 붙잡고 무릎 꿇었다. 마음에 크리티컬 히트한 모양이었다.

오스카와 나이즈도 씁쓸히 웃으며 한마디 했다.

"잘 생각해 보면 지금까지 밀레디가 마법을 못 쓰는 상황에 내몰린 적이 없었지. 나도 몰랐어."

오 군에게서 간접적 무능 선언.

밀레디에게 연이은 치명타.

"밀레디, 호신술 정도는 배워서 나쁠 거 없어."

솔직히 자신들의 리더가 전쟁터에서 꺅꺅 비명이나 지르며 거북이처럼 몸을 웅크린 모습은 보고 싶지 않다. 나이즈의 그런 에두른 말과 배려에 밀레디는 거북이가 됐다.

양손으로 머리를 감싸고 몸을 웅크린 채 리더가 이 모양이라서 죄송합니다, 라며 울먹울먹 중얼거렸다.

"라이센의 공주— 아니, 밀레디. 네놈, 지금 상태로는 정말로 짜증만 나는 여자야."

마침내 공주라는 호칭까지 철회했다.

친밀함의 표시라고 믿고 싶지만 차가운 눈빛을 보면 멸시가 원인 같아 보였다.

노력해라. 반드르가 간접적으로 말하자 결국 밀레디 아이의 둑이 터졌다.

"우와아아아앙! 무능해서 죄송해요!"

그렇게 울면서「메르 언니, 메르 언니 어딨어! 보고 싶어~!」라며 주위를 방황했다. 태어나서 처음으로 도움이 안 되는 것을 넘어 발목을 잡는 상황에 밀레디가 무너져 내렸다.

"메일의 포용력은 이럴 때 독이 될 것 같군."

"그 녀석은 정도를 모르니까……."

"너희 리더는 정말로 괜찮은 거냐?"

역시 세 남자는 묘하게 마음이 가까워진 것 같았다.

그로부터 5분 후. 산 전체에 경보가 울리는 일 없이 일행은 비밀 통로에 당도했다. 그러나 딱히 특별할 것은 없었다.

보이는 것이라고는 주변과 거의 다를 바 없는 나무가 난립한 경치뿐이었다.

반드르가 오스카에게 눈짓했다. 적이 있는지 살피라는 뜻이었다. 반드르도 오스카의 안경이 가진 색적 능력만은 인정한 듯했다.

오스카가 안경다리에 손가락을 대고 주위를 빙 둘러봤다.

"괜찮아."

"좋아, 간다. 순찰병이 돌아오지 않아 의심을 사는 것도 시간문제야."

반드르는 버틀럼에게 명령해 손가락을 오래된 열쇠 형태로 바꿨다. 그리고 반대쪽 손으로 나무 기둥을 만지자 나무껍질이 옆으로 밀렸다. 그곳으로 나온 열쇠 구멍에 변형한 손가락을 꽂자 잠금이 해제됐다.

무능 딱지의 충격에서 간신히 회복한 밀레디가 반드르의 소매를 잡아당겼다.

"그것도?"

왜 열쇠가 한 방에 맞는가. 그 질문의 답은 물론—.

"버틀럼이 유능하기 때문이다."

"버츄럼이 너무 만능이라서 무서워."

밀레디가 돌아보자 옆에 있던 버틀럼이 우아하게 인사했다.

나무는 표면만 나무로 가공한 금속 통이었다. 그곳의 문을 열자 지하로 내려가는 계단이 나왔다. 바로 들어가 단숨에 계단을 내려갔다.

가장 아래층은 벽돌 같은 돌을 쌓아 만든 넓은 통로였다. 바닥에 자란 이끼가 희미하게 발광해 간신히 시야가 확보되었다.

"지하에는 침입자나 추적자를 따돌리기 위한 갈림길이 제법 있어. 함정도 있으니까 절대로 내 앞으로 나오지 마라."

"그것도 버츄럼이—."

"유능하니까! 그만 좀 물어!"

이 녀석, 진짜 짜증나네! 그런 감정이 얼굴에 고스란히 드러났다. 반드르도 밀레디가 어떤 인간인지 이해되기 시작한 것 같았다.

"반드르, 잠깐만 기다려. 시야를 확보하고 싶어. 지금 조명을 꺼낼게."

"마법은 아니겠지?"

"당연하지."

안경 빔이니까.

번쩍! 오스카의 안경이 어둠을 갈랐다. 두 줄기 서치라이트가 오스카의 얼굴 방향에 맞춰 통로 안쪽을 밝히고―.

"흥!"

반드르의 손바닥이 오스카의 검은 안경을 쳐서 날려 버렸다. 검은 안경이 빙글빙글 돌며 빛을 잃었다.

"반드르. 너, 뭐 하는 짓거리야?"

오스카의 본성이 튀어나왔다.

반드르는 짧게 반론했다.

"정신 사나워!"

"뭐, 인마―."

"미안, 오 군. 솔직히 안경 빔 상시 발동은 조금…… 밀레디 씨도 못 견디겠어."

"눈을 맞추는 순간 대참사지. 반드르에게 한 표다."

"뭐……라고……."

안경 빔에 모이는 혹평에 오스카의 어깨가 축 늘어졌다. 터벅터벅 걸어가 벽 쪽에 떨어진 파트너를 힘없이 주웠다.

"빛은 버틀럼이 확보한다."

버틀럼이 슬라임 몸 내부에 광원을 만들어 냈다. 체내에서 빛의 구슬을 만드는 마법을 쓴 것 같았다.

"버츄럼, 너무 유능해."

"버틀럼은 정말로 만능이군."

"……그러게. 그렇다고 딱히 분하지는 않지만."

질척, 우아하게 인사하는 버틀럼을 앞세워 일행은 통로를 걸었다.

도중에 전형적인 구멍 함정이나 튀어나오는 가시, 독가스 분출, 떨어지는 돌기둥 등등 갖가지 부비트랩을 피하고 갈림길도 망설임 없이 통과하며 밀레디가 확인했다.

"피험자들이 잡힌 곳으로 직접 갈 수 있어?"

"아니. 이 앞은 지하 감옥 중 하나로 이어진다. 왕족이 쿠데타나 위험한 사태가 있을 때 순순히 감옥으로 들어가는 척하며 탈출하기 위해 만들었다는군."

그 지하 감옥에서 지하 실험장까지는 3층을 더 내려가야 한다고 했다.

"반의 본체도 거기 있어?"

"나는 다른 곳에 있다. 하지만 피험자를 우선해 전이하도록. 나 혼자라면 최악의 경우 자력으로 어떻게든 할 테니까."

"알았어. 그래도 괜찮아! 밀레디 씨는 이제 무능하지 않으니까! 무능하지 않으니까!"

"그러길 빌지."

밀레디가 껑충껑충 뛰며 『무능하지 않아요』 어필을 하지만 반드르는 그것을 짜증나게 여기는 기색이 없었다.

출구가 가깝기 때문이리라. 곁에서 봐도 긴장감이 강해지는 것이 느껴졌다. 그 긴장을 풀려고 밀레디 일행은 힘찬 목소리로 말했다.

"반드시 구할게."

"맡겨만 둬."

"너는 마음에 안 들지만…… 약속은 할게."

"……흥. 당연히 그래야지."

반드르는 고개를 휙 돌리며 제법 츤데레 같은 면모를 보였다.

몇 초 후. 일행은 목적지에 도착했다.

아무런 표시도 없는 통로 정중앙에 멈춰 선 반드르는 무릎을 꿇고 바닥의 한 장소를 강하게 눌렀다. 그러자 눈앞에 있는 벽돌 몇 개가 옆으로 밀리며 안쪽에서 손잡이가 나왔다.

그것을 당기자 벽 일부가 놀라울 만큼 매끄럽게 앞으로 빠졌다. 성인 한 명이 기어서 들어갈 정도의 구멍이었다.

버틀럼이 재빨리 촉수를 뻗어 구멍 반대쪽을 확인했다. 그리고 문제가 없는지 지하 감옥으로 스르륵 빠져나갔다.

여기서부터 대화는 위험했다.

눈빛을 교환해 서로 고개를 끄덕이고 재빨리 지하 감옥으로 들어갔다.

정면에 세 개의 감옥이 보였다. 안에는 아무도 없었다. 반드르가 사전에 확인했겠지만 그래도 저절로 안도감이 들었다.

밀레디 일행은 삭막하고 몹시 차가운 인상을 주는 지하 감옥을 둘러봤다.

그러다가 문득 깨달았다. 버틀럼이 안 보인다. 그렇게 생각한 순간, 철창 틈으로 버틀럼이 나타났다. 촉수를 휘휘 흔들고 있었다. 철창을 열고 통로로 나오자 안쪽으로 병사가 두 명 거품을 물고 실신해 있었다.

아무래도 옥지기를 무력화해 둔 모양이었다.

반드르가 앞서 나가서 이쪽이라고 손짓했다. 거기에 따라서 기절한 옥지기를 넘어 철문 밖으로 나갔다.

바로 위아래로 나뉜 계단이 보였다.

일행은 어둡고, 있기만 해도 우울해지는 계단을 내려갔다.

층계참을 하나둘 지나자 곧 최하층으로 보이는 지하 통로가 나왔다.

안쪽으로 길모퉁이가 보였다. 벽에 걸린 랜턴의 빛이 흔들거렸다. 다가오는 자가 있으면 그림자로 알 수 있는 장치 같았다.

"……."

밀레디가 얼굴을 살짝 찌푸렸다. 조금 늦게 오스카와 나이즈도 똑같은 얼굴이 됐다.

피 냄새가 코를 찔렀다.

케케묵고 진한 냄새. 그곳에 오랜 세월에 걸쳐 배어 버린 냄새였다.

과거 이곳에서 얼마나 많은 피가 흘렀을까.

비명, 고통에 허덕이는 소리, 삶을 저주하는 소리가 환청처럼 귀에 울리는 것 같았다.

"가자."

밀레디였다. 반사적으로 목구멍을 타고 올라온 듯한 목소리였다.

그 직후, 귀를 찢는 경보가 울려 퍼졌다. 산악 수비대가 이상 사태를 감지했나 보다.

하지만 밀레디의 표정에는 초조함보다 오히려 자신만만한 미소가 떠올랐다.

당연했다.

왜냐면 그것은—.

"천재 미소녀 마법사 밀레디, 간다~!"

힘을 해방해도 된다는 신호니까.

밀레디가 포탄처럼 튀어 나갔다.

모퉁이를 꺾어 실험장 입구를 경비하던 병사 두 명이 갑자기 나타난 소녀에게 넋이 나갔다. 이상이 발생하면 즉각 연락하도록 훈련받았을 그들에게는 있을 수 없는 실수였다.

그러나 어떻게 그들을 탓할 수 있으랴.

중력을 완전히 무시하고 소녀가 천장을 달려오는데…….

"흐이얍!"

밀레디는 천장에서 점프하더니 자유 낙하로 복도를 따라 **떨어졌다.** 그리고 그대로 정신을 차린 병사 두 명의 안면을 좌우 발로 밟았다.

뒤쪽으로 반전한 중력장에 붙잡힌 두 병사는 등 뒤 철문에 격돌, 밀레디의 신발이 꽂힌 채로 샌드위치가 되어 철문과 함께 실험장 안으로 난입했다.

깡, 깡, 깡! 철문이 튀며 소음을 퍼뜨렸다. 더불어 두 병사도 날아가 코피를 퍼뜨렸다.

실험장 안에 착지한 밀레디는—.

"우읍."

무심코 입가를 막았다.

뒤에서 달려온 오스카와 나이즈도 할 말을 잃었다. 눈을 크게 뜨고 자기도 모르게 다리를 멈췄다.

그 정도의 참상이었다.

벽 쪽에는 3층으로 작은 감옥이 늘어섰고 거기에는 모두 사람이 들어차 있었다. ……그러나 그곳에서 사람의 존엄은 찾아볼 수 없었다.

실오라기 하나 걸치지 않은 몸은 상처투성이에 극도로 야위었다. 초점 없는 눈으로 허공만 바라보는 자가 있는가 하면 고열과 고통으로 신음하는 자, 의미도 없이 땅을 벅벅 긁는 자도 있었다.

대량의 혈액과 장기 일부가 채워진 병이 빼곡하게 선반을 채웠고 해체된 마물 사체나 인체 일부가 난잡하게 쌓여 있었다.

그런 지옥 같은 곳에서 얼룩진 백의를 입은 몇몇 마인족과 다수의 경비병이 놀란 표정을 보이고 있었다.

"처박혀."

그것은 『라이센의 목소리』. 처형인 일족이 처형을 선고하는 목소리였다.

거역은 용납하지 않는다. 거스를 수 없는 압도적인 힘이 연구자들을 덮친다.

결과는 한순간에 결정됐다.

그들은 그 명령대로 땅에 처박혔다.

온몸의 뼈가 부서지는 끔찍한 소리가 들렸다. 비명조차 허락하지 않았다.

그것은 『사람』에게 허락된 행위라고 말하듯이…….

그들을 사람으로 인정하지 않겠다고 선언하듯이…….

"오 군!"

"알아!"

오스카의 소매에서 연쇄가 날아갔다. 무수하게 갈라진 쇠사슬은 눈 깜짝할 사이에 모든 감옥의 창살에 감겼다.

희대의 연성사 앞에서 저항할 수 있는 금속 따위 존재하지 않는다. 봉인석도 사용된 견고한 창살이라도 허망하게 형태가 무너졌다.

"괜찮아. 곧 안전한 곳으로 데려가 줄게."

밀레디는 겁주지 않도록 미소 지으며 말을 걸었다. 피험자들이 밀레디를 멍하게 바라보는 가운데, 나이즈가 게이트를 열려고 하는데 그 직전—

"뭐라고? 왜 벌써 돌아왔지?!"

갑자기 경악하는 목소리가 울려 퍼졌다.

반드르였다. 허공을 보면서 초조함에 사로잡혀 있었다.

반드르가 밀레디를 보고 외쳤다.

"서둘러! 함정이—."

그 말에 눈이 커진 것도 한순간이었다. 반드르의 형체가 허물어졌다.

"반?!"

불러 보지만 이미 의태가 풀려 버틀럼의 반투명한 몸만 남았다. 버틀럼은 옆에 있던 분체와 합쳐 하나가 됐지만 다시 반드르의 모습으로 변하지도, 그의 말을 전하지도 않았다.

본체에 무슨 일이 생겼다.

그렇게 확신하는 동안에도 사태는 급물살을 타고 전개됐다.

우우웅…… 기계가 가동하는 듯한 낮은 소리가 지하 실험장 전체에 울렸다. 그 직후 벽 일부가 빠르게 옆으로 열리며 검은 그림자가 튀쳐나왔다.

두 명의 검은 옷이었다. 몸을 타고 흐르는 마력이 예사롭지 않았다. 처음부터 흡혈을 통한 스펙 업과 『한계 돌파』를 발동해 나온 것 같았다. 게다가 회색 옷도 열 명 가까이 출현했다.

밀레디가 다짜고짜 중력 마법을 발동했다.

회색 옷들은 무릎 꿇었지만…….

"어?"

검은 옷 두 명은 초중력에도 손가락 하나 까딱하지 않았다. 그중 하나가 밀레디에게 급속도로 접근했다.

건틀릿을 낀 강철 주먹이 밀레디의 배로 날아들었다.

"밀레디!"

오스카가 순간적으로 날린 『큰 마검』이 밀레디와 검은 옷 사이에 꽂혔다. 그것이 방패가 되어 가까스로 홍수에서 밀레디를 지켰다. 양자가 훌쩍 물러남과 동시에 마검이 폭발해 거리를 벌리는 데는 성공했으나…….

오스카를 향해 암살검을 찬 검은 옷이 기습했다.

밀레디를 주시하던 절묘한 타이밍을 노리고 암살검이 파고들었다.

그것을 나이즈가 공간 진동으로 날려 버리려는데—

"……?! 마법이 흩어져?!"

예상하지 못한 불발.

오스카는 검은 코트 소매를 조종해 날을 막지만 지체 없이 무릎이 꽂혀 엄청난 속도로 날아갔다. 뒤쪽 실험 기재와 함께 선반에 격돌하고 유리 파편을 뒤집어쓰며 신음했다.

몸을 가누지 못하는 오스카에게로 어느샌가 초중력 감옥에서 벗어난 회색 옷들이 공세에 참가했다. 절반이 강렬한 바람 포탄을 쏘고 절반이 폭발적인 돌진력으로 급접근했다.

"오 군!"

"오스카!"

소리치는 밀레디에게로 암살검 검은 옷이 육박했고, 나이즈에게도 건틀릿 검은 옷이 바짝 접근했다.

두 사람 모두 중력 마법으로 짓누르고 공간 마법으로 날려 버리려고 했지만 이번에는 발동조차 하지 않았다.

밀레디도 나이즈도 마치 믿던 도끼에 발등 찍힌 것처럼 경악했다.

엄호는 없었다. 오스카에게 바위조차 깨는 바람 포탄이 직격한다…… 그렇게 생각한 순간—

"큭, 넌 정말 유능해!"

오스카에게서 나온 찬사였다.

미끄러져 온 버틀럼이 충격에 경이적인 내성을 자랑하는 슬라임 몸을 부풀려 방어벽이 되어줬다. 다소 파편이 튀었으나 몸을 고무처럼 떨며 바람 포탄을 막아 냈다.

버틀럼을 뛰어넘은 회색 옷들에게 빠르게 검은 우산을 펼쳐 2식『충벽』을 발동하자 모두 핀 볼처럼 튕겨 나갔다.

구사일생으로 목숨을 건졌지만 숨을 돌릴 여유는 없었다.

버틀럼에게 회색 옷 전원의 염탄 마법이 쇄도했다. 버틀럼은 순간적으로 강철로 의태해 공세를 버텼다.

그와 동시에 나이즈가 튕겨 날아갔다. 건틀릿 낀 검은 옷의 주먹에 맞은 것 같았다. 오스카와 떨어진 유리문 선반에 격돌해 관자놀이가 찢어져 피를 흘리고 있었다.

큰 부상은 없었는데 대신 버틀럼이 만들어준 검이 반으로 부러졌다.

"저 검은 옷들, 공간 마법을 방해해!"

공격 자체도 흩어지는 것을 확인했다. 오스카는 무심결에 비명처럼 외쳤다.

"농담이지?!"

그 대답이 돌아오기 전에 나이즈에게 날아차기가 들어왔다.

옆으로 뛰어 회피함과 동시에 굉음과 충격이 퍼졌다. 선반과 뒤쪽 벽이 처참하게 부서졌다.

그 충격까지 이용해 몸을 돌린 건틀릿 낀 검은 옷이 나이즈에게 맹공을 펼쳤다.

마법을 쓰지 않고 굳이 근접 전투에 주력하는 모습을 보아역시 일정 거리 내에 있으면 공간 마법을 방해하는 듯했다.

오스카는 급히 보물고에서 검을 꺼내 나이즈에게 던졌다. 그것을 잡은 나이즈는 사막의 전사로서 키웠던 기량과 신체 강화로 간신히 저항했다.

이어서 맹화가 덮친 버틀럼을 구하려고 오스카는 회색 옷들에게 『작은 마검』을 무더기로 사출했다.

회색 옷들은 민감하게 위험을 감지하고 빠르게 산개했다. 동시에 사방팔방에서 오스카에게 뇌격이나 화염 창을 난사하는 후열과 속도가 빠른 전열로 나뉘어 쉴 새 없이 파상 공격을 퍼부었다.

오스카가 노도처럼 밀려드는 공격을 막는데, 옆에서 비명이 터졌다.

"꺄악!"

밀레디였다. 암살검 낀 검은 옷과 싸우다가 엉덩방아를 찧은 모양이었다. 중력 마법이 통하지 않고 접근하면 발동조차 하지 않아 동요했기 때문이리라.

하지만 그것을 고려해도 사고력, 전투력이 모두 평소보다 떨어지는 느낌이었다.

그래도 날아드는 암살검을 순식간에 발동한 장벽으로 막는 실력은 대단했지만…….

암살검은 조금씩 장벽을 파고들며 균열을 넓혀 갔다. 검은 옷의 완력만이 아니었다. 아마 아티팩트의 힘이었다.

엄호하고 싶어도 그때마다 회색 옷들이 막아섰다. 교묘한 연계와 치고 빠지기를 주축으로 오직 오스카의 발을 묶는 것이 목적인 듯한 싸움법이었다.

대규모 전체 공격은 피험자까지 위험해질 수 있었다. 동시에 물불 가릴 때가 아니라고 생각하면서도 그들도 실험의 피해자라는 인식이 뇌리를 스쳤다. 금속 실과 연쇄로 붙잡아 한 명씩 확실하게 쓰러뜨려 나가지만…… 밀레디까지 가기에는 멀다!

"젠장, 버틀럼! 밀레디를 부탁해!"

참지 못하고 우수한 집사 슬라임에게 기댔다.

"이놈들!"

밀레디가 땅 속성 마법으로 지면을 폭파해 검은 옷의 발판을 흔들었다.

그 틈에 장벽을 없애고 빛 속성 포박 마법『박황쇄』로 다리를 묶고 바람 포탄을 쐈다. 배에 직격한 검은 옷은 대포라도 맞은 듯이 날아갔다.

'마법 무효화가 아니야. 중력 마법만 파훼됐어!'

안심해야 할까, 전율해야 할까. 속성 마법은 먹히고 신대 마법은 먹히지 않는다. 이게 대체 무슨 조화인가.

지금까지 어떤 어려움도 극복해준 반신이나 다름없는 마법이 통하지 않았다. 밀레디는 이 현실이 믿어지지 않아 검은 옷의 낙하지점을 계산해 한 번 더 중력 마법을 발동했다. 그러나—.

"역시 안 통해……."

네 발로 착지한 검은 옷은 역시 초중력장 따위 아랑곳하지 않고 곧바로 돌진해 왔다.

속성 마법에 대항하고자 팔을 뻗었으나…… 그 순간 싸움의 여신이 냉소했다.

머리가 핑 도는 감각.

기분 탓으로 치부했던 몸 상태가 하필 이때 치명적 허점을 낳았다. 발동하려던 폭풍 마법의 구성이 허무하게 무너졌다.

'위, 험—.'

은색 궤적이 번뜩였다. 죽음의 빛이 가슴으로 빨려들고—.

끼익, 하는 쇳소리가 났다.

엉덩방아를 찧고 그대로 뒤로 굴러 거리를 둔 밀레디는 자신을 구한 존재를 봤다. 검은 옷의 암살검이 여러 촉수에 감긴 광경을……

"너무 멋지잖아, 버츄럼!"

바닥에 한 손을 댔다. 스파크가 터졌다.

우연히도 그것은 다른 두 동료와 같은 마법이었다.

"검은 우산 9식 한정 해방—."

"에잇, 귀찮은 것들!"

─뇌광!!

세 사람의 목소리가 겹치고 번갯불이 공간을 찢었다.

벽 쪽 감옥으로 공격이 튀지 않도록 자신을 중심으로 결계처럼 뇌격을 방출했다.

굉음이 고막을 때리고 섬광이 시야를 물들이는 와중에 밀레디 일행은 자연히 모여들어 원형으로 등을 맞댔다.

빛이 약해졌다. 회색 옷들은 쓰러졌나 보지만 검은 옷은 역시나 건재했다.

"밀레디, 무사해?"

"헉, 헉, 죽는 줄 알았는데 버츄럼이 유능해서 살았어."

버틀럼은 어느샌가 밀레디 아래에 대기하고 있었다.

주인인 반드르에게 무슨 일이 있었을 텐데 그쪽으로 가지 않고 힘을 빌려주는 이유는 주인의 명령이 있어서일까?

"안색이 안 좋아. 역시 몸이……."

"하하…… 그런가 봐. 내 몸을 너무 과신했나?"

나이즈가 걱정스럽게 말하자 밀레디는 농담처럼 받아쳤다. 그러나 말투만큼 용태는 좋지 않다는 것은 안색에 드러났다.

피로가 눈에 보였고 호흡은 거칠며 몸은 뜨거웠다. 희미하게 맺히는 땀을 보면 열이 있는 것은 분명했다. 그런데도 몸이 조금씩 떨리는 이유는 오한이 들기 때문이리라.

악문 어금니는 적신호를 보내는 몸을 질타하기 때문일까, 아니면 이 타이밍에 문제를 일으킨 자기 자신에게 분노가 끓어오른 것일까.

벽 쪽 감옥에서 피험자들이 매달리는 듯한, 절망한 듯한 눈으로 바라보고 있었다.

어떻게 해서든 그들만이라도 전이해야 한다고 생각하지만…… 검은 옷의 마법 방해가 그렇게 두지 않았다.

이제 어떻게 해야 할까. 고민했으나 적은 결론을 내릴 시간을 주지 않았다.

목소리가 울렸다. 시원시원하고 통통 튀듯 경쾌하건만 숨길 수 없는 악의가 배어 나오는 목소리가.

"좋아, 좋아. 내 실험 부대가 제대로 기능하나 보군."

천장 일부에 구멍이 뚫렸다.

그곳에서 피처럼 붉은 마력 오라를 두른 남자가 화려한 의상을 우아하게 휘날리며 내려왔다.

서른 살도 안 되어 보이는 젊은 남성이었다.

윤기 흐르는 길고 붉은 생머리에 갈색 피부. 길게 째진 눈 안쪽에는 달처럼 붉은 눈동자가 자리 잡았다. 무서울 정도로 아름다운 남자였다. 그런데 묘하게 귀여운, 짧게 땋은 머리가 왼쪽 귓가에 흔들리고 있어 기묘한 인상을 줬다.

"원래 나는 이름을 들어주는 입장이지만…… 오늘은 특별히 말해줄게."

장난기 어린 말투와 표정. 하지만 흘러나오는 위압감은 강대했다.

느껴지는 마력량이 밀레디 일행에게도 밀리지 않았다.

"만나서 반가워, 신대 마법 사용자들. 나는 라수르야. 라수르 알바 이그돌. 이 나라의 왕— 한마디로 마왕이야."

"아티팩트 사용자……."

오스카가 어렴풋이 식은땀을 흘리며 중얼거렸다. 그의 눈에는 장식품으로 꾸민 마왕 라수르의 화려함이 모두 흉악한 이빨로 보였다.

당연했다. 왕관으로 쓴 마왕의 상징인 서클릿, 허리에 찬 검, 양손의 반지에 팔찌, 귀걸이, 목걸이, 그리고 부츠까지 그것들이 전부 아티팩트였으니까.

"흠, 그러는 너는 아티팩트 창조자지? 만나서 영광이야. 이번 대 생성 마법의 주인."

"……이번 대?"

오스카가 중얼거린 말에는 대답하지 않고 마왕 라수르는 손가락을 튕겼다.

그러자 천장의 다른 한곳에 구멍이 뚫렸다.

버틀럼이 살짝 몸을 떠는 것을 보고 밀레디 일행 사이에 긴장감이 퍼졌다.

백전노장 같은 사내와 예리한 용모의 여장군 같은 인물에게 구속되어 바닥에 내려온 것은 짐작한 대로 반드르였다.

온몸에 어마어마한 수의 봉인이 새겨지고 만신창이가 되어 있었다. 아직 피가 흐르고 있어 조금 전까지 고통받았다는 사실을 알 수 있었다. 일어설 기력도 없는지 무릎 꿇고 머리를 내민 자세였다.

"반, 너무하잖아. 이렇게 멋진 친구가 있으면 소개해주지 그랬어?"

내가 없을 때 숨어들지 말고. 그런 의도가 담긴 말이었다. 반드르는 고개를 들어 라수르를 쏘아봤다.

"뻔뻔한 자식. 서쪽으로 시찰을 갔다는 이야기도 날 속이기 위한 거짓말이었군!"

"어느 안전이라고 입을 함부로 놀리느냐? 입조심해라, 잡종."

반드르의 뺨에 여장군의 발끝이 꽂혔다. 끅, 하는 신음과 함께 입가가 찢어졌다.

"반!"

밀레디가 뛰어나가려고 했지만 노장군의 검이 반드르의 목에 닿았다. 그리고 건틀릿을 낀 검은 옷이 반드르의 등 뒤로 다가갔다.

이것으로 중력 마법을 통한 구속도 두 장군에게는 통하지 않는다.

"속인다고 하면 내가 나쁜 사람 같잖아. 시찰은 갔어. 그런데 도중에 관뒀어. 그거뿐이야."

라이센 지부 습격에 실패하고 인질로 잡고 싶은 자들은 행방불명됐다.

하지만 방해꾼이 누구인지는 짐작이 갔다. 세계가 넓다지만 그 레벨의 마물을 통솔하고 움직이는 자는 단 한 명밖에 없었다.

그렇다면 허점을 만들어주면 반드르가 알아서 찾아온다.

그런 계산이었다.

"너는 착해. 피험자들을 버릴 리가 없어. 그리고 현재 네가 기댈 수 있는 건 『해방자』뿐이야."

"큭, 내 머리 위에 앉아 있군."

"물론이지. 너에 관해선 뭐든지 알아. 당연하잖아? 왜냐면 너는—."

—사랑하는 내 동생이니까.

어느 정도 예상은 했었다. 반드르가 마왕과 성의 사정을 너무 잘 알고 있었으니까.

하지만 그래도 역시 놀라지 않을 수 없었다.

"설마 정말로 마왕국 왕제 저하였다니."

오스카가 안경을 고쳐 쓰며 중얼거렸다.

"사랑하는 동생이라면 어떻게 그런 심한 짓을 해?"

밀레디가 떨리는 목소리로 라수르에게 물었다.

"순서가 틀렸어."

동생이니까 사랑하는 것이 아니다. 유용한 동생이니까 사랑하는 것이다.

그것을 듣고 밀레디의 눈 깊은 곳에 격렬한 불길이 소용돌이쳤다. 무슨 수를 써서라도 반드르를 구출하고야 말겠다는 의지의 불길이.

"후후, 라이센의 공주와 제법 사이가 좋아졌는걸."

"그래. 반이랑 여기 있는 우리는 이미 엄청 친한 사이야. —각오해."

"역시 라이센은 무섭네."

말과 달리 담담한 어조와 가벼운 분위기였다. 라수르는 어깨를 움츠리고 덧붙였다.

"무서우니까 이걸 써야지."

말릴 틈도 없이 오른손 중지에 낀 반지를 빛냈다.

그 순간, 밀레디의 눈동자가 초점을 잃었다.

"으, 아……."

"밀레디!"

쓰러지려는 밀레디를 오스카가 얼른 잡았다. 그리고 그 몸에서 나는 열에 눈을 크게 떴다.

"무슨 짓을 했지?!"

두 사람을 감싸며 나이즈가 고함쳤다.

"라이센 대책 중 하나야."

초대 라이센에게 당시 마왕국은 고배를 마셨다.

그렇다면 라이센 일족에 대한 대책 한두 가지는 당연히 있어야 하지 않겠는가? 라수르는 능청스레 이기죽댔다.

어떤 원리인지는 모르지만 밀레디의 몸이 급격히 안 좋아진 것은 확실했다. 의식이 몽롱한 수준의 고열을 내고 자력으로 서지도 못했다.

"눈치챘을 거라고 보지만, 중력 마법과 공간 마법도 나에겐 안 통해."

아니, 하며 고개를 까딱 기울였다.

"정확하게는 이 최고 걸작에게, 라고 해야겠지."

암살검을 착용한 검은 옷이 조용히 라수르의 뒤쪽 옆에 섰다.

"반은 그들에게 대 교회용 실험 부대라고 설명했겠지만, 본질은 그게 아니야."

교회의 무엇이 무서운가.

그것은 그들이 보유한 전력. 즉, 『신의 권속』이며 특히 신대 마법 사용자였다. 백광 기사단 단장은 말할 것도 없고, 초대 라이센을 시작으로 신대 마법 사용자는 과거 역사에도 등장했다. 그리고 그들 대부분은 교회를 위해 싸웠다.

그래서 마왕국은 철저하게 역사를 조사했다. 과거 신대 마법 사용자를 알아냈다. 유물이나 자손, 혹은 유사한 고유 마법 보유자들을 구해 연구했다.

모든 것은 신대 마법 사용자에게 대항하기 위하여.

검은 옷의 탁월한 마법, 경이적 마력량, 초인적 신체 능력, 비상식적 회복력과 한계 돌파는 부산물에 지나지 않았다.

중력 마법, 공간 마법, 재생 마법, 혼백 마법. 그것들을 중화하고 저해하는 것이야말로 그들의 본분. 과거의 단편에서 창조한 최고의 연구 성과.

회색 옷은 실패작이었다. 안타깝게도 신대 마법의 성질을 조금이라도 받아들일 수 있었던 신체는 흡혈귀족뿐이었다. 그러나 자국 밖으로 나오는 흡혈귀족은 희귀해서 피험자 보충이 어려웠다. 그래서 그들은 마인족을 베이스로 썼다. 하지만 검은 옷의 피를 섞거나 수인족의 특성을 융합해도 초인적인 회복력과 신체 능력밖에 얻지 못했다.

자랑스럽게 떠벌린 라수르의 표정이 희열을 띠고 일그러졌다.

"선대에게 이어받은 연구는 반 덕분에 단숨에 한계를 극복했어. 알겠어? 내 말의 의미를."

비웃었다. 밀레디의 반드르를 구하겠다는 결의를.

"이 신대 마법 사용자 대항 부대 『키메라』는 다른 누구도 아닌 반이 만들었어."

본디 있을 수 없는 일이었다. 하지만 그 불가능을 가능케 하는 신의 권능이 존재했다.

그것이 바로 신대 마법. 그리고 변성 마법이었다.

"너희의 소중한 동료는 반이 만든 괴물에게 유린당한 거라고."

사실을 폭로하고 라수르는 악의가 숙성된 것 같은 웃음을 지었다.

"반, 고마워. 무방비한 신대 마법 사용자를 이렇게나 끌고 와줘서. 너는 정말로 멍청하고 사랑스러운 아이야."

그것으로 전부 깨달았다. 반드르는 대 신대 마법 인체 융합 실험을 하는 줄 몰랐다. 아마 버틀럼의 첩보조차 이용당해 단순한 초인 병사를 만드는 실험이라고 믿게 한 것이었다.

언젠가 반드르가 『동족』에게 구출을 바라면 대책이 있는 줄은 꿈에도 모를 그들을 새로운 실험 대상으로 삼기 위해서…….

그것이 사실이란 것은 반드르의 눈에 퍼지는 거무튀튀한 절망이 알려줬다.

"나는…… 얼마나……."

가뜩이나 마왕과 관계가 있다는 사실도, 자신이 키메라 부대를 만들었다는 사실도 말할 수 없었다. 버림받을까 봐 무섭고 믿을 수 없어서……

그래서 하다못해 미움 받길 택했다. 구출이 끝난 뒤 노예처럼 취급해 달라고. 그것이 자신에게 내리는 벌이자 속죄라고, 그렇게 생각했다.

그랬거늘 자신의 멍청함이 자신을 믿어준 이들을 함정으로 끌어들여 버렸다.

반드르의 절망은 자신에 대한 절망이었다. 깊은 죄책감에 휩싸이고 짓눌린 것처럼 고개를 숙였다. 파렴치할 뿐 아니라 어리석기까지 했던 자신에게 없던 정도 떨어졌고ㅡ.

"알고 있었거든요~."

열에 들뜬 표정과 음성이었다.

하지만 조금도 흔들리지 않는 의지는 여전히 강철처럼 굳셌다.

반드르가 튕겨 오르듯 고개를 들자 그곳에는 자신만만하게 웃는 밀레디가 있었다. 여전히 오스카에게 몸을 기대고 있지만 흔들림 없는 밀레디가…….

"응? 뭐야, 뭐야? 설마 분열시키려고 했어? 절망할 줄 알았어? 어떡해~! 처음부터 알고 있어서 밀레디한테는 아무 타격이 없네~! 마왕 주제에 생각한 게 고작 그거라니 너무 웃긴다~."

밀레디는 입에 손을 대고 푸푸풉, 하고 정말로 사람 속을 긁는 표정을 지었다.

노장군과 여장군의 이마에 핏줄이 불거지고 라수르는 흥미

롭게 눈을 가늘게 떴다.

그런 그들 앞에서 비틀대면서도 자기 다리로 선 밀레디는 반드르를 똑바로 봤다. 깊은 감정을 품고 열과 빛을 듬뿍 담은 눈으로…….

"반…… 반드르 슈네. 고개를 들고 가슴을 펴!"

"무슨, 소리를……."

당황하면서도, 그럴 상황이 아니라고 생각하면서도, 반드르는「아, 역시」라고 생각했다. 그녀의 웃음은 태양과 같다고…….

밀레디는 손으로 반드르를 가리켰다. 들이대듯이. 이것이 진실이라고 전하듯이.

"지켜야 할 것을 지키기 위해, 부조리에 저항하기 위해 필사적인 너를 부끄러워할 이유는 하나도 없어!"

"……."

이 순간의 감정을 어떻게 표현해야 좋을지 반드르는 알지 못했다. 그저 얼어붙으려던 마음 안쪽이 따스하고 강한 열에 녹는, 그런 기분이었다.

"**그건** 내 거야. 홀리지 말아줬으면 좋겠는데?"

"난 말했어. 각오하라고."

그것이 신호였다.

"―『특대 흑옥』!"

"투쟁의 시간이다― 마검 이그니스!"

밀레디가 날린 것은 지름 5미터는 될 법한 거대한 중력탄이었다.

그 위력은 공성 망치도 우습게 뛰어넘어 사선상에 있는 모든 것을 분쇄하는 국소적 재앙이었다. 마왕뿐 아니라 그대로 지하에서 지상까지 꿰뚫어 버릴 듯한 그 일격을 거대한 핏빛 마력 칼날이 받아쳤다.

초승달을 그리는 붉은 궤적이 『특대 흑옥』을 정면에서 양단하고 무시무시한 충격이 일었다.

동시에 오스카와 나이즈에게도 공격이 몰려든다.

오스카의 안면으로 전투 도끼의 그림자가 떨어지고 나이즈에게는 주먹이 뻗어 들었다.

전자는 노장군. 후자는 말할 것도 없이 검은 옷. 방어는 했지만, 차마 막아 낼 수 없는 충격에 두 사람 모두 수 미터씩 날아갔다.

밀레디에게서 두 사람이 떨어진 직후.

"건국 이래 국가 차원으로 수집한 아티팩트들, 그 힘을 한번 느껴 봐."

그 말과 함께 라수르가 밀레디에게 달려들었다. 그러나 그때는 이미 압축된 바람 포탄이 라수르를 우회해 날고 있었다. 『특대 흑옥』은 견제였고 진짜 목적은 라수르의 등 뒤에 선 암살검 검은 옷을 날려 보내는 것이었다.

압축한 폭풍 덩어리가 회피하려고 한 검은 옷의 코앞에서 해방됐다. 돌발적으로 초근접 거리에서 폭풍의 폭발적 위력에 붙잡힌 검은 옷은 공중으로 날려 올라갔다.

하지만 중력 마법에 대한 대항책을 잃었을 텐데도 라수르는 개의치 않고 치고 들어왔다.

"잡았다—『화천』!"

"말했었지? 대책 한두 가지라고."

검게 소용돌이치는 구체가 라수르를 찍어 누르려고 했으나 그 순간, 그의 목걸이가 빛났다.

그것의 효과는 주위 1미터 내의 중력 조종.

라이센 대항용 비밀 병기 중 하나였다. 이것을 하나 찾기 위해 막대한 비용과 시간을 소비했다. 그러나 보람은 있었다. 비밀 병기는 분명히 『화천』을 중화했다.

"뭐?!"

경악하면서도 자유 낙하로 후퇴하려고 하지만…… 갑자기 머리가 아찔했다. 극도의 고열이 밀레디의 사고력을 앗아가려고 했다.

"너무 걱정 마. 죽이지는 않을 테니까."

밀레디의 부드러운 피부가 사선으로 찢어지기 직전— 밀레디의 허리를 감은 연쇄가 재빨리 그녀를 당겨 칼이 닿지 않는 곳으로 아슬아슬하게 대피시켰다.

오스카는 날아온 밀레디를 한 손으로 받아 품에 안았다.

"윽……."

"오, 오 군?"

오스카의 표정이 고통에 일그러졌다. 아무래도 노장군의 맹공에서 한눈을 팔아 밀레디를 구한 대가로 옆구리를 다쳤다. 검은 셔츠가 더 검게 젖었다.

그런 오스카에게 노장군이 지체 없이 전투 도끼를 내리쳤다.

"크윽, 역시 생성 마법 사용자로군."

분한 목소리와 금속이 충돌하는 소리가 울렸다. 노장군의 일격은 가로막혀 있었다.

길이 3미터에 이르는 전신 갑주. 타워 실드와 대검을 장비한 오스카 오르크스의 꼭두각시 기사— 검은 기사의 방패에 의해……

밀레디를 안은 손에는 검은 장갑을 끼고 있었다. 거기서 뻗은 금속 실로 조종한 것이었다.

검은 기사를 이용해 반격했다.

대검 횡베기가 덮쳐들고 노장군은 전투 도끼를 세워 방어했다. 그러나 골렘의 파괴력은 인간과 궤를 달리한다. 노장군의 몸이 떠올라 공처럼 날아갔다.

오스카는 그를 검은 기사로 쫓으며 검은 우산을 폈다.

"—10식 『성절』 국소 전개!"

핏빛 섬광이 정수리를 노리고 수직으로 꽂혔다.

우산 천이 햇빛처럼 반짝이며 최상급 장벽이 전개되지만, 마검 이그니스의 칼날은 그것을 무시하듯 파고들었다.

그대로 잘린 장벽은 곧바로 빛을 잃었다.

그래도 원래 검은 우산의 천은 아잔티움을 포함한 복합 금속 실로 짰다.

마법을 베는 파격적 성능을 가진 마검도 단순한 복합 금속의 강도까지는 어찌하지 못했다. 얕게 베였을 뿐 검은 우산은 주인을 온전히 지켜 냈다.

팔을 뻗으면 닿을 거리에서 오스카와 라수르의 눈이 맞았다.

라수르의 눈이 감탄스럽게 빛났고 동시에 오른손을 내밀어 검은 우산에 살며시 얹었다.

"충격은 어떨까?"

"─큭!"

오른손 검지에 낀 반지가 빛난 순간, 붉은 마력이 대포처럼 오스카를 때렸다. 단순한 마력 방출은 아니었다.

'이건, 슈슈랑 같은?!'

그렇다. 슈슈의 고유 마법 『거절』, 마력을 진동시켜 충격파로 전환하는 능력이었다.

다만 방출한 마력은 마왕의 것이었다. 그 파괴력은 말 그대로 급이 달랐다.

충격에 날아가 의식이 끊어질 뻔했다. 밀레디를 감싸고 끌어안은 팔에 힘을 넣어 옆구리의 격통을 죽기 살기로 무시했다.

검은 우산을 놓치지 않은 자신이 대견스러울 지경이었다. 날아가면서도 11식 『성광』을 한순간 발동해 저려서 말을 듣지 않는 오른팔을 억지로 깨웠다.

하지만 숨을 고를 틈도 없었다.

눈에 들어온 것은 무수한 검은 촉수…… 아니, 형태를 자유자재로 바꾸는 검은 창이었다.

'그림자까지 조종해?!'

검은 안경의 기능과 극한의 집중력으로 길게 늘어진 시간

속에서 검은 창의 정체를 확인했다.

마왕의 그림자가 사라지고 없었다. 대신 그림자가 있어야 할 곳에서 검고 무수한 창이 뻗어 나오고 있었다. 왼손 중지의 반지가 빛나는 것을 보아 저것도 아티팩트 효과가 틀림없었다.

그림자 창 소환에 오스카는 마검 소환으로 대항했다.

허공에 출현한 다수의 『작은 마검』이 오스카의 의지에 따라 요격에 나섰다.

일회용 마검 탄막에 그림자 창들은 천 갈래 만 갈래로 파괴됐다. 하지만 소멸하지는 않고 곧바로 재생했다. 그중 하나가 착지하는 순간 오스카를 노렸다.

그대로 가면 밀레디의 어깨와 오스카의 가슴을 관통할 위치였다. 치명상은 아니더라도 두 사람 모두 중상을 입을 것이다.

그것을 검은 코트의 옷자락을 조종해 밀레디에게만 맞지 않도록 간신히 쳐냈다. 몸을 옆으로 틀어 오스카에게도 직격은 하지 않았지만, 가슴을 일자로 베이고 말았다. 가슴이 드러나며 피가 뿜어져 나왔다.

"크. 하악."

연속으로 무자비하게 치고 드는 그림자 창들을 앞에 두고 오스카에게 가능한 일이라고는 10식 『성절』을 펼치는 것뿐이었다.

구형으로 전개된 태양빛 결계를 뒤덮으려는 것처럼 그림자 창이 몇 겹으로 달라붙더니 조여들었다.

끝부분을 쳐든 모습은 마치 악몽 속의 뱀 같았다.

그것을 본 나이즈가 구출하러 나섰지만—.

"큭, 끈질기군."

이쪽도 이쪽대로 검은 옷이 붙어 떨어지지 않았다. 건틀릿뿐 아니라 암살검 쪽도 밀레디는 이미 위협이 되지 못한다고 판단해 나이즈를 공격하고 있었다.

쓰러져 있던 회색 옷들의 피를 실컷 빨았는지 지칠 줄 모르는 전투 능력을 마음껏 발휘했다. 나이즈를 쓰러뜨리는 것보다 접근해서 공간 마법을 쓰지 못하게 막는 전법에 나이즈는 동료를 구하고 싶어도 기회를 잡지 못하고 이를 갈았다.

그리고 이 전장에 있는 다른 한 명, 아니, 한 마리도—.

"꺼져라, 하등 생물."

예리한 용모에 반하지 않는 차가운 목소리와 함께 반드르를 감시하던 여장군이 준비 동작도 없이 거대한 불꽃을 뿜었다.

표적은 몰래 뒤로 돌아와 반드르에게 붙은 대량의 구속구를 해제하려던 버틀럼이었다. 버틀럼은 즉시 강철로 의태했지만 역시 적은 장군급이었다.

발사되는 불길은 차츰 붉은색에서 푸른색으로, 그리고 점점 투명해져 강철조차 녹이는 작열로 변했다.

버틀럼의 의태가 불리면서 몸부림치듯 꿈틀댔다.

"버틀럼!"

"잡종은 닥치고 있어라."

바닥에 쓰러져 짓밟힌 반드르의 눈앞에서 버틀럼이 타들어 갔다. 반드르가 비명처럼 소리치지만…… 마지막에는 마석조차 남지 않았다.

"젠장!"

오스카는 당해 버린 버틀럼을 힐끗 돌아보며 답답한 감정을 토했다. 반드르의 멍한 모습과 더불어 울분이 머리까지 솟구쳤다.

그러나 지금은 불안한 소리를 내는 10식 『성절』을 마력으로 보강하는 것만으로도 벅찼다.

마왕의 힘이 더욱 강해졌다. 긴장을 푸는 즉시 뭉개질 것 같았다.

'이게 마왕이라고? 마력량만으로는 이미 밀레디를 넘었어!'

지금까지 신의 사도를 제외하면 밀레디 이상 가는 힘은 본 적이 없었다.

또각또각 발소리를 내며 다가오는 라수르를 노려보다가 오스카는 문득 깨달았다.

'서클릿에, 힘이 모이고 있어?'

마왕의 서클릿이었다. 아티팩트인 것은 알았지만 어디서 힘을 끌어내는 능력일까……? 원리를 모르겠다. 희대의 연성사조차 짐작하지 못하고 기이함만 느꼈다.

하지만 고찰할 시간은 주어지지 않았다.

"훌륭해, 오스카 오르크스."

검은 기사는 지금 이 순간에도 노장군이 다가오지 못하게 싸우고 있었다. 그것을 바라보는 라수르의 표정과 찬사는 천진난만하기까지 했다.

희대의 아티팩트 사용자는 역시 아티팩트에 눈이 가는 모양이었다.

"그거 고마워. 전혀 기쁘진 않지만."

품에 안은 밀레디를 봤다.

방금 공방이 그녀에게 상당히 부담을 준 듯했다. 사람이 어떻게 이런 고열을 낼 수 있는가? 오히려 오스카의 가슴이 초조함과 걱정으로 타들어가는 기분이었다.

회복약을 꺼내서 먹으려고 해도 이미 목구멍으로 넘길 힘도 없었다. 호흡은 가늘었고 눈의 초점은 흔들려 의식이 몽롱해 보였다.

그런 두 사람에게 상관하지 않고 라수르가 입을 열었다.

"어때? 너희, 내 것이 되어줄 생각은 없어?"

"뭐라고?"

『성절』을 쓰면서 안쪽에서 『성광』으로 치유의 빛을 쐈다. 자기 몸도 몸이지만 조금이라도 밀레디가 회복할 수 있도록……. 『성광』은 외상을 치료하는 마법이라서 큰 효과는 기대할 수 없으나 아무것도 안 하는 것보다는 나았다.

"너희는 교회 타도가 숙원이지? 그럼 우리랑 같잖아?"

"정확하게는 인간 우월주의라는 가치관과의 싸움이야. 마인족 우월주의에 빠진 임금님."

이거 참 매몰차다며 라수르는 쓴웃음을 지었다.

"하긴, 그렇겠지. 그래서 인질을 잡으려고 했었던 거고."

그렇게 말하고 장난스럽게 웃었다.

"그럼 마인족 번영을 위한 거름이 되어줄 수밖에 없겠네."

『성절』에 쩌적 금이 갔다.

아무래도 그림자를 조종하는 아티팩트는 마력량에 비례해 능력이 강해지는 모양이었다.

오스카는 자신과 밀레디의 상태를 확인했다.

대부분의 힘을 『성절』에 쏟고 있고 오스카 본인의 상처가 깊은 탓에 완치될 가망이 안 보였다. 밀레디도 조금 호흡이 편해진 듯하나 크게 양호해졌다고 보기는 어려웠다.

'젠장, 어떡하지! 이 상황에서 반드르도 피험자도 버리지 않고 빠져나갈 최선의 방법은 뭐야! 생각해! 오스카 오르크스!'

오버히트할 것처럼 머리를 굴렸지만 애초에 탈출이나 할 수 있을지 의심스러운 상황이었다.

그렇게 가열된 머리에 느닷없이 말소리가 흘러들었다.

"흠. 반의 변성 마법으로 신대 마법 사용자 양산도 불가능한 꿈은 아니겠어. 하지만…… 잘 생각해 보면 라이센의 공주는 아까워."

"뭐?"

"호기심을 자극하지 않아? 그 유명한 라이센과 마왕 사이가 이어지면 어떤 자식이 태어날지."

대꾸하지 않는 오스카에게 신경 쓰지 않고 아주 좋은 아이디어라고 말하듯 라수르는 계속 말했다.

"마인족이 아니란 게 흠이지만…… 그걸 감안해도 시험할 가치는 있겠어."

"밀레디를, 왕비로 삼기라도 하려고?"

"글쎄? 지위는 또 별개지만, 그래도 안심해. 나는 페미니스트야. 그녀가 내 사람이 되어준다면 소중히 할 거야. 안 되더라도 동료들의 안위를 생각하면 자발적으로 받아들이—."

마인족의 찬란한 미래를 그리며 수다스럽게 떠드는 라수르에게 얼음보다 차가운 목소리가 꽂혔다.

"그런 미래는, 영원히 안 와."

오스카였다.

고요한 눈동자로 똑바로 라수르를 바라봤다.

"나는 밀레디가 가는 곳이라면 설령 지옥 밑바닥이라도 따라가기로 각오했어. 하지만 그게 네 옆은 아니야."

설사 어떤 사정이 있든. 가령 밀레디가 라수르에게 마음을 빼앗겨도—.

"내가 보내주지 않아."

오스카의 팔에 무의식적으로 힘이 들어갔다. 끌어안은 힘이상으로 밀레디의 몸이 밀착한 기분이 든 것은 착각일까.

"……쯧쯧, 부담스러운 남자는 미움받아."

한순간 기세에 눌린 듯 입을 다문 라수르는 다시 분위기를 바꿔 장난스럽게 말했다.

그리고 그 직후, 눈동자를 얼음 같은 차가움으로 채웠다.

"멋진 소재들. 내 양식이 되어라."

붉은 마력이 솟아오르고 마침내 견디지 못한 『성절』이 깨졌다.

바로 검은 부츠의 『반광벽』을 써서 수직으로 뛰었다.

아래에서 그림자 창의 소용돌이가 수축하더니 바로 사냥감을 찾아 날아왔다.

그것을 『큰 마검 폭발식』으로 모조리 날려 버리고 더불어 『큰 마검 작열식』을 라수르에게 사출했다.

라수르는 그것을 압축한 푸른 화염 창으로 상쇄했다.

폭풍과 열파가 휘몰아치는 가운데 라수르는 경이로운 신체 강화로 순식간에 오스카와의 거리를 좁혔다.

날아드는 핏빛 검광을 접힌 검은 우산으로 받았다.

2합, 3합, 4합, 공중을 발판으로 두 명의 검투는 이어졌다.

그러나 밀레디를 한쪽 팔에 안기도 했지만 그 이상으로 라수르의 검술이 뛰어나 오스카는 금세 열세에 몰렸다.

'이 검술…… 반드르와 같아!'

기교는 반드르가 더 위였다. 그렇지만 초일류 검술이란 점에는 변함이 없어 호신술 정도로 싸움을 익힌 오스카와는 천지 차이였다.

"크으으으!"

오스카의 몸에 계속해서 베인 상처가 늘어났다. 치명상만은 가까스로 피했지만, 선혈이 튀는 모습은 마치 오스카를 중심으로 핏빛 꽃이 만발하는 것 같았다.

"그 안경도 아티팩트인가? 가지고 싶은걸."

"너한테는 10년은 일러."

라수르는 검은 안경의 지각 확대 능력이 검술 실력의 차이를 간신히 메우고 있다는 사실을 눈치챘다. 그 말을 되받아치자마자 오스카는 18번 기술을 사용했다.

안경 빔이었다. 검을 주고받는 이 거리에서 막대한 광량을 뒤집어쓴 라수르는 반사적으로 몸을 움츠렸다.

그 틈에 백스텝으로 멀찍이 물러난 오스카에게 섬광의 답례처럼 뇌격이 카운터로 날아들었다.

"악!"

오스카는 짧게 비명 지르면서도 밀레디를 감싸며 등으로 바닥에 떨어졌다.

동시에 제대로 제어하지 못한 검은 기사가 노장군에게 절단되어 고철로 변했다.

노장군은 그대로 나이즈 쪽에 참전했다.

몸이 저려 움직이지 못하는 오스카에게 라수르가 마무리를 지으려고 다가왔다.

"지킬, 거야……."

팔을 든 사람은—.

"음, 역시 라이센이군! 그 상태로 아직 마법을 쓸 줄이야!"

밀레디였다.

초점이 맞지 않는 눈. 떨리는 몸. 고열로 새빨갛게 달아오른 얼굴.

잠꼬대처럼 「지킬 거야. 반드시 지킬 거야」라고 중얼거리며 바람, 불, 번개, 얼음, 쓸 수 있는 모든 마법을 동원해 라수르를 저지했다.

그 처절한 모습을 보고—.

그런 상태로도 흔들리지 않는 신념을 보고—.

"이제 됐어……. 이제 됐으니까 도망쳐! 제발, 도망쳐!"

반드르가 어느샌가 외치고 있었다. 세 사람만이라도 자신들을 두고 도망쳐 달라고.

"하하, 그렇게는 안 되지."

조소하는 라수르에게서 카운터 마법이 발사되어 밀레디가 날아가고 오스카가 받아낸 후 함께 굴렀다.

"반. 너는 거기서 보고 있어. 어차피 아무것도 못 하니까."

반드르는 고개를 숙였다.

라수르의 말에 괴로운 기억이 되살아났다. 고통과 슬픔과 무력감에 점철된 기억이.

"그래. 그 자세야. 넌 나한테 따르기만 하면 돼."

따르기만 하면 일족에게는 손대지 않는다.

피험자들도 필요 최소한만 건드린다.

"어떻게 발버둥 쳐도 너는 언제나 이용당하는 쪽이야. 네가 지키긴 뭘 지켜?"

그래, 맞다. 언제나 그랬다. 이용당하고, 버티고, 결국 소중한 것을 잃었다.

그래서, 하지만…….

—고개를 들고 가슴을 펴!

지금 발버둥 치는 그들은…….

—부끄러워할 이유는 하나도 없어!

누구를 위해? 누구를 말려들게 했지? 정말로 창피한 건 누구냐?

그건 지금 이 순간 고개를 들지 못하는 자다!

"얕보지, 마. 나는…… 나는, 마와 용을 이어받은 자다!"

자신에게 들려줬다. 머릿속에 플래시백으로 지긋지긋한 기억이 살아났다.

계속 봉인했던 그것에 마음이 깨지고 뇌가 끓어오르는 느낌마저 들었다.

하지만…….

—다른 사람을 위해 살렴.

지키지 못한 소중한 사람은 이럴 때 절대 앉아서 바라보기만 하지 않을 테니까.

"고귀한 사슬카 슈네의 아이,. 반드르 슈네! 슈네 일족의 족장이다!"

그 선언이 울려 퍼진 순간.

선명한 달빛의 마력광이 거꾸로 오르는 폭포처럼 솟구쳤다.

폭풍까지 동반한 달빛이 반드르를 감싸고 모습을 감췄다.

"아니, 봉인이 몇 갠데!"

퍼뜩 감시하던 여장군이 제압하러 나섰으나…….

—크워어어어어어어어어!

충격파를 퍼뜨리는 포효가 벽까지 날려 버렸다.

"……반. 설마, 또 그 힘을 사용할 줄은 몰랐어."

검은 옷들과 노장군까지 멈춰 선 가운데, 달빛 폭풍이 터지듯이 사라졌다.

그 찰나, 섬광이 라수르를 강습했다.

하늘로부터 쏟아지는 달빛 기둥을 그대로 옆으로 눕힌 것 같은 강렬하고 맑은 빛이었다.

"봉인 상태에서 변환하다니, 너무 무리하는데. 네가 죽으면 내가 곤란해."

라수르는 인상을 찡그리면서도 힘차게 뒤로 물러났다.

다름 아닌 마왕이 부리나케 몸을 뺐다.

그 아름답기까지 한 섬광이 얼마나 흉악한지 알기에…….

섬광이 지하 실험장을 분단하듯 가로질렀다.

그러자 엄청난 냉기가 발생하고 쩌적쩌적 비명 같은 소리를 내며 공기가 순식간에 얼어붙었다. 거대하고 두꺼운 빙벽이 섬광 사선을 따라서 출현했다.

갑작스럽게 온도가 절대영도로 내려가고 흰 냉기가 휘몰아치는 가운데 무언가가 느릿하게 모습을 드러냈다.

"요, 용?"

오스카가 조금 미끄러진 안경을 고쳐 쓰며 중얼거렸다.

그 용이 연이어 라수르에게 섬광을— 용의 브레스를 뿜으며 오스카에게 눈알을 굴렸다.

『넌 놓지 마라. 오래는 못 버틴다! 어서 도망쳐!』

그것은 틀림없이 반드르의 목소리였다.

하늘색으로 빛나는 비늘을 가진 장엄하고 웅장한 빙룡의 정체는 반드르였다.

반드르가 변환한 용은 브레스를 나이즈 쪽으로 돌렸다.

노장군과 검은 옷 두 명은 나이즈를 두고 당장 그곳에서 떨어졌다.

하지만 나이즈를 휩쓴 빛은 정말로 단순한 빛이었나 보다.

나이즈가 얼어붙지 않고 눈을 휘둥그렇게 뜬 동안 한 번 더 포효가 울렸다. 노장군과 나이즈 사이에 또 거대한 빙벽이 만들어졌다.

처절하고도 아름답다…… 그렇게 생각한 것도 일순. 용의 몸이 저절로 쩍 갈라지더니 여기저기서 피가 뿜어져 나왔다. 눈도 충혈되고 필사적으로 뭔가를 참는 것처럼 보였다.

라수르의 말로 추측하건데 봉인된 상태에서 억지로 『용화』한 탓에 반동이 돌아온 것이 아닐까.

"안 돼……. 안 돼, 반……. 같이……."

밀레디가 떨리는 손을 뻗었다.

반드르는 그것을 보고 벌써 파괴되려는 빙벽에 브레스를 계속 토하며 눈살을 찌푸렸다.

『나는, 이들을 두고 갈 수 없다.』

두고 가면 추악한 실험이 재개된다. 반드르가 변성 마법을 사용하는 한, 사람이 죽어 나가는 실험도 불필요한 실험도 중지시킬 수 있었다.

게다가—.

『나는…… 나는 형님도…… 아직 버릴 수 없어.』

반드르는 똑바로 빙벽 건너편을 노려보면서 그렇게 말했다.

말의 진의는 알 수 없었다.

그래도 그것이 분명히 반드르의 본심이란 것을 알았다.

찢어진 상처가 더 심해지고 눈에 띄게 마력이 쇠해 갔다. 봉인 상태에서 억지로 힘을 해방해 반드르를 급속도로 빈사로 몰아갔다.

전신에서 피가 흘렀다. 하지만 반드르는 더없이 용맹하게 포효했다.

『가라! 지금은 살아남아라!』

"반……."

몽롱한 정신으로 대답하려고 했으나 밀레디는 말을 잇지 못했다.

『오스카! 그 녀석은 절대로 죽어선 안 될 여자다! 이런 곳에서 끝나서는 안 될 여자다! 아닌가!』

"큭, 젠장. 젠장! 미안해. 반드시 돌아올게!"

등을 억지로 떠밀린 것처럼 오스카는 밀레디를 한쪽 팔로 안은 채 돌아섰다.

그 직후, 브레스가 한계에 달했다. 섬광이 허공에서 녹듯이 사라지고 엄청난 충격이 빙벽을 덮쳤다.

연속된 굉음과 충격으로 빙벽에 순식간에 금이 갔고…….

쿵 소리를 내며 용이 쓰러졌다.

달빛이 고치처럼 용을 감싼 뒤 확 퍼지고 동시에 빙벽도 깨졌다.

그렇게 사람의 모습으로 돌아와 온몸에서 피를 흘리며 힘없이 쓰러진 반드르는 오스카와 나이즈가 전이로 이곳을 탈출하는 순간을 지켜봤다.

따각따각 발소리가 다가왔다.

"나 이거 원, 눈 뜨고 당했네."

그다지 분한 느낌은 없었다. 오히려 재미있어 하는 말투였다. 그러나 반드르는 마음속으로 미친 듯이 웃었다. 꼴좋다며.

그런 반드르의 속마음을 읽었는지는 몰라도 라수르는 추격 지시를 내렸다.

"엘가, 레스티나. 전 영토에 전달해라. 지명수배다. 죽이지 말도록."

""예.""

부상당한 노장군과 여장군은 속이 끓는 표정으로 반드르를 노려보고 급하게 방을 나갔다.

그것을 마지막으로 반드르의 의식은 어둠으로 빠졌다.

한편, 오스카 일행은 처음으로 왔던 산기슭으로 전이해 왔다.

"허억허억, 밀레디의 용태는?"

격한 근접전의 연속에 숨이 차오른 나이즈가 물었다.

"기절했어. 상황이 안 좋아. 어딘가 쉴 수 있는 곳…… 가능하면 의사에게 데리고 가고 싶어."

오스카는 험악한 표정으로 대답했다. 이 마인족이 지배하는 대륙 남부에서 가능할 리 없다고는 나이즈도 굳이 말하지 않았다. 오스카라고 몰라서 하는 소리가 아니었다.

"아무튼 이곳을 벗어나자. 나이즈, 괜찮겠어?"

"문제없어."

오스카의 어깨에 손을 얹었다. 전이하기 위해서…… 그리고 분한 마음에 이를 악무는 오스카를 위로하기 위해서. 물론 그 손에 들어간 힘은 나이즈의 속마음 또한 평온함과는 거리가 멀다고 말해줬지만…….

용의 포효가 들린 기분이 들었다.

두 사람은 함께 마왕성이 있는 방향을 봤다.

"반드시, 반드시 돌아올 거야."

"그래. 반드시……."

얼음처럼 차가운 통한과 불타오르는 결의를 가슴에 품고 두 사람은 모습을 감추었다.

강철로 된 넓은 수련장에 바람이 윙윙 휘몰아쳤다.

전투 망치를 휘두를 때마다 발생하는 폭풍과 충격파였다.

방음과 충격 완화 결계를 펼치는 거대한 마법진이 새겨진 바닥 중앙에서 땀과 함께 비상식을 흩뿌리는 자는 **머리가 벗겨진 남자**였다.

"흡, 핫!"

짧은 호흡과 기합 소리를 내는 남자는 엄격함의 표본 같은 얼굴을 하고 있었다. 날카로운 눈매에 굳게 다문 입, 중후한 분위기의 50대 남성으로 보이지만, 실은 32세.

마음고생 탓인지 기본적으로 늙어 보이는 그가 바로 백광 기사단 단장 라우스 번이었다.

거대하고 굵다란 원기둥에 가는 통나무를 꽂은 것 같은 전투 망치— 교회 굴지의 아티팩트 성퇴를 끊임없이 휘두르고 있었다.

넓은 수련장 중앙에서 홀로 온 정신을 쏟는 모습은 어딘지 모르게 신성한 의식처럼 보이기도 했다.

하지만 실제로 라우스의 심정은 평온함이나 집중과는 거리가 멀었다.

'……밀레디 라이센.'

그의 마음을 차지한 것은 한 명의 소녀, 그리고 서쪽 바다에서 두 달 전에 일어난 일련의 사건이었다.

'신탁의 무녀, 벨타의…… 의지를 잇는 자.'

선명하고도 강렬했다.

먹구름을 날려 버리고 지상을 빛으로 채울 것처럼 강렬한 빛이었다.

―내가 바로 너희의 적!

그토록 당당하게 막아선 자는 없었다.

―망할 신에게 이 목숨 다할 때까지 언제까지고 저항하는 자!

자신과는 정반대였다. 『저항하지 않는 자』인 자신과는…….

그 빛에 눈이 타 버릴 것 같았다.

―덤벼, 신의 꼭두각시들. 나 밀레디가 인간이 뭔지 알려주지.

떠올리고는 마음속으로 자조했다.

꼭두각시…… 자신은 왜 그 말을 부정하지 못했을까.

인간이 뭔지 알려준다는 말이 왜 그리도 마음을 찔렀을까.

두 달.

벌써 두 달.

그런데 그날의 기억은 조금도 퇴색되지 않았다.

오히려 날이 갈수록 선명하게 라우스의 가슴을 채워 갔다. 마치 아무것도 들어오지 못하게 엄중하게 닫아 뒀던 마음에 깨끗한 눈 녹은 물을 부은 것 같았다.

'자유로운 의사를 가지고.'

절대로 소리 내어 말하지는 않았다. 그래도 무의식중에 마음속으로 되뇌었다.

이렇게 수련에 매진하는 것도 어쩌면 그 마음을 떨쳐 버리기 위해서일까?

자신은 성광 교회 최강 전력 중 하나. 자유로운 의사는 배척하고 억압하는 자니까.

잊어야만 한다.

타도해야 한다.

불필요한 감정이다. 버려야만 한다.

아무것도 느껴서는 안 된다……

—이 대머리!

아무것도 느껴서는……

—야아, 반들반들하네!

풉풉거리며 히죽대는 밀레디의 얼굴이……

"흐읍!"

분노는 느껴도 될 것이다. 한층 힘이 실린 성퇴가 맹렬한 충격파를 낳았다. 벽에 충격이 퍼지고 결계가 발동해 흐릿하게 빛났다.

"후욱, 후욱……"

얼마나 수련에 빠져 있었을까. 숨을 고르자 몸에서 피어오르는 김이 보였다.

맨들맨들한 머리에서도 김이 모락모락 올랐다.

이건 대머리가 아니다. 대머리가 아니다!

이건 민머리다! 깨끗하게 밀었다! 더는 대머리라는 소리는 듣지 않겠다!

과거를 떠올리고 분노에 관자놀이가 경련했다. 하지만 그 장난스러운 밀레디의 태도를 떠올리자 문득 묘한 기분과 함께 자기도 모르게 입가에 작은 미소가 번졌다.

곧 가족 앞에서도 거의 보이지 않는 웃음을 지은 자신을 깨닫고 놀랐다.

그 소녀를 떠올리면 왜 이리도 자연스럽게 마음의 족쇄가 느슨해지는가…….

'정말로 성가신 소녀다.'

벨타 그 녀석이 참 무서운 소녀를 찾아냈구나…… 한때 자신이 목숨을 구한 신탁의 무녀를 생각하며 피식 웃듯이 한숨 쉬었다.

"그런데, 언제까지 보고 있을 거지?"

갑작스러운 라우스의 말이 다른 사람이 보이지 않는 수련장에 울렸다.

그러자 수련장 입구 옆에서 한 청년이 모습을 드러냈다. 마른 몸에 검은 머리를 올백으로 넘긴, 신경질적인 용모를 한 인물이었다. 법의의 오른쪽 소매에서 금속으로 된 손이 보였다.

"역시 알고 계셨군요. 저도 나름대로 수련을 했는데……."

쓸쓸히 웃는 그는 백광 기사단에 세 명밖에 없는 사단장 중 한 명. 고유 마법 『성염』을 다루는 아라임 오크맨이었다.

"나에게서 숨으려면 혼을 숨겨라."

"너무 어려운 말을 하십니다."

수련장으로 들어온 아라임은 라우스에게 수건을 건넸다.

그것을 받아 땀을 닦는 라우스에게 아라임이 보고했다.

"회의 시간이 다 되어 알려드리러 왔습니다."

"아, 그랬었지. 미안하다."

그렇게 말하면서도 라우스는 고개를 갸웃거렸다. 그렇다면 왜 숨어서 보고 있었는가. 바로 말을 걸면 됐을 텐데.

그런 의문이 얼굴에 드러났는지 아라임은 고개를 살짝 숙이고 조심스럽게 말했다.

"……뭔가, 깊이 생각하시는 분위기였던지라……."

"내가 괜한 걱정을 시켰군."

고개를 흔들고 입구 쪽으로 몸을 돌린 라우스에게 아라임은 질문을 던졌다. 평탄하고 억양이 적은 목소리였다.

"……라우스 님. 하나 여쭤 봐도 되겠습니까?"

"음? 뭔가?"

"그 날, 서쪽 바다에서 그 이단자와 무슨 말을 나누셨습니까?"

"…………무슨 소리지?"

라우스의 목소리 또한 어느샌가 평탄해졌다.

돌아보지 않는 라우스의 등을 고개 숙인 채, 하지만 눈으로는 똑바로 주시하며 질문을 이었다.

"이단자 오스카 오르크스에게 무슨 말을 들으셨습니까?"

"……."

"제 눈에는 라우스 님께서 동요하는 것처럼 보였습니다. 라우스 님께서는—."

"아라임."

가까이 다가오려던 아라임의 다리가 그 단 한마디에 우뚝 멈췄다.

무서울 정도로 감정이 없는, 등줄기가 오싹해지는 음성이었다.

라우스가 고개만 돌려 뒤를 돌아봤다.

"나를 심문하는 거냐?"

"그, 그, 그런 의도는……!"

폭포 아래 선 것 같은 압박감을 받으며 아라임은 식은땀을 쏟았다.

명백한 결례였다. 허둥지둥 고개를 숙였다.

"회의에 늦겠군. 그만 가 보겠다."

"예. 시간을 빼앗아 죄송합니다."

라우스는 눈길을 돌리고 그대로 수련장 입구로 걸어갔다.

아라임은 고개를 살짝 들어 멀어지는 등을 빤히 바라봤다. 그 눈동자에는 외경심과 함께 끈적하고 탁한 빛이 섞여 있었다.

밖으로 나간 라우스는 더 이상 보이지 않았다.

그래도 아라임은 잠시 입구를 물끄러미 바라보며 작게, 작게 중얼거렸다.

"……라우스 님. 당신은 영광스러운 백광 기사단의 단장입니다. 우리의 빛입니다. 제발…… 제발 그 사실을 잊지 마십시오."

회의실로 들어가자 이미 라우스를 제외한 출석자는 모두 모여 있었다.

이제 교황 성하가 오시면 회의가 시작된다.

'가시방석이군. 그럴 만도 하지.'

표정은 가면처럼 유지한 채 속으로 중얼거렸다. 라우스가 입장한 순간 출석자 전원의 시선이 화살처럼 날아왔다.

일부를 제외하면 절대로 호의적이지 않은 눈빛들이었다.

그 증거로 라우스가 지정된 좌석에 앉자마자 언어의 창이 날아들었다.

"이게 누구신가. 라우스 단장 아닙니까? 마지막으로 오시다니, 여유로우시군요."

"정말로 그래. 내가 그대 입장이라면 흉내도 못 낼 일이야."

한 명은 긴 곱슬머리를 뒤로 묶은 빼빼 마른 남자였고 다른 한 명은 말굽 모양 수염을 기른 덩치 큰 남자였다. 전자가 신전 기사단 제3군 군단장 제바르 이건. 후자가 같은 제4군 군단장 모르크스 그레안트였다.

신전 기사단이란 신국이 보유한 상비군이며 제4군까지 존재한다.

그중 정예 기사는 더 상위 조직인 삼광 기사단으로 승격할 수 있다.

그런 이유에서인지 야심가들은 삼광 기사단의 한 축을 맡은 라우스의 지위를 시기하며, 그의 실패에 솔직히 동정심을 갖지 않았다.

그러나 서쪽 바다에서 있었던 라우스의 실패— 백광 기사단 1개 사단 괴멸은 신국의 위신, 더 나아가서는 교회의 위신이 달린 문제였다.

두 팔 벌려 기뻐하면 불경죄를 넘어 배교 행위로 간주될지도 몰랐다.

"제바르. 모르크스. 신전 기사의 명예를 손상하는 언동은 삼가라."

실제로 제1군 군단장이자 신전 기사단 총대장— 릴리스 아카인드가 엄격한 어조로 충고했다.

중간을 가른 금발 스트레이트와 긴 눈매, 뛰어난 지성이 느껴지는 심녹색 눈동자가 아름다운 그녀는 스물일곱이라는 약관에 총대장의 지위에 오른 걸물이었다.

그 실력이 얼마나 대단한지는 자명하기에 제바르는 마뜩잖게 고개를 돌렸고 모르크스는 어깨를 으쓱이고 입을 다물었다.

"라우스 단장, 미안하군."

"괜찮다."

릴리스가 사과하자 라우스는 눈을 감고 짧게 대답했다.

그 태도가 마음에 들지 않았는지 릴리스에게 심취한 느낌인 제2군 군단장 스톨라스 말키리온이 눈썹을 치켜올렸다.

"라우스 단장. 당신이 아무리 신대 마법 사용자고 백광 기사단 단장이라도 그 태도는 아니지 않은가? 백광 기사단 재편을 위해서 총대장님이 얼마나 고생했는지 알고 그러나?"

"그만두라고 했을 텐데. 백광 기사단에 재편되는 일은 부대의 영광이다. 부하를 배출하는 것에 기쁨을 느낄지언정 귀찮다고 생각한 적은 없어!"

릴리스의 일갈에 스톨라스는 불만스럽게 눈을 깔았다.

보통 삼광 기사단에 인원을 보충할 경우 신전 기사단 기사면서 고유 마법을 가진 『신의 권속』 중에서 선발된다. 그 인사권은 삼광 기사단 단장에게 일임되지만, 단원 승격을 통한 신전 기사단의 결원 보충은 해당 군단장의 역할이었다.

즉, 인원을 마음대로 차출당하고 뒤처리만 떠맡게 되는 것이었다.

그래서 이번에 라우스는 보충 인원수도 고려해 릴리스에게 인사권을 위임했다. 그것은 라우스의 배려였으나 스톨라스에게는 귀찮은 인사 업무를 떠넘긴 것으로밖에 보이지 않았다.

"릴리스 총대장."

라우스가 눈을 감은 채로 불렀다. 그것을 분노 때문이라고 느꼈는지 릴리스는 가볍게 머리를 숙였다.

"거듭 사과하겠다. 부하가 실례를 저질렀군."

"상관없다. 부대 재편에 힘써줘 고맙다. 그대의 안목은 확실해. 좋은 기사들이더군."

"……그런가. 그렇다면 다행이군."

릴리스는 그 말만 하고 살짝 눈을 내리떴다.

실은 다섯 살 차이로 백광 기사단 단장을 맡은 라우스에게 릴리스는 약간의 동경과 깊은 경의를 품고 있었다. 이번 실패에 관한 사정은 주위에도 자세히 알려졌고 릴리스는 몹시 어려운 상황이었음을 이해하기에 실망하지도 않았다.

그래서 솔직한 감사와 칭찬을 받고 조금 당황한 모양이었다.

"라우스, 너는 좀 더 말로 표현해."

문득 정면에서 작은 목소리가 들렸다. 5대 5 가르마를 탄 검은 세미 롱 헤어에 단안경을 낀 중년 남성— 수광 기사단 단장 무르무 올릿지였다.

차분한 분위기인 무르무는 라우스와 동기였다.

"필요한 말은 하고 있다."

"필요하지 않아도 하라는 뜻이야."

무르무는 사교적이었다. 라우스와는 대조를 이룰 정도였다.

대등한 지위에 대등하고 편하게 말을 거는 무르무는 제삼자가 보면 라우스의 친구처럼 보였다. 실제로 무르무는 그렇게 생각할 게 틀림없었다. 그렇다고 라우스가 본심을 밝힐 일은 절대로 없겠지만.

"선처하마."

"항상 그 소리군. 사람 곤란하게 하는 녀석이야."

어깨를 으쓱 든 무르무를 대신해 옆에 앉은 60대 남성이 입을 열었다.

"그렇죠. 선처만으로는 곤란합니다, 번 경."

"디스터크 경."

라우스가 눈을 뜨고 시선을 맞췄다. 그러지 않으면 결례가 되는 상대니까.

바란 디스터크 추기경.

네 명의 추기경 중 필두로, 타국의 재상에 해당하는 정무 추기경이라는 지위에 있는 사람이었다. 언제나 눈썹을 팔자로 뜨고 난감한 웃음을 짓는 것이 특징이었다.

"교회의 위신이 걸린 문제고 이번 사건으로 얼마나 동요가 확산됐다고 생각합니까?"

신도(神都)나 타국으로 가는 정보는 완전히 차단했다.

그래도 실제로 재편이 이루어진 기사단 내부는 그럴 수 없었다. 최강 전력 중 한 축이 무너진 충격은 컸다. 바란은 최근 위신 실추를 막기 위해 동분서주했다.

"번 경, 이교도들에 관해서는 들었습니다. ……의심하는 건 아니지만, 신앙에 조금 문제가 있는 것 아닙니까?"

"어허, 디스터크 경. 그건 말이 지나치시군요."

무르무가 중재하려고 끼어들었지만 바란은 난감한 표정 뒤에 분노와 멸시를 섞어 라우스를 책망했다.

"강한 신앙만 있으면 어떠한 적이라도 무찌를 수 있었을 겁니다. 신벌은 신의 뜻이기에 우리에게는 불가능이 없죠. 아닙니까?"

그 말을 인정하면 신앙이 부족했다고 인정하는 것이었다.

아니라고 하면 신을 믿는 자에게도 불가능은 있다…… 즉, 신은 불가능한 임무를 내려줬다고 말하는 꼴이다. 어떻게 대답해도 부적절한 발언이 된다.

난감한 표정 뒤로 독사 같은 교활함을 숨긴 것이 이 정무 추기경이었다.

찬물을 끼얹은 듯 조용한 회의실에서 라우스는 또렷하게 말했다.

"맞습니다."

"허어! 인정하신단 말입니까! 백광 기사단의 단장이면서 신앙심이 부족해 이단자에게 패배했다고!"

바란은 딱히 라우스를 실추시키고 싶어서 그러는 것이 아니었다. 단지 속이 뒤집어질 뿐이었다. 백광 기사단의 영광에, 교회의 위신에 먹칠을 한 그 실패 때문에…….

실제 상황이 얼마나 어려웠는지는 그에게 관계없었다.

신의 뜻.

그것이 전부니까.

어떠한 이유가 있어도 완수하지 않은 시점에서 신을 저버린 것과 같은 있어서는 안 될 실패였다.

그 의견은 이 자리에 있는 모든 사람의 공통된 인식이었다. 릴리스조차 현장을 아는 입장에서 실망은 하지 않았지만 자신이 같은 입장이라면 수치심과 죄책감으로 자결했을 거라고 생각할 정도였다.

그래서 아무도 아무 말 하지 않고 그저 라우스를 봤다.

"맞습니다. 디스터크 경."

"······!"

라우스는 어떤 변명도 없이 바란의 말을 인정했다.

신국의, 교회의 최고 간부가 모이는 자리. 다시 말해 최고의 신앙인이 모였다고 할 수 있는 자리에서 라우스는 「신앙이 부족했다」고 말한 것이었다.

놀라서 할 말을 잃는 것도 당연했다.

"저에게는 마음도 힘도 부족했습니다. 너무나도, 부족했습니다."

공간이 일그러지는 듯한 독백이었다.

단순하게 보면 신앙이 부족한 자신을 자책하는 것처럼 보일 것이다. 누가 뭐래도 과묵하고 철가면 같은 얼굴로 유명한 라우스 번이었다.

그런 그가 한순간이지만 격앙의 감정을 보였다. 누구보다 그가 가장 본인의 실패를 후회하고 분노하는 것은 분명했다. 설령 그 마음이 사실 다른 곳에 가 있었다고 해도……

실제로 계속 침묵하던, 이 자리에 있는 마지막 인물이 그렇게 해석하고 사람들을 진정시켰다.

"여러분, 진정하십시오. 라우스 님의 헌신, 신앙은 의심의 여지가 없습니다. 그건 지금까지 그가 해 온 행동이 증명하는 바입니다."

실처럼 가는 눈에 아름다운 백발을 7대 3으로 나눈 70대 노인이었다.

키메예스 심티에르. 일곱 대사교를 통괄하는 필두 대사교였다. 교황의 오른팔이자 실무를 감독하는 그의 말이었다. 모든 이가 입을 다물었다.

"이번 건으로 라우스 님보다 괴로운 사람은 없습니다. 그래서 교황 성하께서도 잘못을 묻지 않으셨습니다."

여전히 눈은 실처럼 가늘어 그 눈에 담긴 감정은 알 수 없었다.

억양 없는 그의 말에 일단 모두 이해를 표했고 라우스는 고개를 숙였다.

"그럼 잡담은 여기까지 하죠. 성하께서 오셨습니다."

그러자 회의실 안쪽에 있는 장엄한 쌍여닫이문이 둔중한 소리를 내며 열렸다.

참석자들은 문이 열리기 직전에 일어서 좌석 옆에 무릎 꿇었다.

얼굴을 숨긴 신관 두 명이 연 문으로 느릿하게 순백색 노인이 나왔다.

긴 흰색 로브는 마치 벨벳처럼 뒤로 흘러내렸고 어린아이 신관들이 공손히 옷자락을 들고 있었다.

그 뒤에는 이곳에 없었던 유일한 기사단장— 삼광 기사단의 마지막 한 명인 호광 기사단 단장인 달리온 커즈가 뒤따랐다.

짧은 갈색 머리에 어디에나 있을 평범한 얼굴의 중년 남자였다.

정적 속에서 미세하게 옷이 스치는 소리만 울렸다.

이윽고 긴 시간을 들고 교황 루시루플 스라인 엘버드가 착석했다.

달리온만 앉지 않고 루시루플 뒤에 그림자처럼 대기했다.

"시작하지."

쉰 목소리가 들리고 참석자들은 일사불란하게 일어나 각자 자리에 앉았다.

처음으로 말문을 연 사람은 바란이었다.

국정부터 시작해 경제, 농업, 각국 정세 등을 간단명료하게 보고하고 향후 대응, 방침도 제안했다. 몇 가지 질의응답 후 루시루플의 재가(裁可)를 얻었다. 그 후로 키메예스와 각 기사단의 보고가 이어졌다.

약 한 시간을 들여 정보와 인식을 공유했고 루시루플의 질문도 없어 이대로 끝날 것 같은 침묵이 흘렀다. 루시루플이 폐회를 선언하길 기다리는 것이었다.

하지만 그때 아무도 예상하지 못한 말이 나왔다.

"소개할 자가 있다."

루시루플이 천천히 손을 흔들자 신관이 조용히 문을 열었다.

교황이 직접 소개한다는 점도 경악할 노릇이었지만, 회의실로 들어온 자를 보고 그곳에 있는 모든 사람이 더욱더 경악해 눈을 크게 떴다.

"여러분, 처음 뵙겠습니다. 이번에 『신탁의 무녀』로 선택받은 아인스 아르사크입니다. 앞으로 기억해주시면 감사하겠습니다."

은쟁반에 옥구슬이 구른다는 표현이 그대로 들어맞는 밝고 고운 목소리였다.

무엇보다 아름다웠다.

비현실적일 만큼.

은색 머리, 은색 눈동자, 용모와 자태, 그 이목구비까지도 모든 것이 예술적이다 못해 신성했다.

신국의 최고 간부들이 모두 할 말을 잃고 인사에 대답하지 못하는 실수를 저지를 정도로…….

"신이, 원하신 무녀다."

루시루플의 쉰 목소리에 겨우 정신이 돌아왔다.

차례대로 자신의 이름을 소개하는 가운데, 라우스만은 아직 넋을 놓고 있었다.

아니, 라우스는 처음부터 그녀의 아름다움에 마음을 빼앗기지도 않았다.

그저 얼음 말뚝을 심장에 박힌 것 같은 공포와 경악에 휩싸여 있었다.

"라우스."

"아— 실례했습니다. 라우스 번, 백광 기사단의 단장입니다."

루시루플에게 이름을 불려 허둥지둥 인사했다. 목소리가 떨리지 않게 막는 것이 고작이었다.

아직 모두 새로운 무녀에게 정신이 팔려 다행이었다. 그러지 않았다면 관자놀이를 타고 흐르는 식은땀을 감출 수 없었으리라.

"여러분께 알려드릴 것이 있습니다."

벌써 제바르와 모르크스의 마음을 빼앗은 은색 무녀는 아름답게 미소 짓고 읊조리듯 목을 울렸다.

"—세계에 변혁이 도래했을 때 일곱 신의 자식이 나타난다. 신대의 기술이 초래하는 것은 파멸인가 신세계인가. 대비하라. 태풍이 오고 있노라."

"그건……!"

키메예스가 좀처럼 열리지 않는 실눈을 크게 떴다.

아인스는 고개를 끄덕이고 그에 답했다.

"신탁입니다."

"오오."

여기저기서 황홀한 탄사가 흘러나왔다.

신의 말씀이다.

신앙에 심혼을 받치는 자로서 어찌 감격해 눈물 흘리지 않을쏘냐.

그러나 이어진 아인스의 말에 분위기는 단숨에 심각하게 변했다.

"이미 다섯 명이 확인됐습니다."

한 명은 굳이 말할 필요도 없었다.

라우스에게 이목이 쏠렸다. 신의 기술이란 바로 신대 마법이다.

허공을 올려다보는 아인스가 말을 읊었다.

"중력에 간섭하는 자. 전 라이센 백작가의 차기 당주이자 이단자 조직 『해방자』의 리더…… 밀레디 라이센."

간부들의 얼굴이 일그러졌다.

"아티팩트를 만들어 내는 자. 마찬가지로 『해방자』 오스카 오르크스."

아인스가 무녀복의 소매에서 그림 두 장을— 고유 마법 『염사』를 가진 이가 서쪽 바다에서 그린 사진을 늘어놓았다.

"공간에 간섭하는 자. 마찬가지로 『해방자』 나이즈 그류엔."

단 혼자 바다를 지탱하던 밀레디.

국보급 마검을 호우의 빗물처럼 퍼붓던 오스카.

거대한 게이트를 만들어 선박을 하늘 위로 전이한 나이즈.

그리고―.

"어떤 결함이나 손상도 재생하는 자.『해방자』메일 메르지네."

폐선소에 버려진 배를 순식간에 복원하던 메일.

아인스의 눈이 라우스를 직시했다.

"그리고 혼백에 간섭하는 자― 라우스 번 경."

라우스는 심장이 얼어붙는 기분이었다. 이 세상의 것이 아닌 듯한 아름다움을 가졌으면서 어떻게 저런 눈을 할 수 있는가. 몸으로 퍼지는 두려움을 막을 수 없었다.

문득 시선을 돌린 아인스는 불안에 사로잡힌 표정으로, 하지만 라우스에게는 마치 인형이 억지로 얼굴 부품을 움직인 것 같은 으스스한 모습으로 말을 이었다.

"아시다시피 현재 확인된 다섯 명 중 무려 네 명이 이단자 조직에 소속되었습니다."

"통탄스럽군. 신의 자식이면서 신에게 칼을 빼 들다니! 그들은 정녕 미쳐 버린 것인가?!"

바란이 주먹으로 테이블을 내리치며 분개했다.

"힘이 있어도, 마음이 악에 빠질 수는 있지요. 슬프지만, 그들에게는 다시 신의 생각을 가르쳐야겠군요."

그런 짓을 하면 분명히 천박하게 중지를 세우고 거부할 것이다. 라우스는 밀레디가 할 것 같은 행동을 상상하고 조금 마음의 여유를 되찾았다.

"문제는 남은 두 사람입니다."

"오오, 그랬지요. 마음이 더럽혀지기 전에 신의 사랑이 무엇인지 알리고 인도해야만 합니다."

키메예스가 사명감에 불타며 열변했다. 아인스가 그 말씀이 옳다며 미소 짓자 키메예스의 볼이 발그레해졌다.

"신탁으로 한 명의 소재를 확인했습니다."

또 환성이 올랐다.

기묘하게도 조금 전부터 교황이 한마디도 하지 않는 데도 불구하고 아무도 신경 쓰는 기색이 없었다. 아인스의 독무대가 된 회의장은 기이한 열기를 더해 갔다. 식어 가는 라우스의 마음에 반비례하듯…….

"공화국입니다. 그 깊은 수해 안에서 신의 자식이 느껴집니다."

"그, 그건…… 신의 자식이 잡혈— 아, 아니지…… 수인이라는 말입니까?"

"그럴 가능성이 큽니다."

이번에는 정반대로 한기라도 드는 것처럼 무거운 분위기가 감돌았다.

교회는 인간 우월주의의 기치를 내걸었다.

그리고 교회에게 수인족은 짐승의 피가 섞인 잡혈, 모독적인 존재였다. 예외로 짐승이 아니라 『대지나 숲과 섞인 자』라고 불리는 토인족이나 삼인족이 있지만, 그들 또한 신의 은혜인 마력을 가지지 않아 신보다 자연을 신앙하는 하등한 종족으로 보았다.

"이 또한 신이 내리신 시련의 하나일 테지요."

"신의 시련……."

키메예스가 되뇌자 아인스는 무겁게 고개를 끄덕였다.

"신대의 기술에는 몸을 만들어 바꾸는 힘도 있습니다."

"오오, 그런 뜻입니까! 그렇다면 다른 종족에게 보여줄 필요가 있다는 말이군요. 신의 위광은 더러움을 씻고 인간을 인간답게 한다고!"

다른 종족이란 것은 더러움이다. 그렇다면 그 더러움을 씻는 것이야말로 성직자의 책무.

신의 자식에게 묻은 더러움을 씻어야 한다!

키메예스의 연설이 무거운 분위기를 걷어내고 다시 열기가 높아졌다.

그때 마침내 루시루플이 말문을 열었다.

"명하노라."

사람들은 퍼뜩 자세를 고쳤다. 고요한 방 안에 루시루플의 명령이 울렸다.

"공화국을 조사하라. 어떤 수단을 써서라도 신의 자식을 확인하라. 그리고 이 신의 집으로 맞이하라."

돌아오는 대답은 당연히 「예」 한마디였다. 하지만 그 짧은 말에 소름 끼치는 열량을 품었다.

기존의 공화국 조사가 장난으로 여겨질 규모로 이루어진다. 수해는 손대기 어렵다고 간 보기 수준이었던 것이 완전히 바뀐다.

'어쩌면…… 공화국과…….'

라우스가 내심 식은땀을 흘렸다.

"폐회한다. ……라우스, 따라오거라."

"예, 옛."

라우스가 지명당해 다른 간부들이 눈을 동그랗게 떴지만 그보다 지금은 신탁이 중요했다.

신의 자식을 구출하고 더러움을 씻어 맞이한다.

그들의 머리는 그 명예로운 사명을 완수한다는 생각으로 지배되었다.

회의실을 뒤로하고 루시루플이 처음에 나왔던 안쪽 방으로 따라갔다.

무녀와 달리온도 함께였다.

대리석에 깔린 카펫 위를 천천히 걸었다. 신관들은 누구 하나 앞을 보지 않고 오직 루시루플의 발아래만 주시했다.

이곳에 있으면서 표정을 가진 자는 아무도 없었다.

예전이라면 아무것도 느끼지 못했을 텐데, 왠지 자꾸만 이상하다는 기분이 들었다.

그런 라우스의 변화를 깨달았기 때문은 아니겠지만 루시루플이 절묘한 타이밍에 말을 걸어왔다.

"주위가 조금, 소란스럽더구나."

"면목이 없습니다."

겸손한 마음가짐으로 머리를 숙였다.

"신대 마법 사용자가, 이그돌에 한 명 있는 것 같다."

"예? 앗, 그렇사옵니까."

갑작스러운 화제 전환과 조금 전에는 한마디도 나오지 않던 정보에 허를 찔렸다.

"눈에 보이지 않는 곳에서, 움직이기 시작했다."

"그건…… 마왕이 전쟁을 준비한다는 말씀입니까?"

루시루플은 느릿하게 고개를 끄덕였다. 라우스는 당혹감을 감추지 못했다.

바란의 보고에 의하면 이번 마왕은 내정 일변도라 전쟁의 낌새가 전혀 없다고 했다. 신대 마법 사용자의 정보도 그렇고 루시루플은 대체 그것을 어떻게 알았을까……

라우스의 시선이 아인스에게 향하지만…… 그것을 되돌리듯 루시루플이 말을 이었다.

"전쟁은 일어난다. 반드시."

혼잣말처럼 쉰 목소리가 흘러나왔다.

"우리 인간족과 싸우지 않고는 견딜 수 없다. 마왕이란, 그러한 존재니라."

우뚝 멈춰선 루시루플의 회색 눈이 라우스를 봤다.

"마왕이 믿는 것이, 전쟁을 바라는 것이야."

"……"

뭐라고 대답해야 좋을까. 말문이 막혀 대신 이해했다며 고개를 끄덕여 보였다.

"라우스."

"옛."

"곧 태풍이 분다. 너는, 우리 신의 선봉이니라. 기대하고 있으마."

만회할 기회를 줄 테니까 열심히 하라는 말인가…… 겨우 이야기의 의도를 짐작한 라우스는 제자리에서 무릎 꿇어 머리를 깊이 숙였다.

"이 몸, 이 혼을 바칠 각오로 임하겠나이다."

루시루플은 약하게 고개를 끄덕이고 다시 걸음을 뗐다.

여전히 무릎 꿇은 라우스 옆으로 달리온과 신관들이 지나갔다.

마지막으로 아인스가 지나가려다가…… 멈춰 섰다.

"신께서 원하십니다. 힘써 노력하십시오."

"……예. 황송할 따름입니다."

말에 뼈가 있는 기분이 들어 순간 말문이 막혔으나 결국 머리만 더 깊이 숙이고 말았다.

그 말만 하고 아인스는 떠났다.

덜컥 피로와 오한이 몰려왔다.

신이 바란 무녀.

혼이 없는, 인간 아닌 자.

텅 빈 인형.

저런 것이, 신의 의사를 전하는 무녀.

신이 그러길 원하셨다.

라우스는 자기도 모르게 몸을 떨었다.

몹시 무거운 사슬이 옭아맨 듯한 기분이 들었다.

그 후, 그날의 업무를 마친 라우스는 귀로에 올랐다.

그는 교회 최고위 간부이자 유서 깊은 번 가문의 인간이었다.

당연히 자택은 신도 안에서도 가장 성에 가까운 일등지에 있는 호화 저택이었다.

마차가 정문 앞에 도착하자 문지기로 파견된 신전 기사 한 명이 공손하게 문을 열어줬다.

"라우스 님! 어서 오세요!"

"그래. 수고했다."

애쉬 브라운 머리칼이 찰랑거리는 20대 중반 청년은 라우스에게 존경심 담긴 초롱초롱한 눈망울로 경례했다.

이 청년의 이름은 라인하이트 아셰. 라우스가 발견해 발탁한 기사였다.

그는 특별히 강하지도 않고 능력이 특출하지도 않았다.

다만, 어떤 상태 이상 계열 마법도 튕겨 내는 고유 마법 『백혼』을 가졌다.

그에게는 세뇌나 매료 따위는 전혀 통하지 않았다. 라우스가 교회의 세뇌를 받지 않는 것과 마찬가지로…….

물론 그렇다고 뭘 어떻게 하겠다는 뜻은 아니었다. 라우스가 그를 문지기로 발탁한 이유를 굳이 말하자면 모종의 안심감을 얻고 싶기 때문이었다. 그냥 그게 다였다.

하지만 라우스의 그런 속마음을 알 리 없는 라인하이트에게는 백광 기사단의 단장이, 다른 세상에 사는 높은 사람이 자신을 발탁해준 상황이었다.

　시골 출신에 고유 마법을 가졌으니까 신의 권속으로 초빙되었으나 능력 면에서는 신의 권속 중에서도 최하층이었다.

　고향 마을은 대대적으로 축하해줬지만 출세할 가망이 없어 고향 사람들을 실망시킬까 봐 매일 전전긍긍했다. 그래서 라인하이트는 그런 자신을 뽑아준 라우스에게 진심으로 경의를 보냈다.

　"라우스 님, 몸이 편찮으신가요?"

　"음? 왜지?"

　"아뇨. 안색이 별로 안 좋아 보이셔서요."

　"네가 알아볼 정도면 나도 이제 늙었나?"

　"다, 당치도 않습니다! 이제 서른을 조금 넘기셨는데 늙다뇨! 그런 농담 마십시오!"

　"그래? 확실히 오늘은 조금 피곤해. 네 관찰안도 뛰어나군."

　"아, 아닙니다. 제가 무슨…… 헤헤."

　현관까지 이어진 길을 걸으며 그런 이야기를 나눴다.

　아인스의 무섭도록 이질적인 분위기에 노출되었던 탓일까? 광신의 단편조차 느껴지지 않는 라인하이트를 보고 있자니 라우스는 마음이 조금 가벼워지는 느낌이 들었다.

　"그럼 저는 경비를 서러 돌아가겠습니다."

　"그래. 부탁하마."

　"예!"

　라인하이트는 절도 있게 경례하고 돌아갔다. 라우스는 그를 잠깐 바라보다가 현관문을 열었다.

"아버지! 어서 오세요!"

그러자 기운 넘치는 어린 목소리가 반겨줬다.

윤기 흐르는 회색 머리를 정확히 7대 3으로 나눈 영리해 보이는 아이— 올해로 여덟 살이 된 라우스의 아들 샤름이었다.

"샤름, 아직 안 자고 있었느냐?"

"네! 오늘은 아버지가 돌아오신다고 해서 기다렸어요!"

"그래?"

라우스는 입꼬리가 절로 올라가는 것을 느끼면서 아들을 안아 들었다.

평소 왕궁이나 총본산에서 대기하느라 좀처럼 집으로 돌아오지 못해 아들에게 크게 신경을 써주지 못했다. 그런데도 이렇게 직접적인 애정을 보여주면 엄한 얼굴도 풀어질 수밖에 없었다.

"여보. 어서 오세요."

"리코리스, 돌아왔어."

안쪽에서 반기는 연약한 인상의 여성은 리코리스 번. 라우스의 아내였다.

얇은 금발을 풍성하게 땋아 놓았다.

"식사는요?"

"아직 안 했어."

"그럼 준비하라고 할게요."

리코리스는 대기하던 고용인에게 지시하고 식당으로 조신하게 돌아갔다.

쉬지 않고 말을 거는 샤름을 상대하며 라우스도 식당으로 따라갔다.

자리에 앉자 금방 요리가 차려졌다.

샤름이 옆자리에서 싱글벙글 웃으며 식사하는 아버지를 바라봤다. 리코리스도 조용히 홍차를 마시며 그런 샤름을 바라보고 있었다.

언뜻 보면 행복하고 평범한 가족처럼 보였다. 그곳에 파문을 일으키는 또 다른 가족이 찾아왔다.

"라우스, 돌아왔나요?"

"어머니."

식당으로 들어온 사람은 라우스의 모친— 데보라 번. 54세지만, 더 젊어 보였다. 엄격한 표정과 당당한 분위기 때문일 것이다.

데보라는 식탁에 앉자 엄한 눈길로 라우스를 봤다.

"얼마 전 제국 공작가에서 혼담이 들어왔어요. 둘째 부인이라도 좋다고 합니다. ……이번에도 거절할 생각은 하지 마세요."

아내가 있는 앞에서 부인을 한 명 더 들이라고 강요한다.

딱히 데보라가 리코리스를 미워해서 그러는 것이 아니었다. 그 증거로 리코리스까지 좋은 이야기니 받아들이라고 권했다.

그것이 마음에도 없이 하는 소리가 아닌 것은 이어진 대화를 들으면 명백했다.

"신국의 백성은 모두 에히트 님의 것. 신대 마법의 주인인 당신이 언제까지 아내가 한 명이라면 모범이 되지 않아요. 신의 자식을 만드는 것도 당신의 사명임을 명심하세요."

"맞아요, 여보. 샤름을 포함해 아이를 세 명이나 가진 것은 축복이지만…… 신의 핏줄은 많을수록 좋지 않겠어요?"

그녀들 또한 신국의 백성이자 경건한 신도며 모든 가치관의 중심이 창세신 에히트인 영락없는 광신자였다.

사실 라우스는 샤름 말고도 아이가 두 명 더 있었다.

리코리스가 교황과 대사교가 엄선한 명문가의 딸이고 뛰어난 마법적 소양을 가졌기에 필연이었을까. 위의 두 아이도 고유 마법을 가지고 마법에 매우 뛰어난 소질을 가졌다.

그래서 이미 총본산에서 열심히 신의 가르침을 배우고 있었다.

불과 다섯 살인 아이를 데리고 간 날로부터 이미 몇 년이나 얼굴을 보지 못했지만, 다음에 만날 때는 참으로 경건한 신도가 되어 있을 것이다.

샤름도 우수했다. 이미 언제 총본산으로 초대되어도 이상하지 않았다.

하지만 리코리스에게는 슬픔이 없었다. 오히려 환희만 있었다. 자신의 아이를 신에게 헌상할 수 있다는 이유였다.

데보라도 그랬다. 라우스에게는 다섯 명의 형제가 있었다. 그들은 모두 신전 기사가 됐고 아버지처럼 몇 년이나 전에 순직했다. 하지만 데보라에게 슬픔은 없었다. 순교는 명예로운 일이었다. 신의 곁으로 갔다며 기뻐할 뿐이었다.

그래서 두 사람은 라우스에게 「신의 자식을 더 만들어라!

헌상하기에 합당한 아이를 만들어라!」라며 득달하는 행위에도 아무런 의문을 품지 않았다.

이 집에서는, 아니, 이 신국에서는 한 아내만 사랑하고 싶다, 아이를 보내고 싶지 않다, 가족의 죽음을 슬퍼하고 싶다……그렇게 생각하는 라우스가 비정상이었다.

"임무가 있어. 성하께서 친히 내리신 임무다. 또 바빠질 거야."

"당신은 항상 그 소리군요."

데보라가 보란 듯이 한숨 쉬었다. 리코리스도 난처한 표정이었다.

라우스는 그것을 눈치채지 못한 척하며 묵묵히 식사를 계속했다.

어른들의 묘한 분위기를 느꼈는지 샤름이 조금 당황하며 입을 열었다.

"아, 아버지! 묻고 싶은 게 있어요……."

나중에 하라고 주의하는 리코리스의 눈빛에 샤름의 목소리가 점점 작아졌다. 하지만 라우스가 바로 괜찮다고 허가하자 표정이 활짝 밝아졌다.

다른 두 아이에게도 그랬지만 라우스는 자기 자식에게 혼백마법을 쓰고 있었다. 적어도 총본산에 초빙될 때까지는 광신과 거리를 두고 살게 하고 싶었다.

그래서 아이와 보내는 시간은 라우스에게 필연적 미래의 슬픔을 주는 것과 동시에 틀림없는 마음의 위안이었다. 라우스는 그 시간을 소중히 하고 싶었다.

샤름이 오늘 공부한 역사에 관해 궁금한 점을 이것저것 물었다.

어느 질문도 기초 교재에서는 다루지 않는 부분을 날카롭게 짚고 있었다. 팔불출은 아니지만 아직 여덟 살인 아들의 총명함에 그만 웃음이 번졌다.

하나하나 정성스럽게 대답해줬다. 그러다가 나온 어떤 질문에 자리의 분위기가 얼어붙었다.

"아버지, 그럼 마인족은 모두 이교도고 사악한 자인가요? 이번 마왕이 즉위한 후 전쟁이 난 적이 없다고 배웠어요. ……착한 마왕은 없는 건가요?

"샤름! 너는 무슨 소리를 하는 거니!"

온순한 성격은 어디로 갔는지 리코리스는 격앙된 모습을 보였다. 어머니의 반응에 자신이 해서는 안 될 질문을 했다고 깨달은 샤름은 안색이 창백해졌다.

"왜 그런 걸 묻지?"

라우스는 왠지 샤름이 꺼낸 『착한 마왕』이라는 말에 이상하게 가슴이 울렁거렸다.

"그, 그건…… 신국은 교황님이 선해서 백성도 선하다고 하니…… 착한 마왕이 있으면 마인족도 착해져서…… 아버지가 전쟁을 안 해도 되지 않을까 하고……."

"……."

상냥한 말이었다. 아버지를 생각하는 아들의 말이었다.

그러나 라우스는 눈치를 살피는 샤름을 쓰다듬어줄 수도,

눈꼬리를 치켜든 리코리스와 데보라를 말릴 수도 없었다.

강렬한 위화감이 가슴속에서 소용돌이치고 있었다.

'교황 성하는 우리의 반신(半神)…… 신의 의지를 현세에 구현하는 화신……'

말이, 되살아났다.

─우리 인간족과 싸우지 않고는 견딜 수 없다. 마왕이란, 그러한 존재니라.

마왕이란 마인족들의 교황, 반신이었다.

그것은 단순히 가장 힘이 강한 마인이자 그들이 숭배하는 존재니까.

마왕 외에 마인족이 숭배하는 존재가 있다는 말은 들은 적이 없으니까.

그러니까 마인족에게 신은 마왕이라고, 그렇게 생각했었다.

그렇지만 만약…….

─마왕이 믿는 것이, 전쟁을 바라는 것이야.

『믿는 것』이 마왕의 신념, 가치관이라는 의미가 아니라면…….

"큭."

얼음 칼날이 목에 닿은 느낌이 들었다.

그 혼이 없는 인형이 등 뒤에 서 있는 느낌이…….

─신께서 원하십니다.

"그런, 의미였나."

식탁을 쾅 때린 주먹이 와인이 든 잔을 넘어뜨렸다.

만회의 기회를 줄 테니까 열심히 하라?

자신의 멍청함에 맹렬한 분노가 치밀었다.

그것은 경고였다.

설령 앞으로 어떤 사실에 직면하더라도 라우스 번은 **교회의 선봉**이라고.

'아니, 어쩌면…… 모든 것을 꿰뚫어 보고 내가 어떻게 나올지 구경할 생각인가…….'

안디카 침몰, 신수 부활. 그것이 그랬던 것처럼.

순백색 식탁보에 붉은 얼룩이 번졌다.

그것이 왠지 몹시 불길하게 보였다.

"아, 아버지. 죄, 죄송합니다…… 제가…….'"

퍼뜩 정신을 차리자 샤름이 겁먹고 열심히 사과하고 있었다.

리코리스와 데보라도 샤름을 혼내다가 말고 갑자기 격분한 라우스에게 놀란 눈치였다.

"미안하구나, 샤름. 너한테 화를 낸 게 아니다."

"그, 그래요?"

마음을 가라앉히고 머리를 쓰다듬자 샤름은 겨우 안심하고 어깨에서 힘을 뺐다.

잠시 침묵이 이어진 뒤 라우스가 말했다.

전이라면 절대로 하지 않았을 말을. 리코리스와 데보라를 무시하고.

"샤름. 나도 그렇게 생각한다."

"네?"

"나도…… 있으면 좋겠구나. 착한 마왕이.'"

"아…… 네. 네! 그렇죠!"

"그래."

시야 한쪽으로 눈을 치켜뜬 두 여성이 보였지만 라우스는 이쁘게 웃는 샤름의 머리를 계속 쓰다듬었다.

머릿속으로 번지는 불안과 초조감.

그리고 샤름을 보고 만들어진 작은 마음의 불을 분명히 느끼면서…….

물속을 둥둥 떠다니는 감각이 들었다.

정신은 몽롱하고 붕 뜬 느낌이지만 앞에 있는 빛은 또렷하게 보였다. 추운지 더운지 모를 기묘하고 불쾌한 감각 속에서 무작정 그 빛을 향해 가야 한다는 충동이 일었다.

열심히 헤엄치듯 빛으로 가자 이윽고 커진 빛이 시야를 집어삼켰고—.

"……으응."

밀레디가 눈을 떴다. 흐릿한 시야에는 차가운 하늘색 천장이 보였다. 은은한 오렌지색 빛이 흔들거려 고개를 돌리자 벽에 파인 홈에서 랜턴이 있는 힘을 다해 빛을 뿌리고 있었다.

"눈을 떴구나? 다행이다……."

조용하지만 만감이 담긴 목소리가 울렸다.

밀레디는 목소리를 내기가 몹시 귀찮아서 눈만 돌렸다. 랜턴 반대편에 익숙한 얼굴이 있었다.

안경 안쪽 눈매에 강한 피로가 보였다. 동시에 그 눈동자는 진심 어린 안도감이 옅게 퍼진 것처럼도 보였다.

머리가 멍했다. 의식은 붕 뜬 느낌이라 현실을 제대로 인식하지 못했다.

그저 막연히 느끼는 것은 있었다.

안심이었다.

그것을 잃어버리지 않도록 밀레디는 물끄러미 바라보았다. 그저 물끄러미…….

"……? 밀레디?"

이름을 불렸다. 그것이 또 마음속에 안심감을 낳았다.

손이 뻗어와 자신의 이마에 닿는 것이 느껴졌다. 열을 식혀주는 시원한 손이었다.

아주, 아주 기분이 좋아 밀레디는 힘을 빼고 눈을 살포시 감았다.

"아직 열이 있네."

손이 멀어져 갔다. 무심코 아, 하고 작은 소리가 새어 나왔다.

마음속에 누가 마음대로 떨어지래, 이 자식……이라는 부당한 감정이 솟았다.

"마실 수 있겠어?"

상냥한 목소리와 함께 가는 금속제 봉이 얼굴 앞으로 왔다. 아치를 그리고 정중앙에 구멍이 뚫린 관이었다. 그 끝에는 컵이 있었다.

마실 것이라고 이해한 순간 목이 말랐다. 입술을 움직이자 살며시 입가에 대줬다.

그것을 물고 가느다란 목을 몇 번 움직였다.

몸으로 물이 흘러드는 감각이 조금씩 의식을 선명하게 해줬다. 조금 새콤달콤한 맛이 나서 아주 맛있었다.

몸속에 활력이 솟는 이유는 단순히 과일 음료 덕분이 아니라 회복약과 영양제가 듬뿍 들었기 때문일까?

입을 떼고 자신이 누운 침대 옆 청년을 다시 봤다.

"……오 군?"

"오 군이야. 밀레디."

확인하듯이 부르자 장난스러운 대답이 돌아왔다.

왠지 괜히 낯간지러워 입술을 삐죽 내밀었다. 동시에 정신이 들기 시작한 머리가 현재 상황을 파악하려고 움직였다.

"나, 어떻게 됐더라…… 여기는…… 분명히…… 앗, 맞아. 그 후로—."

급히 몸을 일으키려니까 머리가 핑 돌았다.

"진정해. 여기는 슈네 일족의 은신처야. 안전해."

오스카는 그렇게 설명하고 밀레디를 받치며 천천히 몸을 눕혔다.

그래도 끊긴 기억 속 마지막 광경 때문에 도저히 가만히 있을 수 없어 밀레디는 또 일어나려고 했다.

"궁금한 게 많겠지만, 지금은 쉬어. 약해진 몸으로는 아무것도 못해."

조금 타이르는 말투로 침대에 억지로 눕히고 젖은 수건으로 조심스레 이마와 목의 땀을 닦아줬다. 밀레디는 또 입술을 내밀었다.

그러나 오 군에게 혼났으니까 어쩔 수 없이 침대의 포로로 돌아갔다. 돌아가줬다.

"나, 어떻게 된 거야? 얼마나 있으면 나아?"

자라고 하면 어쩔 수 없다. 지금은 들어주마. 그래도 하다 못해 그 정도는 알려주지 않으면 신경 쓰여서 잠도 못 잔다! 간접적으로 그렇게 주장하자 오스카는 한숨 섞어 설명했다.

"풍토병에 걸렸었어."

"풍토병?"

라수르가 사용한 아티팩트는 대상을 현저하게 약화하는 기능이었다.

다른 사람에게 영향이 없었던 점을 생각하면 아마 대상 인원은 한 명.

마인족에게 라이센은 공포의 대상이었기에 비장의 수단으로 준비한 대책 같았다.

마인족 영토로 들어선 후부터 밀레디는 몸 상태가 좋지 않았는데 그것은 대륙 남부에서도 특히 남쪽에 있는 풍토병 때문이었다. 그 병을 앓을 때 몸이 약해져 위력이 배가된 것이었다.

"이 풍토병은 한 번 걸리면 내성이 생긴대."

바꿔 말하면 마법으로 강제로 치료하면 면역이 생기지 않아 계속 앓게 된다. 밀레디의 경우 슈네 일족이 약을 제공해 줘서 이미 회복될 조짐이 보였다. 그러니까 지금은 가만히 누워 내성을 키우라는 뜻이었다.

"그랬구나……. 하아, 왜 하필 이 타이밍에……. 한심해."

이불을 입까지 올리고 침대 속에 가라앉을 것 같은 분위기로 불평을 늘어놨다.

"우리 때문이라고 생각해 둬."

"응?"

오스카가 쓴웃음을 지었다. 밀레디의 머리 위에 물음표가 떠올랐다.

"분명히 좋은 의미로 긴장이 풀렸었겠지."

물통에 담갔던 수건을 꽉 짜며 오스카가 말꼬리를 물었다.

"열 살에 큰 결단을 내리고, 무작정 앞만 보고 달려오고, 네가 가장 강하니까 사람들을 지키고……."

분명히 긴장을 풀지 못했을 것이다.

필사적이었을 게 틀림없다.

병에 걸릴 틈도 없을 정도로…….

"그래도 지금은 우리가 있어."

"……."

너무 강한 밀레디라는 소녀를 지키는 사람이 곁에 있다.

"그러니까 몸이 생각한 거야. 긴장을 풀어도 된다, 쉬어도 된다고."

병을 허락하고 말 정도로.

정성껏 짜서 접은 수건이 밀레디의 이마에 살며시 얹혔다.

기분 좋은 차가움이 밀레디를 다시 잠 속으로 이끌었다.

아아, 그렇게 된 거구나…….

이해했다. 오스카의 말이 가슴 깊은 곳에 자리 잡은 것 같았다.

"네 이놈, 오 군. 복수해주겠어."

"『우리』라고 했는데?"

밀레디는 안 들린다는 양 눈을 감았다.

그리고 잠깐의 침묵이 흐르고…….

"……오 군, 여기 있어?"

"있어. 네 옆에."

"……응."

이불 한쪽이 꼬물꼬물 움직였다. 손가락 끝이 빼꼼 나와 있었다.

메일이 아니면 이런 어리광을 잘 부리지 않는데…… 그렇게 생각하며 오스카는 그 손을 잡았다. 잡아주자 마음을 놓은 것처럼 힘이 빠지는 게 느껴졌다.

잠시 그러고 있자 색색 조용한 숨소리가 들려왔다.

오스카는 그냥 조용히 곁에 있었다. 여느 때보다 훨씬 부드러워진 표정으로.

―어머, 어떡해! 너무 달콤해!

―으아, 메일 언니! 방해하면 안 돼.

―후후, 오스카도 참. 정말로 밀레디 양을 좋아하는구나.

오스카의 부드러운 표정이 있는 대로 딱딱해졌다.

"그냥 들어오지?"

애써 냉정한 목소리와 태도를 유지하려고 하지만 가족이 봤다고 생각하면 말로 하기 힘든 묘한 감정이 들었다. 극도의 걱정과 피로가 겹쳤다고 해도 설마 문밖에 사람이 있는 줄 몰랐을 줄이야.

"아…… 형, 미안. 그래도 난 말렸어."

가장 먼저 들어온 사람은 루스였다. 그 뒤로 머쓱한 표정인 콜린, 히죽히죽 웃는 메일, 그리고 흐뭇하게 미소 지은 모린이 들어왔다.

"밀레디는 괜찮아?"

"응. 괜찮아 보여."

밀레디의 안정된 호흡과 평안한 얼굴을 확인하고 메일은 안도의 숨을 내쉬었다.

다른 사람들도 똑같았다. 다들 가슴을 쓸어내리고 있었다.

그만큼 이 은신처에 도착한 밀레디의 상태가 나빴기 때문이었다.

누구도 그토록 절박한 오스카를 본 적이 없었다. 오스카 본인이 극도로 지쳐 보이는데 도착하고 꼬박 이틀간 밀레디 옆에 붙어 있었다. 어렵게 재회한 가족과도 별 말을 나누지 않는 것을 보면 얼마나 정신이 없었는지는 자명했다.

실제로 슈네 일족의 치료사 말로는 하루만 더 처방이 늦었으면 위험할 뻔했다고 하니까 정말로 죽을 맛이었다.

"밀레디가 쉬어야 하니까 다른 방으로 가자."

그렇게 말하고 오스카가 일어나려고 하는데…… 손을 꽉 잡혔다. 이어진 손은 전혀 풀릴 기미가 없었다.

오스카는 난감한 표정을 지으면서 조심스럽게 손가락을 떼려고 했지만—.

"……으응."

밀레디가 찡얼댔다. 마치 놓기 싫다는 듯이…….

"그래그래. 지금은 밀레디가 하고 싶은 대로 둬."

메일이 순식간에 물 장막을 형성해 밀레디를 감싸듯 결계를 폈다. 방음과 공기 정화를 겸한 결계였다.

도로 의자에 앉은 오스카는 피식 웃으며 말했다.

"미안. 사정 설명도 제대로 못 했지?"

"괜찮아. 나이즈한테 대충 들었어. ……힘들었겠더라."

"그랬지……. 나이즈는?"

"잡혀 있어."

누구에게, 라고는 묻지 않았다.

어린 자매는 고대하던 재회를 이루고도 나이즈와의 시간을 미룬 채 밀레디를 간병해줬다. 여유가 생기고 사랑하는 사람을 포획해도 누가 탓하겠는가.

그때, 메일의 어깨에 질척거리는 하늘색 반투명 점체가 나타났다.

"그러고 보니 너한테도 고맙다는 말을 제대로 못 했었지."

괘념치 말라고 말하는 듯 공손하게 머리(?)를 숙인 것은, 무엇을 숨기랴, 여장군에게 불탔던 버틀럼이었다.

떠오른다.

밀레디를 안고 나이즈와 함께 전이했을 때 일이…….

처음 전이한 후 두 사람은 가도 옆에 있는 샘 근처에서 한 번 휴식을 취했다. 오스카의 상처를 치료해야 했기 때문이었다.

그래서 검은 우산 11식 『성광』으로 상처를 치료하며 의논했다. 밀레디를 치유할 사람을 어떻게 찾을까. 최적의 방안은 메일과 합류하는 것이지만 어떻게 해야 좋을지 몰라 막막해하는데 오스카의 어깨로 버틀럼이 얼굴을 쑥 내밀었다.

불타 사라진 것은 사실 마석을 의태한 분체였다. 진짜 마석을 가진 본체는 최소 크기가 되어 처음부터 오스카 옷 속에 숨어 있었다.

마왕이 대책을 세웠는지 안타깝게도 반드르와 연락은 닿지 않았지만 버틀럼은 자신이 해야 할 일을 했다. 우선 오스카와 나이즈에게 길을 제시했다.

그러나 바로 메일이나 슈네 일족과 합류할 수는 없었다.

마왕국에서는 각지 영주에게 광역 통신용 아티팩트가 지급되어 이미 전국에 지명수배가 떨어진 뒤였다.

전 국민이 병사인 나라답게 대응 속도가 무섭도록 빨라 그날 밤에는 변두리의 작은 마을까지 엄중한 경계 태세가 깔렸다.

변장을 해도 낯선 사람이란 이유로 즉각 체포당하고 신분을 증명하지 않으면 마을 경비병뿐 아니라 주민이 모두 적이 되며 군대에 통보된다.

당연히 일행은 숙소를 잡을 수도 없어 숲이나 산에서 몸을 숨기며 야영할 수밖에 없었는데…… 그런 곳에서조차 마음 놓고 쉴 수는 없었다.

수가 적어도 대륙 절반을 지배하는 힘, 마인족의 결속력은 과연 대단했다. 마을 주민 한 사람에 이르기까지 모든 사람이 우수한 마법사였고 마왕성에 침입한 도적이라면 의욕도 넘쳤다.

그래서 탐색은 꼼꼼하고 집요해 어디로 전이하든 몇 시간 후에는 군대 정예병에게 야습당했다. 그것도 모자라 전이 방향을 파악당해 대군이 기다리고 있었던 적도 있었다.

그런 상황에서 밀레디의 상태가 악화 일로에 빠지는 것도 당연했다. 한시라도 빨리 메일과 합류해야 하는데…… 그래서 오스카는 결단했다.

나이즈에게는 전이에만 마력을 쓰도록 하고 전투는 모두 자신이 맡기로 한 것이었다.

끊이지 않는 추격자와 연전에 연전을 거듭했다.

전이할 마력이 떨어져 발이 묶이면 그 순간 일행은 끝장이었다. 그래서 나이즈의 휴식을 우선해 자신은 한숨도 자지 않고 경계를 섰다. 피폐해질 대로 피폐해지고도 질 수 없는 싸움에 혼자 계속해서 몸을 던졌다.

그것이 꼬박 사흘 이어졌다.

나이즈가 동료들에게 사정을 설명하면서 그때 오스카는 마치 사자 수인 같았다고 표현하여 당시 오스카의 상태를 짐작할 수 있었다.

극한 상황 속에서 사납게 포효하며 사자분신의 기세로 투쟁했다.

물론 한계는 무자비하게 찾아왔다.

밀레디의 목숨은 풍전등화였다. 다급해진 오스카는 동료를 볼 낯이 없다고 생각하면서도 마인족 마을 의사를 협박해 치료하라고 강요했다. 결국 아무런 효과도 없는 약을 처방받았을 뿐이었고 역시 신고당해 도주하는 신세가 됐다.

마력 회복약도 바닥나서 나이즈의 모든 힘을 쥐어짠 전이로 간신히 숲 속으로 도망쳤다.

그렇게 당분간 휴식한 후 멀리서 흙먼지를 일으키며 다가오는 대군을 보고 이제는 정말 끝이라고 각오를 다졌을 때─ 비룡을 탄 슈네 일족이 메일과 함께 달려왔다.

모르는 사이 버틀럼이 가리킨 합류 지점에 도착한 것이었다. 말 그대로 위기일발이었다.

일행은 비룡을 타고 동쪽으로 날았다.

메일은 밀레디의 상태를 보고 얼굴이 창백해지면서도 재생마법을 구사했다. 안색이 돌아오고 열도 빠지자 일행은 안도의 표정을 지었으나…… 용태는 다시 악화됐다.

오스카와 나이즈, 특히 메일이 동요하는 가운데 슈네 일족 기수가 풍토병이 아니냐, 그렇다면 치유할 수 없다고 알려줘서 간신히 평정을 되찾았다.

그래서 속이 타드는 초조감은 불식되지 않은 채 【흑색 대설원】에 도착했다.

오스카가 밀레디를 검은 코트로 감싸서 안아 들고 어렵게 도착한 슈네 일족의 은신처는 극한의 세계 깊은 곳에 있는 거대 크레바스 밑바닥. 거기서도 안쪽에 있는 얼음 동굴이었다.

도착하자마자 만면에 희색을 띠고 달려온 루스와 아이들이 무심코 걸음을 멈출 정도로 오스카는 처절하게 「치료사 불러! 밀레디를 고쳐줘!」라고 외쳤고—.

"오스카? 괜찮아?"

"형. 형도 쉬는 편이……."

"그래, 오빠. 얼굴이 안 좋아."

세 사람의 걱정을 듣고야 오스카는 정신을 차렸다. 오스카답지 않게 회상에 정신이 팔려 멍하니 있었던 모양이었다. 밀레디가 눈을 떠서 안도한 순간 오스카의 몸도 강하게 휴식을 요구했다.

그러나 이것만은 말해야 했다. 오랜만에 재회했는데 동생들에게 제대로 말도 하지 않으면 형으로서 면목이 없다.

"루스, 잘 봤어. 탈출할 때 열심히 했지? 아주 멋있었어. 역시 내 자랑스러운 동생이야."

"으, 뭐, 뭐야, 뜬금없이……."

루스는 입을 뻐끔거리며 창피해서 고개를 숙였다. 이번에는 콜린을 가까이 오게 해서 부드럽게 머리를 쓰다듬었다.

"콜린도 잘 했어. 탈출할 때뿐 아니라 평소에 얼마나 딜런과 케티를 잘 돌봤는지 편지로도 알 수 있었어."

"에헤헤……."

콜린은 몸을 꼼지락대면서도 아주 기쁘게 배시시 웃었다.

그런 아이들을 이번에는 모린이 다 함께 끌어안았다.

"오스카. 너도 정말로 열심히 했어. 자랑스러워."

"……고마워, 엄마."

가족이 끌어안은 광경은 절로 가슴이 따뜻해졌다. 그래야 할 텐데…… 그것을 바라보는 메일은 손톱 밑에 가시가 낀 것 같은, 간단히 말하면 미안해 어쩔 줄 모르는 표정을 짓고 있었다.

"……미안해."

그게 무슨 의미인지 이미 들은 오스카는 눈썹을 팔자로 떴다. 그 난감한 표정과 함께 조용히 고개를 저었다.

그와 동시에 오스카의 머리가 어질했다. 모린이 말했다.

"오스카, 너도 쉬렴."

실질적으로 거의 닷새를 자지 않았다. 피로는 극한에 달해 있었다.

"……그래. 밀레디가 일어났을 때 내가 쓰러져 있으면…… 상상하기도 싫을 정도로 짜증나게 장난치겠지."

머리를 흔들고 픽 웃으면서 이번에는 정말로 밀레디의 손을 떼려고 했다.

"그래. 다들 이야기를 듣고 싶어서 안달이지만, 참으라고 할게."

"메일, 부탁할게."

그렇게 이야기하는 사이에도 손을 떼려고 했으나…… 떨어지지 않았다.

그리고 역시 밀레디는 어린애가 보채듯 끙끙 앓는 소리를 냈다.

메일 누님의 입이 곡선을 그렸다.

"그럼 안 돼, 오스카!"

"아니, 하지만……."

"자, 오빠!"

"콜린?"

콜린은 활짝 웃으며 모포를 내밀었다. 마치 여기서 잘 오스카를 위해 사전에 준비해 둔 것 같은 분위기로…….

"밀레디 언니랑 같이 푹 쉬어."

"아니, 그건 좀……."

순수한 선의와 배려가 지금은 무척 괴로웠다. 오스카는 거절하려고 했다.

동침은 아니지만 야외도 아닌데 바로 옆에서 자기는 꺼려졌다. 밀레디도 어린 여자애고 의외로 순진한 구석도 있어서 안 된다…… 그렇게 설명하기 전에 메일이 한마디 했다.

"어머, 오스카도 참. 설마 밀레디가 움직이지 못한다고 무슨 나쁜 짓을……."

"할 리가 없잖아!"

버럭 소리친 오스카에게 콜린이 쭈뼛쭈뼛 물었다.

"……오빠. 밀레디 언니랑 같이 자면, 나쁜 짓 해?"

"할 리가 없잖아!"

"그럼 받아, 모포. 따뜻하게 하고 자."

"아, 응. 고마워."

메일이 「콜린 강하다!」 같은 눈빛을 보냈다.

결국 할 말이 궁해진 오스카는 마지막으로 루스에게 도움을 요청하려는 눈짓하지만……

루스는 이미 없었다. 신속하게 퇴각한 모양이었다.

애도 날이 갈수록 어른스러워지는구나, 하고 오스카가 현실 도피성 생각에 빠진 사이 모두 후다닥 방을 나가 버렸다.

밀레디를 봤다. 열이 있어 얼굴이 붉지만 퍽이나 편안해 보인다.

갑자기 혼자 고민하는 게 바보 같아진 오스카는 안경을 벗었다.

"……자자."

모포를 덮고 의자에 깊이 몸을 기대 눈을 감았다. 수마는 다른 생각을 할 시간도 주지 않고 순식간에 의식을 가져갔다.

실로 상쾌한 기분으로 잠에서 깼다. 몸은 가볍고 정신이 또렷했다.

눈을 번쩍 뜬 밀레디는 한번 숨을 후 뱉었다.

그대로 몸을 일으켜 기지개를 켜려고 하는데 한쪽 손이 뭔가에 걸렸다.

"아……"

얼결에 목소리가 나왔다. 자세히 보자 침대에 엎드린 오스카가 쿨쿨 자고 있었다. 그리고 한쪽 손이 자신과 꽉 이어져 있었다.

잠들기 전 대화가 순간적으로 되살아났다.

"으, 으아~~!"

밀레디는 절규했다. 뭔가, 그 어리광쟁이는! 손을 잡아 달라니? 애냐! 한 손으로 머리를 감쌌다. 여기서 자는 것도 자신이 무의식적으로 놓지 않았기 때문이라고 생각하자 얼굴에서 불이 날 것 같았다.

살며~시 손을 빼려고 했다. 하지만 어찌 된 일인지 이번에는 오스카가 잡은 손을 놓아주지 않았다.

"오, 오 군, 놔주실 수 없을까요?"

왠지 존댓말을 해 보지만 상대는 꿈나라에 가 있었다. 말한다고 들릴 리 없었다.

이걸 어쩌나 하고 끙끙거렸으나 역시 일어나지 않아 죽은 듯이 자고 있는 오스카를 보고 마음이 조금 차분해졌다.

마왕성의 격전 후 어떻게 됐는지, 얼마나 시간이 지났는지 밀레디는 알지 못했다. 그래도 지금 오스카를 보면 결코 순탄치 않은 상황에서 자신을 지켰다는 사실을 알았다.

정신을 차리자 자연스럽게 오스카의 머리를 매만지고 있었다.

"……고마워, 오 군."

조용한 방 안에 작은 혼잣말이 울렸다. 그와 동시에…….

—너무 달콤해~.

—꺄아~. 밀레디 언니, 귀여워…….

—밀레디 씨, 순수하네요.

—수 언니. 창작사의 능력을 발휘할 때야! 순수한 밀레디 언니를 이야기로 남기자!

끼기긱, 기름을 치지 않은 기계처럼 뻣뻣하게 문 쪽으로 고개를 돌렸다.

계셨다.

토템폴처럼 얼굴을 내민 메일, 콜린, 수샤, 윤파 네 사람이…….

"우와악————?!"

날아가는 이불. 그리고 넘어가는 오스카.

"뭐, 뭐야?! 적이야?!"

3일간의 도주 생활이 어지간히 힘들었나 보다. 습관이 몸에 배어 버렸다. 안경을 신속히 장착하고 검은 우산을 발도술처럼 잡는 행동이 아주 빠릿빠릿했다.

"적은 오 군이야! 밀레디 씨가 매력적이라고 잠자리에 오다니! 오 군은 늑대! 꺄아!"

밀레디는 자기 몸을 껴안고 배배 꼬면서 평소처럼 깐족댔다.

그 모습을 보고 오스카는 의외로 반론도 하지 않고 메일을 봤다.

메일도 오스카를 봤다. 그리고 두 사람이 같이 고개를 끄덕한 뒤—.

"나았네."

"나았구나."

그렇게 결론 냈다.

"저기요, 짜증난다는 건 아니까 얼마나 짜증나냐로 건강을 확인하지 말아주실래요?"

밀레디가 굳은 표정으로 항의했지만 두 사람이 뭐라고 대답하기도 전에 다른 곳에서 소리가 들렸다.

"지금 그 짜증나는 말은?! 이봐! 밀레디가 나왔다!"

"정말이야! 그렇게 짜증나는 인간은 기운 차린 리더밖에 없어!"

"크으, 오랜만에 들었지만, 진짜 짜증나네!"

"눈 뜨자마자 멋지게 짜증나네요!"

환성과 함께 바깥 통로를 우르르 달려오는 소리가 들렸다.

"나, 존경받는 리더…… 맞지?"

밀레디 눈에 눈물이 맺힌 직후, 방문이 쾅 열리며 사람이 쏟아져 들어왔다. 마셜을 시작으로 미카엘라, 슈슈, 에이브에 토니, 그 외 라이센 지부 멤버였다.

"오, 밀레디! 서로 죽다 살았네!"

"메일 씨 덕분에 저희는 제임스와 포레스트 말고 결원이 없습니다."

"팀도 살았다며? 타르트나 전서조들은 목숨을 부지하지 못했다지만…… 리더가 늦지 않아서 다행이야."

"뭐야, 밀레디! 너 마왕한테 졌다면서! 남자한테 정신 팔고 다니니까 그렇지!"

순서대로 마셜, 미카엘라, 토니, 슈슈가 한 발언이었다. 거기에 더해 이미 리더와 이야기하고 싶어 참지 못한 인원들이 저마다 상황이니 상태니 하는 것들을 전했다.

그렇게 걱정하다가 마침내 재회한 지부 멤버지만 일어나자마자 이런 맹공을 받으면 제아무리 밀레디라도 반응하지 못했다.

어느 지부에서든 인파에 휩싸이는 것이 밀레디의 운명인지도 모르겠다.

그곳에 구세주가 등장했다.

"환자한테 뭐 하는 거야! 썩 꺼져, 이것들아!"

날카로운 창처럼 호통치며 들어온 사람은 늠름한 여성이었다. 큰 키에 검은 브릿지가 들어간 붉은 머리를 흔들며 아름다우면서도 전사다운 분위기를 가졌다. 밀레디는 그 인물이 낯익었다.

"아, 당신은 그때……."

"다시 만났군, 라이센의 공주."

바로 그 산기슭에서 반드르에게 동행을 간청하던 슈네 일족의 마가레타였다. 그녀의 옆에는 허리가 굽은 노파도 있었다. 같은 갈색 피부지만 머리색은 옅은 금색이었다.

노파는 말없이 밀레디 곁으로 오더니 밀레디의 눈을 벌려 관찰하거나 맥을 짚고 귀밑을 확인한 뒤 미소 지으며 고개를 끄덕였다.

"회복된 듯하군. 우리 치유사가 괜찮다고 했으니 이제 걱정할 필요는 없다."

"아, 진찰이었구나……. 저는 밀레디 라이센이에요. 할머니, 구해주셔서 감사합니다."

밀레디가 정중하게 머리를 숙였다. 동료들이 희한한 눈으로 바라봤다.

노파는 말없이 고개를 끄덕이고 또 미소 지은 뒤 제 역할은 끝났다고 물러났다.

"린넬은 오래전에 목소리를 잃었어. 널 무시하는 건 아니야."

"응, 알아. 눈빛이 말해줘. 천만에요, 몸조리 잘 하세요, 라고."

"……그래?"

일족도 아닌데 자연스럽게 마음을 헤아리는 밀레디에게 마가레타는 눈을 조금 크게 떴다.

그리고 족장과 꼭 닮은 심드렁한 얼굴에 약간의 미소를 띠고 다시 목청을 높였다.

"우리나 너희나 하고 싶은 이야기, 해야 할 이야기가 많이 있다. 하지만 일단 모두 방에서 나가도록."

강압적인 마가레타에게 라이센 지부 멤버들이 항의하려고 했지만—

"뭐냐? 너희, 공주가 옷 갈아입는 걸 관찰하고 싶나?"

그 말이 나오자 얼어 버렸다.

밀레디는 지금 막 일어나 머리는 너저분했고 땀범벅이라서 살에 옷이 착 달라붙어 있었다. 주의를 기울이니까 제법 땀냄새가…….

"악~~! 맡지 마! 나가~~!"

눈치 없게도 냄새를 맡으려던 마셜을 포함해 모두를 중력으로 붙잡아 방 밖으로 날려 버렸다.

그로부터 약 20분 후.

재빨리 몸단장을 마친 밀레디는 사람들이 모두 모인 큰 방에 모습을 드러냈다. 그리고 처음으로 한 말이―.

"뭐야?! 메르 언니가 북실북실해졌어?!"

―라는 경악 섞인 감상이었다. 다들 달리 할 말이 있지 않냐고 생각했지만, 어디서든 수영복 같은 복장을 고집하던 메일이 머리부터 발끝까지 두꺼운 모피 옷을 인형 옷처럼 껴입은 모습은 솔직히 천재지변만큼이나 충격이었다.

"나 깨달았어. 메일 언니는…… 추운 게 싫어."

"항상 수영복이면서?!"

"여기 추위는 수막 방벽을 뚫고 들어오더라고."

실은 수막 방벽까지 써 가며 얇은 옷을 입었다고 한다. 그래서 설원에 들어올 때도 나눠준 방한복을 끝까지 거부했지만…… 『극한』은 괜히 『극한』이 아니었다. 이대로 있다간 얼어 죽겠다며 곧장 부득이한 선택을 하고 말았다.

일단 발열하는 곤충 종마가 다수 있어서 이곳은 어느 정도 난방이 되고 있었다. 작은 방은 특히 따뜻했다. 하지만 수막으로 언제나 적정 온도를 유지하던 폐해인지 메일 누님은 냉기에 대한 거부감이 단단히 박히고 말았다. 이미 이 땅에서는 작은 방이 아니면 인형 옷 상태에서 벗어나지 못하는 몸이 되고 말았다.

밀레디는 개인적으로 북실북실하고 얼굴만 빼꼼 보이는 메일을 조금 더 구경하고 싶었지만 아쉬움을 달래며 목을 가다듬었다.

동료 앞에 서서 찬찬히 시간을 들여 한 사람 한 사람의 얼

굴을 확인했다.

그리고 꽃처럼 활짝 웃으며 소리 높여 말했다.

"응. 다들, 살아남아 줘서 고마워. 역시 내 동료야!"

밀레디의 동료가 모두 씩 웃음을 돌려줬다. 그 후 밀레디는 엄숙한 표정이 되어 눈을 감고 떠나간 동료에 대한 자긍심을 목소리에 실어 그 말을 꺼냈다.

"끝까지 싸웠던 동료, 제임스 손트 및 포레스트 데이론에게 경의를."

모두 한 치 흐트러짐 없는 동작으로 묵도했다.

눈을 감을 때도 모두 한 사람이 된 것처럼 똑같은 타이밍이었다.

다시 무사히 재회한 동료와 서로 웃는 밀레디는 거기서 문득 깨달았다.

"응? 딜런과 케티는 안 왔어? 몸이 안 좋다거나…… 하진 않지?"

방에 울리는 의문에 사람들의 시선이 일제히 오스카에게로 모였다.

북실북실 메일이 얼굴을 옷 속에 묻어 감췄다.

"어? 잠깐만. 뭐야? 왜 그래?"

메일이 있으니까, 신대 회복 마법이 있으니까 딜런과 케티가 원래대로 돌아오는 것은 당연했다. 그런데 이 분위기는 뭔가? 밀레디의 웃음이 사라졌다.

"밀레디. 실제로 보는 게 빨라. 이쪽으로 와."

오스카가 옆방으로 이어진 문을 열고 불러들였다.

흥분하지도 않고 침착한 분위기에 조금 안도하며 밀레디는 고개를 끄덕이고 따라갔다.

그 방은 의무실 같았다. 침대가 열 개 정도 나란히 늘어섰고 라이센 지부에서 맡았던 『신병 창조 계획』의 희생자들로 채워져 있었다.

그들은 하나같이 조용히 누워 게슴츠레 눈을 뜨고 허공을 바라보고 있었다.

그 광경을 보고 밀레디는 호흡을 멈췄다. 그러고는 가장 안쪽에 있는 두 침대에서 윗몸을 일으킨 사람을 바라봤다.

"딜런 군! 케티!"

잘못 볼 리 없었다. 콜린이 매일 돌봐서 머리를 길러 놓지도 않았다. 전에 헤어졌을 때 모습 그대로 두 사람은 앉아 똑바로 눈을 뜨고 있었다.

이름에 반응해 몸을 조금 움직인 두 사람에게로 기쁨에 오스카를 앞질러 달려간 밀레디였으나…… 곧 이상함을 깨달았다.

"딜런 군? 케티? 나 밀레디야. 왜 그래?"

눈동자가 흔들린다. 반응은 있다. 하지만 전과 같은 쾌활한 분위기는 없었다.

"메일의 재생 마법으로도, 완치하지 못했어."

"뭐?"

그럴 리가 있냐고 밀레디가 돌아봤다.

오스카가 조용한 표정으로 서 있었다. 그 뒤에는 웬일로 기운이 없는 메일도 있었다.

"있잖아, 밀레디. 재생 마법은 통했어. 몸은 영향을 받기 전 상태로 나왔을 거야. 그래도 다 낫지 않았다는 건……."

재생 마법이 미치지 않는 영역. 메일이 관여할 수 없는 곳의 문제.

바로 혼백에 미친 영향이었다. 먼 고대 전사의 기술을 베껴 옮기는 『신의 눈』은 혼에 직접 간섭하는 아티팩트였다.

"억지로 시도해 볼 수는 있다고 해. 비유하자면 물에 떨어진 잉크를 눈 가리고 분리하는 작업이야. 메일이라도 상당히 위험해."

최악의 경우 복원하려는 힘이 혼에 부담을 줘서 되레 악영향을 줄 위험성이 있었다.

"그랬어……."

오스카가 얼마나 절실했는지 알기에 밀레디의 표정은 심란했다.

자신만만하게 나섰는데 기대에 부응하지 못한 메일은 풀이 죽었다.

그런 두 사람에게 오스카는 난처하게 웃었다.

"둘 다 그런 표정 짓지 마. 증명했으니까 기뻐해야지."

"증명?"

"그래. 두 사람의 혼이, 의식이 살아 있다는 걸."

만약 실험의 부담으로 두 사람의 혼이 망가졌다면 이름에 반응할 리 없었다.

게다가 명확한 의사는 표현하지 않아도 끈기를 가지고 전하면 생활에 필요한 행동을 취하게 됐다. 지금은 스스로 식사도 할 수 있었다.

"콜린이 말하기로 눈을 뜬 후 비텔 콩을 쓴 식사를 줬는데 케티가 완강히 거부했다나 봐."

오스카가 우스워했다. 비텔 콩은 영양가가 대단히 많지만 제법 써서 케티가 진절머리 치던 음식이었다. 그것은 케티의 취향과 기호, 더 나아가면 마음이 살아 있다는 분명한 증거였다.

"무엇보다."

오스카가 딜런의 손을 잡았다.

예상 밖으로 강한 힘이 돌아왔다. 루스와 콜린, 모린도 와서 딜런과 케티의 손을 잡자 역시 강한 힘으로 맞잡았다.

그것은 마치 나는 여기 있다고 소리치는 것 같았다.

"아마, 아니, 틀림없이 두 사람 모두 싸우고 있어."

"싸워?"

"그래. 자기 안에 있는 전사의 혼과. 어쩌면 재생 마법을 쓰기 훨씬 전부터 싸웠는지도 몰라."

"……그랬구나. 하긴, 둘 다 오 군의 동생인걸."

"그래. 그러니까……."

말을 덧붙이며 오스카는 메일을 봤다.

"고마워, 메일. 네 덕분에 두 사람 모두 눈을 뜰 정도로 회복했어. 정말로 고마워."

"오스카……."

루스와 콜린, 모린까지 다정한 표정으로 감사하자 메일은 어떻게 반응해야 할지 몰라 미소 지었다.

그리고 자신이 풀이 죽어 있으면 오히려 여기까지 회복했다고 기뻐하는 그들에게 예의가 아니라고 생각했는지 분위기를 180도 바꿔 말했다.

"안타까워, 오스카. 그렇게 다정한 표정으로 미소 지어도 메일 누나는 안 넘어가. 누나는 가벼운 여자가 아니거든. 쉬운 여자 밀레디랑은 달라."

"밀레디 씨는 쉬운 여자 아니거든요?!"

난데없이 날벼락을 맞은 밀레디가 항의했다.

방 입구에서 상황을 보던 사람들이 「의외로 쉽게 넘어가지?」, 「연애에 한정되지 않은 가벼움이 리더의 장점이지」, 「쉽다기보다는 단순?」 같은 말들이 날아들었다.

밀레디가 홱 째려봤다.

"나이즈 님. 수 언니랑 윤파는 쉽게 넘어가!"

"무, 물론 나이즈 님에게만요!"

"너희는 잠깐 조용히 있어."

밀레디는 홱 눈을 피했다. 나이즈의 도움을 요청하는 시선 따위 보지 못했다.

아무튼 그곳의 분위기는 따뜻한 햇빛이 비치는 것처럼 단번에 밝아졌다.

오스카는 메일의 말 돌리기에 어이없어하면서 계속 말했다.

"게다가 재생 마법 효과를 지속적으로 받을 수 있는 아티팩트도 만들었어."

딜런과 케티뿐 아니라 다른 피해자들의 목에도 코인이 달린 목걸이가 걸려 있었다. 극적인 효과는 없지만 상시 약한 재생 마법 효과를 부여하는 물건이었다.

가까운 미래에 조금씩 발생하는 재생의 힘으로 완치될 가능성도 충분히 있었다.

"게다가 다른 가망도 있어."

안경을 올려 썼다. 광원상 불가능한데 안경이 수상하게 빛을 반사했다. 사람들이 조금 기겁하면서도 오스카가 하려는 말은 이해했다.

"백광 기사단 단장, 라우스 번 말이지?"

"혼백에 직접 충격을 주는 상상을 초월한 기술을 가졌었지."

"다음에 만나면…… 놓치지 않겠어."

오스카의 안경이 번쩍 빛났다. 역시나 광원상 불가능한데도……. 라우스는 오스카의 안경에 타게팅된 모양이었다.

그런 그때, 끼어들 타이밍을 기다리던 마가레타가 말을 걸었다.

"이제 괜찮겠나? 이야기를 위한 자리를 갖고 싶은데."

진지한 표정과 목소리에 일동의 분위기가 단숨에 팽팽해졌다.

"응. 나도 묻고 싶은 게 많아."

밀레디도 장난스러운 태도를 없애고 조직의 수장으로서 고개를 끄덕였다.

그리고 나서 일동은 넓은 방에 모여 슈네 일족과 『해방자』

로 나뉘어 마주 보고 카펫이 깔린 바닥에 직접 앉았다. 보온성 뛰어난 양 마물의 털을 짠 카펫은 밀레디가 덮었던 이불과 똑같이 굉장히 따뜻했다.

슈네 일족은 모두 30명 남짓이었다. 남녀노소, 그리고 얼핏 봐서는 어떤 종족인지 모를 여러 특징을 가진 사람들로 구성되었다. 라이센 지부에서 막대한 희생을 치른 은백색 늑대도 한 마리 있었다.

"다시 소개하마. 나는 마가레타 슈네. 전사장이자 족장 대리이기도 해."

"해방자 리더, 밀레디 라이센이야."

힘 있게 고개를 끄덕인 마가레타는 우선 이제 눈을 뜬 밀레디에게 현재 상황을 설명했다.

이야기에는 오스카도 끼여 자신이 기절한 후 무슨 일이 있었는지 들려줬다.

"번거로운 이야기는 싫어한다. 시간도 별로 없어."

그래서 마가레타는 단도직입적으로 자신들의 정체와 요구를 밝혔다.

"눈치챘을지도 모르지만, 우리도 원래는 피험자였다. 일전에 반 님이 구해주셔서 그분의 어머니인 사술카 님의 족명인 슈네를 받아 일족으로 취급받았지."

슈네 일족은 혈연으로 묶인 집단이 아니라는 말이었다.

마가레타는 올곧은 눈으로 밀레디를 보고 그 자리에서 깊이 머리를 숙였다.

"이렇게 빈다. 부디 족장과 동포를 구출하는 데 힘을 빌려다오. 그리고 가능하다면 우리에게 가호를 내려주기 바란다."

마가레타는 이마를 땅에 붙이며 간곡히 부탁했다. 이어서 다른 자들도 일제히 머리를 숙였다.

이미 그들에게는 뒤가 없었다. 족장과 동포를 버린다는 선택은 존재하지 않고 운이 따라 반드르를 구출한다고 해도 그의 유용성 때문에 마왕은 영원히 쫓아올 것이다.

슈네 일족만으로는 막아 낼 수 없다.

타국에 보호를 바라기도 어려웠다. 마왕국의 암부며 마왕의 추적도 따라붙는다. 받아들여줄 리 없고 인간의 나라는 가자마자 처형이나 당하지 않으면 다행이었다.

이제 기댈 수 있는 것은 세계와 싸우는 비밀 조직뿐이었다. 이번에는 마왕 앞에서 도망쳤지만, 그래도 신대 마법 사용자가 네 명이나 있었다. 무엇보다 동료를 생각하는 모습을 보면 믿음이 갔다.

지푸라기라도 잡는 심정인 한편, 이보다 좋은 조건도 없었다.

슈네 일족의 간청에 대한 밀레디의 대답은 간결했다.

"응! 좋아!"

마가레타는 무심코 뭐가 이리 가볍냐는 말이 입 밖으로 나올 뻔했다. 너무 놀라서 말이 얼른 나오지 않았지만.

"봤지? 내가 뭐랬어."

끼어든 사람은 마셜이었다. 라이센 지부 대표로 먼저 이야기를 들었는데, 그때도 비장한 각오를 한 슈네 일족에게 우리 리더라면 묻고 따지지도 않고 승낙한다고 말했었다.

"하, 하지만 마왕의 힘을 보지 않았나? 게다가 우리는……그대의 동료를 인질로 쓴 셈인데……."

"그 이야기는 이미 반이랑 했으니까 됐어."

밀레디는 아직 몸을 바닥에서 떼지 않는 마가레타 앞에 무릎 꿇고 그녀의 얼굴을 손으로 잡아 들었다.

"우리는 해방자. 불합리하고 슬픔으로 점철된 운명에 사로잡힌 사람들을 해방하는 게 우리의 사명이야."

그리고 다른 이유보다도…….

"우린 이미 반을 동료로 생각해."

오히려 놓칠 생각이 없었다. 설령 반드르와 슈네 일족이 등을 돌리더라도 밀레디는 쫓아갈 것이다. 동료가 되어 달라고 소리치며.

다른 멤버도 마찬가지였다. 된통 농락당하고 구해야 할 이들에게 구조되었다. 이대로 고분고분 물러날 수 있을 리 없었다. 그때 느낀 분한 원통함은 조금도 사그라지지 않고 가슴속에서 불타고 있었다.

"함께 세계와 싸워준다면 환영이야. 하지만 싸우지 않아도 괜찮아. 내가, 우리가 전력을 다해 모두 지킬 테니까."

밀레디의 말에는 고민도 망설임도 없었다. 그 뒤에서는 오스카를 비롯한 동료들도 결연한 표정을 보이고 있었다. 그런 『해방자』를 숨죽이고 바라보는 마가레타에게서 한 발 물러난 밀레디는 자신만만하게 씩 웃었다.

그리고 엄지를 척 들고 선언했다.

"살짝 실패했지만 이번에는 완벽하게 증명해주겠어! 마왕을 날려 버리고 반이랑 붙잡힌 사람들도 다 구해서! 이 천재 미소녀 마법사 밀레디가 세계 최강이란 사실을!"

슈네 일족은 말도 없이 마치 햇빛을 쳐다보듯 눈을 찌푸려 밀레디를 바라봤다. 자연스럽게 그들은 머리를 숙였다.

감사일까, 아니면 다른 감정이 있어서일까. 밀레디가 허둥지둥 「저, 절하지 마!」라고 외치며 그들의 얼굴을 들게 했다.

"미안해. 우리 리더는 평소 공경하라고 짜증날 정도로 종알대면서 정말로 공경하면 도망치는 귀찮기 짝이 없는 인간이야. 그러니까 대충 다뤄도 돼."

"오스카, 야 인마. 싸우자는 거야?"

눈총을 쏘며 으르렁대는 밀레디 앞에서 슈네 일족은 서로를 돌아봤다. 그리고 어이없게 웃었다.

라이센 지부 사람들을 보니 모두 같은 표정이었다.

리더에 대한 인식으로 일체감이 생긴 상황에서 밀레디는 헛기침을 한 번 했다.

"하나 알려줬으면 해."

"뭐지? 아는 거라면 대답하겠다."

고개를 끄덕인 마가레타에게 묻고 싶은 것들 중 가장 궁금한 점, 아니, 알아야만 하는 것에 대해 물었다.

"반이 마왕을 버릴 수 없다고 한 이유."

"아…… 그랬나. 반 님은, 아직 라수르 님을……."

마가레타는 한순간 경악으로 눈이 커졌지만 이내 납득한 표정을 보였다.

"대체 그 두 사람 사이에 무슨 일이 있었어?"

"조금 긴 이야기다."

그렇게 운을 떼고 시작된 반의 출생 이야기는 생각하던 것 이상으로 처절했다.

교회에 대항할 결정적인 병력을 얻기 위한 인체 실험은 사실 선대 마왕─ 라수르와 반드르의 부왕이 시작했었다.

계기는 알 수 없었다. 어느 날 갑자기 시작된 그 실험은 당연히 처음부터 좌초되지만, 선대 마왕은 무엇에 씐 것처럼 연구를 계속했다.

그저 부질없이 희생자가 쌓여갈 뿐인 나날……

그러던 어느 날, 마침내 전환기가 찾아왔다. 용인족 여성을 붙잡은 것이었다. 바로 반드르의 어머니인 빙룡 용인족─ 사술카 슈네였다.

같은 대륙 남부에 있는 흡혈귀족보다도 훨씬 진귀한 종족이었다. 선대 마왕의 눈에 드는 것은 당연한 귀결이며 그사이에서 아이가 태어난 것도 필연이었다.

"그렇게 태어난 것이 반 님이시다."

"그랬구나. 어머니가 용인이라서 반도 용화가 가능했어."

"……나이즈 님에게 들었지만, 반 님이 정말로 용화하셨나 보군……."

기쁘고, 반대로 슬프기도 한 복잡한 표정이었다. 그 감정을 헤아릴 수 없는 밀레디는 고개를 갸웃거렸다.

마가레타는 듣다 보면 안다는 식으로 반드르의 이야기를 계속했다.

"오래 이어진 실험은 막다른 길에 이르렀지. 어차피 근거도 없이 시작된 연구였어. 혼혈을 낳는 것도 아닌 물리적 이식이나 마법을 통해 특성을 합치겠다니……."

혼혈아가 때때로 두 종족의 특성을 가지는 것은 유명한 사실이었다.

그러나 마왕이 바란 것은 바로 써먹을 수 있고 전쟁이 됐을 때 즉시 보충할 수 있는 병사였다.

태어날 아이를 일일이 키우는 것은 마왕이 원하는 결과가 아니었다.

그래서 인체 실험의 처참함은 이루 말할 수 없었지만, 반드르가 여섯 살 때 변성 마법에 각성하면서 상황은 일변했다.

"지하 감옥에서 태어나 지하 감옥에서 우리와 함께 자란 반 님은 그 후로 왕궁에서 생활하게 되셨지. 물론 왕족으로 인정받진 못했다. 혼혈아라서 『잡종』이라고 멸시당하며 거의 사용인 취급이었지만…… 그래도 지하 감옥보다는 나아."

동시에 실험은 일시 동결되고 인체 실험에서 강력한 마물 군단을 창설하는 방향으로 바뀌었다.

반드르가 청원한 결과였다.

어머니와 다른 피험자들에게는 손을 대지 말아 달라. 사람다운 생활을 보장해 달라. 대신 자신이 마물 군단을 만들어

헌상하겠다.

그 청원은 수락되었다. 수락해야 반드르를 이용하기 쉽기 때문이었다.

"반 님의 희생을 대가로 우리는 일시적인 평화를 얻었지."

눈에 띄지 않는 외딴곳에 저택을 받은 반드르와 사슐카, 그리고 마가레타 및 피험자들은 대외적으로는 주인과 사용인 같은 관계로 보이며 가족처럼 지냈다.

하지만 그런 평화도 오래 가지 않았다.

마물 군단으로 교회와 전쟁이 발발한 까닭이었다. 결과는 무승부.

마물 군단은 유효했지만, 부족했다. 그리고 줄어들었다.

그래서 선대 마왕은 반드르만으로는 부족하다고 탐욕을 부렸다.

약속을 어기고 사슐카를 덮친 것이었다.

"반 님은 그걸 깨달으셨지. 그리고— 폭주하셨다."

"……그럴 만해."

그때까지 쌓였던 스트레스가 어머니의 위기에 폭발했어도 이상할 게 없었다.

"그때 눈 뜨셨지. 또 다른 힘—『용화』를."

폭주는 심각했고 반드르는 완전히 이성을 잃어 손을 댈 수 없는 상태였다. 게다가 아직 어린 탓에 마왕을 해치울 정도로 강하지도 않았다.

피해가 막심해 선대 마왕은 속으로 쓴물을 삼키며 살처분을 결정했다.

"어, 그렇지만…… 아, 설마……."

반드르는 살아 있다. 그렇다면 그 대가는 누가 치렀는가.

눈치챈 밀레디의 표정이 비통하게 일그러졌다. 다른 이들도 뒷내용을 상상하고 입술을 깨물었다.

정말로 성격 좋은 인간들이라고 미소 지으며 마가레타는 계속 이야기했다.

"예상이 가겠지. 사슬카 님이 용화하셔서 반 님을 감싸셨다. 아이러니하게도 그렇게 반 님은 제정신으로 돌아오셨지."

사슬카는 강력한 봉인이 이루어진 몸으로 생명을 대가로 포효했다. 온몸에서 피를 뿜으면서도 아이를 지키는 모습은 장엄하고도 처절했다.

근처에서 바라볼 수밖에 없었던 슈네 일족은 지금도 그날을 선명하게 기억했다.

―어머니! 어머니! 나 때문에!

죽은 어머니를 안고 통곡하는 반드르를 보며 슈네 일족은 가슴이 찢어지는 기분이었다.

그 후로 반드르가 용화한 적은 없었다. 하려고 하면 강한 욕지기와 멀미가 났고 심할 때는 의식을 잃었다. 단단히 트라우마가 박힌 것이었다.

반드르가 밀레디 일행을 도망치게 하려고 억지로 용화했다고 들었을 때 슈네 일족은 자연스럽게 사슬카의 마지막 순간을 떠올렸다.

슬픔이 되살아남과 동시에 어머니의 강한 마음을 이어받아 타인을 위해 트라우마를 극복한 족장을 자랑스럽게 생각했다.

"사슬카 님을 여의고 마음이 망가진 반 님은 인형 같아서 선대 마왕은 이용하기 편했겠지. 당연히 우리는 버팀목이 되어 보려고 했지만……."

반드르의 상처는 너무나 깊었다. 이들은 이 무렵만큼 자신의 무력함을 원망한 적이 없었다. 상처 입은 소년의 마음 하나도 달랠 수 없다며…….

그런 그들과 반드르를 지탱해준 것은―

"왕궁에서 단 한 명, 헌신적으로 곁에 있어 준 분이 계신다."

"설마 그게 현 마왕, 라수르?"

"그래. 그분은…… 아버지와 달리 정말로 마음이 고운 분이셨지."

문무겸전에 총명하고 진심으로 백성을 생각하는 참된 왕족이었다. 언제나 배다른 형제를 신경 쓰고 사슬카의 부고를 들었을 때 체면도 차리지 않고 눈물 흘리는 인물이었다.

선대 마왕을 혐오했고 몇 번이나 인간족과 화합할 것을 주장하다가 교정이라는 명목으로 근신 처분을 받을 정도로 전쟁을 싫어하고 평화를 사랑하는 인물이기도 했다.

반드르도 고결하고 상냥한 형을 따랐으며 곧 마음의 상처도 아물었다. 형제의 정은 누가 보기에도 돈독했다.

그 증거로 앞으로 40년은 왕좌를 넘길 리 없었을 왕좌가 라수르에게 넘어간 것은 왕위 찬탈 때문이었다. 그리고 그 찬

탈의 이유에는 반드르를 더 이용하지 못하게 막겠다는 의도도 있었다.

"이미지가 전혀 다른데."

"그 사람한테 무슨 일이 있었어?"

"결국 선대 마왕과 똑같은 길을 가고 있잖아."

밀레디, 오스카, 나이즈가 라수르를 떠올리며 괴리감을 드러냈다.

"우리도 모른다. 그분의 치세라면 분명히 태평성대를 이루리라, 어진 마왕 폐하의 탄생이라며 우리와 반 님도 미래는 아름답다고 믿어 의심치 않았어."

그래도 대관식을 마친 그날, 라수르는 표변했다.

군비 확장, 실험 재개, 그리고 이유를 묻는 반드르에게, 그토록 애정을 쏟던 동생에게 이용했을 뿐이라고 폭로했다. 그러고는 눈물 흘리는 반드르를 비웃으며 지하 감옥으로 돌려보냈다.

그렇게 실험이 재개되어 반드르는 피험자를 데리고 탈옥했고 이 【흑색 대설원】까지 흘러든 것이었다.

그로부터 수년 후. 마수로부터 도망치던 슈네 일족에게 끝이 도래했다.

이 은신처는 당연히 자급자족을 할 여건이 되지 않았다.

반드르가 길들인 마물들이 동물을 사냥해 오고 비룡으로 산에 가면 나물도 얻을 수 있었다. 그러나 생필품이나 조미료 따위는 어찌할 방법이 없었다.

그래서 몰래 가까운 마을에 가서 정기적으로 물건을 사곤 했는데…… 그때 포고령이 떨어진 것을 깨달았다.

일반적으로는 새로운 내정 방침을 전할 뿐인 벽보였다. 그러나 슈네 일족의 눈에는 다른 의미를 전하는 기묘한 벽보였다.

선대 마왕의 인체 실험이 재개됐다. 그리고 반드르가 출두하면 중지할 가능성이 있다. 얼마나 오랜 시간이 걸려도 반드시 찾아내겠다는 내용이었다.

"반 님은 아직 믿고 계신지도 모른다. 라수르 님이 그렇게 해야만 하는 사정이 있었던 게 아닌가 하고."

그래서 일족의 만류를 뿌리치고 반드르는 마왕성으로 돌아갔다.

그리고 라수르를 설득하려고 했다.

옛날과는 다르다. 반드르는 성장했고 강해졌다. 설득에 실패해도 적어도 피험자들은 구출할 수 있다고 생각했다.

하지만 오산이 하나 있었다. 라수르 또한 강해져 있었다. 상상을 아득히 뛰어넘을 정도로…….

아티팩트를 다루는 역량뿐 아니라 단순한 마력량이 비정상적으로 증가했고 마법 기량도 신들렸다는 표현이 어울릴 만큼 늘었다.

"보험은 남겨 뒀다. 버틀럼이라는 보험을. 연락을 하면서 마왕 측이 그대들의 행방과 배후 조직을 밝혀냈다는 사실을 알고 우리도 독자적인 조사에 착수했지."

그렇게 은신처를 찾고 접촉해 반드르 구출과 일족 보호를 부탁하려고 했을 때, 그 키메라 부대가 선수를 치고 말았다.

기나긴 이야기가 끝나고 마가레타는 조금 지쳐서 숨을 후 내쉬었다.

밀레디도 심호흡하고 마음속에서 흘러넘치려 하는 형용하기 힘든 감정을 정리했다.

쥐죽은 듯 고요한 공간에서 곧 밀레디가 입을 열었다.

"알았어. 이야기해줘서 고마워."

그렇게 말하고는ᅳ.

"그래도 마왕은 무지 짜증나는 녀석이었으니까 죽도록 팰 거지만!"

"그, 그래?"

그럼 왜 물었냐는 생각도 들었지만 짜증날 정도로 활짝 웃고 있어 다른 말을 하지 못했다. 마가레타가 기막혀하거나 말거나 밀레디는 콧김을 거칠게 뿜으며 말했다.

"그 여유로운 상판을 고통으로 일그러뜨려주겠어. 누가 더 위인지 몸으로 가르쳐주겠다, 이 말이야! 후하하하!"

악랄하게 웃어젖혔다. 마치 마왕 같았다.

"반드시 돌아오겠다고 약속하기도 했고."

"그랬지. 공간 마법만 막으면 된다고 여겨서 나도 부아가 치밀어."

오스카와 나이즈도 전의에 차 있었다. 특히 새로운 수단을 마련하려고 숙고하는 오스카의 표정은 밀레디에게 밀리지 않을 만큼 마왕 같았다.

"귀여운 동생을 건드렸으면 책임을 물으러 가야지."

등이 오싹해질 만큼 패기에 찬 목소리는 메일이었다. 푸근하게 웃으면서도 눈 깊은 곳에 깃든 강철의 의지가 엿보였다. 그것은 모든 것을 지키고야 말겠다는 수호자의 포부였다.

"그럼 마왕은 밀레디 쪽에게 맡기고, 우리는 구출조겠군."

"그 자식들, 이번에야말로 죽여 버리겠어."

"죽이지 마. 일단은 피해자야. 아무튼 그렇게 됐으니까 오스카 씨, 새로운 아티팩트 부탁합니다."

마셜의 말을 받아 슈슈는 두 주먹을 부딪히며 송곳니를 보였고 토니가 타이르면서도 용맹하게 웃었다.

라이센 지부 면면이 잇달아 일어나며 기백을 드러냈다.

고난이 다 무엇일쏘냐! 우리는 앞만 보고 나아갈 뿐!

해방자들의 사나운 기세에 슈네 일족도 한 사람씩 함성을 질렀고…… 그 뜨거운 열기를 이어 작전 회의에 돌입했다.

해방자들과 일족을, 아니, 이미 구별 없이 함께 가시밭길을 가려는 동료를 마가레타는 젖은 눈망울로 물끄러미 바라봤다.

"왜 그래, 마그?"

"마, 마그? 날 말하는 건가?"

"응. 귀엽지?"

옆으로 온 밀레디가 낯선 호칭을 꺼내자 마가레타가 눈을 동그랗게 떴다. 밀레디는 장난스러운 표정으로 웃고 그녀의 손을 잡았다.

"전사장이 작전 회의에 참가 안 하고 뭐 해! 가자!"

"······그래. 그래야지."

동료들 사이에 낀 마가레타의 표정은 미래가 걸린 싸움을 목전에 뒀다고는 생각하기 어려울 정도로 자연스러웠다. 마치 자신이 바란 미래가 찾아오리라 확신하는 것처럼······.

"이상이 경과보고입니다. ······면목이 없습니다, 폐하."

【이그돌 마왕국】 마왕성 한곳에서 면구스러운 목소리가 울렸다.

날카로운 삼백안을 가진 초로의 마인족― 칼름 트란리트 재상이었다.

지하 실험장 소동 이후 전 영토에 지명수배하고 군대를 동원해 수배자들을 쫓았지만, 3일 전을 마지막으로 완전히 단서가 끊기고 말았다. 오늘로 6일째고 여전히 종적을 알 수 없다는 보고를 회의장에서 끝낸 참이었다.

"응. 뭐, 슈네 일족과 합류했겠지. 정말로 그들의 은신처는 어디에 있는지 모르겠네······."

그다지 심각하지도 않게 웃어넘기는 라수르를 보고 칼름은 마왕의 분노를 사지 않아 안도함과 동시에 반신의 명에 부응하지 못했다며 이를 갈았다.

거기서 당당하게 쓴소리를 하는 이가 있었다.

"폐하. 장난이 조금 지나치셨습니다."

강직하다는 평가가 잘 어울리는 붉은 단발의 거한이었다. 연령은 30대 후반으로 보이며 미간에는 깊은 주름이 잡혀 있었다.

"앙골, 너무 책망하지 마라. 라이센의 공주와 신대 마법 사용자가 두 명이었어. 마음이 들뜨는 것은 인지상정 아닌가?"

"그래서 놓치시지 않으셨습니까."

앙골 미트라이트. 【이그돌 마왕국】 최고 전력인 삼장군 중 한 명이었다. 단순한 『파괴』에 한해 그와 견줄 자는 없었다.

"라수르 님께 불만 있어?"

살기가 부풀어 올랐다. 앙골은 같은 삼장군 중 한 명이자 홍일점— 레스티나 아시온을 불만 가득한 눈으로 바라봤다.

"때로는 폐하께 간언을 올리는 것이 충신 된 도리다. 맹신자는 닥치고 있어라."

"잿더미가 되고 싶어서 환장했네."

"어전이다. 그만두지 못할까."

삼장군 중 최연장자인 노장군— 엘가 인스트가 다그쳤다.

"뭐, 모두 진정해. 반을 빼앗긴 것도 아니고, 어차피 또 올 거야. 그때 확실하게 붙잡으면 돼. 그렇지?"

마왕의 말이었다. 이 이상 이야기하는 것은 불경하다고 생각해서 모두 머리를 숙였다.

하지만 칼름이 도저히 양보할 수 없는 것이 하나 있어 기어코 말했다.

"폐하. 거듭 말씀드리지만, 그 잡종을 애칭으로 부르시지 말아 주십시오."

"선처하마."

그렇게 말하고 선처한 적이 없었다.

라수르도 마인족 우월주의자. 순혈주의인 점에는 다를 바가 없었다. 반드르는 실험 재료, 혹은 편리한 병사 제조기로밖에 보지 않을 것이다.

그런데 왠지 애칭을 고집하니 칼름으로서는 이해가 가지 않았다.

그러나 마왕은 신의 화신. 마인족이 숭배해야 할 대상. 분명히 깊은 뜻이 있으신 게 틀림없다며 물러날 수밖에 없었다.

"보고도 끝났으니까 난 갈게. 너희는 습격에 대비해 둬."

"명 받들겠습니다. 헌데 어디로 가시는지요?"

"내 소중한 동생이 있는 곳."

칼름이 묻자 라수르는 즐겁게 웃으며 방을 나갔다.

다른 곳과는 격리된 비밀 지하 감옥에 규칙적인 발소리가 또각또각 울렸다.

지하 실험장과 비슷한 크기인 그곳은 본래 국가 간 전쟁에서 잡은 적국 중요 인물(가족 포함)을 수용하기 위한 곳이었다.

당연히 여러 감옥이 늘어서 있지만 지금 수감자가 있는 곳은 하나뿐이었다.

그 감옥 앞에서 발소리가 멈춤과 동시에 장소에 어울리지 않는 밝은 목소리가 들렸다.

"안녕, 반. 상태는 어때?"

"……"

말을 건 사람은 마왕 라수르였다. 그리고 감옥 안쪽 벽에 봉인석 사슬로 구속된 자는 반드르였다.

반드르는 몰골이 말이 아니었다. 말 그대로 만신창이. 봉인 상태에서 용화는 비유하자면 가시덩굴에 묶인 아이가 갑자기 어른이 되어 움직이는 꼴이었다. 피해는 심할 수밖에 없었다. 더불어 벌과 도망 방지를 겸해 다리 힘줄까지 자르고 두 팔도 부러뜨렸다.

하지만 그 눈동자에 깃든 힘은 조금도 약해지지 않아 라수르를 꿰뚫을 것만 같았다.

"이런, 몇 명 처형했다고 반성하지는 않나 봐?"

본보기였다. 라수르는 피험자 몇 명을 반드르와 다른 피험자들이 보는 앞에서 처형했다. 자신들을 구하려는 사람이 있다는 희망을 마왕의 공포로 짓누르기 위해…….

"……왜지?"

반드르가 힘없이 말을 흘렸다. 고개를 갸우뚱하는 라수르에게 더 뚜렷하게 캐묻듯 다시 물었다.

"왜 그렇게 됐어? 형님, 당신에게 무슨 일이 있었던 거야?"

라수르는 조금 어리둥절한 표정을 짓더니 곧 희한하게 웃었다.

"아직 나를 믿어? 아니, 현실을 받아들이지 못하는 건가……."

가엾고 사랑스럽다는 눈으로 내려다보며 라수르는 말했다.

"환상이야, 반."

"……."

"대관식 날, 알려줬지? 착하고 상냥하던 네 형은 처음부터 어디에도 없었어. 대체 누가 단순한 실험동물을 가족이라고 생각해?"

형을 존경하는 혼혈 동생…… 그래, 애완동물로는 애착이 생긴다며 비웃었다.

"네가 믿었던 것은 언제나 모두 환상이야."

어머니와 피험자가 함께한 평온한 생활도, 형제의 정도…….

그리고 앞으로 찾아오리라 믿는 미래도…….

"그런 게, 있을 리가 없지."

덤벼들듯, 차갑게 살을 에는 현실에서 도망칠 것 같냐고 으르듯 반드르는 마음을 고무했다. 옛날의 착하고 고결하던 형을 되찾겠다고 말을 쥐어짰다.

"형님. 왜 머리를 그렇게 땋았지?"

"……뭐?"

의표를 찔렸는지 라수르는 처음으로 당황해 시선을 돌렸다. 의식적이었는지 무의식적이었는지 몰라도 그 손이 자신의 한쪽 머리에 있는 묶인 머리로 뻗었다.

"어중간하게 거기만 묶더군……. 마왕에게 어울리지 않는다고, 주위에서 말 안 해?"

"……."

그렇게 말한 반드르의 어깨 위에서 풀리려고 하는 땋은 머리가 흔들렸다. 귀찮고 스스로 어울리지 않는다고 생각하면서도 매일 습관처럼 묶은 그것으로 라수르의 시선이 빨려들듯 돌아갔다.

"형님이 나한테 한 거야. 형님은 왕태자면서 장난을 좋아하고 금방 사람을 놀리고, 사람들을 웃게 하는 것을 좋아하는 사람이었어."

반드르의 땋은 머리는 자는 동안 라수르가 장난을 친 것이었다. 정성스레 철사와 마르면 굳는 기름까지 준비해 단단히 고정해 버렸다.

얼마간 원래대로 돌아오지 않아 반드르도 화가 나서 말을 해주지 않자 라수르는 자기 머리를 똑같이 땋아 「이거 봐, 반. 형이랑 똑같아. 시대를 앞서가는 패션이야. 이제 안 부끄럽지?」라고 능청스레 말했다.

그 후로 그만둘 타이밍을 잃고 형제 모두 『한쪽 땋기』를 계속했다.

당시에는 쑥스러워 말하지 못했지만……

"형님과 나를 잇는 연결고리라고 생각했었어. 형님. 왜 지금도 머리를 땋아?"

"……그랬군."

라수르는 희미한 웃음을 짓고…… 손날로 그 머리를 잘랐다.

형제의 연결고리를 잘라 버리듯이……

눈을 크게 뜬 반드르에게 라수르는 키득키득 웃으며 말했다.

"그냥 습관이야. 설마 이런 걸 보고 희망을 품었었어?"

"형, 님……"

반드르는 이를 갈며 고개 숙였다. 그것을 즐겁게 바라본 후 라수르는 기억났다는 양 그 말을 전했다.

"라이센의 공주는, 또 이곳으로 오겠지."

"……!"

뇌리에 태양의 화신 같은 소녀가 떠올랐다. 반드시 구하겠다고 단언한 소녀의 모습이……

왠지 이유도 없이 믿어 버렸다. 그것도 환상이었는가…….

"정말로 기대되지 않아?"

"뭐가?"

"정의 놀음에 빠진 아가씨에게 세상의 쓴맛을 알려주는 거."

"무슨 짓을 하려고!"

"크크. 반응이 좋은데, 반. 너에게는 또 하나 믿는 게 생겼어. 나에게는 또 그것이 환상이라고 알려줄 재미가 생겼어."

"무슨 짓을 할 거냐고 묻잖아!"

"그럼…… 특별히 힌트를 하나 줄게."

그 올곧은 소녀는 자신이 전쟁의 도화선이 됐다고 알면 어떤 표정을 지을까? 비릿하게 웃는 라수르의 얼굴을 보고 반드르는 확실하게 깨달았다.

너무나도 잔혹했다. 추억 속 다정한 미소를 지은 형의 얼굴이 지워질 정도로…….

마음 한편으로 생각했었다. 분명 무슨 이유가 있다고. 라수르가 변해야만 했던 이유가 있다고…….

해방자의 포기하지 않고 마지막까지 누군가를 구하려고 하는 정신에 용기를 얻어 이번에야말로 형의 진의를 알아내 옛날의 형을 되찾겠다고 마음먹었는데…… 지금 이 추악한 얼굴은…….

확신했다.

"너는, 형님이 아니야."

"그래. 겨우 현실을 보게 됐구나. 반, 축하해."

실컷 즐겼는지 라수르는 돌아섰다. 그리고 돌아보지도 않고 지하 감옥에 울리도록 말했다.

"내일부터 일해야 해. 마물 군단을 만들어. 교회보다 먼저 더스티아 왕국과 전쟁을 할 거야."

"뭐, 설마, 흡혈귀족을—."

"대륙 남부에 다른 종족은 필요 없어. 키메라 재료도 필요하니까 좋은 기회야. ……열심히 해야 할 거야, 반. 네가 소중히 생각하는 사람들의 목숨은 네 태도에 달렸어."

"라수르! 너는 대체 얼마나!"

반드르의 노성이 울렸지만 대답은 돌아오지 않았다.

무거운 문이 닫히는 소리만 울렸다. 마치 미래로 가는 문이 닫힌 것 같다는 느낌이 들었다.

그로부터 얼마나 어둠 속에서 번민했을까.

시간의 흐름도 불확실한 가운데 반드르는 자연스럽게 어머니를 떠올리고 있었다. 원해서 낳은 자식이 아니건만 얼마나 애정을 쏟아줬던가. 추억 속 사슬카는 언제나 온화하고 깨끗한 얼음처럼 맑은 눈빛을 보내줬다.

지하 감옥에서 태어나고 지하 감옥에서 자란 반드르가 자기 처지가 정상이 아니라고 깨닫고 출생의 의미를 알았을 때 딱 한 번 물은 적이 있었다.

─어머니. 밉지 않으세요?

모든 것이. 선대 마왕도 이 환경도. 그리고 반드르도.

자신을 둘러싼 모든 것이 밉고 저주스러워도 이상하지 않은 신세였다.

그러나 그에 대한 사술카의 대답은 이랬다.

─용의 이빨은 자신의 약한 부분을 깨기 위해 있어.

용의 눈은 진실을 꿰뚫는다. 용의 발톱은 악의를 찢어발긴다. 인의를 잊지 않고 이성을 무기로 싸운다.

용인의 가르침이었다.

의젓하게 말하는 어머니의 모습은 지하 감옥에 있으면서도 마치 한 폭의 그림처럼 아름다웠다.

어린 반드르는 이때 『고결』이 무엇인지 이해했다.

그래도 말은 쉬워도 행동은 어려운 법이었다. 선대 마왕의 극악무도한 행패 앞에 반드르는 이성을 잃었다. 그리고 어머니를 잃었다.

지금도 마음에 새겨진 후회의 상처에서 피가 질질 새어 나왔다.

─다른 사람을 위해 살렴. 그들이 너를 위해 살고 싶다고 생각해줄 만큼.

임종의 순간, 어머니가 남긴 말이었다.

"……어머니. 그 말을 지키며 살았다고 생각해."

작은 혼잣말이 자연스럽게 흘러나왔다. 목소리는 약했다. 미아가 된 것처럼 막막한 목소리였다.

"하지만 그런 생각이 들어."

내가 있어서 마물 군단을 만들어 전쟁이 일어났다.

내가 있어서 키메라 같은 희생자가 나왔다.

내가 있어서 또 전쟁이 시작된다.

"나는…… 살아야 할까?"

나만 없어지면 일족은 포기하지 않을까.

인체 실험은 계속할지 몰라도 당분간 하다 보면 어차피 불가능했다며 포기하지 않을까.

"어머니……."

절대로 입 밖으로 내지 않았던 말이 약해진 마음에 떠밀려…… 새어 나왔다.

"나는, 태어나지 말았어야 했어……."

그 순간.

―너, 바보야?

목소리가 들렸다. 그와 함께 빛이 터졌다. 강렬한 태양의 빛이…….

경악하여 말도 나오지 않았다. 눈이 불탈 것 같지만 그래도 눈을 돌릴 수 없는 빛은 반드르가 묶여 있던 벽 바로 옆에서 나고 있었다.

스파크가 발생하며 점차 벽에 구멍이 뚫렸다. 그곳으로 불쑥 나온 것은―.

"아, 안경잡이!"

"왜? 목도리."

안경잡이. 다시 말해 오스카였다. 안경을 올려 쓰면서 「쳇, 그러고 보니 본체는 목도리가 없잖아」라고 불쾌하게 중얼거렸다.

잠깐 넋이 나갔던 반드르는 다급해진 안색으로 따지고 들었다.

"이제 난 됐어! 그보다 동포를 부탁한다! 그리고 바로 도망쳐!"

"함정이라도 있나? 뭐, 있든 없든 상관없지만."

"진지하게 들어!"

"너나 들어."

오스카의 손이 반드르의 멱살을 잡았다.

"다 들렸어. 태어나지 말아야 해?! 그딴 재수 없는 소리 두 번 다시 하지 마! 목도리로 졸라 죽여 버릴 거니까!"

앞뒤가 뒤죽박죽이었다. 그러나 오스카의 눈에 담긴 분노는 진짜였다. 그만큼 자신의 말이 이 남자를 화나게 했다고 생각하자 반드르는 왠지 눈물을 참기 어려웠다.

이상하게 거슬리는 이 녀석 앞에서만은 울 수 없다며 이를 악물고 참았지만…….

"하지만 날 구해 봤자 또 피험자를 모으겠지……. 마왕은 날 놓아줄 생각이 없어. 또 똑같은 일이—"

"그만 좀 꿍얼대. 그리고 이미 늦었어."

"뭐?"

그 순간, 격진이 일었다. 마왕성 전체가 흔들리는 것 같은 충격이었다.

"설마!"

"기억해 둬. 우리 리더는 등장을 중시하는 타입이야."

보나 마나 위에서는 「밀레디 등장!」을 외치고 있을 것이다. 마왕 눈앞에서…….

반드르는 계속 따지려고 했으나 그 전에 거대한 살의가 덮쳐왔다.

"─10식 『성절』."

검은 우산을 펼친 직후 창살을 순식간에 융해하는 화염 창이 직격했다. 오스카를 노린 일격이지만, 여파로 반드르까지 큰 화상을 입었을 공격이었다.

작열하는 열기가 만들어 낸 아지랑이 너머로 사람이 보였다.

"잡종이 짖는 소리는 멀리서도 잘 들리는걸."

오스카라는 들개를 불러들였냐며 비웃는 자는 쌍검을 든 여장군 레스티나였다.

그녀가 손가락을 튕기자 회색 옷들이 우르르 몰려왔다.

그 수가 대충 쉰 명은 될까? 계속해서 또 50여 명의, 이쪽도 정예로 보이는 마인족 병사가 출현해 반드르가 있는 감옥 반쪽을 포위했다.

검은 옷은 안 보였지만 그래도 100대 1. 삼장군 중 한 명까지 있는 상황이었다.

"오스카!"

"괜찮아. 피험자들 쪽에도 구출반이 갔으니까."

눈치가 없는 오스카에게 반드르는 짜증을 느꼈다.

"그런 뜻이 아니야! 나는 구해 봤자 의미가 없어. 얼른 도망쳐!"

오스카도 장식으로 안경을 쓰지는 않았다. 눈치가 나쁠 리 없었다.

반드르의 봉인석 구속구를 손쉽게 풀어 버리고 가슴을 툭툭 쳤다. 그러자 옷에서 버틀럼이 얼굴을 쑥 내밀었다.

반드르가 놀라움과 기쁨에 눈을 크게 뜨는 가운데, 즉시 목도리로 의태한 버틀럼은 쓰러진 반드르를 감아 몸을 지탱했다.

"잠깐 안 보는 사이 겁쟁이가 다 됐군. 됐어. 그러면 입을 다물고 눈 감고 귀를 막아."

"오스카!"

움직이지 못하는 반드르에게 등을 돌리고 감옥을 나가 포위망과 정면으로 대치했다.

"하, 도망치지 않나?"

레스티나가 비웃으며 말했다. 그 시선은 오스카가 들어온 벽으로 가 있었다.

"마왕 쪽은 괜찮아?"

오히려 질문하는 오스카에게 레스티나는 콧방귀를 뀌었다.

"라수르 님의 승리는 이미 증명됐어."

"그래? 그럼 잘 됐네. 마왕을 돌본다고 돌아가면 귀찮으니까."

"입만 살았군. 라수르 님께 쪽도 못 쓰고 당한 주제에……."

오스카는 어깨를 으쓱할 뿐이었다. 검은 우산을 빙글 돌리고 안경을 올려 썼다.

"수준을 알았다고 생각한다면 시험해 봐. 자, 이리 온. 전부

두 번 다시 장난치지 못하도록 혼내줄게."

멋진 웃음을 짓고 중지를 척 들었다. 레스티나와 마인병들의 이마에 핏줄이 불거졌다.

"잿더미로 만들어주마!"

레스티나의 신호가 떨어지고 마인병들이 일제히 마법을 발동했다. 역시 마법에 능한 종족이었다. 대부분 주문이 있으나 마나 한 속도로 화염 창을 날렸다.

총 50개. 게다가 레스티나의 화염 창이 극도로 위험했다. 아무리 봐도 최상급 마법 『창천』의 창 버전이었다. 아니, 오히려 그 열량조차 뛰어넘었는지 거의 투명해졌다.

비유가 아니라 맞으면 정말로 잿더미가 될 파괴력. 아마 『성절』로도 막지 못하리라.

하지만 오스카의 안색에 초조함은 없었다. 공간 전체를 채우는 파괴적 열량이 날아드는 와중 천천히 반지를 빛냈다.

그 직후, 출현한 것은 공중에 뜬 거대한 검은 타워 실드—여섯 개.

"멍청한 놈! 열파에 휘말려서 죽어라!"

레스티나가 승리를 확신한 얼굴이 불길 사이로 보였고…… 그 직후 비명이 터졌다. 마인병들에게서…….

"뭐야, 카운터?! 아니, 그대로 되돌렸어?!"

날아든 마법은 분명히 오스카를 지키는 부유 방패 **세 개**에 직격했다. 하지만 그 순간, 위쪽에 설치된 나머지 방패 세 개에서 직격했을 화염 창이 일제히 튀어나와 마인병들을 덮쳤다.

─신 아티팩트 검은 방패.

방패 자체의 강도도 강도지만 표면에 게이트 기능이 부여되어 공격을 받으면 짝을 이룬 방패로 방출하는 최강의 방어력을 가진 부유 방패였다. 물량 공세를 펴는 상대에게 방어와 반격을 동시에 하는 것을 콘셉트로 슈네 은신처에 있는 동안 개발한 물건이었다.

"맞췄어. 그대로 열파에 휘말려서 죽으면 되겠네."

오스카의 태평한 소리가 들렸다.

여파에서 몸을 지키기 위해서인지 검은 우산을 내밀고 『성절』의 빛으로 몸을 감싸고 있었다.

그 우아하기까지 한 태도, 그리고 순식간에 정예 부하를 40퍼센트나 잃은 것이 레스티나의 자존심을 긁어 놓았다.

격앙. 그것을 보여주듯 레스티나 본인이 작열하는 붉은빛으로 물들어 갔다.

"……고유 마법인가?"

"─『적열화』. 오스카 오르크스. 네놈은 뼈도 남기지 않겠다!"

쌍검을 뽑아 든 레스티나가 무서운 속도로 파고들었다.

그 몸은 선언대로 옷까지 태우고 붉게 변해 있었다. 마치 마그마가 사람의 형상을 취한 것 같았다. 그녀의 쌍검만은 아티팩트인지 적열화 상태에서도 녹지 않고 고열 칼날이 되어 있었다.

빠르게 접근하는 레스티나와 함께 비정상적인 신체 강화를 한 회색 옷들이 모습이 흐릿해지는 속도로 산개, 전방위에서 오스카의 목숨을 거두고자 접근한다. 그래서…….

—검은 장갑, 전방위 초극세 금속 실 결계.

눈 깜짝할 사이에 뒤쪽과 측면으로 돌아가 기습하려던 회색 옷들이 일제히 피를 뿜었다.

원인은 눈에 힘을 주지 않으면 보이지 않을 만큼 가늘게 개량한 금속 실이었다.

기존의 눈에 보이는 금속 실을 병용해 진로가 유도된 회색 옷들은 다리가 깔끔하게 잘려 나갔다.

고통을 느끼지 않고 아무리 우수한 회복력을 가졌어도 다리가 없으면 움직일 수 없다. 그곳으로 『작은 마검 전뢰식』이 꽂히면 전류 구속이 완성된다. 그 후에는 그들의 회복력이 알아서 지혈해준다. 일이 모두 끝나면 메일의 재생 마법으로 복원할 예정이니까 지금 오스카에게 망설임은 없었다.

초인병들이 허무하게 무력화되어 마인병 사이에 동요가 퍼졌다.

"이따위 것!"

물론 그런 금속 실도 적열화한 레스티나에게는 아무런 방해도 되지 못했다. 금속 실을 자기 몸으로 융해하며 모든 것을 녹여서 절단하는 쌍검을 오스카에게 휘두르고—.

"음?!"

늘어난 검은 코트 자락 두 가닥이 쌍검을 단단히 감았다. 녹기는커녕 불타지도 않고 희미한 빛을 내며 검을 막고 있었다.

—검은 코트 신기능 금강.

슈네 은신처에 있는 동안 마셜에게 협력받아 부가한 신기능이었다.

"뜨거운데. 이대로 포옹은 사양할게."

놀라서 눈이 커진 레스티나 앞으로 검은 장갑의 손바닥이 보였다. 닿지 않을 거리지만 곧 레스티나는 시야가 검게 물들었다고 자각했다.

"크윽?!"

아니, 의식이 한순간 끊겼다. 그것을 공중으로 날아가면서 이해했다.

바닥에 추락하자 흔들리는 시야 안에서 오스카를 노려봤다.

"이 자식, 그 힘은!"

—검은 장갑 신기능 마충파.

"우리 쪽에도 마력을 충격으로 변환하는 사람이 있거든. 편리하니까 흉내 내 봤어."

같은 명칭을 쓰려다가 『거절』당했지만……. 쓴웃음을 지으며 그렇게 말한 오스카에게 태세를 재정비한 마인병들이 일제히 마법을 발사했다. 각 속성 포탄이나 창이 쇄도하는 광경은 흡사 쏟아지는 호우 같았다.

"성가시네. 조용히 있어 줄래?"

오스카는 검은 방패로 막고 보물고를 한 번 더 빛냈다.

땅이 쿵 울리며 출현한 그것을 보고 모든 이가 전율했다.

그것은 골렘이었다. 칼을 장비한 4미터 크기의 검은 기사 골렘이었다. 분명히 그럴 것이다. 하지만 엄청난 속도로 돌진하는 괴이한 형상 앞에서 마인병들은 그저 이렇게 생각했다.

"괴, 괴물!"

염탄, 풍탄, 암탄, 빙탄이 일점사로 맹사됐다. 그것들이 모두 **팔 스무 개**에 들린 검에 분쇄당했다. 그 직후 마인병들이 포물선을 그리고 날아갔다. 대열로 파고든 골렘이 회전하며 **백 개의 팔**을 뻗어 칼날 옆면으로 쳐서 날려 버렸다.

―검은 기사 백수전귀(百手戰鬼).

머리 전체를 감추는 아멧 투구는 악귀의 얼굴. 등에는 커다란 고리가 달렸고 그곳으로 자유롭게 늘어나는 백 개의 팔이 뻗어 있었다. 너무나도 기이하고 기묘한 모습은 골렘이 기존의 형태에 머무를 필요가 없다는 오스카의 유연한 발상에서 태어난 작품이었다. 그야말로 전쟁의 악귀로 화한 검은 기사였다. 그 백 개의 팔이 든 칼은 모두 마검이었다.

"키메라 외의 병사도 가급적 죽이진 않을게. 전력이 격감해 허를 찔러 교회가 전쟁을 일으키면 많은 백성이 희생할 테니까."

"내, 내가 우스워어어어어!"

레스티나가 격앙하든 말든 아랑곳하지 않았다.

뒤로 돌아간 회색 옷의 팔을 마치 보고 있는 것처럼 쉽게 피하고 2식 『충벽』을 발동하며 풀스윙으로 때렸다.

끔찍한 소리를 내고 하반신이 뭉개진 회색 옷이 장난감처럼 날아갔다.

겨우 흔들리는 시야가 회복된 레스티나가 다시 육박해 왔지만 그곳을 다른 검은 기사 두 기가 막아섰다.

"그 고유 마법, 아주 강력하지만, 언제까지 버티지?"

전신을 적열화하는 고유 마법이라면 마력이 그렇게 오래 버틸 것 같지 않았다. 그렇다면 검은 기사에게 적당히 방해하도록 하면 충분했다.

"크, 이놈, 나와 싸워라!"

"사양할게. 지나치게 정열적인 여성은 거북해서."

백수전귀의 제어에 사고 대부분을 할당해 검은 기사의 움직임은 정밀함이 부족했다. 그러나 조바심이 난 상대 한 명, 그것도 공격을 그냥 막고 버틸 뿐이라면 불가능하지 않았다.

이제는 레스티나에게는 눈길도 주지 않고 덤벼드는 회색 옷과 백수전귀에게서 도망친 마인병들을 확실하게 처리해 나갔다.

오스카에게는 밀레디나 나이즈 같은 폭발적인 힘은 없었다. 그러나 동료가 『흉악하다』고 칭하는 이유 중 하나는 이것—대응력에 있었다. 어려워하는 분야가 없어 그에게 한 번이라도 능력을 보이면 대응책을 만들어 버린다.

"반드르."

"윽, 오스카."

이 정도였나……. 믿어지지 않아 할 말을 잃었던 반드르는 오스카가 부르는 소리에 정신을 차렸다.

"저번 실패를 변명하지는 않겠어. 네 절망은 네 부탁을 들어주지 못한 우리에게도 책임이 있어."

『작은 마검』 탄막으로 회색 옷 일부를 견제하며, 빠져나온 두 명의 전후 동시 공격을 이번에도 다 보고 있는 것처럼 최소한의 동작만으로 피해 도약했다.

아래로 『큰 마검 폭렬식』을 떨어뜨려 날려 버리고 그 폭풍에 숨어 연쇄와 극세 금속 실을 사방으로 날렸다. 붙잡은 회색 옷의 다리를 절단, 그리고 곧바로 연쇄로 전격, 의식을 빼앗아 다른 적에게 던진다.

착지와 동시에 검은 우산 천을 해방했다. 풀린 금속 실이 전방위로 거미줄처럼 퍼진 순간, 9식 『천작』 출력 한정 해방 『뇌광』이 발동했다. 번개 결계에 뛰어든 회색 옷이 한꺼번에 의식을 잃었고 다가왔던 마인병의 마법이 소멸했다.

그 번갯불 속에서 오스카는 외쳤다.

"더는 못 싸운다, 이제는 지쳤다. 그럼 그래도 돼!"

번개를 두른 회색 옷이 돌진했다. 전격을 무효화할 생각 같았다.

날카로운 손톱이 난 손이 번개처럼 휘둘러졌다. 우산 천을 회수하면서 숙여서 회피, 동시에 검은 장갑을 상대의 발에 대고 『마충파』를 발동해 박살 냈다.

넘어지는 그 목에 검은 우산 손잡이를 걸어 던졌다.

"그래도 자기 목숨만은, 포기하면 안 돼!"

거대한 푸른 불덩이가 지하 감옥 전체를 비췄다. 레스티나가 자신에게 쏜 것이었다. 적열화로 『창천』을 버티고 검은 기사를 날려 버렸다.

그 폭풍에 오스카는 자기도 모르게 휘청거렸고 그 틈을 놓치지 않고 회색 옷의 단검이 오스카의 다리에 꽂혔다. 거의 동시에 측면에서 주먹이 옆구리를 파고들었다.

"크, 반드르! 이 세상에, 자기만의 목숨은 없어! 다른 사람을 위한 목숨을, 네 마음대로 버리지 마!"

태어나지 않는 게 나았다는 것은 이 세상에서 가장 슬픈 말이다. 싸움 중에 정신을 팔면 안 된다고 알면서도 오스카는 참지 못했다.

검은 장갑의 『마충파』로 밀착한 두 명을 날려 버리고 레스티나가 휘두른 적열화 쌍검을 검은 우산으로 막았다.

화상을 입은 오스카를 보고 싸움에 집중하라고 생각하면서도……

―다른 사람을 위해 살렴.

왠지 어머니의 말이 떠올라 자기도 모르게 대답하고 있었다.

"네가 뭘 안다고!"

"모르지. 너는 네 얘기를 하지 않으니까! 그러니까 반드시―"

"이 자식들, 나를 무시하지 마!"

검은 우산 3식 『창수』. 검은 우산에서 물 폭탄처럼 쏟아져 나온 물이 레스티나에게 직격해 어마어마한 수증기를 내뿜었다. 무심코 위축되어 한 발 물러난 레스티나에게 부유 방패 여섯 개를 던졌다. 단순한 물리 충격을 받고 날아가는 레스티나에게는 눈길도 주지 않은 오스카는 고함쳤다.

"죽지 마! 살아! 살아 있어 주지 않으면 앞으로 알아갈 수도 없잖아!"

회색 옷이 오스카를 포위했다. 그리고 『성절』 최대 전개로 방어 태세를 취하며 마인병 무력화를 완료한 검은 기사 백수전귀에게 명령했다. 자신을 미끼로 주위 회색 옷에게 손에 든 마검을 일제히 투척시켰다.

총 100개의 마검이 탄막이 되어 악몽처럼 날아들었다.

"잊지 마! 너는 많은 것을 구했어! 내 동료도, 소중한 가족도! 분명히 네가 구했어!"

각각의 효과가 발동했다. 폭풍, 열파, 전격, 빙결, 석화 태풍이 오스카와 회색 옷들을 모조리 휩쌌다.

폭염과 섬광이 공간을 유린해 오스카와 회색 옷들의 모습을 감췄다.

하지만 그것도 불과 몇 초의 일.

폭풍이 걷힌 그곳에는 오스카만 서 있었다.

제아무리 오스카라도 전부 막지는 못했는지 여기저기 상처를 입었고 조금 숨이 거칠었다.

100개의 마검 투척을 완벽하게 제어해 회색 옷들은 한 사람도 남김없이 쓰러졌으나 목숨을 잃은 자는 아무도 없어 보였다.

지켜야 할 것을 지킨다. 약속을 절대로 깨지 않는다.

강했다. 그 모습은 눈부실 정도로 강했다.

"그래서 나는 널 반드시 구할 거야."

―그들이 너를 위해 살고 싶다고 생각해줄 만큼.

또다. 어머니의 말이 마음 깊은 곳에서 흘러넘쳤다. 열 받는 놈인데 당당하던 어머니의 모습이 겹쳤다.

"반드르. 그러니까 닥치고 구출돼."

말도 없었다. 감정이 흘러넘칠 것 같아 무슨 말을 해야 할지 몰랐다.

그 대신―.

"……마무리가 허술하군."

"으아아아아아아아악!"

오스카 뒤에서 비명이 들렸다. 돌아보자 그곳에는 얼음에 뒤덮여 가는 레스티나가 있었다.

반드르가 발동한 얼음 속성 최상급 마법 『빙옥』이었다. 얼음 용인을 이어받아 얼음 속성 마법에 누구보다 높은 적성을 가진 그의 마법에는 설령 상반된 속성이라도 약해진 적열화로는 대항할 수 없었다.

이윽고 적열화가 풀리고 실오라기 하나 걸치지 않은 레스티나를 가둔 얼음 봉인이 완성됐다. 얼음 속에 갇힌 미녀였다.

오스카는 시선을 돌렸다.

"취향 참 고상한데?"

"빈정거리는 실력도 형편없군. 멍청한 안경잡이."

어깨를 으쓱한 오스카는 반드르 옆에 앉았다.

두 사람은 함께 벽에 등을 기대고 숨을 돌렸다.

오스카는 검은 우산을 활짝 펴고 11식 『성광』을 발동했다. 치유의 빛이 샤워처럼 두 사람에게 쏟아졌다.

"남자랑 한 우산을 쓰는 건 무슨 고문이지? 이거 봐, 소름 돋은 거 안 보여?"

"나도 싫어. 효율을 생각해서 어쩔 수 없이 하는 거지. 투정도 상황 가려서 부리면 안 될까?"

"네가 다쳐 봤자 얼마나 다쳤다고."

"겁쟁이라고 생각했더니 갑자기 큰소리네. 회복 마법은 필요 없나 보지?"

"쳇. 어이, 이쪽 어깨가 안 들어가잖아. 더 기울여."

"부탁드립니다, 오스카 씨, 라고 해야지?"

"뭐, 인마?"

"어쩌라고."

두 사람은 치유의 빛으로 사이좋게 반짝반짝 빛나면서 마피아도 꽁무니를 뺄 것 같은 눈빛으로 서로를 노려봤다.

시간이 조금 지나고 무의미한 싸움이라고 깨달은 두 사람은 함께 혀를 차며 시선을 돌렸다.

"……동포는 문제없겠지?"

"라이센 지부 사람들과 네 가족들이 구출하러 갔어. 비룡으로 탈출할 거야."

"그 녀석들이……."

"그리고 돌아가면 사과해. 널 구해 달라고 머리를 조아리고 부탁했어."

"……그랬나."

위층에서 쾅쾅 울리는 소음이 점점 소란스럽게 변해 갔다. 위쪽에서도 상당히 격전이 벌어지는 모양이었다. 천장에서 후드득 떨어지는 먼지를 보면서 반드르가 말을 꺼냈다.

"너한테."

"응?"

"겁쟁이에 멍청이라고 무시당한 채 물러설 바에야 죽는 게 나아."

"……그래서?"

"싸우겠다. 세계를 위해서가 아니야. 밀레디가 말하는 변혁에는 관심도 없어. 어차피 어떤 세계든 불합리한 일은 불합리하지."

반드르는 아무 말 하지 않고 듣는 오스카를 돌아보고 선언하듯 의지를 표명했다.

"하지만 너희를 위해서라면, 그 무엇과도 싸워주마. 울며 춤추면서 기뻐하도록."

"……흥. 발목이나 잡지 않게 잘 해 봐."

반드르는 두고 보라며 눈을 감았다.

오스카도 눈을 감고 회복에 집중했다.

두 사람의 입가는 서로 닮은 곡선을 그리고 있었다.

시간을 조금 거슬러 오른다.

라수르가 지하 감옥에서 돌아오고 얼마 후 그는 옥좌에 앉아 있었다.

업무였다. 백성 중에서도 유력자의 알현 신청을 받아주고 있었다.

일반적으로 백성이 라수르에게 가진 인식은 치세의 왕이었다. 선대 마왕이 전쟁을 최우선시했기에 내정에 힘을 쏟는 방침으로 전환한 것이라고 생각했다.

다른 종족 배제, 마인족 번영은 국민의 비원이기도 했다.

그러나 인간족에 비해 인구수가 60퍼센트밖에 안 되는 마인족은 백성 개개인이 마법에 능한 전사가 될 수 있어 유사시 국민 총동원이 가능했다. 즉, 직업 군인이 아닌 사람은 본업이 정지되므로 보상을 받는다고 해도 뒷수습이 어려운 점에는 변함이 없었다.

물론 마왕 폐하의 명령이라면 생활을 넘어 목숨까지 주저 없이 던져 버릴 각오가 있으나, 그건 그거고 이건 이거였다.

윤택한 생활로 이끌어주는 라수르를 선대와는 다른 의미로 경애하는 백성은 많았다. 이렇게 백성의 알현 신청에 응해주는 것도 선대에는 없었던 일이라서 라수르 숭배에 힘을 실어주고 있었다.

'그런 내가 전쟁을 한다는 건 그럴 수밖에 없는 이유가 있기 때문. 평화를 사랑하는 마왕이 전쟁을 하게 만들다니, 타국의 야만스러움과 잔인함을 보아라…… 대충 이렇게 되려나?'

라수르는 뚱뚱하게 살찐 대상인이 바닥에 엎드려 아뢰는 모습을 바라보면서 그런 생각을 했다.

선대 마왕의 『패도』도 아주 좋았다.

하지만 똑같으면 재미가 없다. 그럼 나는 『정의』로 가자. 타종족의 야만스러움을 한탄하는 비극의 종족을 인도하고 지키고 적을 타도하는 『마인족의 영웅왕』이 되자.

'큰 맥락은 신의 뜻대로. 내 애드리브는 그분 마음에 들 수 있을까?'

라수르는 하늘을 우러러보며 황홀한 표정을 지어 보였다.

동시에 노이즈가 발생한 기분이 들었다.

'음? 기분 탓인가?'

왠지 자꾸만 잘라 버린 머리가 신경 쓰였다. 지하 감옥에서 돌아와 뭉텅하게 잘린 왕의 머리를 보고 비명을 지르는 진귀한 사건 끝에 빠르게 정돈된 그곳이…….

—형님. 왜 지금도 머리를 땋아?

'……신경 쓸 일은 아니지.'

대충 머리를 털고 속으로 혼잣말하는 라수르에게 당혹스러운 목소리가 들려왔다.

"폐, 폐하? 제가, 무슨 실수라도……?"

대상인이 식은땀을 흘리면서 낯빛을 살피고 있었다. 칼름 재상과 호위로 대기하는 삼장군 앙골과 엘가도 의아하게 바라봤다.

너무 딴생각에 빠졌었나 보다. 라수르는 아차 하며 웃었다.

그리고 아무것도 아니라고 말하려는데—.

"알현 중에 죄송합니다!"

"무슨 일이냐!"

병사가 다급한 표정으로 뛰어 들어왔다. 엘가의 물음에 병사는 목청을 키웠다.

"지하 가옥에 마력 반응! 습격—."

습격입니다. 라고 말하려고 했겠지만 그 말을 자르고 목소리가 끼어들었다.

—밀~레~디~~~.

사람들이 「어?」, 「응?」, 「이건……」이라고 당혹감을 보인 다음 순간—

"임팩트ㅇㅇㅇㅇㅇㅇㅇㅇㅇ!"

알현실 천장이 굉음과 함께 붕괴했다.

"폐하!"

엘가와 앙골이 라수르 앞으로 몸을 던졌다. 그곳으로 천장 잔해가 부자연스러운 궤도를 그리며 쇄도했다. 장군 두 명이 신속, 정확하게 잔해를 튕겨 냈다. 그와 동시에 꽥 하고 개구리가 짜부라지는 듯한 소리가 들렸다.

자욱하게 날리는 먼지가 바람을 타고 걷혔다.

그러자 모습을 드러내는 소녀 한 명.

"초절정 천재 미소녀 마법사!"

절도 있게 옆으로 피스. 윙크를 잊지 않고! 한쪽 다리를 귀엽게 휙 들어서!

"밀레디 라이센 등! 장!"

완벽한 밀레디 포즈!

무의미한 후광이 번쩍 빛났다. 일부러 빛 속성 마법으로 연출했나 보다.

"네, 네 이놈. 여기가 어디인 줄 알고 행패를!"

충격으로 엉덩방아를 찧은 칼름 재상이 고함쳤다. 신성한 장소인 알현실을 난데없이 파괴하고 서비스로 라수르에게 잔해를 던졌기 때문이 틀림없었다. 밀레디 포즈 때문에 현재진행형으로 등을 밝힌 채 눈알을 뒤집고 기절한 대상인 때문은 아닐 것이다.

그런 밀레디 옆에 메일과 나이즈가 내려왔다. 그리고 몰래 밀레디에게 귀띔했다.

『미안해, 밀레디. 못 뺏었어.』

『나도 실패다. 역시 마왕 본인에게 공간 간섭은 쓸 수 없군.』

사실 잔해 뒤에서 물 채찍과 게이트를 써서 라수르에게서 중력, 공간 마법 대책 아티팩트를 빼앗으려고 했지만 허무하게 튕겨 나갔다.

『뭐, 어쩔 수 없지. 밑져야 본전이었으니까 괜찮아.』

그렇게 소곤거린 직후, 짝짝 박수 소리가 울렸다.

"야아, 훌륭해. 역시 라이센의 공주야. 멋진 등장이었어."

"어? 너무 귀여워서 반했다고? 어떡해, 솔직하기도 하지! 하지만 미안! 비위 상하게 생겼으니까 포기해! 푸풉——!"

라수르의 웃음이 조금 사라졌다.

그 앞에서 앙골은 엘가를 돌아봤다. 그 눈이 입보다 유창하게 「저게 진짜로 라이센이냐? 그 라이센이라고?」라며 진위 의혹을 제기하고 있었다.

"흠, 그쪽 아가씨는 처음 만나지? 오스카 오르크스 대신 왔어?"

"귀여운 동생이 신세를 졌어. 언니가 책임을 물으러 왔어."

싱글싱글, 포근포근. 하지만 눈동자에는 전혀 웃음기가 없었다. 분노와 사디스트의 불꽃이 이글이글 타오르고 있었다.

"그거 무서운데. 무서우니까 조국을 위해 간악무도한 습격자를 타도해야겠어."

라수르 뒤쪽이 일렁거렸다. 위장을 해제한 검은 옷 두 명이 모습을 드러냈다.

동시에 라수르의 반지가 빛났다. 밀레디를 약화했던 아티팩트였다.

"아으으."

"그래그래, 고쳐줄게~."

심한 권태감이 밀려온 밀레디에게 즉석에서 아침놀 빛이 쏟아졌다.

"밀레디 부활!"

"아아, 그러고 보니 보고서에 재생 마법 사용자가 있었지."

"헤헹, 이제 그건 안 통해! 이것도 있으니까!"

밀레디가 보여준 것은 목걸이였다. 그곳에는 보물고와는 다른 반지가 걸려 있었다.

─아티팩트 회귀 반지.

1초마다 1초 전 상태로 돌리는 재생 마법 『각영』을 부가한 반지였다. 물론 직접 쓰는 마법만큼 힘은 없어 10초마다 몸 상태를 회복하는 정도의 효과밖에 없지만…… 쇠약 효과를 계속 걸어도 더는 문제가 없었다.

"흠? 대책을 세웠나……. 그럼 정면으로 찍어 눌러 복종시켜주지."

"할 수 있을까?"

라수르가 마검 이그니스를 뽑았다. 거기에 맞춰 검은 옷 두 명과 장군 두 명이 자세를 잡았다. 이어서 칼름 재상이 물러나 마법 주문을 외기 시작했고 입구에서는 근위병이 몰려왔다.

그러나 넓은 알현실에서 포위된 밀레디는 그들을 둘러보지도 않고 그저 투명한 눈빛을 라수르에게 쏟았다.

"나는 네 진실을 몰라."

"……?"

"하지만 나는 지금 눈앞에 있는 네가 진실이 아니라고 믿어."

이게 전부라고는 믿지 않았다. 반드르의, 동료가 되어줄 사람의 따스한 추억이 모두 환상이라고는 믿지 않았다. 왜냐하면―.

"반이 그렇게 믿으니까."

"……본인은 이미 인정했는데? 믿었던 게 환상이었다고."

"그럼 확인해 봐야지."

동료가 흔들릴 때일수록 리더는 흔들리지 않는다.

밀레디가 라수르를 손가락으로 가리켰다.

"각오해, 마왕. 기만에는 진실을, 패악에는 단죄를."

어떤 이유가 있어서 변했는가. 거기에 어떤 마음이 있었는가.

밀레디 라이센은 그것을 알고 싶었다. 그 소중한 것을 놓치고 싶지 않았다.

그러나 어떤 이유가 있어도 상처 입지 말았어야 할 사람이 상처 입은 것도 사실이었다.

"밀레디 라이센이 고한다."

엘가와 앙골의 어깨에 무심결에 힘이 들어갔다. 그것이 라이센 일족이 진심을 다하겠다는 선언임을 알기에⋯⋯.

그래도 옛날과는 다른 점이 하나 있었으니―.

"너 맞고 나서 울지나 마!"

마지막만 대담하게 씩 웃으며 그렇게 선언했다.

처형이라는 개념이 인간의 형태를 했다는 소리를 듣던 일족의 마지막 공주는 역사를 뒤집어 버릴 정도로 짜증나게 인간다운 선전포고를 했다.

"헛소리를!"

시작은 앙골이었다. 그는 가시 달린 사람 머리 크기의 쇠공을 꺼냈다. 쇠사슬에 이어진 그것― 플레일이 대포알처럼 날아왔다.

그것을 밀레디가 중력 마법으로 땅에 박았다. 플레일이 바닥에 닿은 순간, 있을 수 없는 규모로 바닥이 깨졌다. 앙골의 고유 마법 『격쇄』의 효과였다. 접촉 대상을 진동 분쇄하는 능력이었다.

비산하는 바닥 파편 사이로 검은 옷 두 명이 달려왔다. 또 처음부터 『한계 돌파』를 사용했는지 그 속도는 흐릿하게 보일 정도였다. 밀레디와 나이즈에게 달라붙어 다시 신대 마법을 봉인할 속셈이었다.

하지만 그 순간 밀레디와 나이즈, 메일의 발아래로 게이트가 열렸다.

쑥 떨어진 세 사람 머리 위로 검은 옷의 암살검과 건틀릿이 지나갔다.

그 찰나, 세 사람이 저마다 다른 위치에 출현했다.

건틀릿 검은 옷이 밀레디를, 암살검 검은 옷이 나이즈를 표적으로 삼았다.

"쫓아오지 못하면 의미가 없지."

암살검 검은 옷이 다시 한 줄기 그림자가 되어 접근하지만, 전이. 또 전이, 전이, 전이전이전이전이전이전이!

다리로 이동하길 아예 포기하고 10미터 전후를 고속 연속 전이하는 나이즈에게 암살검 검은 옷은 쫓아오지 못하고 농락당했다.

"에잇, 뭣들 하는 거냐!"

엘가가 노성을 지르며 앞으로 나왔다. 그 순간―.

"흐음?!"

"감이 좋군."

등 뒤로 전이해 온 나이즈의 곡검이 엘가의 정수리를 내리찍었다. 순간적으로 들어 올린 전투 도끼가 가까스로 막고 있었다. 하지만 힘 싸움은 잠시뿐, 바로 보물고에서 꺼낸 두 번째 곡검이 나이즈의 왼손에 잡히고 엘가의 등을 횡으로 베었다.

엘가가 고통의 신음을 흘리며 몸을 굴려 거리를 뒀다. 그곳에 도착한 암살검 검은 옷이 뛰어들었지만…… 역시나 방해 범위에 들어가기 전에 전이로 이동했다.

이번에는 근위병들 정중앙으로 전이해 공간 진동으로 그들을 일축했다.

조금 떨어진 곳에서는 건틀릿 검은 옷이 밀레디에게 육박했다.

"누나를 무시하면 싫어."

바로 옆에 메일이 나타났다. 휘두른 커틀러스를 검은 옷은 보지도 않고 몸을 틀어 피했으나…… 그 순간 콰르르 소리를 내며 물이 터져 나왔다. 지근거리에서 생긴 격류에 검은 옷은 차마 반응하지 못하고 휩쓸렸다.

칼름 재상의 특대형 뇌격이 메일을 덮쳤지만―.

"어떻게?!"

"어머, 몰랐어? 티 없이 맑은 물은 전기가 안 통해."

계속해서 쏟아진 물줄기가 아치를 만들었다. 실내인데 대량의 물이 마치 생물처럼 공중 회랑을 만들고 그 안을 헤엄쳐이동하는 특이한 전법.

―메일류 영역 창조, 공중 해랑(海廊)

바다가 없으면 무능하다는 말을 듣지 않으려고 은신처에 있는 동안 열심히 순수한 물을 만들어 보물고에 채워 넣어서, 육지에서도 바다와 다를 바 없는 전투가 가능하도록 메일 누님이 노력한 것이다! 왜냐면 동생이 초롱초롱한 존경의 눈으로 봐줬으면 하니까!

"그렇다면 물과 함께 증발시켜주마!"

칼름 재상의 머리 위에 거대한 불덩이가 출현해 메일에게날아왔지만…… 물속에 열린 게이트가 순식간에 메일을 없애고 다른 물줄기 위에 출현시켰다. 아무도 없는 물을 꿰뚫은

염탄은 대량의 고열 수증기를 만들어 냈다. 그리고 수증기라면 메일의 영역.

찰나의 순간 제어한 고열 수증기로 다시 밀레디에게 육박하던 건틀릿 검은 옷을 감쌌다.

통각에 당황하지는 않아도 전신 화상은 움직임을 늦춘다.

밀레디가 칼름 재상, 엘가, 앙골, 근위병들에게 중력탄을 쏠 시간은 충분했다. 파성퇴로 맞은 것 같은 충격에 그들이 날아가는 가운데—

"공주는 내 상대가 되어주실까."

라수르가 부츠의 기능으로 고속 이동해 밀레디에게 급속도로 다가와 달인급 검술을 선보였다.

"비위 상한다고 말했는데~?"

그런 신경 긁는 소리를 하면서 밀레디는 뒤쪽으로 쓰러졌다. 머리 위를 지나치는 핏빛 검을 바라보며 그곳에 전개했던 게이트로 사라졌다. 다음으로 밀레디가 출현한 곳은 앙골의 배후였다.

"호잇."

"우오오!"

초중력에 눌린 앙골이 단단한 돌바닥에 박혀 들어갔다. 얼른 신체 강화를 걸어 버티고 벌레처럼 짓눌리는 결과만을 피한 것은 과연 장군다운 기량이었다.

"무시하면 섭섭해!"

라수르가 돌아왔으나 그 몸이 닿기 전에 이번에도 밀레디는 바로 옆에 전개된 게이트로 뛰어들어 사라졌다.

대신 대량의 물이 라수르와 다친 몸을 떨며 일어난 앙골을 덮쳤다. 바로 좌우로 나뉘어 회피한 두 사람 사이에 검게 소용돌이치는 별이 출현했다.

앙골은 긴장했지만 라수르는 여유로운 표정…… 그러나 곧바로 사라졌다.

방금 격류가 중력 구체에 스스로 뛰어든 것이었다. 그러는가 싶더니 다음 순간에는―.

"크악!"

"윽."

가느다란 물줄기가 몇 줄기 궤적을 낳았다.

그 위력은 대단해 벽이나 천장을 가른 것은 물론이고 앙골과 이제 막 달려온 건틀릿 검은 옷을 한순간에 피투성이로 만들었다.

라수르의 아티팩트인 귀걸이가 자동 장벽을 전개, 하지만 이쪽도 순식간에 붕괴의 위기에 내몰렸다.

―밀레디과 메일의 합체기, 유사 신수 브레스.

메일의 격류를 중력 마법『절화』가 초압축해 쏘는 기술이었다. 정성 들여 격류에는 부서진 칼 파편이 대량으로 들어가『물날 채찍』의 효과도 함께 가졌다.

라수르는 자동 장벽을 대신해 스스로 장벽을 펼쳤지만―.

"특대 천뢰창』."

번개 속성 최상급 공격 마법『천작』을 세 발 압축하고 창 형태로 만들어 관통력을 높인 밀레디의 오리지널 마법이 작렬했다.

마왕의 장벽이 잠깐의 힘 싸움 끝에 균열이 일었다.

"역시 라이센의 공주—."

"『특대 창천창』."

불 속성 최상급 공격 마법『창천』을 세 발 압축한 푸른 섬멸의 창이 지체 없이 강습했다.

라수르는 눈을 가늘게 뜨고 장벽을 강화했다. 계속해서 그림자를 조종하는 아티팩트—『무영(無影)의 반지』로 그림자를 묶어 장벽에 감아 방어력을 끌어올렸다.

공성 병기에 직격하고도 버틸 방어건만 그게 뭐 어쨌냐는 듯이—

"『집속 카무이』."

빛 속성 최상급 공격 마법『카무이(神威)』. 신의 이름을 가진, 기사단장급으로 뽑힌 자만이 사용할 수 있는 그것을 질색하면서도 어려움 없이 발동했다.

창궁색 스파크를 쏘는 섬광이 빛으로 그림자를 지우는 듯 그림자 방벽과 함께 라수르의 장벽에 균열을 만들었다.

"폐하!"

"네 이놈!"

메일의 공중 해랑에 농락당하던 칼름 재상, 엘가, 앙골이 눈을 부릅뜨고 격앙했다. 회복한 건틀릿 검은 옷이 밀레디를 막고자 달려갔다. 그리고 나이즈를 쫓던 암살검 검은 옷과 근위병들도 표적을 밀레디로 변경했고……

그런 그들을 **전방위에서** 유사 신수 브레스가 덮쳤다.

"큭, 전이의 힘인가!"

"성가시군."

유사 신수 브레스를 쏘는 『절화』 주위에 무수한 게이트가 열려 있었다. 짝을 이룬 게이트가 천장 근처에 별처럼 떠 있었다. 아니, 천장만이 아니었다. 지금은 알현실을 종횡무진 흐르는 대량의 격류 속에도 작은 게이트가 무수히 숨어 있었다.

그곳에서 전이한 유사 신수 브레스가 방 전체를 누비는 상태였다.

나이즈가 들어간 콤비네이션— 공간 도약 다각도 공격이었다.

"여자다! 우선 메일 메르지네를 집중 공격해!"

엘가의 호령이 떨어졌다. 모두 다른 사람을 쫓으니까 농락당한다. 그렇다면 두 사람이 지키는 밀레디보다, 연속 전이로 잡기 힘든 나이즈보다 이 성가신 격류 필드를 만드는 메일을 처치한다. 성가시긴 하지만 회복을 담당하는 그녀는 다른 두 사람보다 전투력도 떨어질 것이다.

합리적인 판단이기는 했다. 회복 담당을 먼저 처리하는 것은 정석이었다. 문제가 있다면 상대방이 신대 마법 사용자이며, 연약한 성녀와는 거리가 먼 해적 여제라는 사실을 간과했다는 것이다.

검은 옷 두 명이 즉시 명령에 따라 메일을 협공했다.

암살검이 메일의 심장을 뚫고 철주먹이 내장을 으깬다.

"아프네."

분명히 메일은 무인이 아니라 뛰어난 회피나 방어는 못 한다. 가장 공격을 맞추기 쉬운 상대이긴 하다.

하지만 그게 무슨 문제인가? 죽지만 않으면 치명상이든 신체 결손이든 완전히 재생하는 마법 사용자였다. 자기 재생이 더 뛰어난 것은 당연하다.

가장 공격을 맞추기 쉽지만 가장 죽이기 힘든 끈질긴 상대가 해적 여제 메일 메르지네였다.

검은 옷 둘은 두 번째 공격을 위해 약간의 거리를 벌였다.

"안 놓쳐, 절반만 동족들."

그 직후 커틀러스가 분리됐다. 짤그랑짤그랑 늘어나는 무수한 날들. 자루에 단 보물고에서 잇달아 나오는 그것은…….

─메일 전용 아티팩트, 무한 사복도.

뱀처럼 머리를 쳐든 사복도는 바로 옆에 붙어 있던 검은 옷 두 명을 메일과 함께 묶었다.

"가엾은 동족들, 지금만 잠들렴."

끊고 나가려고 발버둥 쳤지만 칼이 파고들어 도리어 몸이 찢어지려고 할 뿐 사복도는 꿈쩍도 하지 않았다. 그렇다면 흡혈을 하겠다며 오히려 앞으로 다가왔는데 그 전에 강력한 뇌격이 사복도를 통해 두 사람을 덮쳤다.

당연히 메일도 맞고 있었지만 동시에 재생 마법으로 자기만 치유하는 터라 아무 영향도 없었다.

몇 초 후. 섬광이 사라진 그곳에는 흰 연기를 내며 경련하는 검은 옷 두 명이 있었다.

메일이 포옹을 풀어주자 힘없이 바닥에 쓰러져 더 이상 움직일 기미도 없었다. 만약을 위해 오스카 제작 『봉인석 구속구』도 선물해주면 무력화 완료였다.

그런 메일에게로 칼름 재상, 앙골과 엘가, 그리고 우르르 밀려든 병사들이 일제히 공격에 나섰다.

하지만 그 공격은 공간 격진으로 허망하게 와해됐다.

"후후, 이제 걱정 없이 쓸 수 있겠지?"

"그래. 고맙다, 메일."

작은 물줄기 아치에 앉은 메일 옆에 나이즈가 나란히 섰다.

회피에 중시하던 사고를 공격에 할당했다. 동시에 공간 마법 수련에 너무 치우쳐 둔해진 『무(武)』를 되찾고자 쌍곡검을 휘둘러 심기일전했다.

그 후 뒤에서 유리가 깨지는 소리가 들렸다.

라수르의 장벽이 마침내 파괴된 소리였다.

"폐하!"

엘가와 앙골이 달려가려고 했다. 나이즈와 메일에게 칼름 재상과 근위병들의 마법이 몰려들었다.

"먼저 처리한다."

"밀레디는 정면으로 붙어 밟아 버리고 싶나 보네."

엄지를 드는 밀레디를 보고 두 사람은 고개를 끄덕인 뒤 훼방꾼 제거에 나섰다.

장벽이 파괴됨과 동시에 라수르에게서 폭력적인 마력이 분출했다. 본디 사람의 몸에 들어갈 수 없어 보이는 막대한 마력이었다.

반신이라는 말이 이해됐다. 마치 하늘에서 힘을 받는 것만 같았다.

라수르의 모습이 흐릿해졌다. 그렇게 생각한 직후에는 이미 밀레디의 눈앞에―

"잠시 잠들어 있을까?"

라수르는 아름답게 미소 짓고 밀레디의 얼굴에 손바닥을 들이댔다. 마치 애무라도 하는 듯한 손길이지만 그곳으로 보이는 것은 빛나는 반지, 마력 충격파 발동의 증거였다.

"윽, 뭐야, 징그러."

여성이라면 누구나 빠질 법한 미소에 신랄한 감상을 돌려주자마자 밀레디도 반지를 빛냈다. 오른손에 낀 보물고 반지를…….

"음?"

"안 됐네요~. 이제 안 통하거든요~, 푸흡~!"

핏빛 충격파가 밀레디를 피하듯 좌우로 흘러갔다. 한 장의 천 때문에. 아니, 밀레디가 어깨에 걸치고 하늘거리며 공중으로 떠오르는 그것은…….

―밀레디 전용 아티팩트, 호천우의(護天羽衣).

라수르의 충격을 받아 내고 피뢰침처럼 양 끝으로 충격을 흘려보냈다.

금속 실로 짜고 어떤 충격이나 마법도 유연히 받아내며 고스란히 흘려보내는 방벽. 어딘가에 닿아만 있으면 마력 직접 조작으로 마음대로 움직일 수 있다. 면적도 크고 접근전이 익숙하지 않은 밀레디라도 공격 전에 내미는 정도는 일도 아니었다.

그 증거로 즉각 날아든 마검을 그 날개옷을 사용해 안정적으로 막았다. 크게 휘어 검의 위력을 죽인 세계 최고 강도의 금속 실은 다소 상처가 나서 보풀이 일지만 절단될 기미가 없었다. 그 검의 충격까지 완벽하게 흘려보냈다.

심지어 재생 마법이 들어가 조금씩 자동으로 수복도 이루어졌다.

충격과 참격. 쌍방이 코앞에서 막힌 라수르가 놀라서 눈을 크게 뜬 직후였다.

"이거나 맞고 날아가!"

"오오?"

날개옷이 라수르의 목을 스르륵 감아 힘차게 내던졌다.

라수르는 그림자를 조종해 균형을 잡고 어려움 없이 착지했다.

"물리 공격으로 팬다!"

밀레디 주위에 무수한 쇠공이 출현했다.

보물고에서 꺼낸 그것은 연성으로 100킬로그램의 금속을 주먹 크기로 압축한 초중량 포탄이었다. 밀레디는 그것을 악마처럼 씩 웃으며 발사했다.

라수르 근처에서는 무효화되는 중력 마법도, 떨어진 곳에서 발사할 때만 발동하면 문제 될 것이 없었다. 100킬로그램 쇠공 백 수십 발이 억수처럼 난사된다.

"잘 생각했는데!"

그림자로는 그 중력 가속을 얻은 대질량의 물리 공격은 막을 수 없었다. 마검으로 베기에도 수가 많았다. 충격파를 써도 뚫릴 것이다.

어쩔 수 없이 회피를 선택하면서 라수르는 귀걸이 장벽을 임의로 전개하며 맞으면 다진 고기가 될 것이 틀림없는 폭우 사이를 달렸다.

"지금 어떤 기분이야? 응? 응? 아티팩트 사용자가 아티팩트에 농락당하는 건 어떤 기분이야? 푸푸푹!"

"……."

눈을 가늘게 뜨고 반론하려던 라수르의 장벽에 포탄이 명중했다. 충격에 무심코 다리가 멈췄고 그렇게 되면 이제는 허수아비였다. 퍽, 퍽, 퍽 무거운 소리를 내는 파괴의 비 앞에서 조금 전 공격으로 이미 심각한 부담을 받은 귀걸이에 마침내 금이 갔다.

"네 힘은 아닐 텐데."

라수르는 그 자리에 발이 묶인 채로 구차하나마 비웃듯 말했지만—

"맞아, 오 군의 힘이야. 오 군이 나를 지켜주고 있어."

밀레디는 싸움터에는 어울리지 않는 근사한 웃음을 지으며 그렇게 받아쳤다.

"푹푸푹! 어때서! 이게 아티팩트 『사용자』와 아티팩트 『창조자』의 차이다, 이 말씀이야! 알겠어, 허접쓰레기~? 으헤헤헤!"

오스카의 일을 자기 일처럼 자랑스러워하며 있는 대로 상대를 바보 취급하는 모습은 라수르마저 얼굴에 경련이 일 정도로 짜증스러웠다.

하지만 장난을 치면서도 공격은 가열했다. 최후의 포탄이 명중한 직후, 결국 장벽이 한계에 달했다. 부서지는 소리를 내며 부담을 버티지 못한 귀걸이와 함께 깨졌다.

그와 함께 밀레디의 목소리가 들렸다. 극도의 집중 때문에 무섭도록 억양이 사라진 목소리가…….

"그럼 슬슬— 진짜로 가 볼까."

돌진하려던 라수르의 발이 부지불식간에 멈췄다. 온몸에 소름이 돋는 감각을 받은 직후, 그것이 시작됐다.

"—『특대 뇌염창』."

스파크가 나고 나선을 그리는 번개와 불의 창이 라수르에게 날아들었다.

"투쟁의 시간이다— 이그니스!"

아니나 다를까, 마법을 베는 핏빛 마검을 휘두르자 특대형 창이 종잇장처럼 갈라졌다. 그러나 밀레디는 신경 쓰는 기색도 없었다.

"—『유성 비창』."

순식간에 태어난 100개의 붉은 불꽃의 창. 그것이 말 그대로 유성이 되어 라수르에게 날아들었다.

"한 방으로 안 되니까 물량이야? 재미가 없는데."

비웃고 100개의 그림자 창으로 응수했다.

"―『성천 빙람인(氷嵐刃)』."

구멍이 뚫린 천장으로 고드름과 바람 칼날이 별처럼 쏟아졌다.

"소용없어."

마검 이그니스가 빛나고 마법을 자르는 핏빛 참격이 날아왔다. 단 한 번의 공격에 100개의 칼날이 날아드는 응수.

"―『굉천 석람력(石嵐礫)』."

잔해가 부서져 돌 포탄이 되어 사방팔방에서 라수르를 강습한다. 그것을 똑같이 돌팔매 마법으로 받아치며 라수르는 지겹다는 투로 말을 꺼내고―.

"내가 소용없다고―."

"―『천란 동우』,『뇌창』,『광아』,『붕암』,『천염』,『수인』,『풍격』."

"크, 윽, 공, 쥬!"

라수르의 얼굴에서 여유가 벗겨진다.

공중에 있는 밀레디의 뒤쪽 공간이 마력 방출로 일렁거리고 그곳에서 헤아릴 수 없는 마법이 생성되어 갔다. 그것은 이미 탄막이라는 표현으로도 부족했다.

그야말로 마탄의 벽.

그림자 채찍, 마검 이그니스, 라수르 본인의 초월적 마법 기량. 그것들로 받아쳤는데도 조금씩 반응이 따라가지 못한다.

그에 비해 밀레디는 기어를 한 단계 더 올렸다. 마법 구축 속도가 제한 없이 상승하고 치밀함까지 더해 갔다.

"―『적란 뇌광』, 『겁화랑』, 『범괴랑』, 『천상섬』, 『백뢰』."

"상급을, 그 속도로!"

번개 포격을 장벽으로 흘리고, 덮쳐드는 불꽃 해일을 이그니스로 가르고, 낙하하는 대질량의 물을 마력 충격파로 날리고, 빛의 참격을 자신의 마법으로 상쇄하고, 석화 연기를 그림자 부채로 걷었다.

반격할 여유는 없었다. 밀레디가 익숙하지 않은 접근전으로 끌고 갈 수 없었다.

노도처럼 밀려드는 공격이 라수르를 제자리에 못 박는다!

'설마 『이번 대 라이센』이 이 정도일 줄이야! 마왕과 견줄 정도일 줄이야!'

그랬다. 견주고 있었다.

모든 종족 중에서 가장 마법에 뛰어난 종족에서 반신이라고까지 불리는 마왕에게 마법으로 견준다. 어디 가서는 농담으로도 못 할 이야기였다. 아니, 국보급 아티팩트들을 사용해 겨우 맞서고 있었다. 그것은 단순한 마법 기량으로는 이미 뛰어넘었다는 뜻이었다.

'인간의 몸에 허락된 범위를 넘었어!'

흘러넘치는 재능을 가졌으면서 대체 얼마나 수련을 쌓았는가. 아직 10대 중반의 몸으로 얼마나 강한 의지를 가지면 이런 경지에 도달하는가.

그러나 마왕조차 전율케 하는 힘은, 아직 끝이 아니었다.

"―『전천』."

마력이 웅대하게 요동쳤다. 태양처럼 빛나는 밀레디의 창궁색에 알현실이 물들어갔다.

"설마!"

아직도 높아지는가…… 그 말은 라수르가 처음으로 보인 초조감 속에 묻혔다.

눈에 보이는 것은 밀레디라는 태양 주위를 도는 무수한 혹성.

"―『별 떨구기』."

그것인즉 『창천』, 『천작』, 『카무이』라는 파괴력 톱3 최상급 마법을 압축한 100개의 유성군. 삼색 백 연발의 죽음이 마왕을 향해 떨어졌다.

그 결과는―.

"크아아아아아!"

마왕이 처음으로 지른 비명으로 증명됐다. 모든 힘을 동원해 요격해도 저항하지 못하고 라수르는 벽을 부수며 성 밖으로 날아갔다.

마도에서도 보였으리라. 성벽 일부가 내부에서 폭발해 누군가가 날아가는 광경이. 그것이 설마 마왕이라고는 그 누가 상상하랴.

"선언대로 날려 보내줬어!"

창백한 얼굴로 거친 숨을 몰아쉬면서도 밀레디는 활짝 웃으며 주먹을 불끈 쥐었다. 공중에 뜰 힘도 소진해 휘청거리다가 떨어질 뻔했다.

"그래그래, 열심히 했어. 우리 밀레디, 장하네."

"……어린애 취급은 하지 마."

떨어질 뻔한 밀레디를 메일이 잡았다. 대량의 물을 보물고로 돌리면서 축 늘어진 동생을 회복해줬다.

"이쪽도 대충 정리됐어. 병사 쪽은 끝이 없으니까 막았을 뿐이었지만."

돌아보니 엘가와 앙골, 근위병들도 모두 쓰러져 있었다. 그리고 이미 원형도 남지 않고 푸른 하늘이 아름다운 알현실 입구에서, 팬터마임을 하는 병사들이 우글댔다.

나이즈의 공간 차단으로 들어오지 못하는 모양이었다. 마왕이 날아가는 모습을 본 그들은 반광란 상태였다. 핏발 선 눈이 밀레디를 죽일 듯이 노려봤다.

"무, 무서워……."

"마왕을 날려 버린 테러리스트가 무슨 말이니?"

"맞는 말이군. 그보다 어서 마왕에게 가자."

회복 완료. 나이즈가 내민 손을 잡자 즉시 광원이 바뀌었다. 라수르는 옆 건물 첨탑에 충돌해 있었다.

지붕 위에 밀레디 일행이 내려왔다.

"으, 아야야. 여흥이라고 생각했는데 호되게 당했어."

의복 여기저기에 피가 번지고 얼굴 일부가 짓무른 라수르가 거친 숨을 토하며 첨탑 벽에서 빠져나와 지붕 위에 섰다.

"라수르 알바 이그돌. 네 진실을 알려줘."

밀레디의 맑은 눈빛이 라수르를 직시했다. 기만을 폭로하고 진실을 꿰뚫으려는 양 올곧게.

"크큭, 정말이지 반도 너도 가지고 놀기 좋은 장난감이야."

"······장난감?"

그 말에 밀레디는 왠지 강렬한 기시감을 느꼈다.

"내가 사실은 반을 사랑하고, 사실은 실험을 하기 싫고, 사실은 인격자에, 마지막에는 분명히 모두 행복해진다. 그렇게 믿는 거지?"

교활하다. 정말로 교활하다. 왜 너희는 이렇게 사랑스럽고 재미있을까.

말을 하지 않아도 그 추악한 가치관은 전해졌다. 라수르가 웃는 얼굴에는 아무런 온기도 없었다. 아니, 사람의 얼굴로 보이지 않았다.

불쾌하게 인상을 찌푸린 나이즈와 메일 앞에서, 그러나 밀레디는 불쾌감과 분노보다 가슴속에 치미는 강렬한 위화감에 정신을 빼앗겨 있었다.

속이 울렁거리며 의혹이 고개를 들고, 자신이 닫힌 문 앞에 선 것 같은 그런 기분이 들었다.

"밀레디 라이센. 아아, 정의를 위해 가족조차 죽인 고매한 소녀여! 세계를 휘젓는 사랑스러운 자들의 태양이여!"

"너는······ 누구야?"

무심결에 튀어나온 질문이었다. 나이즈와 메일이 놀란 얼굴로 밀레디를 봤다. 그리고 헤아렸다. 이미 밀레디의 눈에는 앞에 선 존재가 조금 전까지 싸운 라수르로도 보이지 않는다는 것을······.

라수르가 입을 씩 찢으며 웃었다. 숙성된 악의로 범벅된 소름 끼치는 웃음이었다.

"너는 자신이 전쟁의 도화선이 된다고 알았을 때, 어떤 얼굴을 보여줄까?"

"무슨 짓을—."

할 생각이냐. 그렇게 묻기 전에 라수르가 마법을 발동했다. 첨탑 위에 설치된 아티팩트가 원격으로 기동했다.

댕, 댕 종소리가 울렸다. 그리고 라수르가 날았다.

허를 찔린 일행이 허둥지둥 뒤를 쫓았다.

하지만 라수르는 도망친 것이 아니었다. 마도 중심, 도시 전체를 내려다볼 수 있는 위치에서 바람을 타고 공중에 머물러 있었다. 그리고 마왕성의 폭음과 격진에 무슨 일인가 주목하던 백성에게 소리쳤다. 확성된 악의의 말이 첨탑의 종을 통해 전파됐다.

"봐라, 사랑하는 나의 백성들이여! 저기 있는 것은 교회의 선봉이다!"

쫓아온 밀레디 일행이 눈을 크게 뜨고 멈췄다.

"느닷없이 왕성을 습격하고 극악무도한 방법으로 많은 장병의 목숨을 앗아갔다! 습격자의 이름은 너희도 잘 알 거다! 저 소녀가 바로 『라이센』이다!"

마도에 소란이 퍼져 나갔다.

그것은 틀림없이 전시에 마인족을 가장 괴롭혔던 일족의 이름이었다. 외경심까지 가지고 불리는 저주스러운 이름. 교회의 선봉에 이보다 어울리는 사람이 있을까.

"결기하라! 긍지와 용기를 아는 나의 백성들이여! 평화를 사랑하고 조국의 번영을 가장 우선으로 생각해 온 나에게 부당하게도 적의를 드러내는 야만족을 이번에야말로 뿌리 뽑아야 한다!"

과거 전쟁 이래 마인족은 인간족에게 싸움을 걸지 않았다.

때로는 인간족에게 동포가 공격받아도, 국경으로 마법을 쏴도 전쟁을 피하며 참아 왔다.

그런데 하필이면 마인족의 상징인 마왕성에 비겁한 기습을 시도하다니! 자애로운 치세의 왕에게 그 『라이센』을 보내다니!

이게 무슨 패악인가! 이게 무슨 부당한 처사인가!

"인간족에게 알려주겠다! 자신들의 죄악을! 진정 우월한 종족은 마인족이란 사실을!"

광기 같은 열기가 마도를 지배했다. 라수르가 주먹을 치켜 들고 목소리를 높여 외쳤다.

"전쟁의 시작이다!"

—우오오오오오오오오오오오오오오!!

폭발적인 함성이 일었다. 전 국민이 병사인 나라가 의분과 패도, 그리고 야만족에 대한 정의의 철퇴를 가슴에 품고 열광했다.

걷잡을 수 없는 조류를 등지고 돌아선 라수르가 비웃으며 양팔을 벌렸다.

공존을 위해 세계를 바꾼다.

밀레디가 가장 소중히 하는 신념에 악의의 검을 들이댔다.

"상황이 조금 안 좋네?"

"큭, 악랄한 수법을."

메일이 포근한 분위기를 거두며 표정이 험악해졌고 나이즈가 한 방 먹었다면서 이를 갈았다. 그런 상황에서도 밀레디만은 여전히 똑바로 라수르를 바라보고 있었다.

크게 뜬 눈에 분하거나 초조한 감정은 없었고…….

대신 있는 것은 서서히 퍼지는 이해의 색.

백성을 선동하고 광기의 세계로 걸어가게 하는 방법.

사람의 소중한 마음일수록 짓밟으려고 하는 악의.

대관한 직후 표변한 라수르.

그리고 운명적으로 싸우는 인간족과 마인족.

─가지고 놀기 좋은 장난감이야.

밀레디 안에서 모든 퍼즐 조각이 맞춰졌다. 증거는 없어도 확신이 있었다.

조용히 분노가 치밀었다.

"그래…… 그렇게 된 거였어."

"밀레디?"

"밀레디? 괜찮아?"

점점 높아지는 열기 속에서 밀레디는 분노가 깃든 안광으로 라수르를 노려봤다.

라수르는 정말로 기분이 좋아진 것처럼 웃었다.

"자, 어떻게 할 거지? 라이센의 공주."

도망칠 테냐. 아니면 아직 마왕인 나와 싸우겠느냐. 혹은 마왕은 인체 실험을 하고 있고 모두 거짓말이라고 무모한 주장을 펼쳐 볼 텐가.

악의 어린 책략이 밀레디를 옥죄었다—고 생각했을 때, 밀레디는 숨을 크게 마셨다. 그리고 바람 마법에 실어—.

"나느으으으은! 마인족으으으을! 좋아한다아아아아아아아!"

찌릿찌릿하게 울리는, 마음속에서 우러나온 외침이라고 알 수 있는 감정을 듬뿍 담은 목소리를 퍼뜨렸다.

무슨 말인지 몰라 뭐라고 했냐고 반문하듯, 열광하던 백성들이 조용해졌다.

라수르가 어안이 벙벙하여 바보처럼 입을 벌리고 있었다. 같은 편인 메일과 나이즈까지 멍하게 밀레디를 봤다.

불현듯 찾아온 정적 속에서 밀레디는 목이 찢어져라 소리쳤다.

"마인족이 좋아! 수인족도 좋아! 흡혈귀족도, 용인족도, 인간족도, 그 사이에서 난 사람들도 모두! 난 좋아해!"

세계는 이렇게나 불합리하고 절대적 가치관과 투쟁으로 가득하다.

그래도 밀레디라는 소녀의 근간에 있는 것은 그것이었다.

—세계를 사랑한다. 그곳에서 사는 사람들을 사랑한다.

"다 함께 밥을 먹고 싶어! 함께 맛있다며 웃고 싶어!"

널리 퍼지는 사랑의 말. 너무 올곧아 당황스럽기만 한 말.

"시시껄렁한 이야기를 하고, 때로는 싸우고, 함께 하루하루를 살아가고, 또 내일 보자고 말하고 싶어!!"

라수르가 벌렸던 입을 다물었다. 그리고는 이해하기 힘든 생물처럼 밀레디를 바라봤다.

그에 비해 메일과 나이즈는 눈을 부드럽게 떴다. 사랑스러운 것을 보는 아주 따스한 눈길로……

"그렇게 함께 살고 싶다고 바라는 걸 죄라고 생각해?! 인간과 마인이 손을 잡고 싶다고 바라는 걸 죄라고 생각해?!"

멈춰야 한다. 라수르는 생각했다. 막연한 위기감이 가슴속을 침식했다. 저 소녀는 위험하다. 입을 막아야 한다.

하지만 그러지 못하도록 두 사람이 눈빛으로 견제했다. 어떻게 해야 하나 머리를 굴리는 동안에도 소녀의 마음은 말이 되어 이어졌다.

"나는, 그렇게 생각 안 해!"

당당한 말과 함께 마도에 퍼져 나갔다.

열광은 당혹스러움으로 뒤바뀌었다. 그 라이센의 소녀가 마인족에게 온 힘을 다해 호의를 보여주고 있었다. 이게 무슨 일인가? 뭐가 어떻게 된 것인가? 그들 또한 의아함에 붙잡혀 움직이지 못했다.

"그리고 그건, 마왕님도 똑같아!"

당혹감이 강해졌다. 적대하는 것이 아니었냐고 라수르에게도 시선이 옮겨 갔다.

"사실은 착한 사람이었어! 누구보다 마인족의 미래를 생각했어! 백성을 가장 먼저 생각하고 전쟁이나 패도 같은 것보다 흔한 일상을 소중히 생각하는 사람이었어!"

상냥하고 고결하고 평화를 사랑하는 마왕— 그것이 반드르가 믿었던, 그리고 슈네 일족이 믿었던 마왕 라수르였다.

그런 그가 이 모양이 된 것은—.

"교회의 신이, 그 빌어먹을 자식이, 전쟁으로 이끌려고—."

말은 거기까지였다. 마왕성이 낮마저 빛으로 물들이는 섬광을 발했기에…….

어느샌가 라수르는 마왕성 가장 높은 탑 위에 있었다.

찬란히 빛나는 마왕성 벽면에 주르륵 마법식이 떠올랐고 동시에 첨탑이 빛나기 시작했다.

"이, 이봐, 저거, 위험한 거 아냐?"

마도 중앙 광장에 있던 백성 중 한 명이 굳은 표정으로 중얼거렸다.

당연했다. 그 마법진은 마도 앞까지 쳐들어온 적을 쓸어버리기 위한 대 군용 광역 섬멸 마법이 발동됐다는 증거니까.

마도 밖으로 발사되고도 여파에 신경 써야 할 그것이 무엇을 노리고 기동했는가. 자명했다. 마도 중심지 상공에 있는 습격자— 라이센의 소녀였다.

위험하다는 말로 끝날 일이 아니었다. 첨탑 높이와 밀레디가 있는 고도로 보아 광장을 중심으로 마도에 확실히 피해가 발생한다.

"나즈! 메르 언니! 상공으로—."

올라가. 마도가 사선에서 벗어나게 하려고 밀레디가 말하기 전에 목소리가 들렸다.

—마도를 버릴 생각인가?

머릿속에 직접 울리는 듯한 불쾌한 목소리였다. 누가 할 소리라고 생각하면서도 밀레디 일행이 이동하든 말든 발사하겠다고 하면 움직일 수 없었다.

—놀이판의 말이라도 너는 그분에게 너무 위험하다.

밀레디는 마왕성 마법진을 보고 식은땀을 흘리면서도 대담하게 웃었다.

"얄팍한 가면이네! 『그분』이란 작자한테도 실망했어! 푸풉~!"

아무래도 『그 빌어먹은 자식』 본인은 아닌가 보다, 라고 생각하면서 외쳤다.

"나즈! 메르 언니!"

"맡겨줘."

"일도 아니지."

이심전심으로 두 사람이 승낙했다. 밀레디의 모든 마력을 쥐어짠 중력 마법 『절화』가 발동한 순간, 첨탑 정상에 빛이 집중되고 공중에 있는 밀레디 일행을 향해 빛의 포격을 발사했다.

"안 져어어어어!"

빨아들인다, 빨아들인다. 군대조차 쓸어버리는 마왕성의 비밀 병기를 검은 별이 빨아들인다.

하지만 역시 군대에 대항하기 위한 포격이었다. 사람 정도는 흔적도 없이 지워 버릴 여파가 도시를 덮친다.

그것을 나이즈가 전개한 공간 차단 장벽이 막았다. 다 흡수하지 못하고 팽창한 『절화』가 파열 직전까지 갔지만 메일이 즉석에서 재생해 막았다.

마도 전체가 섬광에 물들었다. 서서히 밀레디가 밀렸다. 필사적으로 『절화』를 제어했으나 구멍 뚫린 독에서 물이 빠져나가듯 마력이 사라져 갔다.

그것은 메일도 마찬가지였다. 메일의 마력이 바닥났을 때가 밀레디의 힘이 바닥나는 때였다.

─실컷 발버둥 쳐라. 놀이판의 이레귤러.

반면 마왕 쪽은 힘이 소진될 기미가 없었다.

"안, 돼! 성을 어떻게든…… 안 하면!"

이곳에서 견고한 성벽을 부술 수 있는 것은 나이즈의 공간 폭쇄뿐이었다.

하지만 조금 전까지 연속 전이와 도시 전체를 지키는 공간 차단 장벽으로 나이즈의 마력도 얼마 남지 않았다.

밀레디의 얼굴에 초조함이 떠오른 그때─.

"저 성을 부수면 될까?"

"오 군!"

안경을 올려 썼다. 여파를 피해 찾아온 오스카에게 밀레디가 안도와 환희의 표정을 보였다.

"해치워 버려!"

"오케이, 리더."

과연 어떻게 할까. 오스카 최대의 공격은 검은 우산 9식

『천작』이나 『큰 마검』을 통한 연격이겠지만 과연 그 방법으로 성벽이 무너질까.

아마 라수르도 마법 장벽으로 막을 테니까 불가능─.

"와라─ 검은 기사왕."

마도에 지진이 발생했다. 그리고 마왕성의 대 군 공격이 발동했을 때보다도 사람들의 눈이 커졌다. 밀레디 일행조차도. 그리고 라수르조차도…….

어쩔 수 없었다. 왜냐면, 그곳에 그게 있었으니까.

30미터는 되는 거대한 골렘 기사가.

오른손에 대검을, 왼손에 라운드 실드를 들고 망토까지 두른 거대한 흑기사의 왕이!

태풍이 불듯 바람이 울었다. 그저 대검을 들어 올렸을 뿐인데 폭풍이 휘몰아쳤다.

"오스카 오르크스!"

라수르가 외쳤다. 동시에 거대한 장벽을 전개했지만─.

"그렇고말고. 내가 바로 오스카 오르크스. 아티팩트 창조자다."

이것이 그 아티팩트다. 그렇게 말하듯 대검이 불타올랐다. 마치 레스티나의 고유 마법처럼 붉게 달아오른 대질량, 대열량의 대검을─ 내리쳤다.

그것은 하나의 재해였다. 악몽 같은 인재(人災)였다.

라수르의 거대한 장벽을 휴지처럼 찢고 마왕성의 물리적, 마법적 방어를 녹이며 검은 기사왕의 대검은 어려움 없이 마왕성을 갈랐다.

성벽 일부가 세로로 끊기고 거대한 마법진이 옅은 빛이 되어 흩어졌다.

열파와 충격이 휘몰아치는 공간에서 오스카가 외쳤다.

"가, 반!"

『말 안 해도 갈 거다!』

날아서 나온 것은 반드르— 빙룡이었다. 똑바로 라수르에게로 날아올라, 충격으로 균형을 잃은 라수르가 빠르게 발사한 수많은 마법을 용린으로 튕겨 내며 그대로 돌진했다.

그림자 창들이 뻗어 왔지만 그 순간 『용화』를 풀어 사람으로 변환, 그림자 창 틈새를 빠져나갔다.

"한 대만 패자! 망할 형님!"

"반—."

무예의 달인이 돌진의 여세를 고스란히 실어 뻗은 주먹은 라수르의 이마— 서클릿에 직격했다. 라수르가 날아가 빙글빙글 돌며 추락했다. 그러다가 또 등 뒤에 첨탑에 격돌해 반쯤 묻힌 상태가 됐다.

콧방귀를 뀐 반드르 옆에 오스카가 조용히 섰다.

"어때?"

"몰라."

무슨 이야기인지 몰라 밀레디 일행은 표정에 의문을 실어 옆으로 왔다.

반드르는 똑바로, 꿰뚫어 보려는 눈빛으로 라수르를 바라보고 있었다.

그 시선 끝에서 라수르가 일어섰다. 마왕의 상징인 서클릿이 빠직빠직 부서져 갔다. 그러자―.

"네, 이놈, 닥쳐라!"

라수르가 이마를 잡으며 뭐라고 고함쳤다. 마치 머릿속 목소리를 밀어 넣으려는 것처럼…….

"역시, 그랬나? 그런 거였어?"

그 모습을 보고 반드르의 목소리가 떨렸다. 한 번은 환상이라고 인정했던 것이 그렇지 않다고, 희망을 찾아 눈이 커졌다.

오스카의 의견이었다. 전부터 묘한 힘의 흐름이 느껴진 마왕의 서클릿. 그리고 대관식 날 표변한 라수르.

어쩌면 그 아티팩트도 표변의 원인 중 하나가 아닐까…….

"그래. 그럼 진짜 형을 구해줘야지."

상황을 이해한 밀레디가 기쁘게 웃자 메일과 나이즈도 대담하게 웃었다.

그 후 마력 폭발이 주위를 덮쳤다. 핏빛 마력에 희미하게 은백색이 섞였다. 나선을 그리고 하늘로 치솟은 그것은 차츰 먹구름을 만들어 갔다.

"기후에 간섭하다니…… 하하, 점점 인간을 초월하네."

식은땀을 흘리는 밀레디 일행이 바라보는 곳에서 라수르의 껍질을 뒤집어쓴 어떤 존재가 고함쳤다.

"이것들이, 하나같이 내 헌신에 훼방을 놔?! 그분의 계획을 어지럽히다니, 죽어 마땅한 죄임을 어찌 모르는가!"

하늘이 소용돌이쳤다. 핏빛과 은백색이 섞인 기괴한 먹구름이 마도를 덮었다. 그것은 누구의 눈에나 신의 위광이 발현한 것으로 보였다.

사람들은 숭배하는 마왕의 진짜 힘을 보고 고양되고 황홀해짐과 동시에 그 위광의 대상인 소녀— 숙적인 밀레디를 보고 약한 의문을 품었다.

저 라이센은 교회의 신을 욕하지 않았던가? 인간족에게 최대의 금기를 저지른 소녀를 저런 신의 힘까지 써 가며 해치워야 하는가?

그러면 마치…….

당황한 많은 백성이 하늘을 우러러봤다. 그 위광은 적을 멸하기 위한 것. 분명히, 절대로 자신들을 향한 것이 아닐 것이다.

그런 그들의 불안을 받아내듯 작은 등이 보였다.

당혹감의 원인인 소녀가 마치 소용돌이치는 하늘에서 백성을 지키듯 땅을 등지고 하늘을 보고 있었다.

"계획을 원래대로 되돌린다. 오늘 전쟁의 불길이 일어난다! 방해는 용서치 않는다!"

마도에 피해가 나오든 말든 교회의 선봉인 라이센을 없애기 위해 필요한 일. 마왕성의 피해, 장군들의 패배, 라수르의 부상. 그것들이 있으면 백성은 충분히 선동된다.

―평화의 시간을 끝내고 힘을 키운 마인족이 다시 인간족과 싸운다.

『그분』이 그린 세계의 운명은 절대로 바뀌지 않는다. 설사 놀이판에 초대받은 말이라고 해도 저 위험한 소녀는 없애야만 한다. 모든 것은 『그분』을 위해서!

"나의 헌신 앞에서 사라져라."

하늘에 구멍이 뚫렸다. 소용돌이치는 먹구름 중앙에 빛이 모여들었다.

대기가 뒤흔들리고 대지가 공포로 떨렸다.

"받아줄게."

그러나 그 압도적이고 초자연적 힘을 앞에 두고도 밀레디는 웃었다. 마냥 대담하게 웃었다.

"언제까지 사람을 마음대로 조종할 수 있다고 생각하지 마! 덤벼, 이 자식아! 미소녀는 무적이라고 알려주마!"

하늘의 빛에 대항하듯 창궁색 빛이 세계를 비췄다.

하늘에 맞서는 그 모습은 강렬하기 이를 데 없었다. 사람들이 눈길을 빼앗겼다. 신의 위광을 발현하는 자신들의 마왕보다도 숙적인 소녀의 빛에…….

"자기 입으로 미소녀라고 말하면 안 부끄러워?"

"어머, 밀레디다워서 언니는 좋아해."

"밀레디가 이상한 건 어제오늘 일이 아니지."

"진지해지지 못하는군. 정말로 이런 리더를 믿어야 한다고?"

밀레디 옆에 네 명의 동료가 나란히 섰다.

그리고 빛이 일었다. 창궁에 다가오듯 햇빛, 아침놀의 빛, 대지의 빛, 달빛이…….

이 세상을 구성하는 찬란한 오색 빛은 신의 위광보다도 훨씬 마음을 울리는 아름다움이 있었다.

그 직후.

하늘이 떨어졌다. 그런 착각이 드는 섬광이 쏟아졌다. 단죄의 빛이라는 말이 어울리는 광경이었다.

그것을 정면에서 받아친다!

"—『흑와 창천격』!"

압축해 포격으로 바뀐 푸른 섬멸의 불. 끊기지 않고 연속 발동하는 그것은 특대형 광선이었다.

"—『검은 기사왕 공격식 2번, 통뢰포』!"

거대 골렘의 라운드 실드가 회전하며 스파크를 일으켰다. 특대형 전기 구슬 열두 개가 방패 주위에 떠오르고…… 모여들었다. 그 직후 거대한 『천작』이 나선을 그리며 승천했다.

"—『만인 오로치』."

대질량의 격류가 거대한 뱀을 형성했다. 체내에는 회전하는 칼처럼 만 개의 칼날이 고속으로 순환하며 그 몸에 닿는 모든 것을 잘라 난도하는 큰 뱀이 방출됐다.

"—대진천."

공간에 연쇄적인 격진이 일었다. 원래 보이지 않을 진동이 공간이 일렁거릴 만큼 요동치며 하늘로 올랐다.

"—『전변 빙룡화』."

눈부신 달빛과 함께 웅장하고 장엄한 빙룡이 출현했다. 아가리를 벌려 쏜 것은 빙결과 파괴를 가져오는 빙옥의 브레스.

공중에서 하늘의 빛과 다섯 마법이 격돌했다. 방사형으로 공기가 360도로 밀려나고 폭풍과 격진이 마도를 덮쳤다. 일어서 있지도 못하고 장벽을 펼쳐 바닥에 엎드린 사람들은 그래도 하늘에 있는 그것을 봤다.

천상의 존재에 정면으로 맞서며 접전을 펼치는 다섯 명의 모습을…….

저건 대체 뭔가.

신화 같은 광경만이 아니었다. 사람과 수인과 마인 혹은 용인이 손잡고 함께 맞서는 모습이 아직 현실적으로 보이지 않았다.

마왕이 그러기를 바란다면, 저자들을 없애기 위해 목숨을 걸라고 말한다면 그래도 상관없었다. 마인족의 번영을 위해서라면 기꺼이 목숨을 바칠 각오가 있었다.

하지만, 그런데도—.

"으아아아아아아아아아아!"

자신들을 등지고 힘을 쥐어짜는 그 숙적이라는 소녀에게…….

—나느으으으은! 마인족으으으을! 좋아한다아아아아아아!

그 말에 왜 이다지도 마음이 흔들리는가.

"힘내……."

화들짝 놀랐다. 품으로 감싼 자기 아이가 낸 말이었다.

분명히 무의식중에 나왔을 것이다. 원래는 버럭 화내며 혼냈을 것이다. 그래도 아버지인 그 남자는 그때 왠지 못 들은 척했다.

그런 작은 변화가 찾아왔다고는 생각지도 못하고, 그때 밀레디 일행은 모두 악을 쓰며 죽기 살기로 힘을 쥐어짜고 있었다.

"이 정도, 인가! 우리가 싸울, 적은!"

서서히 밀리고 있었다. 신대 마법 사용자 다섯 명이 사력을 다하는데도 불구하고!

"이 정도가, 아니야! 그래도 뛰어넘을 수밖에 없어!"

"정말로, 그 사도 이상인가. 악몽이군!"

나이즈가 거의 한계에 다다른 마력에 식은땀을 흘렸다.

"마지막 회복이야."

『이대로 가면 말라죽을 뿐이야, 다른 방법 없어?!』

마력 고갈로 메일의 안색이 빠르게 나빠지고 빙룡 모드 반드르가 빛으로 깜빡이기 시작했다. 고도가 서서히 낮아졌다. 땅으로 떨어지고 있었다. 더는 뒤가 없다.

"말조차 되지 못하는 어리석은 것들! 후회하며—."

사라져라, 라는 말이라도 하려고 했을까?

마왕의 상태가 급변했다. 머리를 붙잡고 몸부림쳤다. 방해하지 말라고 고함쳤다.

그 순간, 힘이 조금 약해졌다.

"지금이야!"

밀레디에게서 마지막 마력이 솟아올랐다. 그것은 마치 생명을 힘으로 바꾸는 듯한 빛이었다.

오스카, 나이즈, 메일, 반드르가 일말의 주저도 없이 부응했다.

한계를 넘어 끊어질 것 같은 의식을 억지로 붙잡고 마지막 힘을 짜냈다.

하늘의 빛이, 밀려 올라갔다.

"이럴 리 없다! 어디에 그런 힘이!"

"기억해 둬, 이게『사람』의 힘이다————!"

승천하는 다섯 힘이 점차 하늘의 빛을 삼켰다.

그러나 거기서 마왕도 힘을 키웠다. 정말로 천상세계에서 힘을 부여받는 것처럼. 인간 따위가 저항할 수 있겠느냐고 현실을 알려주듯이…….

양자의 힘은 백중세였다. 다섯 명의 표정에 전율과 초조함이 떠오른— 그때.

마왕이 갑자기 놀라는 표정으로 변했다. 아니, 겁먹은 표정일까?

그러는가 싶더니 표정을 180도 바꿔 증오로 불타는 눈빛으로 밀레디 일행을 쏘아봤다.

"인정 못 한다! 인정 못 해! 해방자, 네놈들은 언젠가—."

은백색 빛이 마왕을 감쌌다. 그리고 마왕의 몸에서 무언가가 스윽 빠져나가 흩어졌다.

동시에 하늘의 빛도 흩어졌다.

단숨에 밀레디 일행의 마법이 라수르에게 집중되다가 아슬아슬한 곳에서 가까스로 궤도를 틀었다.

먹구름 낀 하늘을 뚫으며 원형으로 날려 버리고 그 건너편— 천상세계까지 뚫어 버릴 것 같은 섬광이 하늘 저 멀리 사라져 갔다.

여파로 날아간 라수르가 마왕성 한쪽— 아마도 천장에 구멍이 뚫린 알현실에 떨어지는 것이 보였다.

그것을 쫓을 기력도 없이 일행 또한 일제히 힘을 잃고 추락했다. 반드르도 원래 모습으로 돌아오고 말았다.

오스카가 간신히 검은 기사왕을 조종해 망토를 펴서 즉석 쿠션이 되어줬다.

"나, 나이스, 오 군."

"헉, 헉, 칭찬해주니 영광이야, 리더."

농담처럼 말을 주고받으며 검은 기사왕의 손바닥 위로 이동했다.

"허억허억…… 이겼나?"

하늘은 걷혀 갔다. 햇빛이 구름 사이로 천사의 계단을 내려줬다. 멍하게 하늘을 보면서 나이즈는 실감이 들지 않아 중얼거렸다.

웬일로 메일이 풀썩 주저앉고 힘겹게 웃으면서 말했다.

"놓쳤어…… 아니, 봐준 걸까?"

"밀레디가 말하는 『빌어먹을 자식』인가? 목적이 뭐지?"

"글쎄. 어차피 멀쩡한 이유는 아니겠지. 그래도 죽이지 않고 끝났으니까 우리가 이긴 거야! 안 그래?"

밀레디가 씩 웃고 만세하듯 두 팔을 번쩍 들었다. 네 사람은 서로를 돌아보고 잠깐 침묵한 후 상쾌하게 웃으며 밀레디의 손에 하이파이브를 나눴다.

한숨 돌리고 반드르가 마왕성으로 눈길을 돌렸다.

"형님은……."

"알현실로 떨어졌어."

오스카가 없는 힘을 쥐어짜서 검은 기사왕을 움직였다. 쿵쿵 땅을 울리며 이동하는 검은 기사왕은 알현실 위로 손을 뻗었다.

검은 기사왕을 보물고에 되돌리며 다섯 명이 함께 뛰어내리자 잔해 위에 팔다리를 쭉 뻗고 힘없이 드러누운 라수르가 있었다.

"안녕, 반. ……**오랜만이야.**"

"형, 님…… 형님이야?"

"나도, 그랬으면 좋겠어. 하지만 어떨까? 네 눈에는, 내가 제정신으로 보여? 네가 아는 형으로 보여?"

힘이 하나도 없는 표정으로 희미하게 미소 짓는 라수르에게 반드르는 비척거리며 다가가 눈앞에서 무릎 꿇었다.

"……그래. 나한테는, 형님으로 보여. 옛날의 형님으로…… 보여."

"그래……? ……반."

눈물을 머금은 반드르를 사랑스럽게 바라보며 라수르는 분명히 쭉 하고 싶었을 말을 전했다.

"미안했다."

"아니야……. 나는, 그렇게 안 약해. 옛날 나와는 달라…… 그러니까."

"그래. 나 자신을 빼앗긴 나보다, 네가 훨씬 강해. 아니, 옛날부터 그랬지. 옛날부터 너는 나보다 훨씬 강했어."

라수르의 손이 뻗어 반드르의 머리를 아무렇게나 만졌다. 그리고 땋은 머리를 살며시 만지고 자기 머리를 대충 모아 엉성하나마 다시 땋았다.

반드르가 힘없이 웃었다. 이제 와서 굳이 그럴 필요도 없지 않냐고 생각했지만 말로 하지는 않았다.

라수르의 시선이 밀레디에게 향했다.

"공주. 큰 폐를, 끼친 것 같군."

"응, 엄청 끼쳤어!"

오스카와 나이즈가 두통을 참는 제스처를 취하고 메일이 쾌활하게 웃었다.

"그럼 합의금과 사례를 줘야겠네."

라수르가 씁쓸하게 웃으며 말하자 밀레디는 고개를 젓고 답했다.

"이제 두 번 다시 반과 가족들을 괴롭히지 않는다고 약속한다면 그걸로 됐어."

"……『놈』이 이대로 둘 것 같지는 않군. 마왕의 서클릿을 매개체로 이 나라를 마음대로 주무르던 녀석이야. 다시 내가 아니게 될 가능성이 없다고는 장담하지 못해."

라수르는 난감하게 말했다. 분명히 서클릿은 파괴됐다. 하지만 그 초월적인 존재들이 그것만으로 수단을 잃으리라고 생각하기는 어려웠다.

"글쎄? 지금 너라면, 나는 저항할 수 있다고 생각해."

대체 얼마나 오래 자아를 봉인 당했을까. 그런데 그 극한의 상황에서 라수르는 저항했다. 초월적 존재에 저항해 하늘의 빛을 약하게 만들어줬다.

"게다가 또 그렇게 돼도, 이번에는 완벽하게 구해 낼 거야."

"……그런가."

"그래도 아직 걱정된다면, 어떻게든 할 거야! —오 군이!"

평소 같은 떠넘기기에 오스카가 머리를 감쌌다. 어깨를 툭툭 치는 나이즈의 위로가 마음에 사무쳤다.

한숨을 쉬면서도 보물고에서 소재를 꺼내 마왕의 서클릿과 똑같은 모양을 만들면서 메일과 밀레디에게 협력을 요청했다.

마지막에는 라수르에게도 협력을 받아 재생 마법과 온갖 안티 세뇌 마법을 부여한 서클릿이 완성됐다.

"헉헉, 마왕과 해방자 리더, 헉헉, 세계 최고의 치유 마법이 들어간 서클릿이야. 쿨럭…… 강한 저항을 느끼면 내 은반에 신호가 오게 만들었어……. 아티팩트 사용자인 당신이라면 스펙 이상의 힘을 끌어내겠지— 우웩."

"그, 그래? 고맙다. ……그런데 괜찮은가?"

"이제, 아무것도 하기 싫어."

오스카는 쓰러졌다. 반쯤 눈을 뒤집고 있었다. 다른 일행도 거의 쓰러지기 직전이지만 마지막으로 한 생성 마법 연발이 문제였나 보다.

"후후, 대단한 자군."

"오 군이니까!"

흰자위만 보이는 오스카를 부축하며 밀레디가 자랑스러워

하자 라수르는 무엇을 떠올린 것처럼 장난스럽게 웃었다.

"흠. 마왕을 상대로 『너 같은 남자한테 보내주진 않겠다』고 말할 만하군."

"응?"

순간 어리둥절한 후 밀레디의 귀가 새빨갛게 물들었다.

"응? 그 모습을 보니…… 그래, 의식은 있었나 보군."

"무, 무슨 소리인지 모르겠네!"

왠지 고양이가 위협하듯 하악거리는 밀레디에게 라수르는 쿡쿡 웃었다.

"형님…… 사람 놀리는 버릇은 여전하군."

옛날부터 곧잘 놀림받던 반드르가 어이없는 표정을 보였다.

그런 그곳으로 시끄러운 발소리가 들렸다. 날아간 마왕을 쫓아 밖으로 나갔던 병사들이 돌아온 모양이었다. 알현실에 쓰러져 있던 장군들과 병사들도 신음하기 시작했다. 기절에서 깨어나려는 것 같았다.

반드르가 검은 옷들을 봤다. 그 마음을 이해하고 나이즈가 바로 두 사람 곁으로 뛰어갔다. 마력 고갈 때문에 몸이 휘청거렸지만 양어깨에 두 사람을 매고 돌아왔다.

"반, 받아라."

라수르가 옷에서 투명한 팔각기둥 모양 광석을 꺼냈다. 키메라 부대의 의식을 묶던 아티팩트였다.

그것을 받아든 반드르에게 라수르는 결연하고 망설임 없는 눈빛을 보냈다.

"가라, 반. 이 나라에 네 존재나 해방자의 사상을 받아들일 도량은…… 아직 없다. 너는, 라이센의 공주를 따라가라."

"형님……."

반드르는 잠시 눈을 감았다.

그곳으로 돌풍이 불었다. 천장 구멍으로 비룡이 내려왔다.

"반 님!"

"회색 놈들도 구조했어! 빨리 튀자!"

마가레타가 마중 나온 것이었다. 비룡 한 마리에 탄 마셜도 급하게 소리쳤다.

그 말에 반응해 눈을 뜬 반드르는 라수르가 놀랄 정도로 패기에 찬 눈을 하고 있었다.

고귀하고 고결한 자의 눈, 그의 어머니— 사술카와 같은 눈.

"다녀오겠습니다, 형님. 나라를, 조국을 부탁합니다."

반드르가 이 나라를 『조국』이라고 불렀다. 라수르가 왕으로 있는 한 자신의 조국이라고…….

라수르는 울고 싶은 마음이 울컥 올라왔으나 어금니를 악물고 그저 강하게 고개만 끄덕였다. 그리고 사랑하는 동생을 이곳으로 이끌어준 자들의 리더에게 최대한의 감사와 신뢰를 담은 눈길을 보냈다.

"공주. 동생을 부탁한다."

"응…… 너는?"

"한 번 더 내 신념을 관철하기 위해 힘써야지. 그것이 분명 너희 『해방자』에 대한 보답이 될 거야."

그것은 마인족의 가치관을 바꾸겠다는 선언이었다. 한때 라수르가 목표로 한 평화로운 미래는 『해방자』가 지향하는 곳과 분명히 같은 길에 있을 테니까.

마왕의 말을 마음으로 받아들이듯 가슴에 손을 얹고 눈을 감은 밀레디는 잠시 후, 천진난만하다고 부를 수 있는 기쁨으로 넘치는 웃음을 지었다.

그리고ㅡ.

"가자, 애들아!"

그렇게 호령한 뒤 비룡에 올라탔다.

둥실 떠올라 천장으로 나가 하늘 멀리 날아갔다.

라수르는 그 광경을 흐뭇하게 물끄러미 지켜봤다. 그들을 마음에 새기려는 양.

그리고 부하들이 눈을 뜨기 시작하고 병사들이 밀려드는 와중에 하늘 위를, 천상세계를 노려보며 말했다.

"언젠가, 너희가 역사의 최전선에 섰을 때…… 마인족이 아군이 되어줄 미래를."

만들어 보이겠다.

그것은 해방자의 아군이 되겠다는, 신에 대한 마왕의 선전포고였다.

마왕성의 결투 후 한 달이 지났을 무렵.

밀레디 일행과 라이센 지부 멤버, 그리고 슈네 일족은 대륙 남부의 최남단이자 【흑색 대설원】에 인접한 숲 속에 있었다.

라수르의 상황을 보기 위해 대륙 남부에 잠깐 머문다는 목적도 있었고 인원이 대폭 늘어났기 때문이었다. 피험자들과 키메라 부대만으로도 100명을 넘었다.

딜런이나 케티도 포함해 그들에게는 아직 요양이 필요했고 조금이라도 환경이 좋은 곳으로 이주할 필요가 있었다. 몸의 상처는 아물어도 마음의 상처는 그렇게 쉽게 낫지 않았다.

현재 이곳에서 가장 가까운 은신처에서 피험자 수용 준비가 급하게 진행되고 있었다. 조만간 더 좋은 설비가 갖춰진 곳에서 그들을 보호할 예정이었다.

여담이지만 은신처 이동 이유에는 복실복실 메일이 추위에 견디다 못해 겨울잠(혹은 영면)에 들어갈 뻔했기 때문……이라는 이유도 포함되었다.

참고로 이 숲은 마인족 사이에서도 【돌아오지 못하는 숲】혹은 【돌아오는 인간은 맛이 가는 숲】으로 유명해 근처 지방에서는 거의 공포 지역이 되어 다가오는 자가 없었다.

그 원인은—.

"어머, 메일도 참! 또 수영복 같은 천 조각만 입네! 내 의상은 어쨌어!"

"봐, 봐줘~."

메일이 쩔쩔매는 아주 희귀한 장면을 연출하는 것은 【돌아오지 못하는 숲의 주인】 혹은 【누구든 캐치 & 릴리즈. 단, 원형은 안 남기는 그 범인】이라는 별명을 가진 거구의 여장 남자였다.

이름은 징그벨. 사실 지금 밀레디의 의상을 만든 인물이며 『해방자』의 의복 장비를 담당하는 마인족이었다. 마법에 능한 종족인데 마법을 못 써서 박해받다가 육체를 단련했고 지금은 근육으로 마인군 1개 대대 정도는 박살 낼 수 있는 가련한 미스터 레이디였다.

참고로 스노벨은 왠지 그(?)를 스승님이라고 불렀다.

"좋아, 벨 언니! 메르 언니를 더 몰아붙— 커흠, 예쁘게 꾸며줘!"

"밀레디, 나중에 언니 좀 보자?"

하늘하늘한 드레스를 입히려고 다가오는 극화풍 얼굴과 맥동하는 근육에게서 도망치는 메일과 놀려대는 밀레디 근처에서는 오스카와 사람들이 근접전 훈련을 하고 있었다. 지금은 오스카와 반드르가 서로를 노려보는 통에 일시 중단됐다.

"그렇다는 건 너는 그때 그 안경의 기능으로 성 내부를 확인했었단 말이군."

"맞아. 대단하지? 자기를 위에서 내려다볼 수 있어."

미카엘라의 협력으로 검은 안경에는 신기능 『영혼의 눈』이

부가됐다.

　난전 중에 오스카가 뒤통수에 눈이 달린 것처럼 반응하는 것은 이 기능 덕분이며 성에서 천리안처럼 반드르를 찾아낸 것도 이것 덕분이었다.

　오스카는 언제 어디서나 엿보기가 가능해졌다!

　"그렇군. ─기분 나쁜 자식이야."

　솔직한 반드르의 감상에 오스카는 이마에 핏줄을 세웠다.

　"딱히 춥지도 않은데 항상 두르고 있는 네 목도리만큼 기분 나쁘지는 않다고 보는데?"

　"목도리 비난은 그만두시지. 예술을 모르는 변태 안경 자식."

　"안경 비난은 그만두시지. 짝퉁 예술가 자식."

　"뭐라고?"

　"어쩌라고."

　"하아~. 너희도 그만 좀 싸워."

　나이즈가 땅이 꺼지도록 한숨 쉬었다. 최근 두 사람이 싸우고 나이즈가 중재하는 일이 이어져 조금 피곤한 기색이었다.

　훈련을 견학하던 수샤가 고개를 갸웃거렸다.

　"『친할수록 싸운다』라는 게 저런 건가요?"

　"주먹 친구란 거구나!"

　"그, 그런가……?"

　"형이 저렇게 감정을 드러내는 일이 드물기는 하지."

　윤파가 이어 말하자 콜린과 루스는 서로 바라보며 뭐라고 말하기 힘든 표정이 됐다.

그 옆에서는 미카엘라가 땅을 손으로 짚고 풀썩 쓰러져 있었다.

　"기, 기분 나빠…… 내 고유 마법이, 기분 나빠……."

　"이, 이봐, 미카엘라. 신경 쓰지 마. 아무도 그런 생각 안 해."

　상대가 오스카니까 반드르도 일부러 그렇게 말하는 것이라고 슈슈가 곤란한 표정으로 위로했다.

　"그, 그래. 평소 반 님은 타인을 폄하하지 않으신다. 저들 사이에서는 입이 험해지는 모양이지만……. 특히 오스카 공에게는."

　마가레타가 난감한 표정으로 말을 보탰다. 반드르가 스스럼없이 지낼 동료를 만난 것은 기쁘지만, 매번 싸움이 벌어지거나 주위에 불똥을 튀기는 것은 곤란하다는 얼굴이었다.

　"맞아, 미카엘라. 믿음직하다고 생각해도 기분 나쁘다고는 생각한 적 없어."

　"마셜 씨……."

　"딱히 네가 엿보고 다니거나 하진 않잖아. 그러니까 당당하게—."

　왠지 미카엘라가 허둥대고 있었다. 정확히는 당황하고 있었다.

　"미, 미카엘라? 너, 설마……."

　"아, 아니에요! 사고였어요! 그냥 사고라구요! 딱히 목욕하는 마셜 씨를 보고 섹시하다고 생각한 적 없어요!"

　모두 기겁했다. 기분 탓인지 미카엘라에게서 멀어진 느낌이었다.

미카엘라가 아차 싶은 얼굴로 열심히 변명하는데 푸드덕 날갯소리가 들렸다.

"아, 크림."

콜린의 말에 모든 주목이 하늘에서 내려오는 크림에게 돌아갔다. 팀에게서 소식이 온 모양이었다.

밀레디가 크림을 머리에 앉히고 편지를 열었다.

"어? 배드한테서?"

그 한마디에 사람들이 갑자기 웅성거렸다.

홧김에 자주적으로 행방불명 됐던 부리더에게서 온 편지였다.

대체 어떤 내용일까 하고 모두 주목하는 가운데, 밀레디의 표정이— 일변했다.

눈동자에 심각한 빛이 감돌고 어금니를 깨물며 간결하게 말했다.

"교회가…… 하르치나 공화국에 선전포고를 했어."

당겨진 실처럼 팽팽한 긴장감만이 흘렀다. 밀레디가 편지를 꽉 쥐며 고개를 들었다.

"배드가 그곳에 있어. 구조 요청이야."

동료를 돌아보자 각오를 다진 무거운 긍정이 돌아왔다.

말로 하지 않아도 마음은 하나였다.

"가자. 백색 대수해로."

거기 있는 모두가 어떤 소리를 들었다.

삐걱거리는 소리. 세계가 크게 움직이기 시작한 소리를…….

흔해빠진 외전 제로 3권을 읽어주셔서 정말로 감사합니다.
원작자인 중2를 좋아하는 시라코메 료입니다.

갑작스럽지만, 제로를 쓰면서 무엇이 힘든가 하면 파워 인
플레입니다. 밀레디가 너무 강해요. 오스카가 너무 편리해요.
거기에 신대 마법 사용자 동료가 늘어나면 못 하는 일이 더
적을 정도입니다.

그럼 그런 사기적인 팀을 상대하는 적들은 얼마나 강하냐
는 거죠. 제 머릿속 서랍장은 이미 텅텅 비었습니다…….

외전을 쓰면서 처음으로 해방자들의 강력함을 알았네요.
저자인 제가 누구보다 절감하고 전율하고 있습니다.

그건 그렇고 버틀럼이 갖고 싶네요. 너무 갖고 싶어서 본문
중에 엄청 스포트라이트를 비춘 것 같습니다. 이 버틀럼, 사
실 본편에서 하지메의 투팡 한 방에 터진 불쌍한 그와는 다
른 사람, 정정, 다른 슬라임입니다.

그럼 왜 이름이 같은가…….

본편 시대에서는 슬라임이라는 명칭의 마물이 없어 점체
마물은 모두 버츄럼이라고 불리기 때문이죠.

버틀럼이라고 몇 번을 정정해도 고집스럽게 버츄럼이라고

부르는 바로 그 사람.

역사에 남은 상처 자국은 대부분 그 사람 때문.

대충 짐작하시리라 믿습니다.

그나저나 이번 권에서 마인족이자 용인족이기도 한 반이 동료가 됐습니다. 오 군과는 아주 사이가 좋네요. 그래서 다음 권에는 『드래곤 죽일 수 있는 칼』 탄생 비화를 쓰고 싶네요. 그게 뭐냐고 생각하신 분은 「흔해빠진 일상에서 세계최강」을 읽어주십시오!

슬슬 지면이 부족할 것 같으므로 실례지만 선전을 조금 하겠습니다.

애니메이션입니다. 흔해빠진 본편 애니메이션입니다. 미끄럽게 움직이는 하지메와 동료들을 꼭 즐겨주셨으면 합니다. 밀레디도 나오니까 『제로』에서 『하지메』로 이어졌다는 점도 느끼며 즐겨주시면 감사하겠습니다.

마지막으로 감사 인사를 드리겠습니다.

타카야Ki 선생님, 갓 일러스트 감사합니다. 담당 편집자님, 교정 담당자님, 매번 두꺼운 원고를 보내 죄송합니다. 출판에 힘써주신 관계자 여러분도 포함해 항상 감사하고 있습니다. RoGa 선생님, 카미치 아타루 선생님, 모리 미사키 선생님. 매번 멋진 만화를 그려주셔서 압도적 감사를 느낍니다.

무엇보다 이 책을 읽어주신 여러분, 그리고 「소설가가 되자」 유저 여러분.

언제나 진심으로 감사합니다!

앞으로도 모쪼록 「흔해빠진」 시리즈를 잘 부탁드리겠습니다!

시라코메 료

흔해빠진 직업으로 세계최강 제로 3

초판 1쇄 발행 2019년 8월 10일

지은이_ Ryo Shirakome
일러스트_ Takaya-ki
옮긴이_ 김장준

발행인_ 신현호
편집국장_ 김은주
편집진행_ 최은진 · 김기준 · 김승신 · 원현선 · 권세라
편집디자인_ 양우연
국제업무_ 정아라 · 전은지
관리 · 영업_ 김민원 · 조인희

펴낸곳_ (주)디앤씨미디어
등록_ 2002년 4월 25일 제20-260호
주소_ 서울시 구로구 디지털로 26길 111 JnK디지털타워 503호
전화_ 02-333-2513(대표)
팩시밀리_ 02-333-2514
이메일_ lnovelpiya@naver.com
ㄴ노벨 공식 카페_ http://cafe.naver.com/lnovel11

ARIFURETA SHOKUGYOU DE SEKAISAIKYOU ZERO 3
ⓒ 2019 by Ryo Shirakome
First published in Japan in 2019 by OVERLAP, Inc.
Korean translation rights reserved by D&C MEDIA Co., Ltd.
Under the license from OVERLAP, Inc., Tokyo JAPAN

ISBN 979-11-278-5169-9 04830
ISBN 979-11-278-4615-2 (세트)

값 8,000원

흔해빠진 직업으로 세계최강 1~9권

시라코메 료 지음 | 타카야Ki 일러스트 | 김장준 옮김

『왕따』를 당하던 나구모 하지메는 같은 반 아이들과 함께 이세계로 소환된다.
차례차례 사기적인 전투 능력을 발현하는 반 아이들과는 달리
연성사라는 평범한 능력을 손에 넣은 하지메.
이세계에서도 최약인 그는 어떤 반 아이의 악의 탓에
미궁의 나락으로 떨어지고 마는데―?!
탈출 방법을 찾을 수 없는 절망의 늪에서
연성사로 최강에 이르는 길을 발견한 하지메는
흡혈귀 유에와 운명적인 만남을 이루고―.
"내가 유에를, 유에가 나를 지킨다. 그럼 최강이야. 전부 쓰러뜨리고 세계를 뛰어넘자."

**나락으로 떨어진 소년과 가장 깊은 곳에 잠들었던 흡혈귀가 펼치는
『최강』 이세계 판타지 개막!**

L NOVEL

곰 곰 곰 베어 1~7권

쿠마나노 지음 | 029 일러스트 | 김보라 옮김

게임이 현실보다 재밌습니까?―YES
현실 세계에 소중한 사람이 있습니까?―NO

……온라인 게임 설문 조사에 대답했을 뿐인데
말도 안 되는 이세계(아마도)로 내던져진 나, 유나.
은둔이 경력 3년의 폐인 게이머.
맨 처음 장착하게 된 장비템이 『곰 세트』라니……
이게 무어야―!?
하지만 세고 편하니까 뭐, 괜찮으려나?
울프를 쓰러뜨리고, 고블린을 쓰러뜨리고
극강 곰 모험가로서 일단 해볼까요.

은둔형 외톨이 소녀, 이세계에서 무적의 곰 모험가가 되다!

발할라의 저녁 식사 1~5권

미카가미 카즈토시 지음 | fal maro 일러스트 | 이신 옮김

신계의 부엌 『발할라 키친』의 저녁 준비 시간은 언제나 매우 바쁘다!
말할 수 있는 멧돼지인 나, 세이는 주신 오딘 님의 지명을 받아
이곳의 식사 준비에 도움을 주러 왔어.
―『요리되는 쪽』으로서!
아니, 확실히 내가 『하루 한 번 되살아난다』는
신기한 능력을 갖고 있기는 하지만,
그렇다고 해서 『매일 죽어서 밥이 되어라』라니 너무하지 않아?!
……뭐, 그 덕분에 아름답고 귀여운 발키리 브룬힐데 님 곁에 있을 수 있으니까
모든 게 다 괴로운 건 아니지만 말이지…….
응? 어라? 신계 No.2 로키 님이 어째서 이곳에?
어? 신계에 위기가 찾아왔으니 함께 가자고?!
아니, 나는 평범한 멧돼지인데요오아아아아아아―!

제22회 전격 소설 대상 《금상》수상작!
신들의 부엌을 무대로 펼쳐지는 『부드러운 신화』 판타지!

© Takeru Uchida 2017
Illustration Nardack

이세계 치트 마술사 1~6권

우치다 타케루 지음 | Nardack 일러스트 | 박경용 옮김

평범한 고등학생 타이치와 린은 갑자기 나타난 빛에 휩싸여 버린다.
정신을 차리니 두 사람은 검과 마술의 이세계에 있었다.
마물과 맞닥뜨리지만 운 좋게 위험에서 벗어나고,
모험자의 조언으로 길드로 향하는 두 사람.
그곳에서 두 사람이 터무니없는 하이스펙의 마력을 가진 것이 판명된다.
평범한 고교생이 갑자기 최강 치트 마술사로—.
꿈만 같은 초자연 현상을 자신의 손으로 만들어내는 감동.
상상을 훨씬 뛰어넘는 압도적인 신체능력.
평화로운 나라에서 찾아온 타이치와 린의 이세계 모험이 시작된다.

「소설가가 되자」 대인기 이세계 판타지를
서적용으로 전면 개고하여 재미가 300% UP!

© Hiroaki Nagashima/AlphaPolis Co., Ltd.
Illustration Kisuke Ichimaru

잘 가거라 용생, 어서 와라 인생 1~6권

나가시마 히로아키 지음 | 이치마루 키스케 일러스트 | 정금택 옮김

밭일에 힘쓰고 음식을 얻기 위해 동물을 사냥한다.
검소하지만 따뜻한 변경의 생활에 청년 드란은 「삶」의 기쁨을 맛보고 있었다.

그러던 어느 날,
부근의 숲에서 마을을 괴멸시킬지도 모르는 위협과 직면하게 된다.

반인반사(半人半蛇)의 미소녀 라미아, 경국의 미인 검사와 협력!
우리 마을을 지키기 위해, 청년 드란은 용종(竜種)의 마력을 해방시킨다!

**삶에 지친 최강최고(最強最古)의 용이,
변경의 청년으로서 「인생」을 산다!**

공주기사는 오크에게 잡혔습니다. 1~3권

키리야마 욘 지음 | 시모츠키 에이토 일러스트 | 이승원 옮김

"나는 사회의 톱니바퀴가 되고 싶어…… 정사원이 되고 싶단 말이야!"
한창 불경기인 모리타니아 왕국에서 취직활동에 실패해
파견 오크로서 일하는 사토나카 오크 야타로.
창고 습격 업무 중이던 그는 여유 교육의 화신인 마법사 사사키,
엘프인 하루카와 함께 특별 보너스를 받기 위해 공주기사인 안쥬를 잡지만…….
「큭…… 죽여라!」, 「관심 없으니까, 입 좀 다물어 줄래요?」
초식계 남자인 야타로가 공주기사다운 대접을 해주지 않자,
안쥬의 불만은 쌓이기만 했다.
게다가 야타로는 혼기를 놓치는 걸 두려워하는 안쥬가
멋진 연애를 할 수 있도록, 그녀가 여자력을 갈고닦는 걸 돕게 되는데?!

평범해지고 싶은 오크와 공주기사의
마일드 사회파 코미디!